ULLSTEIN

Das Buch

Nacht für Nacht wird Frank Pierce als Rettungssanitäter in Hell's Kitchen, Manhattan, von einer menschlichen Katastrophe zur nächsten gerufen: Herzpatienten, Unfallopfer, Angeschossene, Alkoholiker, Drogenabhängige – sie alle versucht er ins Leben zurückzuholen. Sein Beruf ist wie eine Sucht für ihn, von der er nicht loskommt: »Das Leben anderer zu retten ... ist die beste Droge der Welt.« Aber häufig kommt er zu spät – und die Opfer sterben in seinen Armen. Diese Aussichtslosigkeit im Kampf gegen den Tod zehrt an seinen Kräften. Er fängt zu trinken an. Ist die junge Asthmatikerin vor einem Monat durch seine Schuld gestorben? Ihr Tod verfolgt Frank wie ein böser Alptraum. Aus reiner Verzweiflung setzt er alles daran, einen bereits dem Tode geweihten Mann wiederzubeleben – es gelingt ihm. Aber auch dieser Mann erscheint Frank in seinen Träumen. Denn: gefesselt an medizinische Geräte, hat ein neugewonnenes Leben kaum einen Wert ...

Der Autor

Joe Connelly arbeitete neun Jahre lang als Sanitäter für das St. Clare's Hospital in New York City, wo er auch geboren wurde. Zur Zeit schreibt er an seinem zweiten Roman.

Joe Connelly

Bringing Out the Dead - Nächte der Erinnerung

Roman

Aus dem Amerikanischen
von Stefanie Mierswa

Ullstein

Ullstein Taschenbuchverlag 2000
Der Ullstein Taschenbuchverlag ist ein Unternehmen der Econ Ullstein List Verlag GmbH & Co. KG, München

Titel der amerikanischen Originalausgabe: Bringing Out the Dead (Alfred A. Knopf Inc., New York)
Dieser Roman erschien in deutscher Sprache erstmalig 1999 unter dem Titel: Zeuge des Todes
Übersetzung: Stefanie Mierswa
Redaktion: Martina Sahler
Umschlagkonzept: Lohmüller Werbeagentur GmbH & Co. KG, Berlin
Umschlaggestaltung: DYADEsign, Düsseldorf
Titelabbildung: © Paramount Pictures/Touchstone Pictures und Phil Caruso
Druck und Bindearbeiten: Ebner Ulm
Printed in Germany
ISBN 3-548-25072-6

DANKSAGUNG

Besonderer Dank gilt allen, die mich ermutigten und unterstützten: meinem Partner Seth Greene, meinem Lehrer Colin Harrison, meinem Agenten Sloan Harris und meinen Lektoren Jenny Minton und Sonny Mehta. Außerdem meiner Frau Jenny, ohne deren unermüdlicher, häufig ungedankter Mitarbeit dieser Roman nicht verwirklicht worden wäre.

Zum Andenken an Mary McKenna und Doris Jean Austin.

Für alle, die in den Tiefen der Nacht arbeiten

1

Ich parkte den Rettungswagen vor dem Haus Nummer 414 in Hell's Kitchen. Dann holten Larry und ich unsere Ausrüstung aus dem Fond. In dieser Aprilnacht erleuchtete der Vollmond die Straße wie bei einem Heiligenfest. Als ich auf das bläulich schimmernde Reihenhaus aus rotbraunem Sandstein zuschritt und die neugierigen Gesichter in den Fenstern sah, dachte ich daran, wie gut es mir getan hätte, wenn diese Nacht ruhig verlaufen wäre. Wie ich die sieben Blocks zur Arbeit gelaufen war und meine zitternden Hände aneinandergedrückt hatte, um für eine ruhige Nacht zu beten. Und wie ich trotz allem sofort und ohne Kaffee zu diesem Herzstillstand geschickt worden war.

Ausgelassene Nachtschwärmer lungerten auf den Verandastufen herum, tranken und grölten zur Radiomusik aus dem Erdgeschoß. Als wir das Gartentor erreichten, verstummten sie, und das Radio rauschte. Sie machten für uns einen Durchgang auf der Treppe frei, kickten leere Dosen aus dem Weg und drängelten sich an den Rand, um die schlechte Nachricht zu erfahren. Welche Wohnung? Welche Wohnung? Als hielten sie alle Lottoscheine in den Händen, und niemand wollte gewinnen. O Gott, es ist Mr. Burke, rief die älteste Frau. Und die Menge scharte sich hinter uns, um die Geschichten über den Mann aus dem Apartment 5A, seinen trunksüchtigen Sohn, seine ungezogene Tochter, seine selbstlose Frau und sein schlimmes Herz zusammenzutragen.

Die Haustür öffnete sich. Ein kleiner Junge hielt sie auf. Er weinte, und als wir eintraten, konnten wir bereits die Schreie von oben hören. Ich kannte sie gut, ebenso wie die ausgebesserte, brüchige Treppe, den graugelben Anstrich und die roten Stahltüren mit den drei Schlössern, die es in jedem Gebäude gab, durch das ich kletterte, um zu den Schreien im obersten Stock zu gelangen – sie sind immer ganz oben. Ich wußte, daß Mr. Burke tot war. Es war schrecklich, das zu wissen, aus Erfahrung zu wissen, und trotzdem hinaufsteigen zu müssen.

Vier Treppen. Wir wurden in ein kleines Wohnzimmer voller roter Samtsessel und Porzellan geführt. Mrs. Burke stand in der Mitte, umgeben von Nachbarn. Als wir eintraten, verwandelte sich ihr lautes Klagen in ein ersticktes Schluchzen. Die Tränen der alten Frau versiegten, und sie schloß fest die Augen. Hier entlang, bat uns ein Mann, der wie ein ausgeraubter und verprügelter Wachposten im Flur stand. Er führte uns an der Küche und einem kleinen Schlafzimmer vorbei in ein geräumiges Hinterzimmer mit einem riesigen Bett, auf dem der reglose Mr. Burke lag. Eine Frau beugte sich über den alten Mann. Sie blickte kurz auf, als wir den Raum betraten, drehte sich dann wieder um und drückte ihre Lippen auf den bereits erkalteten, schlaffen Mund ihres Vaters.

»Wir haben ferngesehen«, erklärte der Mann, der uns hereingeführt hatte, »und plötzlich fing Dad an zu schreien und sich auf die Brust zu trommeln, und bevor wir etwas unternehmen konnten, hatte er sich im Badezimmer eingeschlossen. Ich meinte, wir sollten euch Jungs rufen, doch er beschwor uns, es nicht zu tun. Er weinte, und ich hab' den alten Mann noch nie weinen gehört. Nach einer Weile wurde es ganz still, deshalb brach ich die Tür auf. Er atmete kaum noch. Ich legte ihn hierher auf das Bett, und er hörte auf zu atmen.«

Larry und ich legten Mr. Burke auf den Fußboden. »Wie lange ist das jetzt her?«

»Ungefähr zehn Minuten. Die Frau am Telefon hat uns erklärt, wie man eine Herzdruckmassage macht. Bitte, Sie müssen etwas tun. Meine Mutter wird das nicht ertragen.«

»Wir werden tun, was wir können«, antwortete ich und versuchte, zuversichtlich zu klingen. Aber zehn Minuten waren zu lange, und eine Herzdruckmassage auf einem Bett nützte nichts. Ich holte den Beatmungsbeutel hervor und hätte ihn am liebsten sofort wieder weggepackt, mich mit der Familie auf ein paar Drinks zusammengesetzt und auf das Leben angestoßen, das hinter ihnen lag. Denn der leblose Körper, dessen Herz ich wieder zum Schlagen bringen sollte, stellte keinen Anlaß zum Feiern dar. Patrick Burkes Zeit war gekommen. Wahrscheinlich hatte er das gewußt, als er sich im Badezimmer eingeschlossen hatte.

Ich öffnete seinen Mund und spürte einen kalten Lufthauch an den Fingern, wie eisige Morgenluft, wenn es stark geschneit hatte. Das letzte bißchen Leben schien aus seinem Körper zu weichen. Sicher war es nur Gas, das sich durch die Herz-Lungen-Wiederbelebung im Magen angesammelt hatte. Doch seit dem letzten Jahr glaubte ich allmählich an Seelen, die den Körper verlassen und nicht dorthin zurückwollen; Seelen, die dem Tod zürnten, weil er sie in ihre unangenehme Lage gebracht hatte. Und obwohl ich mir der Absurdität dieses Gedankens durchaus bewußt war, wußte ich genau, daß ich den alten Mann am Fenster stehen sehen würde, wenn ich in diesem Moment aufblickte. Er würde über die Dächer aus Teerpappe und die grauen Gräben seiner Geburtsstadt hinwegschauen. Ich brauchte gar nicht hinzusehen. Ich spürte seine Anwesenheit – wie er sich an die Fensterscheibe lehnte und darauf wartete, daß wir unsere Arbeit beendeten.

»Frank, was machst du da?« Larry befestigte gerade die Kabel an den Elektroden, die er soeben auf Burkes Brust geklebt hatte. Er steckte sie in das EKG-Gerät und schaltete es ein. Ich öffnete die Augen. »Komm schon, Frank, laß es uns hinter uns bringen.«

Ich legte die Beatmungsmaske auf Burkes Gesicht und pumpte, doch ich war nicht mit dem Herzen dabei – schon seit langer Zeit nicht mehr – und Mr. Burke ebensowenig. Sein Herzrhythmus auf dem EKG-Monitor bestand aus einer geraden Linie. Seine Seele war fort. Am Fenster. Selbst wenn wir es schaffen sollten, sein Herz durch einen Elektroschock wieder zum Schlagen zu bringen, würde es nur mit Blut gefüllt werden.

Doch meine Hände verrichteten wie immer pflichtbewußt ihre Arbeit. Bei Hunderten von Reanimationen hatten sie gelernt, sich automatisch zu bewegen. Ich zog den langen Kehlkopfspatel aus Stahl hervor und schob ihn in seinen Mund. Dann benutzte ich ihn als Hebel, um die Zunge anzuheben, bis ich die weißen Stimmbänder fand, die aussahen wie römische Säulen. Ich nahm den dicken Tubus und führte ihn durch diese Pforten, durch den dunklen Knorpel der Luftröhre bis zur Lunge. Ich befestigte ihn, schloß den Beutel an und pumpte kräftig.

Ich forderte Unterstützung an. Die Leitstelle wollte die nächsten, die verfügbar waren, herschicken. Das bedeutete, daß wir mindestens zwanzig Minuten allein zurechtkommen mußten. Ich wollte die Tochter des Mannes eigentlich nicht weiter in Anspruch nehmen, doch ich brauchte ihre Hände. Sie kniete neben dem Kopf ihres Vaters. Ich zeigte ihr, wie und wann sie pumpen sollte. Sie strengte sich an, hielt aber immer wieder inne, blickte in die Augen ihres Vaters und ließ den Kopf hängen. »Pumpen, pumpen«, mußte ich sie immer wieder erinnern.

Larry drückte kräftig und unnachgiebig auf Burkes Brust. Ich hörte eine Rippe knacken, wie dickes Eis in einem zugefrorenen See, als ich mich in den schmalen Spalt zwischen dem Bett und dem rechten Arm des Patienten zwängte. Ich drehte den Arm um, fand eine blaue Vene und stach mit der Nadel hinein. Dann schloß ich die Infusion an und sah zu, wie die Kochsalzlösung in seinen Arm sprudelte.

Zuerst Epinephrin, ein Milligramm pures Adrenalin, ein flüssiger Schrei in der Vene, der dem Herzen das Gefühl gibt, es sei in einer brennenden Fabrik gefangen. Dann ein halbes Milligramm Atropin, ein sanfteres Mittel, das eine Alarmglocke klingeln läßt und dem Herzen sagt, daß es nicht tot ist, sondern nur schläft. Doch dieses Herz ließ sich nicht täuschen. Ich wartete eine Minute und verabreichte ihm dann noch eine Dosis Epinephrin, aber die Linie zitterte nur kurz und wurde dann wieder flach. Also beschloß ich, ihm alles auf einmal zu geben, um es hinter mich zu bringen. Ich injizierte ihm eine Dosis Kalzium, die dem Herzen einen Schlag vom Kaliber eines Joe Louis versetzt. Dann öffnete ich eine Ampulle mit Isuprel und ließ es in den Infusionsbeutel laufen. Isuprel versengt alles, was ihm in den Weg kommt. Es zündet das Herz an. Entweder das Herz regeneriert sich und schlägt die Flammen aus, oder es liegt einfach nur da und verbrennt wie trockenes Holz. Ich fügte noch eine Dosis Epinephrin und Atropin hinzu und setzte mich dann zurück, um zu warten, was passieren würde.

Die ebene Linie auf dem Monitor lief ungerührt weiter, irgendwie endlos und vollkommen wie die Erdachse. Plötzlich machte sie einen Schwenk nach oben, dann nach unten, um kurz darauf in tausend zitternde Zacken zu explodieren. Ich sah, wie Burkes Brust unter Larrys Händen vibrierte und die Herzmuskeln wild in verschiedene Richtungen zuckten. Ich lud die Paddles auf und setzte sie im Abstand von dreißig Zentimetern auf seine Brust. »Alles weg!« rief ich. »Alles weg!« Die Tochter nahm die Hände weg und schrie auf, als der schlaffe Körper vor ihr vom Kiefernholzboden hochsprang. Die grüne Linie zitterte weiter, deshalb schockte ich ihn noch einmal. Sein Gesicht schoß nach oben zu meinem, als wollte er protestieren. Die Tochter stöhnte auf und strich über den Kopf, der mit einem dumpfen Geräusch auf ihr Knie gefallen war.

Der Elektroschock wirkt auf das überreizte Herz wie eine Ohrfeige. Manchmal reicht die Ohrfeige aus, damit sich das Herz zusammenreißt und normal weiterschlägt. Aber häufig braucht man auch die tröstende Stimme und die streichelnde Hand des Lidocains. Entspann dich, sagt das Lidocain, es wird alles gut. Ich verabreichte ihm acht Milligramm und wollte ihn noch einmal schocken, doch die Tochter wollte ihn nicht loslassen. »Aufhören«, sagte sie weinend. »Bitte.« Larry nahm ihre Hände vom Gesicht ihres Vaters, und ich versetzte ihm noch einen Schock mit voller Kraft. Diesmal bewegte sich der Körper kaum. Keine Lebenszeichen zu sehen. Die Linie auf dem Monitor hörte auf zu zittern. Sie verlief ruhig und gerade und schien auch nicht ansteigen zu wollen. Larry kniete sich wieder vor Burkes Brust und ächzte bei jedem Drücken. Wieder hörte ich eine Rippe knacken.

Larry war völlig erschöpft. Schweiß tropfte von seiner Nase auf Burkes bläuliche Schultern, und er keuchte bei jeder Bewegung. Er schaffte es kaum, sein ein Quadratkilometer großes Stück Land draußen im Vorort ohne ein ausgiebiges Nickerchen zwischendurch zu mähen. Und vier Treppen hinauf und dann zehn Minuten Herzdruckmassage waren zuviel für seinen behäbigen Körper. Es gab viele Gründe dafür, weshalb Larry Klempner oder Anwalt hätte werden sollen – alles, aber kein Rettungssanitäter –, aber der wichtigste war die Art, wie er sich bei einer Herzdruckmassage bewegte. Er hatte einen dicken Bauch, der vom jahrelangen Dösen in seinem Lehnsessel immer rundlicher geworden war. Sein Kopf reichte gerade so weit nach vorn, daß er sich beim Biertrinken nicht verschluckte. Wenn Larry sich vor einen Patienten kniete, wackelte sein Bauch wie eine Bowlingkugel in einer Einkaufstasche. Die Kraft dieser Bewegung traf irgendwo in seiner unteren Lendengegend mit der Schwerkraft zusammen und erzeugte eine Reihe unerfreulicher Reflexe. Bei jedem Drücken seiner Hände schossen seine Fersen nach oben, sein Becken nach vorn und sein Kopf nach hinten, so daß alle Anwesenden den Eindruck bekamen, daß ihn seine Arbeit weit über das rein Berufliche hinaus erfüllte.

»Warum läßt du mich nicht weitermachen«, bot ich ihm an, »dann kannst du Dr. Hazmat anrufen und nach einem Dreiundachtziger fragen.« Nach der Herz-Lungen-Wiederbelebung und einigen weiteren festgelegten Sofortmaßnahmen müssen Rettungssanitäter den Bereitschaftsarzt anrufen, um Anweisungen für das weitere Vorgehen zu erhalten oder, wie im Falle von Mr. Burke, um einen Toten einen Dreiundachtziger nennen zu dürfen. Sein Herz schlug nun schon seit über zwanzig Minuten nicht mehr, und bis Larry den Arzt geweckt und ihm die Lage erklärt hätte, würden es dreißig sein. Wir hatten alle verfügbaren Medikamente angewendet, und zwar mit geringem Erfolg. Der Mann war tot. Wir waren ausgelaugt. Es wurde Zeit, daß wir die Schläuche und Katheter herauszogen, den Monitor ausschalteten, den Mann zurück auf das Bett legten, ihn zudeckten und diese arme Familie in Ruhe um ihn trauern ließen. Zeit, sich eine Tasse Kaffee zu besorgen und den Rettungswagen für ein paar Minuten Pause unten am Fluß abzustellen.

Ich übernahm Larrys Platz und preßte meine Hände auf Burkes Brust. Unter den berstenden Rippen fühlte sich das Herz wie ein platter Reifen an. Ich entschuldigte mich bei ihm für uns beide und bearbeitete ihn vorsichtig in einem sanften, gleichmäßigen Rhythmus. Zum ersten Mal blickte ich mich im Zimmer um, auf die von Staub bedeckten Gebrauchsgegenstände aus dem Leben dieses Mannes: nicht zueinander passende Socken unter dem Bett, ein grauer Anzug im Schrank, verschiedene Bilder an den Wänden. Ich dachte an all die Stunden, die ich in Zimmern wie diesem hier verbracht hatte, auf dem Fußboden kniend und die Hände auf der Brust eines fremden Toten, während ich ihre Lebensgeschichten aus den übriggebliebenen Puzzleteilen zusammensetzte.

Burkes Hochzeitsfoto stand auf dem Nachttisch. Er trug einen schwarzen Smoking und posierte fröhlich lächelnd mit seiner jungen Braut auf den Stufen vor der Kirche. Von der hohen Kommode in der Ecke starrte Gefreiter Burke herab. Er versuchte, hart und entschlossen auszusehen, um gegen die Kommunisten zu kämpfen, sah aber einfach nur jung aus. Neben ihm lag ein braunes Samtkästchen mit einem Verwundetenabzeichen. Auf der anderen Seite stand ein kleineres Foto, das drei Soldaten Arm in Arm an einer schlammigen Kreuzung zeigte. Auf einem Wegweiser waren die Entfernungen zu verschiedenen Städten zu lesen: New York 7862 Meilen, Seoul 40 Meilen. An der Wand darüber hing eine Plakette der *New York Times* für Patrick Burke – vierzig Dienstjahre, 1952–92. Daneben ein Foto von Burke in Arbeitskleidung, Hände und Füße schwarz vom Zeitungspapier, ganz klein vor dem riesigen, blauen Metallkörper der Druckmaschine.

Auf der anderen Seite des Betts stand Mrs. Burkes niedriger, breiter Toilettentisch. Darüber hing ein Spiegel, so groß wie ein Erkerfenster. Aus dem Spiegel starrte mich ein düsteres Christusporträt an, das irgendwo hinter mir hängen mußte. Er deutete auf seine Brust, auf die Stelle, an der sich das rote Gewand öffnete und das Herz von Dornen und Flammen umrankt wurde.

Am Fußende des Bettes, neben dem Fenster, von dem aus man auf eine Häuserwand mit weiteren Fenstern blickte, wurden die Burke-Kinder geboren und aufgezogen. In der Mitte sah man drei Gruppen von kahlköpfigen, lachenden Babys. Ringsherum wurden die beiden älteren Söhne Jungen in Baseballuniformen, später High-School-Abgänger. Einer von ihnen – derjenige, der mich hereingeführt hatte – feierte seine Hochzeit in der Nähe des Fensters und hatte selbst zwei grinsende Söhne. Der andere brachte es nicht so weit, sein Leben verlor sich langsam nach links. Auf einem Bild stand er lachend und dick eingepackt im Schnee. Zwei vertrocknete Palmblätter kreuzten sich hinter dem Rahmen.

Die Leben der beiden Söhne wirkten irgendwie verkürzt, beiseite geschoben. Als hätten die Jungen schnell erwachsen werden müssen, um ihrer Schwester Platz zu machen, dem blonden, sommersprossigen Liebling, dessen Leben auf der Wand mehr Raum einnahm als das Fenster. Ich sah zu, wie sie aus den Windeln herauswuchs, zu laufen anfing und zur Schule ging. Sie betete für uns alle bei ihrer Erstkommunion, malte gerne und spielte Geige. Sie gewann Medaillen bei Schwimmwettkämpfen und Cheerleaderpreise. Und stets lächelte sie; ein Lächeln, das immer breiter wurde, je mehr sich ihr Leben der Decke näherte. Die Königin des Abschlußballs, die hübscheste Tochter der Welt. Ihr Platz war so heilig wie der des Christus, der hinter mir aufragte.

Das Leben der Tochter auf der Wand endete dort – kein Schulabschluß, keine Hochzeit oder Babys. Nichts, das an die Stelle dieses Lächelns trat. Und als ich mir die Frau ansah, die neben mir kniete, begriff ich, warum. Sie hatte harte, fast ausgemergelte

Gesichtszüge; schön, aber rauh und blaß wie roher Quarz. Ihr blondes Haar war schwarz gefärbt und zu einer kurzen, glatten Ponyfrisur geschnitten. Schwarze Wimperntusche rann ihre Wangen hinunter, und ihr weites, schwarzes Trägerkleid entblößte ihre bleichen, spitzen Schultern. Sie schien seit jenem Abschlußball nicht mehr gelächelt zu haben, als hätte sie die letzten zehn Jahre damit zugebracht, sich von dieser Wand herunterzukämpfen. Und als sie nun dort auf dem Fußboden saß und den Kopf ihres toten Vaters zwischen den Knien hielt, schien es ihr auf eine schmerzliche Weise gelungen zu sein.

»Pumpen«, sagte ich. Ich wollte ihr ernsthaften Trost spenden, doch es gab keinen. »Vielleicht sollten Sie eine Pause machen. Ihr Bruder könnte für ein paar Minuten hereinkommen, und dann wird mein Partner auch schon zurück sein.«

»Nein.« Sie schüttelte den Kopf. »Er würde es nicht schaffen.« Ich hatte ein schlechtes Gefühl dabei, sie in die Arbeit einzubeziehen, doch sie hatte recht: Diejenigen, die ganz unten oder – wie ich – auf dem Weg dorthin waren, konnten am besten mit dieser Situation umgehen. Ich versuchte, mir vorzustellen, wie wir beide so wie jetzt auf dem Rasen im Central Park säßen und an einem strahlend blauen und grünen Frühlingsnachmittag picknickten. Ich öffnete die Weinflasche, und sie lächelte und hob das Gesicht in eine kühle Brise. Zwei junge Leute.

»Haben Sie Musik da?« fragte ich.

»Was?«

»Musik. Es hilft, wenn Sie etwas spielen, was er mochte.« Ich benutzte bereits die Vergangenheitsform.

»John«, rief sie, »leg Sinatra auf.«

John trat ins Zimmer. Er weinte.

»Leg die Sinatra-Platte auf«, flüsterte sie.

Die ersten Saitenklänge von »September of My Years« hallten durch den Raum. Nur kein Salsa, dachte ich, das ist kein guter Rhythmus für eine Herzmassage. Aber eine schöne Musik, um zu sterben. Unbewußt nahm ich ein schnelleres Tempo auf und konzentrierte mich auf meine Hände. Früher hatte ich einmal geglaubt, daß Musik ein totes Herz wieder zum Schlagen bringen könne. Und ich hatte geglaubt, meine Hände hätten eine elektrisierende Wirkung, und jemanden ins Leben zurückzuholen sei das Tollste auf der Welt.

Ich habe schon Reanimationen in prächtigen Ballsälen auf der Park Avenue und im zweiten Stock gelegenen Tanzsälen up-town unternommen. Auf der Park Avenue stellen sie große, schwarze Wände um einen herum auf, um den Tänzern den unschönen Anblick zu ersparen, während die Band sie mit Songs wie »Put on a Happy Face« bei Laune hält. Up-town spielt die Musik ungehindert weiter, und die Beine der Tänzer wirbeln um einen herum wie bei einem Volksfest. Ich habe auf den Fußböden der schicksten East-Side-Restaurants gearbeitet, von Geigen begleitet, während ein Mann am Nebentisch sein vorzügliches Rippchen genoß. Und ich habe im ungemütlichen Neonlicht von Kellerlokalen gearbeitet, wo Taxifahrer innerhalb von zehn Minuten bestellen, essen und zurück auf der Straße sein können. Ich habe Broadway-Shows aus der ersten Reihe gesehen, und Hongkong-Pornos von Balkonen am Times Square. Ich habe mal einen Barkeeper mitten auf seinem Tresen zurückgeholt, während im Hintergrund irische Tanzmusik lief. Die Stammkunden rückten für uns zur Seite, doch niemand hörte auf zu trinken.

Eine meiner ersten Reas hatte ich im Graceland Ball-room. Ich war am Freitag zuvor schon abends dort gewesen und hatte einen jungen Mann mit einem Kopfschuß abgeholt. Doch diesmal wurde ich am Samstagnachmittag gerufen, wenn Familien aus der ganzen Stadt herbeiströmen, um sich zu unterhalten und zu tanzen. Eine Salsaband spielte, und die vielen Tänzer machten den Weg für uns frei, ohne aus dem Takt zu geraten.

Der Mann lag tot auf der Tanzfläche. Tot, aber nicht leblos, denn in einem Raum voller Gelächter, Tanz und Musik, die einem im

Herzen widerhallen, kann nichts wirklich leblos sein. Wir hatten Verstärkung im Rücken, und mein Partner und ich waren ein eingespieltes Team. In zwanzig Sekunden hatten wir die Intubation und die Epinephrin-Injektion vorgenommen. Ich begann mit der Herzdruckmassage, und meine Hände bewegten sich im Takt der Musik und der Füße, die um uns herum zum Salsarhythmus stampften, auf und ab. Pulsierendes Leben. Ich sah zu, wie sich meine Druckbewegungen auf dem Monitor langsam zu einem gleichmäßigen Rhythmus steigerten, und als ich meine Hände wegnahm, setzte sich der Rhythmus fort. »Er hat einen Puls«, rief ich und hielt meinen Daumen in die Luft. Der Mann fing an, selbständig zu atmen, und als wir mit der Trage den Raum verließen, johlte die Menge und klopfte uns anerkennend auf den Rücken. Die Tänzer schlossen die Lücke.

In diesem Augenblick war ich beseelt vom Leben. Zum ersten Mal sah ich einen Sinn in meiner Arbeit, der mich durch diese frühen, wilden Jahre geleitete. Erst viel später ließ diese Beseeltheit nach, und seit kurzem war sie ganz verschwunden. Ein kalter Stein hatte ihren Platz eingenommen.

Larry hatte zehn Minuten lang telefoniert. Meine Knie fühlten sich an, als hätte ich eine Stunde lang auf einer Betbank gehockt. Ich mußte zugeben, daß Burke jetzt besser aussah. Seine Wangen waren nicht mehr blau, und die beschädigten Gefäße in der Nase hatten eine normale rote Farbe angenommen. Eigentlich war er noch nicht besonders alt, gerade sechzig. Ich bemerkte Herzschläge auf dem Monitor, die zwar zu schwach für einen Puls waren, aber immer schneller wurden. Ich drückte weiter und hörte Sinatra zu, der von herunterfallendem braunen Laub sang. Als ich wieder aufschaute, waren die Zacken auf dem Monitor dichter geworden. Ich hielt inne und fühlte einen schwachen Puls an seinem Hals, der sich bald in einen starken Puls am Handgelenk verwandelte. Ich setzte mich aufs Bett. Sein Gehirn war tot, dessen war ich mir ziemlich sicher. Ich überprüfte seine Pupillen. Sie blickten starr geradeaus. Doch sein Herz pochte wie das eines jungen Mannes.

Larry kam zurück. »In Ordnung, Frank. Wir können Schluß machen. Dreiundachtziger.«

»Nein, können wir nicht«, gab ich zurück. »Er hat einen Puls.«

»Ach, nein ...«

Die Tochter blickte auf. »Wird er wieder?«

»Sein Herz schlägt.« Ich sagte ihr nicht, daß er wahrscheinlich niemals wieder aufwachen und sein Herz nur so lange schlagen würde, wie die Maschinen Nährstoffe und Sauerstoff hineinpumpten. Daß ich nur meinen Job machte.

Die Nachricht von Mr. Burkes Genesung verbreitete sich rasch, und bald war das Wohnzimmer voller weinender, lächelnder Gesichter. Die Unterstützung traf mit einer Trage ein, und die beiden Rettungshelfer schnallten den alten Mann fest. Larry und ich packten unsere Ausrüstung ein.

Das Treppenhaus war ziemlich eng, daher brauchten wir eine Weile bis unten. In jeder Kurve mußten wir die Trage kippen und über das Geländer weiterreichen, wobei wir darauf achteten, daß sich der Tubus nicht löste. Die Tochter ging voraus und schaute böse in die neugierigen Gesichter, die aus jeder Tür hervorlugten. Unten scheuchte sie die Leute fort, die noch immer auf der Treppe vor dem Haus saßen: »Platz da, Platz da!« Die Menge verteilte sich, stellte sich zu beiden Seiten des Gartentores auf und sah zu, wie wir Mr. Burke die letzten sechs Stufen hinuntertrugen.

An der Hintertür des Rettungswagens trafen mich erste Regentropfen. Ich blickte nach oben, sah die Wolken unter dem Mond und Mr. Burke, der am Fenster im vierten Stock stand und das Geschehen verfolgte. Es sah aus, als schiene das Licht durch ihn hindurch, als sei sein Körper zu dünn, um es aufzuhalten. Und dennoch wirkte er auf mich wirklicher als der Mann, der festgeschnallt auf der Trage lag und dessen Augen starr in den Regen hinaufblickten. Ich hielt den Atem an, beugte mich vornüber und wartete darauf, daß dieses Bild wieder verschwand. Als ich wieder aufblickte, hatte Mrs. Burke seinen Platz eingenommen. Sie hielt einen Anzug und ein Paar Schuhe. Dann hob sie den Arm, und das Licht verlosch. »Laß uns fahren, Frank«, sagte Larry, und gemeinsam luden wir Burkes leblosen Körper in den Rettungswagen.

Ich kenne eine alte Frau namens Doris, die schon seit Jahren auf den Straßen von Times Square umherwandert. Sie trägt all ihre Habseligkeiten in zwei zerrissenen Stofftaschen mit sich herum und schläft in einer Kiste neben dem Spielplatz im Clinton Park. Doch die meisten Stunden des Tages und der Nacht verbringt sie damit, herumzulaufen; die Taschen nur ein paar Zentimeter über dem Boden schleppend, den Kopf gesenkt, spricht sie verbittert zum vorbeiziehenden Straßenpflaster. Sie scheint alles und jeden zu hassen. Aber am meisten haßt sie Rettungswagen, denn in jedem einzelnen sieht sie denjenigen, der ihre Tochter mitgenommen hat. Wenn ich lange genug in der Gegend um die Fünfundvierzigste Straße und die Siebte Avenue parke, höre ich zwangsläufig irgendwann, wie Doris an die Hintertüren hämmert und ruft: »Marie, Marie, Mama ist da. Ich hol' dich da raus.« Dann läuft sie nach vorn. »Ihr habt meine Tochter. Sie ist da drin«, sagt sie dann. »Gebt sie wieder her.« Die ersten paar Male versuchte ich, mit ihr zu reden, doch sie war nicht von ihrem Haß abzubringen. Eine Mutter, die dem Mörder ihres Kindes zum ersten Mal gegenüberstand. »Gebt sie wieder her!« schreit sie, und wenn ich wegfahre, sammelt sie ihre Taschen ein, um mir zu folgen.

2

Larry kletterte in den Fond und setzte sich auf den Sitz am Kopfende der Trage. Er befestigte den Ambubeutel wieder an dem Tubus in Burkes Lungen und pumpte. Einer der beiden Rettungshelfer setzte sich neben Burke und fühlte den Blutdruck an seinem Arm. Ich legte die Infusion wieder an, schloß den Sauerstoff an und stöpselte die EKG-Kabel wieder ein, die sich während unseres Transports über vier Treppen gelöst hatten. Der Monitor zeigte piepend das hartnäckige Schlagen des Herzens an, ein paradoxes Lebenszeichen aus dem blaßblauen Gesicht, dessen geöffnete Augen starr und leer zur Decke blickten. Zweimal versuchte ich, sie zu schließen, doch die Lider fielen wieder zurück.

Als die Tochter einsteigen wollte, faßte ich sie am Arm und drehte sie wieder um. Ich sagte ihr, sie könne uns mit ihrer Mutter zusammen hinterherfahren. Doch sie wollte nicht gehen. Dieser Teil der Arbeit fällt mir immer schwer. Ich schaffe es, eine Infusion anzulegen, während der Rettungswagen mit hundert Stundenkilometern die Siebte Avenue entlangjagt, doch meine Worte des Trostes klingen immer so nichtssagend. Manchmal denke ich, daß ich mehr als die Familienangehörigen leide. Ich kann allenfalls versuchen, sie von den Sterbenden fernzuhalten. Burkes Tochter hatte schon zuviel mitbekommen. Ich zog sie nach draußen, und obwohl sie sich wehrte, hielt ich ihren Arm fest und schloß die Tür. »Helfen Sie Ihrer Familie«, sagte ich zu ihr. »Sie braucht Sie jetzt mehr. Helfen Sie sich selbst.« Ich ließ sie dort im grünlichen Schein der Straßenlaternen und im öligen Regen stehen, der aus der Neunten Avenue heranfegte.

In die Dreiundvierzigste ging es lautlos durch den grauen Dampf, der emporstieg. Kein Blaulicht, keine Sirene, nur das langsame Piepen von Burkes EKG und das rhythmische Schlagen des Scheibenwischers, ein schmutziger Mop auf der Windschutzscheibe. Ich hatte das Gefühl, ewig dort oben in Burkes Wohnung gewesen zu sein, als würde sich der Rest der Nacht auf meine kommenden Lebensjahre ausdehnen.

Ich bog rechts in die Zehnte ab. Keine Eile, dachte ich, doch als ich sah, daß die Tochter uns in einem alten, schwarzen Ford folgte, schaltete ich das Blaulicht und die Sirene ein und gab Gas. In der Notaufnahme würden sie zwar nicht viel für Burke tun können, aber es war wichtig, daß der Fall dringend aussah. Ich schaute nach vorn und versuchte, mich auf die Straße vor mir zu konzentrieren, auf den simplen Job, einen Patienten zum Krankenhaus zu fahren.

Ich mußte mich zusammennehmen, denn meistens schweiften meine Gedanken auf diesen kurzen Fahrten ab. Hier war ich aufgewachsen, hier hatte ich die meiste Zeit als Rettungssanitäter gearbeitet, und hier warteten mehr Geister auf mich als sonstwo. Wenn ich nicht aufpaßte, hielt ich an einer roten Ampel und vergaß die Gegenwart, um in die Vergangenheit einzutauchen: wie ich als kleiner Junge auf die Ulmen im Clinton Park kletterte, wie ich als junger Mann eine niedergestochene Nutte aus dem Smiling Eyes Pub trug. In letzter Zeit war ich oft eingetaucht und nicht zur Arbeit erschienen. Larry hatte Captain Barney drei Versetzungsgesuche innerhalb von drei Wochen geschickt. Er behauptete ihm gegenüber, ich sei verrückt. Aber das ist ein relativer Begriff, und ich hielt Larry für einen der sonderbarsten Menschen, denen ich je begegnet war. Ich brauchte nur ein paar ruhige Nächte, eine Woche ohne Katastrophen und danach ein paar Tage frei. Ich wollte Burke zum Krankenhaus bringen, der Familie mein Beileid aussprechen und sie nie wiedersehen. Den Rest dieser Schicht überstehen und alles vergessen. Den neuen Tag in der Blarney Moon Bar begrüßen.

Ich wurde in dem Krankenhaus geboren, in das ich Burke nun zum Sterben brachte: *Our Lady of Mercy*, Sechsundfünfzigste

Straße zwischen der Neunten und Zehnten. Doch bei allen, die dort arbeiteten, und den Pechvögeln, die dort behandelt wurden, hieß es *Our Lady of Misery* oder einfach nur *Misery*, weil dort eher Elend als Barmherzigkeit herrschte. Mein Vater, der ebenfalls dort geboren worden war, nannte es nur die Schlachterei, weil der Chirurg bei seiner Blinddarmoperation einen Tupfer unter seinem Dickdarm vergessen hatte. Drei Wochen nach dem Eingriff kehrte mein Vater mit unerträglichen Schmerzen zurück und wurde sofort wieder operiert. Er verbrachte die nächsten zwei Monate auf der Intensivstation im *Misery*, was er ganz und gar nicht als Elend empfand, denn er hatte sich hoffnungslos in die Nachtschwester, Mariah Horan, verliebt.

Meine Mutter erzählte mir oft von der Nacht, in der sie sich zum ersten Mal begegneten. In allen Einzelheiten, für die sich wohl nur eine Krankenschwester interessieren konnte, beschrieb sie sein mageres, fieberndes Gesicht und seine schwache, bleiche Gestalt, bewußtlos durch den Schock und dem Tode nah, so behauptete sie, den Priester habe man schon gerufen. Sie vernachlässigte ihre anderen Patienten und blieb die ganze Nacht über bei ihm, legte ihre Hand auf seine heiße Stirn und malte mit ihren Fingern das Kreuzzeichen auf seine feuchte Haut. Sie stammte von einer langen Reihe irischer Gesundbeter ab, kleinbäuerlichen Ärzten, die mit Bibeln und Rosenkränzen Hausbesuche unternahmen. Und während sie so neben meinem Vater saß, sprach sie die Gebete, die sie von ihrer Mutter gelernt hatte – in einem Kauderwelsch aus Latein, Gälisch und der King-James-Bibel. In meinen kindlichen Ohren klangen ihre Worte wie die freundlichen Worte einer Dinosaurierkönigin. Am Morgen öffnete er die Augen, und sie waren grau und stumpf. Doch er lebte, und als er sie sah, sagte er: »Wer hätte je gedacht, daß sie mich in den Himmel lassen würden?«

Diese Stelle mochte ich am liebsten, weil meine Mutter dann immer lachte, und das tat sie nur selten. »Und weißt du, wie er mich genannt hat?«

Natürlich wußte ich das. Er nannte sie seinen »Engel in der Not«.

Sie erzählte diese Geschichte gern, während sie mir das Bett machte. Geschickt zog sie die frischen, gefalteten Laken fest und klopfte dreimal kurz auf das Kissen, um es aufzulockern. Sie war die geborene Krankenschwester. Schon als kleines Mädchen hatte sie sich um jedes herumstreunende Kind oder Tier gekümmert, hatte ihren Job im *Misery* aufgegeben, um sich um mich und meinen Vater zu kümmern, und nie ganz damit aufgehört. Und als sie sich nach vorn beugte, die Hand auf meine Stirn legte und »Gute Nacht« flüsterte, erkannte ich den Engel, den er an jenem Morgen in ihr sah. Ihre Augen glänzten blauweiß wie die Niagarafälle, ihre roten Wangen leuchteten, als sei sie gerade getauft worden, und ihr Haar war auf ihrem Kopf aufgetürmt wie bei einer griechischen Madonna. »Es war eine lange und schwierige Genesung«, erklärte sie, »aber ich habe nie daran gezweifelt. Mit jedem Tag, den ich ihn pflegte, liebte ich ihn mehr.«

Meine Mutter besaß eine solche Macht in diesen Augenblicken, daß ich nicht überrascht gewesen wäre, wenn sich das Zimmer mit flatternden Tauben und den Klängen von Hunderten von Harfen gefüllt hätte. Und in jeder dieser wohlklingenden Nächte wickelte sie die Welt in meine Bettdecke ein und steckte sie unter meinem Kinn fest. Mit der Unschuld eines Kindes, das warm eingepackt unter der Welt lag, schlummerte ich sanft ein, trotz des Lärms auf den nächtlichen Straßen vor meinem Fenster, trotz der lauten Schlachten, die meine Eltern vor meiner Tür ausfochten.

Meine Eltern stritten sich oft und heftig. Es kam häufig vor, daß meine Mutter nach ihren süßen Schmeicheleien mein Zimmer verließ und draußen plötzlich mit solch grimmigen Worten auf meinen Vater einpeitschte, daß man hätte meinen können, sie habe ihn dabei erwischt, wie er nackt mit der Witwe von nebenan auf dem Tisch herumtanzte, Whisky trank und sich über der Katze erbrach, anstatt den Abend wie jeden Abend zu verbringen: im grünen Lehnsessel zu sitzen, Gin aus seinem Glas von der 64er

Weltausstellung zu nippen und Wiederholungen im Fernsehen anzuschauen – *Vater ist der Beste, Meine drei Söhne, I Love Lucy* und seine Lieblingssendung *The Honeymooners.*

Während ihrer Attacken blieb er ganz still sitzen, sagte keinen Ton und wandte den Blick nicht vom Bildschirm ab. Doch wenn sie dann erschöpft vor sich hin weinte, konterte er mit einer detaillierten Aufzählung ihrer schlechten Eigenschaften – engstirnige Hysterie, religiöser Fanatismus, eine mangelhafte Geschirrspültechnik. Mit lauter Stimme geißelte er ihre erdrückende Gegenwart bis hin zu ihren behaarten Zehen. Als Krönung seiner Ausführungen verlangte er schließlich die Scheidung, und zwar in einem so bitterbösen Tonfall, daß alles verloren schien.

Ich war stolz darauf, daß sie sich so gut stritten. Auf unserer Straße galt das als Liebesbeweis – glaubwürdiger als ein Abendessen bei Kerzenschein. Unsere Nachbarn stritten sich ebenfalls ausnahmslos, und meine Freunde und ich trauten denen nicht, die sich nicht stritten, wie zum Beispiel Dupa Dans Angehörige, die als Kommunisten und Antikriegshetzer verschrien waren. In den engen Reihenhäusern waren wütendes Geschrei und zersplitterndes Glas an der Tagesordnung. Fast jede Nacht rumste es an der dünnen Wand in unserer Küche, weil unsere Nachbarn auf der anderen Seite ihr Geschirr daran zerschlugen. Die Corcorans waren Zerschmeißer, meine Leute dagegen Schreier, und jeden Tag rechneten mein Freund Jimmy Corcoran und ich aus, wie gut sie abgeschnitten hatten. Für uns war das Ganze ein Spiel, denn früher oder später vertrugen sie sich ja doch wieder. Manchmal verzog sich das Gewitter genauso schnell, wie es gekommen war. Dann weinte meine Mutter zwar noch, lächelte aber dabei, und mein Vater hielt sie in seinem Sessel und strich ihr über das Haar: »Ich könnte ohne dich doch gar nicht leben, mein Engel. Ich könnte dich nie verlassen.«

Meine Mutter wurde in eine arme Familie in der Bronx hineingeboren und mit Wundern großgezogen. Als sie schließlich zu einer hochverschuldeten Mutter in Manhattan wurde, entdeckte sie die Wunder Gottes fast überall. Sie hatte mir das Abendmahl im Schaufenster eines Haushaltswarenladens gezeigt, den zum Himmel auffahrenden Herrn in der Trommel einer Waschmaschine. Einmal sah sie die Geburt Christi in einem Rest Limonade. Doch dem großartigen Wunder, auf das sie ihr ganzes junges Leben lang betend gewartet hatte, nämlich meinen Vater zu treffen und zu retten, folgte eine lange, trostlose Eintönigkeit. Wie konnte etwas, was so erhaben begonnen hatte, mit der gebeugten Gestalt meines Vaters enden? Immer derselbe Sessel, dieselben Fernsehsendungen, derselbe dahinschwindende Gin. Sie hatte damit gerechnet, daß ihr Glaube auf die Probe gestellt werden würde, war auf jegliche Untreue, Gewalt oder Pleite, die der Herr ihr schicken mochte, vorbereitet – auf alles, aber nicht auf diese Abgestumpftheit, die mein Vater ihr darbot.

Also erfand sie seine Untreue einfach, durchsuchte jeden Tag seine Schubladen und seine Brieftasche, prüfte, ob Parfüm in seiner Kleidung hing oder Lippenstift an seinem Kragen saß. Sie beschuldigte ihn, eine Affäre mit jeder einzelnen Frau im Haus zu haben, dazu noch mit der örtlichen Friseurin, einer Fahrdienstleiterin und einer Bahnwärterin. Eine Zeitlang verdächtigte sie ihn sogar, sich heimlich mit Audrey Meadows zu treffen, die die Rolle der Alice in seiner Lieblingssendung spielte.

Mein Vater kam jeden Abend um halb sechs von der Arbeit nach Hause. Dann tauschte er rasch seine Busfahreruniform gegen einen gebügelten, sauberen Anzug aus, in dem er zu Abend aß, sich in seinen Lehnsessel zurückzog und seinen Gin trank, bis er gegen Mitternacht einschlief. Dieser immer gleiche Trott war eigentlich schon genug Beweis für seine Treue. Doch mein Vater stritt die Anschuldigungen meiner Mutter nur selten ab und genoß es häufig, sie darin noch zu bestärken. So sprach er beim Abendessen beiläufig darüber, wie kurz die Röcke seiner weiblichen Fahrgäste doch seien, oder ließ sich über die Unterwäsche der Witwe aus, die zum Trocknen vor unserem Küchenfenster hing.

Ungefähr einmal in der Woche erhob er sich vom Tisch und kündigte an, daß er einen Spaziergang brauche. Seine Vorbereitungen für diese Ausflüge dauerten manchmal über eine Stunde: Er duschte, rasierte sich und zog seinen besten Anzug an. Dann stellte er sich vor den Spiegel in der Diele und betrachtete den Mann darin. Ein Mann, der aussah wie ein wohlhabender Industriekapitän, jemand, der viele Untergebene hatte, der sich vielleicht auf dem Weg zu seinem Club befand, um sich ein paar Drinks zu genehmigen und sich weltmännisch zu unterhalten, und dann zu seinem Tisch im *Plaza*, um dort diskret mit einer befreundeten Schauspielerin zu speisen.

Er sah sehr gut aus – meine Mutter meinte immer, am besten von allen Männern der Stadt. Doch vor seinen wöchentlichen Ausflügen weigerte sie sich jedesmal, sich mit ihm im selben Zimmer aufzuhalten. Dann tat sie so, als stehe ihre endgültige Trennung bevor, schlug mit den Kochtöpfen gegen die Spüle und schimpfte auf die Katze. Sie sagte ihm, er solle sich nie wieder blicken lassen, sondern zu seinen anderen Frauen gehen, damit die seine treulose Liebe länger als eine Nacht ertragen müßten. Und sie sagte es, obwohl sie ihm oft genug gefolgt war, um zu wissen, daß er immer nur bis zur nächsten Eckkneipe ging, um dort mit Pete, dem Barkeeper, über Baseball zu plaudern.

Ich lebte für die wenigen Stunden zwischen dem Abendessen und dem Gin, in den er sich um acht Uhr flüchtete. Manchmal kam er übellaunig nach Hause und verprügelte mich wegen eines »Befriedigend« in Mathe. Aber es kam auch vor, daß er die Wohnung betrat und über einen Witz lachte, den er bei der Arbeit aufgeschnappt hatte und den er unbedingt weitererzählen wollte. Manchmal überschüttete er uns mit Zuwendung. Dann setzte er mich auf sein spitzes Knie und erzählte mir Geschichten von meinem Großvater, einem irischen Immigranten, der sich ein kleines Vermögen aufgebaut hatte. Ihm gehörten damals drei Spirituosengeschäfte, ein Gebäude auf der Zweiundfünfzigsten Straße und ein Haus und ein Pferd in den Catskill-Bergen. Doch er versoff sein Vermögen und schenkte den Rest seinen Freunden. Mein Vater sprach von den Jahren, als mein Großvater ihm jeden Wunsch von den Augen ablas, und von denen, da er keine Wünsche erfüllen konnte, und immer, egal ob arm oder reich, nannte er die Stadt einen Kindertraum, einen zaunlosen Spielplatz mit Baustellen und Abbruchhäusern. Und wenn meine Mutter dann in der Küche fertig war, packte er sie und nahm sie in die Arme, so daß wir alle drei zu Boden fielen. Er küßte ihre Protestrufe fort. Dann stand er lachend auf, faßte mich bei den Handgelenken und wirbelte mich über ihren Kopf durch das Zimmer, bis meine Arme lang wurden und ich den Wind meiner Füße zischen hörte.

Doch die Nacht kam unaufhaltsam, und mit ihr kehrte auch seine gedrückte Stimmung zurück. Er starrte auf den Fernseher und reagierte gereizt auf jede Störung. Wenn die Flasche halb leer war, schloß er die Tür ganz, mauerte sich in seinen Sessel ein und verfiel wieder in die Geschichte seines Scheiterns und die Krankheit zurück, die er dafür verantwortlich machte. Die Ärzte im *Misery* sahen ihn als vollständig genesen an. Mein Vater war nicht dieser Meinung. Den vergessenen Tupfer mochten sie ja entfernt haben, doch die freie Stelle, die dort zurückblieb, war noch immer infiziert, so glaubte er. Vielleicht nicht so gut erkennbar wie der Fehler des Chirurgen, aber dennoch lähmte sie seine Willenskraft und seinen Tatendrang und hinterließ ein schleichendes Unwohlsein, von dem er sich nicht befreien konnte.

Er hatte Pilot werden wollen und hatte Fordham während seines vorletzten Studienjahres verlassen, um zur Air Force zu gehen. Er war gerade zum ersten Mal allein geflogen, als er wegen seines Blinddarms aufhören mußte. Also wurde er für einen Krankenhausaufenthalt von der Ausbildung freigestellt, und nachdem meine Mutter ihn sechs weitere Monate gepflegt hatte, sagte sie ihm, daß sie schwanger sei. Der Job als Busfahrer war der erste, den er finden konnte. Dann kamen die ersten Rechnungen, das Babygeschrei und ihre ersten Streits. Mein Vater spürte, wie das Fieber zurückkehrte, und er glaubte, es würde genährt durch das Loch in seiner Seite, das ihn zuerst zu ihr geführt hatte und das er nun mit Gin aufzufüllen begann. Das Loch wurde immer größer, und als ich neun Jahre alt war, brauchte er fast eineinhalb Liter an einem Abend. Stundenlang saß er da, nippte und starrte. In seinem sauberen, gebügelten Anzug sah er aus wie ein Herzog mit Kriegsneurose. Meine Mutter saß nicht weit von ihm entfernt auf der Couch, doch sie hatte sich so sehr in ihr eigenes nie gelebtes Leben zurückgezogen, daß sie nicht weiter von ihm hätte weg sein können. An manchen Abenden schlich ich mich aus dem Bett, setzte mich zu ihnen und sah stundenlang fern, ohne daß sie mich bemerkten. Der Fernseher war immer laut gestellt. Und trotzdem konnte er die Geräusche der Straße, das Hupen und die Sirenen, das Gelächter und das Gepöbel von Betrunkenen, das Zersplittern von Flaschen nicht übertönen.

Der erste Tote in meinem Leben war mein Großvater. Er starb hinter dem Ladentisch eines Geschäfts, das ihm einmal gehört hatte und in dem er damals nur noch arbeitete. Ich folgte meinem Vater dorthin, nachdem die Polizei angerufen hatte. Er sagte, ich solle nicht hinsehen, doch ich stand bereits neben ihm. Der alte Mann lag auf dem Rücken und sah eher wütend als tot aus, zumindest lebendiger als Burke, obwohl sie ungefähr das gleiche Alter hatten und Burkes Herz noch immer schlug. Damals waren keine Rettungssanitäter da. Man rief das Bestattungsinstitut Buckley's an. Sie fuhren mit ihm genau die Straße entlang, auf der ich mich jetzt mit Burke befand, dann aber am *Misery* vorbei und zur Stadt hinaus, zum Gate-of-Heaven-Friedhof in Westchester. Mein Vater saß vor mir im Wagen und schaute die ganze Fahrt über aus dem Fenster. »Niemand ist gekommen«, sagte er. »Sein ganzes Leben hat er in dieser Gegend gearbeitet, und nur ein paar alte Frauen lassen sich blicken. Wo waren die Reillys, deren Sprößling er durch die Schule gebracht hat? Und die Marinos, die Treinans? Er hat immer allen geholfen, wenn er das Geld dazu hatte. Und jetzt ist er pleite und tot, und kein Mensch interessiert sich für ihn. Alle, die wir hier kannten, sind weg. In dieser Stadt gibt es nichts, was uns noch halten könnte. Man muß ja sogar Spanisch sprechen, um einen Kaffee zu bekommen.«

In jenem Jahr verließen wir die Stadt und zogen an eine Bushaltestelle sechzig Kilometer nördlich von Manhattan aufs Land. Mein Vater wollte Platz, und unser neues Haus war ein Palast im Vergleich zu den vier Zimmern, die wir uns in Hell's Kitchen geteilt hatten. Vom ersten Tag an schlichen wir mit großer Vorsicht durch das Haus und bemühten uns, diese bedrückende Weite und die Stille, die darüberlag, nicht zu stören. Meine Mutter verbrachte immer mehr Zeit in der Kirche. Sie organisierte das Sammeln von Konservenbüchsen und Rosenkranz-Picknicks. Mein Vater wollte noch mehr Platz. Er kaufte sich einen eigenen Bus und gründete einen Einmannbetrieb, der deutschen Touristen Fahrten durch die Provinz anbot. Die Regale in meinem Zimmer waren bald mit Souvenirs angefüllt: die Alamo-Mission im Miniaturformat, gerahmte Bilder von Indianern und Vogelfreien, Old Faithful, die Golden-Gate-Brücke.

Mein Vater verließ uns auf einer Pony-Express-Tour und kam nie zurück. Ein paarmal rief er an und lud mich in seine neue Wohnung in San Francisco ein. Ich benutzte seine Zahnbürste, bis die Borsten ausgefranst waren, und dann verbrannte ich sie hinter dem Haus. Alles um mich herum fühlte sich an wie ein Museum, wie totes Holz. Die Front lag in der Stadt, wo in jedem Augenblick gelebt und für das Leben gekämpft wurde. In den Feldern hinter dem Haus stellte ich mir vor, ich sei Diamond Jim Brady und spaziere den Broadway entlang. Ich wollte niemals so sein wie mein Vater, niemals mein Leben bedauern und verfluchen. Ich wollte zurück in die Stadt, weiterkämpfen, wo er aufgegeben hatte.

Mit neunzehn beschloß ich, Rettungssanitäter zu werden und einen Rettungswagen zu fahren. Perfekt. Leben zu retten und die Front zu sehen, den Menschen zu helfen, die in der Stadt ausgeharrt hatten, von der ich träumte. Zu der Zeit glaubte ich, ich würde nur dann später nichts bereuen, wenn ich mein Leben ganz auf die Gegenwart ausrichtete und schnelle, humane Taten aufeinanderfolgen ließe. Kein Job schien mir dafür geeigneter als der des Rettungssanitäters. Erst viel später begriff ich, daß ich die Laufbahn meiner Eltern gewählt hatte – eine Krankenschwester, die einen Bus fuhr, oder ein Busfahrer, der Patienten behandelte.

Ich war gut in meinem Job. Es gab sogar Zeiten, da meine Hände sich so flink und geschickt bewegten, daß ich es nicht fassen konnte, und mein Verstand ungeahnt scharf und ausgeglichen war. Ich neigte zwar zu Depressionen und trank zuviel, aber dafür durfte ich von Zeit zu Zeit an einem Wunder teilhaben, wenn ich einem jungen Asthmatiker das Leben wieder einhauchte oder ein winziges Neugeborenes in meinen Händen hielt.

Doch im letzten Jahr verlor ich diese Gefaßtheit allmählich. Alpträume hatten mich schon immer gequält, aber jetzt warteten die Geister nicht mehr, bis ich eingeschlafen war. Meine Frau verließ mich. Ich trank jeden Tag. Hilf anderen, und du hilfst dir selbst, lautete mein Motto, doch ich hatte schon seit Monaten niemanden mehr gerettet. All meine Patienten schienen zu sterben; alles, was ich anfaßte, ging schief. Ich wartete darauf, daß sich dieser Zustand änderte, morgen nacht, beim nächsten Fall, und spürte doch, wie ich den Boden unter den Füßen verlor.

Das Lenkrad vibrierte, als Larry mit dem Absaugen begann. Ich lauschte dem Zischen der Pumpe, während er sie tief in Burkes Kehle einführte. Larry hustete, und Burkes Sterbegeruch breitete sich vorn im Wagen aus. Er mischte sich mit dem Gestank des verrottenden Mülls an den Fangrechen des Flusses und dem sauren Geschmack des Regens und stieg wie ein Gas in die sternlose Nacht hinauf. Ich schloß die Augen und merkte, wie meine Hände zitterten. Sie zitterten fast immer. Ich blickte in den Außenspiegel und sah, daß der Ford der Tochter genau hinter mir angehalten hatte. In ihren Augen las ich, daß sie einen guten Blick auf Larry hatte, der mit den Körpersäften des alten Mannes kämpfte. Taxis fuhren an mir vorbei. Ich blickte auf. Grün. Keine Ahnung, wie lange ich vor dieser Ampel gestanden hatte.

Ich raste die Zehnte hinauf. Als ich an dem Haus vorbeikam, in dem ich aufgewachsen war, hörte ich die Stimme meiner Mutter. Er hat einen Anfall, sagt sie, leg ihm irgend etwas in den Mund, damit er sich nicht die Zunge abbeißt. Ich sehe, wie mein Vater nach irgendeinem Gegenstand sucht und mir schließlich eine Schachtel Lucky Strikes zwischen die Zähne schiebt. Eine alte Frau lebt jetzt in der Wohnung. Sie ist einsam und krank und läßt ein paarmal im Jahr den Rettungsdienst kommen. Wenn ich die Treppe hinaufsteige, rechne ich immer fast damit, mich selbst im Alter von neun Jahren dort auf dem Boden liegen zu sehen, den Kopf in den Händen meines Vaters. Die alte Frau erzählt mir von ihrem schwachen Herzen und ihren beiden Söhnen, die sie im Stich gelassen haben, und ich muß ihren Fernseher leiser stellen, weil ich hören kann, wie mein Vater ihn anschreit. Sie hat Angst, allein zu sterben, Angst vor dem Durcheinander, das ihr Tod hinterlassen wird, vor dem Gestank, wenn man sie nicht sofort findet. Sie ist ein Geist, lebendig, aber dennoch ein Geist. Wie die Frau im Plangebäude auf der anderen Straßenseite, die sich betrinkt und sich dann vor die Taxis auf der Zehnten wirft, weil ein Taxi dort ihren Sohn überfahren hat. Zwar hat sie noch keines angefahren, doch sie ist ein Geist, in einem Haus voller Geister, lebendiger und toter. Wie der Mann, der fünfzehn Stockwerke tief auf die niedrige Zementmauer vor dem Haus gefallen ist. Er zerbrach drei Betonblöcke, und jedesmal, wenn ich an der ausgebesserten Stelle vorbeikomme, sehe ich den Mann entstellt darauf liegen. Hinter der Mauer liegt ein achtjähriger Junge mit einem Kopfschuß. Ich brauche nur kurz hinüberzublicken, um das kleine Gesicht mit dem Loch in der Mitte zu sehen. Dann sehe ich immer Jimmy Corcorans Gesicht dort, als wäre er an jenem Tag gestorben, an dem er sich den Kopf an einem Stein aufgeschlagen hatte, an derselben Stelle, bevor das Haus gebaut wurde, als es noch ein leeres Grundstück war und wir Mann auf dem Mond spielten.

Jimmy lebt noch, mehr oder weniger. Alle paar Wochen nimmt er eine Überdosis im Exitus-Park. Er erkennt mich nie, und ich verrate ihm auch nicht, wer ich bin. Ich nenne den Park Exitus-Park wegen all der Junkies, die ich dort schon für tot erklärt habe. In schlechten Nächten sehe ich sie alle zusammen in der nordwestlichen Ecke nahe der Statue des vergessenen Mannes. Sie sitzen oder liegen in einem Kreis auf dem Boden. Manchmal ist Jimmy auch dabei.

Und immer fragen sie mich: Was hast du schon verändert? Und jetzt sehe ich es ein. Was kann man hier denn schon verändern? Von all den Menschen, denen ich zu Hilfe geeilt bin, sind mir nur diejenigen im Gedächtnis geblieben, die ich nicht retten konnte. Den Jungen, der auf seinem Fahrrad erschossen wurde; Rose, das Mädchen, das ich nicht retten konnte und das mich in jeder einzelnen Schicht verfolgt. Und noch hundert andere. Manchmal schreit und heult die ganze verfluchte Stadt – in den Bars die Betrunkenen auf dem Fußboden und die Angeschossenen an den Türen, in den oberen Stockwerken die Junkies auf den Fluren, wenn sie sich den goldenen Schuß gesetzt haben, in den Hinterzimmern Herzinfarkte und Schlaganfälle und auf den Dächern vergewaltigte, kreischende Frauen – ein Chor der Verlorenen.

Und vor alledem, vor dem Hupen der Taxis und dem Heulen meiner Sirene, ertönte der gleichmäßige Rhythmus von Burkes Herzen aus dem Monitor, wie ein Countdown zum Weltuntergang. Alles andere war hinüber, doch Burkes Herz schlug weiter. Wie eine Maschine funktionierte es ganz von selbst und brauchte dazu nur die Nahrung und die Luft, die Larry ungefähr alle fünf Sekunden hineinpumpte. So konnte es achtzigmal pro Minute abfeuern, einhunderttausendmal pro Tag, jeden Tag, und den widerwilligen Körper bei der Stange halten. Denn ohne das Gehirn rebellierte der Körper. Die Leber schob das Gift in die Arterien zurück. Die Nieren sahen diese Ladung kommen und nahmen sich einen Tag frei. Erstickende Gliedmaßen gaben Toxine ab, die in den Händen und Füßen durch krankhafte, blaue Tümpel schlichen. Im Gehirn explodierten die toten Zellen wie Splintholz im Feuer. Ihre säurereichen Überreste liefen in die Wirbelsäule und weiter in den Rumpf. Der Magen revoltierte ebenfalls und gab seinen Inhalt an seinen Herrn, den zur Zeit nutzlosen Kopf, zurück. Eine grüne Flüssigkeit trat über Burkes Lippen, und zwar schneller, als Larry sie absaugen konnte. Sie stieg durch die Nase und die Tränendrüsen, füllte die Augen und rann in dünnen Bächen die Wangen hinunter.

Ich wurde zu einem Patienten mit Herzstillstand in einem Haus auf der Siebenundfünfzigsten Straße gerufen, einem alten Mann, der gerade aufgehört hatte zu atmen. Wir fanden ihn auf dem Küchenfußboden und schlossen ihn an den Monitor an, der eine gerade Linie anzeigte. Ich begann mit der Herzdruckmassage. Nach einer Minute riß er die Arme hoch und umklammerte meine Kehle. Ich hörte auf, und seine Arme fielen an seinen Körper zurück. Ich fing von neuem an, und wieder griffen seine Hände nach meiner Kehle. Ich hörte auf, und sie fielen hinunter. Schließlich mußte ich einen Nachbarn holen, der die Arme festhielt, während ich auf seine Brust drückte. Der Herzrhythmus auf dem Monitor verbesserte sich nicht, aber die Kraft in seinen Armen ließ erst nach einer knappen halben Stunde nach. Dann erklärten wir ihn für tot.

3

Der Warteraum in der Notaufnahme von *Our Lady of Mercy* war ein grellweiß beleuchteter, gelb gestrichener Zementkasten, der mit gerahmten Plakaten alter Broadwayshows dekoriert war. Vier Reihen von jeweils sechs Plastikstühlen standen vor einem Fernseher, der von der Decke herabhing. Unter dem Fernseher fanden sich linker Hand eine Tür, ein Pult und ein Aufseher mit einer dunklen Sonnenbrille, der die Tür mit einem Knopf an seinem Schreibtisch bediente. Der Aufseher wachte mit großer Sorgfalt darüber, wer den Behandlungsbereich betreten durfte, und hielt die Patienten davon ab, die Aufnahmeschwester zu belästigen, die in einer Glaskabine direkt hinter der Tür saß. An ihrem kleinen Schreibtisch stellte sie jedem Patienten ein paar Fragen, maß Puls, Blutdruck und Körpertemperatur und wies jedem eine bestimmte Nummer zu. Eins, zwei, drei – je nach Dringlichkeit.

In dieser Nacht war viel los gewesen. Die wartende Menge stand kurz davor zu randalieren, als ich Burke hineinrollte. Normalerweise erreichte der Warteraum den Siedepunkt so um elf Uhr, wenn die kranken, erschöpften Familien und Arbeiter vom Nachmittag mit den Betrunkenen und Überfallopfern des allabendlichen Andrangs zusammentrafen. Dann waren immer alle Plätze besetzt, und die blutenden, fluchenden Übriggebliebenen lehnten an der Wand oder saßen auf dem Fußboden, von dem sie sich alle halbe Stunde erhoben, um den Aufseher zu fragen, ob sie schon aufgerufen worden seien. Dann schritten sie zwischen den zusammenstehenden Familien oder Freunden auf und ab oder traten auf den Parkplatz hinaus, um sich zu übergeben und eine Zigarette zu rauchen.

Die Stammgäste des *Misery* erwiesen sich oft als die ungeduldigsten. Sie erwachten aus einem vierstündigen Nickerchen und bettelten um Zuwendung. Wenn sie diese nicht bekamen, rutschten sie mit theatralischen Anfällen von ihren Sitzen. Oder sie griffen sich an die Brust, stolperten auf das Anmeldepult zu und hofften verzweifelt, auf diese Weise einen höheren Rang erheischen zu können. Wenn sie mitbekamen, daß ein Asthmatiker hineingelassen wurde, näherten sie sich der Schwester mit einem wenig überzeugenden Keuchen. Die Schwester machte sie dann darauf aufmerksam, daß es sich bei ihren Beschwerden um Lappalien handele, die nicht wirklich dringlich seien. Immer wieder wurde ihnen erklärt, daß alle mit der Nummer drei warten mußten, bis man sich um alle Zweier und Einser gekümmert hatte.

Der Aufseher half ihnen auch nicht weiter. Eine weiße Linie aus Klebeband verlief um sein Pult herum, und auf seinem Schreibtisch stand ein Schild: »Bitte nicht über die weiße Linie treten. Danke.« Er verbarg seine Augen hinter der dunklen Sonnenbrille, verschränkte die Arme vor seiner breiten Brust und ignorierte einfach alle, die jenseits der weißen Linie standen. Diejenigen, die sie überschritten, knurrte er an: »Bringen Sie mich nicht dazu, meine Sonnenbrille abzusetzen.« Er wies sie stets auf diese Option hin, denn wenn er sie tatsächlich absetzte, flog jemand vom Fußboden, von der Wand, sogar von der Straße. Und wenn er jemanden hinausgeworfen hatte, verhielt sich der Rest meistens fast eine ganze Stunde still.

Wir brachten Burke vorsichtig hinein. Die beiden Infusionsschläuche an seinen Armen hatten sich mit den EKG-Kabeln verknotet, die zweimal um Larry gewickelt waren, bevor sie den Monitor auf seinem Rücken erreichten. Larry hielt die Infusionsbeutel hinter seinem Nacken fest und sein Gesicht nur dreißig Zentimeter über Burkes Bauch, damit wir nicht die Schläuche herausziehen mußten. Ich hielt mit einer Hand die Trage fest und drückte mit der anderen den Beatmungsbeutel, der sich fortwährend vom Tubus in Burkes Lunge löste. Ich blieb im Eingang stehen, um ihn wieder zu befestigen und das Laken nach oben zu ziehen, das zusammengeknüllt zu seinen Füßen lag.

»Laß uns ihm ein bißchen Würde geben«, sagte ich und steckte das Laken unter seiner Brust fest.

Larry sprach in Burkes Zwerchfell hinein. »Wo willst du die denn hernehmen?«

Zwei Russen mit zerkratzten Gesichtern machten uns hastig Platz und zogen einen dritten mit sich, dessen Nase sich grotesk über seine Wange krümmte. Drei kleine Kinder rannten auf die Trage zu und wollten einen Blick auf Burkes Gesicht erhaschen. Ihre schwangere Mutter rief sie zurück. Und dann konnte man nur noch Mr. Hand schnarchen hören, einen Stammgast im *Misery*, der ausgestreckt auf vier Stühlen lag. Alle anderen schauten in stillem Entsetzen zu, wie wir Burke zur Tür rollten. Sie wußten, daß dieser Mann mit den vielen Kabeln und Schläuchen zu den selten gesichteten, aber viel diskutierten dringlichen Fällen gehörte. Sie betrachteten die Augen, die sich nicht schließen wollten, und die Haut, die weiß wie ein alter Küchenherd war.

Griss, der Aufseher, saß an seinem Schreibtisch und las in einer Fernsehzeitung, die in der halboffenen obersten Schublade lag. »Hey, Partner«, rief er und schaute auf. Sein braunes Gesicht war breit und zerfurcht wie ein Baumstamm. »Euer Mann sieht aber gar nicht gut aus. Die da drinnen werden sich sicher nicht auf euch freuen.«

»Niemand freut sich auf mich, Griss.«

»Griss will euch nur sagen, daß es heute schon ein paar Katastrophen gab. Es staut sich alles ein wenig.«

»So ist es doch immer«, entgegnete ich und zog Burkes Laken wieder nach oben.

»Wem sagst du das?«

Die Eingangstür öffnete sich, und die Familie Burke eilte herein. Als hofften sie, auf dem Weg zum Krankenhaus wäre ein Wunder geschehen und Mr. Burke stünde jetzt an der Anmeldung, müsse nur noch unterschreiben und dürfe nach Hause gehen. Sie blickten auf die Trage, und es war, als würde er zum zehnten Mal an diesem Abend sterben.

»Griss«, sagte ich und drückte den Beatmungsbeutel. »Wir gehen besser rein.«

»Okay, Partner. Wie du willst.«

Er drückte auf den Knopf, und die Tür schwang auf. Sie schlug gegen die bandagierten Füße eines Mannes, der auf einem Bett an der Wand lag. Der Mann schrie kurz auf, und wir schoben Burke hinein. Griss streckte den Arm aus und hielt die Familie auf. »Da dürft ihr nicht rein, Leute.«

Außer diesen bandagierten Füßen gab es noch drei weitere Paare verbundener oder eingegipster Füße auf den Liegen im Flur. Die Schwestern nannten diesen Flur Sperrbezirk und brachten die am schlimmsten riechenden Patienten dort unter – so weit wie möglich entfernt von ihrem Posten im Behandlungsraum. Diese Art der Selektion erzürnte die Aufnahmeschwester, deren Kabine sich zur rechten Seite des Sperrbezirks öffnete, so daß sich die natürlichen Gase darin sammelten.

Aufnahmeschwester Constance preßte sich die Operationsmaske fest aufs Gesicht, als wir Burke vorbeischoben. »So ist's recht«, rief sie, »geht nur schnell weiter. Nur nicht langsamer werden.« Dann wandte sie sich wieder an den dürren, nervös wirkenden Mann, der vor ihr saß. »Also, Sie haben drei Tage lang Kokain geschnupft, und jetzt glauben Sie, daß Ihr Herz zu schnell schlägt, und wir sollen Ihnen helfen. Um ehrlich zu sein, ich sehe keinen Grund, warum wir das tun sollten. Korrigieren Sie mich, wenn ich etwas Falsches sage, okay? Haben wir Ihnen vielleicht das Kokain verkauft? Haben wir das Kokain in Ihre Nase geschoben?«

Auf der letzten Liege im Sperrbezirk lag ein junger, dunkelhäutiger Mann. Seine Hände und Füße waren mit Stoffstreifen am Geländer festgebunden, und seine wirre Mähne schwarzer Dreadlocks peitschte über sein Gesicht, während er wild an seinen Fesseln zerrte. »Gebt mir etwas Wasser«, rief er, die Augen groß und trocken wie die eines hungernden Kindes. Ich hörte, wie er schnüffelte, als wir vorbeikamen. »Um Himmels willen, gebt mir Wasser.«

»Halt's Maul«, rief der Mann auf der nächsten Liege. Seine Füße waren violett und angeschwollen wie riesige Auberginen. »Diese verfluchten Zivilisten«, sagte er und schaute zur Decke. »Sei still da hinten.«

Ich rollte Burke in den Behandlungsraum, und die Schwestern schauten schnell weg. Drei von ihnen standen um den Arzt herum, der sich hinter der hüfthohen Wand des Schwesternbereichs über ein Lehrbuch beugte. Es sah aus, als würde das Personal von einem Bataillon alter, verschrumpelter Männer und Frauen auf einem Feld weißer Laken belagert. Nur zwei schmale Pfade führten vom Schwesternbereich zu den zwölf Behandlungsnischen rundherum.

»Keinen Schritt weiter!« rief Schwester Lucia Crupp uns entgegen, die uns nicht länger ignorieren konnte. »Wir sind belegt.« Sie kämpfte sich durch die Liegen auf uns zu. »Wir nehmen keine weiteren Patienten auf. Eure Leitstelle hätte euch das sagen sollen.«

»Alle sind belegt.«

»Nicht so wie wir. Bringt ihn zum Episcopal. Die trinken wahrscheinlich gerade ihren Tee aus und überlegen, was heute nacht im Fernsehen läuft. Oder sie bereiten sich auf die Visite vor und schauen sich die Fingernägel an.«

»Ich hab' ihn von der Dreiundvierzigsten Ecke Zehnte. Ihr wart die nächsten.«

»Wo soll ich denn hin mit ihm, Frank? Sieh dich doch mal um. Sag es mir.«

»Er hat gesagt, daß er hierher möchte. Daß die Schwestern im *Misery* die besten Foley-Katheter in der ganzen Stadt anlegen.«

»Bitte. Was ich jetzt gern mit dir machen möchte, sag' ich lieber nicht. Okay, gib mir eine Minute, dann werf' ich jemanden aus dem Bett Nummer drei.«

Als Lucia gegangen war, trat die neue Schwester heran, die nie sprach. Sie nahm Burkes Hand, betrachtete seinen Handteller und schüttelte den Kopf. Dann maß sie routiniert Puls und Blutdruck, schaute seine Pupillen an und hörte die Lunge ab. Sie lief zum Arzt hinüber, der inzwischen auf dem Buch eingeschlafen war. Sie zog an seinem Ellbogen, doch er rührte sich nicht.

Während Larry sich von den Infusionsschläuchen befreite, versuchte ich krampfhaft, nicht auf den festgebundenen Mann neben mir zu achten. »Entschuldigen Sie bitte, Sir«, bettelte er, »entschuldigen Sie. Sie sind ein sehr liebenswürdiger Mensch. Das sehe ich sofort. Sie sind bestimmt der liebenswürdigste Mensch auf der ganzen Welt. Sie können einem armen, kranken, hilflosen, sterbenden Mann doch kein Glas Wasser verwehren.«

»Ich kann hier nicht weg«, antwortete ich. »Ich muß bei diesem Patienten hier bleiben.«

»Hol mir ein Glas Wasser, verdammt noch mal. Ich brauche Wasser.«

»Halt dein verfluchtes Maul«, brüllte der andere Mann. »Wenn meine Füße nicht kaputt wären, würde ich rüberkommen und dir in den Arsch treten.«

Die Schwester hatte es aufgegeben, am Arm des Arztes zu zerren. Sie rüttelte an seinen Schultern.

»Was ist los?« Er sprang von seinem Stuhl auf, und eine Gesichtshälfte war ganz platt von dem Buch. »Fragen Sie einen anderen Arzt.« Er drehte den Kopf, bis es auf beiden Seiten knackte, und setzte sich dann. »Was gibt es denn, Milagros?«

Sie zeigte auf Burke.

Der Arzt machte von seinem Stuhl aus eine schnelle Bestandsaufnahme von Burkes Zustand. Er vermerkte die Blaufärbung an Lippen und Fingern, die bleiche, fleckige Haut, den Beatmungsbeutel, die Infusionsschläuche und den EKG-Monitor.

Er folgerte, daß Burkes Zustand kritisch war und daß er sofort behandelt werden mußte. Deshalb wandte er sich wieder seinem Buch zu und las auf der Seite weiter, die er wegen der Unterbrechungen in dieser Nacht noch nicht hatte beenden können. Milagros schüttelte ihn.

»Was ist? Was ist los?«

Sie zeigte wieder auf Burke.

»Verdammte Scheiße.« Der Arzt schlug das Buch zu. »Hey, Jungs«, rief er, während er auf uns zukam, »was tut ihr mir an? Ich dachte, wir sind belegt. Ich kann mich jetzt nicht um diesen Mist kümmern. Wir haben genug zu tun. Ich habe seit Tagen keinen Patienten mehr nach oben geschickt. Mein Gott, schaut ihn euch doch an. Er braucht die ganze Palette. Was hat er überhaupt?«

»Sie sollten das doch wissen«, gab Larry zurück. »Sie haben ihn für tot erklärt.«

»Ihr wart das. Ihr habt mir gesagt, er sei tot. Ihr habt behauptet, er hatte eine halbe Stunde lang keine Herztätigkeit.«

»Hat sich aber wieder gebessert.«

»Ich hasse es, Leute am Telefon für tot erklären zu müssen.« Der Arzt ging um Burke herum und klopfte mit dem Reflexhammer vergeblich auf Ellbogen, Knie und Füße. Dann leuchtete er in Burkes Augen.

»Soso, gebessert. Die Pupillen sind starr und geweitet. Er ist hinüber.«

Schwester Crupp kam zurück. »Wir haben eine Liege aus der Röntgenabteilung. Hat zwar keine Unterlage, aber das wird ihm wohl nichts ausmachen. Schiebt ihn in Nische drei, neben den mit der Überdosis. In der Beatmungsabteilung gibt es angeblich keine Beatmungsgeräte mehr. Aber ich weiß, daß sie im fünften Stock welche horten. Ich hab' Odette hingeschickt.«

Wir hoben Burke auf die blanke Stahlliege. Seine bleiche Haut glänzte silberweiß. Der Arzt und ich sahen zu, wie die Schwestern ihm ein Nachthemd anzogen und ihn an die Apparate anschlossen.

»Er ist aber erst als letzter dran«, sagte der Arzt. »Wir werden keine Sondermaßnahmen ergreifen. Er sollte nicht einmal hier sein. Die ganze Technik. Was für eine Verschwendung.«

Auf dem Monitor über Burkes Kopf zeichnete sich der Herzrhythmus regelmäßig mit zwei oder drei Schlägen ab, denen jeweils eine lange Pause folgte. Der Arzt sah vom Fußende aus zu, hielt Burkes Knöchel fest und drückte sie nach unten.

Ich hielt Dr. Hazmat immer für den Arzt, der ich geworden wäre. Zwei Jahre lang legte ich mich morgens um sieben nach der Arbeit für zwei Stunden zum Schlafen in meinen Wagen, bis der Chemiekurs anfing. Ich war müde und liebte diese blutleeren Tage im Labor – Magnesium zu verbrennen und sich die kalten Zahlen auf der Tafel zu merken. Ich habe den Abschluß nie gemacht. Meine Noten waren gut, aber der Traum verpuffte, löste sich während der langen Arbeitsnächte in Luft auf, wenn ich Patienten in Notaufnahmen wie die des *Misery* brachte und wenn ich Ärzte wie Dr. Hazmat traf, die die Grenzen ihres Handwerks kennenlernen mußten.

»Kommen Sie mit«, sagte Hazmat und zog an meinem Arm. Er wies auf einen Mann mittleren Alters, der in Nische sechs lag. »Der hier hatte zum ersten Mal einen Herzinfarkt. Fünfundvierzig Jahre alt. Er sollte schon vor zehn Stunden in die Kardiologie. Er braucht einen Katheter, alle dreißig Minuten EKG, und der zentrale Venendruck muß kontrolliert werden. Selbst wenn ich Zeit dazu hätte, könnte ich mich nicht hier darum kümmern, aber die Kardiologie ist voll. Da liegen noch drei solcher Patienten wie der, den ihr gerade gebracht habt.«

»Und dann die hier«, fuhr er fort und lief an den Nischen zehn bis zwölf entlang. Drei Aidspatienten starrten uns an, abgezehrte, weiße Männer, bleich, eingefallen, verdorrt. Die Infusionsschläuche, die von ihren Händen nach oben führten, sahen aus wie Marionettenfäden.

»Alle im fortgeschrittenen Stadium. Der hier in der Zwölf läuft langsam von innen voll. Seine Lungen werden allmählich weiß, und ich muß intubieren, weil seine Mutter der Beendigung der lebenverlängernden Maßnahmen nicht zustimmen will. Sie glaubt, es sei Mord, wenn sie unterschreibt, und damit hat sie völlig recht. Ich habe festgestellt, daß es im Spanischen auch kein besseres Wort für Sterbehilfe gibt. Und trotzdem halte ich es für eine Sünde, diesen Jungen zu intubieren.«

Der Arzt drehte mich herum. Zwei Liegen mit einem Mann und einer Frau standen hintereinander an der Wand des Schwesternbereichs. »Blutvergiftung und Lungenentzündung«, erklärte er. »Beide müßten eigentlich eine Woche lang stationär behandelt werden, aber sie sind obdachlos und nicht versichert. Und oben wollen sie keine Betten frei machen. Meine Aufgabe besteht nur darin, in vierundzwanzig Stunden mit einer Antibiotika-Infusion die Infektion zu stoppen und die beiden dann mit einem Rezept auf die Straße zurückzuschicken. Und ich weiß hundertprozentig, daß sie in zwei Wochen wieder hier sein und dann wahrscheinlich ein Bett auf der Intensivstation brauchen werden, das natürlich belegt sein wird. Und schauen Sie mal hierher.« Er deutete auf zwei Männer und eine Frau auf Liegen in einer Ecke. »Drei weitere Überdosen von diesem Killerstoff, der seit kurzem im Umlauf ist. Sie nennen ihn den Roten Tod.« Er zog ein daumengroßes Plastikröhrchen mit einem Gummipfropfen aus der Tasche. Auf der Seite war ein roter Totenkopf mit gekreuzten Knochen zu sehen. »Sie kennen diese Dinger bestimmt schon.«

»Ich war ein paar Tage nicht da«, entgegnete ich. »Krank.«

»Sie sind aber oft krank, Frank.«

»Liegt in der Familie.«

»Seit das Zeug vor zwei Tagen aufgetaucht ist, sind mindestens drei Tote gefunden worden. Wir haben es mit einer Mischung aus Heroin und noch irgend etwas anderem zu tun. Die im Labor überprüfen es gerade. Das Zeug ist so stark, daß man es nicht zu drücken braucht. Man kann es schnupfen oder rauchen, und sie trinken es sogar mit Äthylalkohol vermischt. Manchmal braucht man das Zehnfache der üblichen Menge an Narcanti, um sie wach zu bekommen. Und dann muß man noch damit rechnen, daß sie auf einen losgehen.«

»Wasser«, rief der Mann, der an seiner Liege festgebunden war. »Wasser, Wasser, hey, Doktor, Wasser.«

»Ist das einer von ihnen?«

»Nein, das ist Noël, der ist nur verrückt.« Ich folgte Hazmat in den Sperrbezirk. »Bitte«, kreischte Noël. Hazmat bückte sich, um sich das Gesicht des Mannes anzusehen, und richtete sich wieder auf. »Anfangs dachte ich, er hätte eine Überdosis genommen. Er war nicht bei Bewußtsein und reagierte auch nicht auf das Narcanti. Alle lebenswichtigen Organe schienen in Ordnung zu sein. Keine Hinweise auf eine Verletzung. Es stellte sich heraus, daß Schwester Crupp ihn kennt. Sie sagt, er sei ein Spinner, der hier in der Gegend auf der Straße lebe und regelmäßig herkomme, aber sie habe ihn seit Jahren nicht gesehen. Sie glaubt, daß er im Gefängnis war. Jedenfalls hatte er zwei Anfälle und starb mir fast weg. Ich wußte nicht, was mit ihm los war, bis das Herz schließlich wieder schlug. Sein Natriumwert lag bei hundert. Normalerweise liegt er bei fünfunddreißig. Ich gab ihm eine hypertonische Lösung, ganz langsam – wenn man die Werte zu schnell erhöht, setzt das Herz aus. Da wachte er auf und schrie sofort nach Wasser, so wie jetzt.«

»Oh, Doktor«, rief der Mann, »Sie sind der Allerbeste. So nett und klug. Bitte, geben Sie mir nur ein Glas Wasser. Mehr will ich ja gar nicht.«

»Halt endlich das Maul«, brüllte der Mann mit den violetten Füßen.

»Ich hab' in ein paar alten Zeitschriften geblättert, und ich glaube, ich weiß jetzt, was es ist: seelisch bedingte Polydipsie. Eine äußerst seltene, schwere, zwanghafte Störung, ein unstillbarer Durst. Die Erkrankten trinken sogar aus Toilettenschüsseln, und sie trinken alles – Frostschutzmittel, Urin. Er hat so viel getrunken, daß die Nieren angefangen haben, Salz freizusetzen, um dem Körper das Wasser zu entziehen. Sein Organismus war völlig überschwemmt. Ich rief die psychologische Abteilung an. Sie glauben mir zwar nicht, wollen aber trotzdem jemanden herschicken. Ich könnte sogar an das *Journal* schreiben.«

»Ich sterbe, Doktor. Sie müssen mir helfen.«

»Um Himmels willen, Doc, geben Sie ihm ein Glas Wasser«, sagte der Mann mit den geschwollenen Füßen.

»Ich helfe dir ja, Noël«, gab der Doktor zurück. »Wenn du noch mehr Wasser trinkst, stirbst du vielleicht.«

»Gib mir Wasser, du verfluchter Hurensohn. Verdammte Scheiße, ich brauche Wasser.«

Milagros trat lautlos von hinten an uns heran und zog den Arzt am Arm. »Was ist denn?« fragte Hazmat.

Sie zeigte auf Burke.

Burkes Monitor fing an zu klingeln wie bei einem Feueralarm. Die unregelmäßigen Schläge hatten sich in eine zitternde Linie verwandelt. Schwester Crupp stand neben ihm und versuchte, einen Puls zu fühlen.

»Verdammt.« Hazmat zögerte einen Moment lang und schaute auf den grünen Bildschirm. Dann lief er auf Burke zu und gab seine Anweisungen. »Schwester Crupp, fangen Sie mit der Herzdruckmassage an. Milagros, machen Sie mir eine Epi fertig. Odette, wecken Sie Dr. Stark. Sagen Sie ihm, ich brauche eine Blutgasanalyse, sofort.«

Der Arzt griff nach den Paddles neben dem Monitor und begann, sie aufzuladen. »Alles weg«, rief er. »Alles weg.« Ich riß meine Trage aus dem Weg, schichtete meine Ausrüstung darauf und ging auf die Tür zu. Das gesamte Personal war mit Burke beschäftigt. Außer mir sah niemand, wie sich der alte Mann mit den geschwollenen Füßen langsam von seiner Liege erhob und stöhnend vor Schmerzen begann, den Patienten mit der Polydipsie loszubinden.

»Ich danke Ihnen, Sir. Danke«, ächzte Noël.

»Halt's Maul«, fuhr ihn der alte Mann an.

Ich ging um sie herum und dann in den Flur. Die Aufnahmeschwester winkte mir zu. Sie befragte gerade einen Mann mit einer klaffenden Wunde über einem Auge. »Sie betrinken sich also jeden Tag und fallen dann hin. Sagen Sie mir mal, wieso wir Ihnen helfen sollen, wenn Sie sich morgen wieder betrinken und wieder hinfallen.«

Ich drückte auf den Metallknopf an der Wand. Die Tür schwang genau in dem Moment auf, als Noël von hinten gegen mich prallte und meine Trage in Burkes Familie hineinrollte, die noch immer in der Nähe der Tür wartete. Wir stolperten gemeinsam auf die Wand zu, als Noël herumwirbelte und zurückwich. Dann stieß er einen Schrei aus, als er den kleinen Trinkbrunnen auf der anderen Seite des Raumes entdeckte, bei der Statue *Our Lady*. Er rannte darauf zu, und sein Nachthemd flatterte wild hinter ihm her. Er schubste ein kleines Kind zur Seite und begann, hastig und in tiefen Schlücken zu trinken, schnaubend wie ein Stier, den man aus seiner Box gelassen hatte.

Während ich Noël beim Trinken zusah, merkte ich, daß Burkes Angehörige auf mich zukamen, einer nach dem anderen. In den Augen von Ehefrau, Sohn und Tochter war dieselbe Frage zu lesen.

»Er ist sehr, sehr krank.« Meine Standardantwort.

Noël wandte sich mit einem lauten Keuchen vom Wasserstrahl ab. Ein unschickliches Rülpsen. »Ich kenne ihn«, sagte Burkes Tochter und ging auf ihn zu. »Das ist Noël. Noël.«

Ich unterbrach sie. »Wir gehen besser nach draußen«, schlug ich vor. »Schnell, schnell.« Ich schob sie durch die Türen, und der Wind blies uns entgegen. Dann explodierte Noël. Eine stürmische Welle von krampfartigen Anfällen folgte, so daß jeder, der gehen oder kriechen konnte, zu uns auf den Parkplatz flüchtete.

»Hat er eine Chance?« fragte Burkes Tochter.

Ich schüttelte den Kopf. »Es gibt immer eine Chance.« Durch die Türen der Notaufnahme sah ich, wie sich Griss, der Aufseher, langsam erhob. Er nahm seine Brille ab, klappte sie zusammen und steckte sie vorsichtig in die Brusttasche seiner Jacke. Plötzlich schwangen die Türen auf, und Noël flog hindurch. Er landete auf dem Zement zu unseren Füßen und rappelte sich auf, um wieder hineinzugehen, doch Griss versperrte ihm den Weg.

»Noël«, rief Burkes Tochter. »Noël.« Sie rannte zu ihm und legte die Hand auf seine Schulter. Er machte einen Satz von ihr weg. »Noël, ich bin es, Mary, aus der Dreiundvierzigsten Straße.«

»Mary, Mary, Mary«, antwortete er. Ich war mir nicht sicher, ob er sie erkannte, aber anscheinend gefiel es ihm, ihren Namen zu sagen. »Mary, Mary, ich habe solchen Durst, und sie wollen mir nichts zu trinken geben. Bitte, Mary.«

»Ich hol' dir etwas«, beruhigte sie ihn, und Griss machte für sie Platz, als sie hineinging und mit einer Papptasse wieder herauskam.

»Ich würde ihm das lieber nicht geben«, sagte ich, doch Noël hielt die Tasse bereits in den Händen und nippte daran.

»Danke.« Er nippte wieder, als hätte er das Paradies auf Erden gefunden. Dann lief er zu einer Ecke des Parkplatzes hinüber und beobachtete uns.

»Der Arzt glaubt, daß er an einer seltenen Störung leidet.«

»So selten ist die gar nicht«, gab sie zurück. »Er ist auf unserer Straße groß geworden. Er hat ein schweres Leben hinter sich und ist ein bißchen verrückt. Aber das ist kein Grund, ihm nicht eine lausige Tasse Wasser zu geben.« Wir beobachteten, wie die Menge wieder in die Notaufnahme drängte, auch Mrs. Burke. Die Tochter wandte sich zu mir. Der schneidende Wind trieb den Regen auf ihr Gesicht, und ich konnte nicht erkennen, ob sie weinte. Die Worte, die ich sagen wollte, saßen irgendwo in meiner linken Brusthälfte fest. Immerhin konnte ich doch ihre Hand halten, meine Hand auf ihre Schulter legen. Ich suchte nach einem Papiertaschentuch und fand nur eine unbezahlte Telefonrechnung. Während ich meine anderen Taschen durchwühlte, wurde ich von Noël erlöst, der auf uns zukam, Mary mit gesenktem Kopf die leere Tasse reichte und sich bedankte.

»Mein Vater liegt im Sterben, Noël.«

»Oh, Mary, Mary, Mary«, sagte er und umarmte sie unbeholfen, stieß sie mit den Schultern und stach ihr mit der Nase in ein Auge. Genau das, was ich hätte tun sollen. Er ging ein Stückchen und blieb dann stehen. »Ich bin heute nacht gestorben, Mary, und ich war noch nie so glücklich. Jetzt muß ich noch mal sterben, und ich wünschte, ich wäre nie geboren worden.« Dann drehte er sich wieder um, rannte fünf Schritte, blieb stehen, rannte wieder fünf Schritte, blieb noch mal stehen und ging schließlich die Auffahrt hinunter. Endlich fand ich das Taschentuch, obwohl es jetzt zu spät war.

»Ich sehe wohl besser mal nach meiner Mutter«, sagte sie und ging auf die Türen zu. Dann wandte sie sich noch einmal um. »Danke für alles.«

Ich sah hinunter auf die Straße, wo Noël über den Bürgersteig lief. Sein Nachthemd wehte offen hinter ihm her, als er hinter den dunklen Reihe geparkter Autos verschwand.

Nach der Sache mit Rose – dem Mädchen, das ich nicht retten konnte – wurden Larry und ich alle paar Tage zu irgendeiner jungen Frau mit Herzstillstand geschickt. Immer an Orte, die nur ein paar Blocks von der Stelle entfernt lagen, wo ich Rose gefunden hatte. Und immer lief es nach demselben Schema ab: Ich fahre wie ein Verrückter dorthin; überzeugt, daß ich Rose dort finden würde, in ihrem gelben Regenmantel, ein erbärmliches Häufchen auf dem Bordstein, das nicht atmet. Doch jedesmal, wenn ich ankomme, liegt die Straße verlassen da. Ich sehe auf den Bürgersteigen nach, auf den Treppen, vor den Eingängen. Ich steige aus und schaue unter den Wagen. »Hier ist nichts«, sagt Larry dann. »Wahrscheinlich falscher Alarm. Bestimmt hat nur einer geschlafen und ist weitergegangen.«

»Sie ist hier«, erwidere ich. »Du kannst sie bloß nicht sehen.«

Larry läßt den Motor an. »Sicher, Frank.«

4

Die Nacht hatte schlecht angefangen, und ich verspürte wenig Hoffnung, daß sie besser werden würde. Mir brummte der Kopf, wenn ich daran dachte, noch einen Fall übernehmen zu müssen, und ich spürte, wie dieser Knoten in mir wuchs, ein lebergroßer Tumor, der mein Herz umschloß. Also bereitete ich in aller Ruhe den Wagen auf den nächsten Einsatz vor. Ich wechselte die Sauerstoffflaschen aus, ersetzte das benutzte Beatmungsgerät, überprüfte die neuen Infusionsschläuche. Dann schüttete ich eine halbe Flasche Alkohol auf die Trage und wischte damit bis in die Ecken, unter die Schienen und um die Räder herum. Ich warf ein sauberes Laken über die Unterlage und steckte es sorgfältig in den Ecken fest.

»Komm schon, Frank«, brüllte Larry von vorn. »Der Chinese macht in fünf Minuten zu. Du weißt doch, was passiert, wenn ich nichts zu essen bekomme.«

Er lief um den Wagen herum nach hinten und half mir, die Trage hineinzuhieven. Larry bekam Anfälle von Katatonie, wenn er nicht einmal pro Stunde etwas aß. »Rindfleisch *lo mein*«, sagte er. »Daran hab' ich schon heute morgen beim Aufstehen gedacht. Was hältst du davon?«

»Ich glaube, sobald du den ersten Bissen im Mund hast, bekommen wir einen Auftrag.«

»Warum mußt du nur immer so reden?«

Ich fuhr in die Sechsundfünfzigste Straße, an der Backsteinkirche mit dem kahlen Unterbau vorbei, dem Pfarrhaus, der Leichenhalle, dem von Stacheldraht umgebenen freien Grundstück. An den meisten Läden in der Neunten waren die Rolladen heruntergelassen, und die Obdachlosen schliefen unter den dunklen Markisen. Nur die Tabakläden hatten noch geöffnet, in jedem Block einer, hell erleuchtet wie Nachtclubs.

»Bieg hier ab«, sagte Larry. »Der Chinese ist unten auf der Sechsundvierzigsten. Hier, hier. Du bist dran vorbeigefahren.«

Ich blieb bis zur Dreiundvierzigsten auf der Neunten und bog dann rechts ab. Die Veranda vor Burkes Haus war inzwischen leer, und im vierten Stock brannte Licht. Ich bemerkte, wie sich ein dunkleres Licht darin bewegte, wie ein Vorhang in der stillen Luft. Ich stieg aus und lief zu Larrys Seite hinüber, dann über die Straße, um besser sehen zu können. Vom Bürgersteig gegenüber sah ich Burke ganz deutlich, eine pulsierende weiße Gestalt, die im Kreis durch das Zimmer schritt, in lautlosem Zorn. Ich schlug mir mehrere Male auf die Stirn. Du bist krank, Frank. Weißt du das eigentlich? Der Schmerz in meiner Seite warf mich plötzlich fast um.

»Hey, du, Sanitäter. Was gibt's denn da oben?« Zwei Nutten standen vor einem verlassenen Reihenhaus, als wären sie nach draußen gegangen, um eine zu rauchen, und hätten die Schlüssel vergessen. Die dürre von den beiden war schwanger. »Bald kommst du auch zu mir«, sagte sie und strich über ihren Bauch, der groß und braun unter ihrem gelben Shirt hervorschaute.

Larry steckte den Kopf aus dem Fenster. »Frank, willst du mich umbringen?«

Ich öffnete die Fahrertür, hielt das Lenkrad fest und scherte kurz darauf auf die Fahrbahn aus.

»Du bist mir vielleicht ein Partner, Frank. Zu Fuß wäre ich schneller da gewesen. Ich verhungere fast, und du hältst an, um mit Nutten zu palavern. Du machst mich noch verrückt. Falls es das ist, was du vorhast, funktioniert es prima. Bald bin ich genauso durchgeknallt wie du.«

Ich nahm den Fuß vom Gas und ließ den Wagen langsam zur Zehnten hinunterrollen. Ich blickte zu den Reihen von Rollos hinüber, die nie hochgezogen werden und jedes Jahr gelblicher werden, wie bei Gelbsucht, Leberversagen, ein schleichender Tod.

»Hey, Larry, hast du auch manchmal das Gefühl, du träumst, obwohl du genau weißt, daß du wach bist?«

»O Gott, bitte nicht jetzt, Frank. Laß uns einfach schnell zu dem Chinesen rüberfahren, der in zwei Minuten zumacht.«

»Deine Augen sind geöffnet, du stehst aufrecht da, aber was du siehst, stimmt nicht mit dem überein, was wirklich dort ist. Als hätte man das Schloß an den Pforten der Wahrnehmung ausgetauscht, weißt du, als hättest du ein zweites Paar Augen am Hinterkopf, aber sie schauen nach innen.«

»Bitte, Frank«, sagte Larry. Dann stöhnte er auf, schlug mit dem Kopf seitlich gegen das Armaturenbrett und blieb so liegen. »O nein – mir fällt gerade etwas ein.«

»Was denn?«

»Ich bin ja so blöd. Ich hab' gestern abend schon Rindfleisch *lo mein* gegessen. Und ich kann nicht in zwei Nächten hintereinander das gleiche essen. Jetzt ist es schon zwei Uhr, und kein anderer Chinese hat noch auf. Was soll ich jetzt machen, Frank? So ein Streß. Was nimmst du denn?«

»Ich habe keinen Hunger.«

»Oh, ich vergaß. Du kommst ja ohne Essen aus.«

»Ich esse schon etwas. Aber ich brauche vor allem meinen Kaffee.«

»Kein Wunder, daß du Halluzinationen hast. Kaffee und Whiskey. Whiskey und Kaffee. Du kannst von Glück sagen, daß du bei dieser Diät noch am Leben bist. Warte, jetzt hab' ich's.« Er klatschte zweimal in die Hände. »Ein halbes Hähnchen mit Pommes frites. Die Spezialität des Küchenchefs. Los, beeilen wir uns.«

Ich bog rechts ab und hielt an. Freier aus Jersey verstopften die Straße. Sie versuchten, sich in die Vierundvierzigste zu quetschen, wo die Mädchen warteten, Brust raus, mit offenem Mund – der am besten besuchte Strich in der Stadt. Die Zuhälter standen in einer Gruppe unter den Lampen der Tankstelle. Sie postierten sich, machten Schattenboxen in ihren langen Mänteln und beobachteten, wie sich der Verkehr staute.

Ich schaltete die Sirene ein, und die Freier zuckten zusammen. Doch sie blieben ganz ruhig stehen, als sie sahen, daß nur ein Rettungswagen hinter ihnen stand und kein Streifenwagen. Wenn man keinen Revolver bei sich hat, interessiert sich niemand für einen. Larry regte sich so sehr auf, daß ich dachte, er würde sich verletzen. Er trommelte auf das Armaturenbrett, dann gegen die Windschutzscheibe. Er schaltete das Blaulicht ein und drehte am Sirenenknopf herum, so daß abwechselnd ein Jaulen, Heulen und Wimmern ertönte. »Das ist ein Notfall!« rief er. Larry hielt sich äußerst genau an die Regel, die Sirene nur im Notfall einzusetzen. Ich berührte die Stoßstange des Taxis vor mir, und die Fahrer der Wagen bildeten widerwillig eine Gasse für uns.

Während Larry zum Bestellen hineinging, lehnte ich den Kopf an das Seitenfenster. Ich schloß die Augen, doch Burkes starre Pupillen erschienen dennoch vor mir. Mit halb gesenkten Lidern, den Blick auf die Straße gerichtet, sah ich eine der frei arbeitenden Huren von ihrem Posten auf der Kellertreppe aus in meine Richtung winken. Sie ähnelte einer Wäscherin, die gerade von ihrer Schicht nach Hause kehrte. Ein alter Müllsammler schlurfte vorbei und begutachtete den Abfall, den bereits andere durchsucht, verkauft und weggeworfen hatten.

Noël tauchte an der Ecke zur Neunundvierzigsten auf und lief die Zehnte in meine Richtung herunter. Statt des Krankenhausnachthemdes trug er jetzt einen Tarnanzug der Army; genau passend, um der Armee von Verrückten beizutreten, die mit ihrer Überlebensausrüstung auf den Straßen der Stadt herumlaufen und leise mit ihren Freunden in der Hölle sprechen. Er schien über seinen Durst hinweg zu sein. Wie er auf der mittleren Fahrspur gegen den Verkehr anlief, mit den Armen über dem Kopf herumwedelte, die Scheibenputzer vertrieb und die Autos anbrüllte, wirkte er wie ein ganz normaler Spinner. Als er wieder fort war, kehrten die Scheibenputzer zurück, gefolgt von den pockennarbigen Junkies, die auf diesen Straßen ihren gestohlenen Goldplunder, kaputte Uhren oder noch verpackte, rostige Messer hin und her schwenkten. Nur in den Eingängen der Siebenundvierzigsten bedeutete das Bares, zehn Dollar ein Schuß.

Ich beobachtete im Spiegel, wie Noël in seiner grünen Tarnkleidung nach links in die gelb erleuchteten Trümmer der Fünfundvierzigsten einbog. Ein Mädchen tauchte an der Ecke auf, ein Teenager. Sie stakste mit ihren hohen Absätzen auf mich zu. Ich konnte zwar nicht ihr Gesicht sehen, erkannte aber den gelben Regenmantel, den sie trug, die schwarzen Strümpfe mit dem Loch am Knie, auf das sie einmal fiel, weil sie keine Luft mehr bekam. Es war Rose, das Mädchen, das ich nicht retten konnte. Wir machen alle Fehler, aber manche sind unverzeihlich.

Ich hupte dreimal, und als Larry herübersah, winkte ich ihm zu und zeigte auf das Funkgerät. Er hielt einen Finger hoch und wandte sich wieder dem Koch zu, dem er erklärte, wie er sein Hühnchen wünschte. Rose näherte sich mir langsam. Vielleicht war es gar nicht Rose. Seit dem Notfall vor einem Monat schienen alle spanischen Mädchen in der Gegend gelbe Regenmäntel zu tragen. Ein Modetrend, der mich noch umbrachte. Ich wollte es gar nicht wissen. Wenn ich wieder hinsah, würde ich den ganzen Vorfall noch einmal durchleben müssen, ob sie es nun war oder nicht. Ich verschränkte die Arme auf dem Lenkrad, hielt den Atem an und preßte die Stirn auf die Hände, bis sie taub waren. Eines der ersten Dinge, die man bei diesem Job lernt, ist, die schlechten Fälle zu verdrängen. Genau wie Polizisten einen Tatort abzäunen, mauert man diese Erinnerungen im dunkelsten Winkel des Gehirns ein. Ich war mal ein Experte darin, doch in der letzten Zeit bröckelte meine Mauer an einigen Stellen.

Der Auslöser konnte alles mögliche sein. Der letzte Monat gehörte Rose, aber es warteten noch hundert andere darauf, herauszukommen. Ich brauchte nur so einen Junkie in der Ecke sitzen zu sehen, der auf dem Turkey war und mit dem Becher in der Hand zitternd um etwas Kleingeld bettelte. Seine Arme, das Hemd, die Gesichtszüge, die leeren Knopfaugen – alles konnte die Erinnerung wieder an die Oberfläche treten lassen. Und plötzlich weiß ich, jetzt geht es wieder los, und wenn es einmal angefangen hat, gibt es kein Zurück, bis ich die Schreie am Ende höre. Wieder muß ich diese Treppe hinaufsteigen, in diesem düsteren Hinterzimmer stehen und nach dem Puls dieses Jungen sehen. Er ist tot, trägt dasselbe blöde Hemd, nur sieht er um Jahre jünger aus. Seine Arme sind bis auf einen blauen Fleck unversehrt. Ich gehe durch den vollgestopften Flur, am Schlafzimmer vorbei, wo ein Christusschrein in der Ecke steht und drei Kinder unter der weißen Bettdecke schlafen, wie die Jungen eines wilden Tieres aneinandergekuschelt. Ich trete in die Küche, wo die Mutter auf mich wartet. Sie schaut mich an, als solle ich ihr sagen, daß ihr Sohn Fieber hat und es ihm in ein bis zwei Tagen wieder gutgehen wird. Doch wieder muß ich ihr sagen – Jahre später, und es wird mit jedem Mal schlimmer –, daß ihr Sohn, der nicht aufstehen will, nie wieder aufwachen wird. Er ist dahingegangen, sage ich zu ihr, es tut mir leid. Aber ich kann ihre Schreie nicht verhindern, den Schmerz, der aus ihr herausdrängt.

Diese Geister gehörten zu meinem Job. Dessen war ich mir immer bewußt. Und es gab kein Haus, in dem kein Geist auf mich wartete: die Augen einer ungeliebten Leiche, das Weinen um einen Verstorbenen. Der Tod ist ein gewaltiger Ausbruch des Lebens, bei dem alle toten Körper ein Zeichen setzen. Man kann sich nicht in der Nähe eines soeben Verstorbenen aufhalten, ohne es zu spüren. Ich habe miterlebt, wie ein Zimmer selbst nach einem Tod in friedlicher Nacht am nächsten Morgen mit einem dichten Nebel aus den Überresten des Lebens erfüllt ist. Und wenn die Luft wieder klar ist, bleibt das Zeichen bestehen, in einem Kissen, das anders aussieht als vorher, oder einem Fleck an der Wand, der sich nicht wegwischen läßt.

Damit wurde ich fertig. Was mich jetzt verfolgte, war viel grausamer: all die halbfertigen Geister, Mörder, Selbstmörder, Junkies und die anderen Opfer, ob unschuldig oder nicht, die sich am Leben festhielten, das ihnen so jäh genommen worden war. Roses Geist war nur der letzte und der sichtbarste all jener, die anscheinend nur deshalb zurückgekommen waren, um mich anzuklagen – weil *ich* lebte und weil ich Bescheid wußte, weil ich bei ihrem Tode anwesend war, als wäre ich Zeuge einer schrecklichen Demütigung geworden, die sie niemals würden verzeihen können.

Natürlich war es eine Krankheit. Der Verstand spielte einem einen Streich. Das redete ich mir zumindest ein, denn darin bestand der einzige Ausweg. Ich hatte schon mehrmals am Boden gelegen und mich immer wieder aufgerappelt. Aber noch nie zuvor hatte mich der Tod eines Menschen so gefesselt. Manchmal schien Rose mir so real wie Larry. Es war leichter für mich, als ich noch jemanden hatte, mit dem ich reden konnte. Meine Frau, bevor sie mich verließ. Mein erster Partner, Tom Walls, bevor er auf seine eigene Weise verrückt wurde und ich ihn verlassen mußte. Nach außen wirkte ich wie altes, verbranntes Holz, doch in meinem Innern lauerten wirre Drähte und fliegende Funken, ein Pulverfaß, das explodieren wollte. Als Rose näher kam, als ich, ohne die Augen zu öffnen, wußte, daß sie vor meinem Fenster stand, merkte ich, daß die Lunte brannte. Ich schaltete das Blaulicht und die Sirene ein und stürzte mich in den Verkehr. Nachdem ich einen halben Block weit gefahren war und gerade versuchte, ein Taxi beiseite zu drängen, kam Larry angerannt und trommelte gegen das Fenster.

»Wo müssen wir denn hin?« Er legte sein Essen auf dem Armaturenbrett ab und stieg ein.

»Wir müssen nirgendwohin.«

»Wo wolltest du dann hin?«

»Ich dachte, ich hätte einen Hilferuf gehört. Etwas weiter weg.«

»Bist du betrunken?«

»Ich bin nicht betrunken.«

»Ich hab' dir das letzte Mal schon gesagt, ich arbeite nicht mit dir, wenn du betrunken bist.« Er riß Stücke von seinem gebratenen Hühnerbein ab, während er sprach. »Ich kann so nicht weitermachen, Frank. Ich gehöre nicht zu diesen Anfängern, die dich für eine Art Legende halten. Dieser Mist liegt schon Jahre zurück.«

»Ich bin nicht betrunken. Außerdem kann man mit mir immer noch besser arbeiten, wenn ich betrunken bin, als mit dir, wenn du nüchtern bist.« Ich hielt vor dem Feinkostladen auf der Fünfzigsten an. »Ich hol' dir ein Bier.«

»Ich meine es ernst, Frank. Captain Barney sagt, sie wollen dich feuern.«

»Ja, wann denn? Das versprechen sie schon die ganze Zeit. Was muß ich denn noch alles tun? Meinen Partner umbringen?«

»Das ist nicht witzig.«

Ich holte mir einen Kaffee, der zu heiß zum Trinken war, stellte mich auf den Bürgersteig und wärmte mir die Finger an der Tasse. Ich nahm einen Schluck, und das rote Licht begann zu blinken – Larrys Signal, daß wir einen Auftrag hatten.

»Was gibt's denn?« wollte ich wissen.

»Ich wollte mich gerade auf die Pommes frites stürzen.«

»Was für ein Notfall?«

»Herzstillstand.«

»Ach nein.«

»Ich weiß.«

»Das sind jetzt zwei nacheinander.«

»Ich weiß.«

Ich raste wild drauflos, wahrscheinlich, weil ich es haßte, dorthin zu müssen, und weil ich Larry dafür haßte, daß es ihm nichts ausmachte, und die Leitstelle dafür, daß sie mich dorthin schickte. Die Dispatcher dort sind in Wirklichkeit Boten aus der Hölle, voller Boshaftigkeit.

Die Achte Avenue bestand aus zerklüfteten Betonkratern, vom Mond erleuchteten Vulkanen. Kochendheißer Kaffee rann mir den Arm hinunter, und ich fuhr noch schneller. Larry gab es bald auf, sein herumfliegendes Essen zusammenzusuchen, und setzte sich so hin wie immer bei einem Notfall: Er kauerte auf seinem Sitz, eine Hand auf dem Dach, die andere an der Windschutzscheibe, und schrie bei jedem Rucken »Jesus« oder »Shit«.

Das Haus war ein riesiger Vorkriegskasten am Central Park

South. Ich zerrte die Trage durch die Eingangstür, an dem angeschlagenen Portier vorbei und in den mit Eichenholz getäfelten Aufzug. Dann zog ich Larry und die Trage über den dicken Teppich des Flurs im siebenundzwanzigsten Stock. Ich nahm das Beatmungsgerät zur Hand und sprintete die letzten sechs Meter, fürchtete mich aber gleichzeitig davor, daß sich die Tür öffnete, dachte, dies könnte der Fall sein, der mich vollends erledigt. Wenn jemand schreit, fang' ich an zu heulen und bepisse mich, und alles wird aus mir herausbrechen.

Ich hörte ein Stöhnen auf der anderen Seite der Tür, als wäre der Kummer gerade wie eine Bombe explodiert. Eine alte Frau öffnete, und der Schmerz stand ihr ins Gesicht geschrieben. Sie bedeckte den Mund, dann die Augen.

»Er hat einfach aufgehört zu atmen«, erklärte sie.

Ich schob sie zur Seite. »Wo ist er?«

»Rechts, im hinteren Zimmer. O Gott, Richard.«

Ich durchquerte drei Zimmer, in denen es viktorianische Möbel, einen Fernseher und Bilder von Spaniels gab. Als ich endlich das Hinterzimmer erreichte, streckte ich blind die Arme aus. »Wo?« rief ich.

»Er liegt auf dem Bett.«

Das Bett war hastig gemacht worden. Ich zog die Decke zurück. Nichts.

»Nein, nein, er ist unter dem Bett.«

Larry und ich hockten uns hin und suchten.

»Ich kann ihn nicht sehen.«

Larry blickte auf. »Vielleicht ist er im Schrank.«

Ich setzte mich erschöpft aufs Bett. Die Frau holte Anzüge aus dem Schrank und warf sie neben mir auf die Bettdecke.

»Er war gerade noch hier. Er atmete nicht mehr.«

Larry hob die Kissen hoch und schaute hinter die Bilder. »Für eine Leiche ist er ganz schön flink.«

Sie warf noch einen Packen Anzüge auf das Bett. Ich nahm ihre Hände und brachte sie dazu, sich hinzusetzen. Ich sah die Bilder von ihr und ihrem Mann auf der Kommode. Wahrscheinlich war er schon vor Jahren gestorben, und sie erlebte es jetzt so intensiv wie damals.

»Es ist alles gut«, sagte ich. »Er ist fort, und Sie können nichts mehr für ihn tun.«

»Nein, nein. Er war gerade noch hier.«

»Nein, er ist von uns gegangen. Das wissen Sie doch.« Ich legte den Arm um ihre breiten Schultern und hätte am liebsten mit ihr geweint. Ich kannte mich mit dem traumatischen Streßsyndrom gut aus. Dann hörten wir die Toilettenspülung.

»O Gott, er ist da drin!« rief sie, und wir drei machten einen Satz von der Badezimmertür weg, als sie plötzlich aufschwang. Da stand Richard, lebendig und kerngesund, mit schwarzen Socken und weißen Boxershorts.

»Marge, was zum Teufel ist hier los?«

»Du hast aufgehört zu atmen, Richard. Ich bekam dich nicht hoch.«

»Ich hab' geschlafen.«

Sie zeigte auf mich. »Dieser Mann hat gesagt, du seist tot.«

Richard kratzte sich. »Wie Sie sehen, geht's mir gut.« Er trommelte sich auf die Brust. »Es ist mir sehr unangenehm, Sie zu belästigen. Meine Frau ist manchmal ein wenig durcheinander. Ich bin sicher, Sie haben Wichtigeres zu tun.«

Er nahm Marge in den Arm und führte uns durch den Flur in das geräumige Wohnzimmer. Sie war eine große Frau, und er mußte schon über achtzig sein, aber er hielt sie mit Leichtigkeit. Ich dachte schon, er würde mich zum Armdrücken herausfordern.

»Hier konnte man früher einmal wunderbar leben.« Er zeigte auf die Bilder über dem Kamin. »Aber die Stadt hat sich verändert. Früher gingen wir immer im Park spazieren, bei Tag und bei Nacht. Oder wir nahmen ein Taxi nach Harlem, um Basies Orchester zu sehen. Jetzt wagen wir uns kaum noch vor die Tür. Ich fühle mich, als wäre ich in meiner eigenen Wohnung gefangen. Das macht Marge sehr zu schaffen.«

Marge blickte vom Sofa auf. »Der Portier wollte mich vergiften.«

»Das stimmt«, bestätigte Richard. »Er ist sehr gerissen.« Er ging zum Fenster hinüber und zog die schweren, blauen Vorhänge zurück. Die Scheibe war vollständig von Cornflakespackungen bedeckt, mit silbernem Isolierband festgeklebt. »Sie richten die ganze Nacht ihre Suchscheinwerfer auf uns, immer hin und her.« Larry bog die Ecke einer Schachtel zurück. Wir blickten auf eine leere Pferdekutsche hinunter und auf einen Mann, der seinen Hund ausführte.

»Sie lassen niemanden in Ruhe in diesem Haus leben. Die Leute von oben sind nicht von hier, da bin ich sicher.« Richard lief wütend im Kreis herum, die Hände über dem Kopf. »Und dann läuft's oben durch die Decke – Kot, Urin, Blut. Und niemand hilft uns.«

Marge erhob sich wankend und lief zu einer Zimmerecke hinüber. »Richard hat das hier gebaut, damit es aufhört.« Sie zeigte auf einen fast zwei Meter hohen Aluminiumtrichter, der in eine tragbare Plastiktoilette führte.

»Setz dich, Marge. Denk an dein Herz.«

Sie hatte es fast vergessen. Sie ließ sich auf das Sofa fallen und hob die linke Brust. »Oh, es geht wieder los! Richard, hol bitte eine Tablette.«

Richard brachte einen Schuhkarton voller Medikamente. Er nahm aus jeder Schachtel eine Pille und hielt ihr eine Handvoll hin.

»Warten Sie einen Augenblick«, sagte ich. »Sie können ihr nicht all das geben.«

»Glauben Sie mir, es ist das einzige, was funktioniert.«

Die Pillen waren größtenteils Sedativa, Vitamine und Antidepressiva. Ich pickte eine Valiumtablette heraus. »Hier, geben Sie ihr nur diese.«

Larry nahm die Tablette und steckte sie in die Tasche. Dann holte er das EKG-Gerät heraus und begann, Marge anzuschließen.

»Larry, komm schon – laß uns gehen.« Allmählich fühlte ich mich selbst wie ein Gefangener. Ich blickte prüfend zur Decke hinauf.

»Frank, sie hat Schmerzen in der Brust.«

»Sie hat überall Schmerzen«, entgegnete ich. »Ma'am, wie fühlt sich der Schmerz an?«

»Ich weiß nicht.«

»Ist es ein Drücken?« fragte Larry. »Als würde ein Elefant auf Ihrer Brust sitzen?«

»Ja«, stöhnte sie.

»Ist es ein flatternder Schmerz?« fragte ich. »Als würde ein Vogel in Ihrer Brust herumfliegen?«

»Ja.«

»Oder ein brennender Schmerz, als würde man angezündete Streichhölzer essen?«

»Jaaa«, schluchzte sie.

»Sie hat das Ja-Syndrom«, stellte ich fest. »Da kann man nicht viel machen.«

Doch Larry blieb fest entschlossen. Schließlich war er Rettungssanitäter. Eine Frau spürte Schmerzen in der Brust. Er stellte die Infusion auf, wickelte einen Stauschlauch um ihren Arm und wischte die Haut mit Alkohol ab.

»Sie haßt Nadeln«, sagte Richard. »Sie braucht nur ihre Pillen, und dann geht es ihr normalerweise ganz gut.«

»Sie braucht eine Infusion, Sir, falls wir ihr unsere Medikamente geben müssen.« Larry nahm Marges linken Arm. »Sie werden einen kleinen Stich spüren.«

Marge schrie wie am Spieß. Mit einer Behendigkeit, die man ihr bei ihrer Größe gar nicht zugetraut hätte, versetzte sie Larry einen Stoß. Erschrocken, aber noch immer wild entschlossen, stach er ein zweites Mal zu, genau über der blutenden Stelle seines ersten Angriffs. Inzwischen kreischte Marge so laut, daß ich fürchtete, gleich tauchten die Suchscheinwerfer auf. Richard und ich sahen zu, wie Larry ein drittes Mal in ihren Arm stach. Beide

Kämpfer atmeten schwer. Marge hatte etwas Blut verloren, und Larry taumelte, erschöpft von seinem letzten Versuch, aber ich wußte, daß er nicht aufgeben würde. Er handelte aus höheren Beweggründen. Er griff nach einer neuen Nadel. Geschickt schoß er auf ihren lädierten rechten Arm zu, zog aber in letzter Sekunde die Nadel zurück und hechtete über Marge hinweg. Er drückte sie mit der Schulter auf das Sofa nieder und stürzte sich auf den unberührten blauen Strom, der ihren rechten Arm hinauflief. Sie keuchte und wand sich, doch es war zu spät. Larry traf die Vene, hielt trotz ihres ohrenbetäubenden Geschreis ihren Arm fest und klebte den Infusionsschlauch fest.

Richard zog sich schnell an: gelbe Jogginghose, grüner Bademantel, blauer Filzhut. »Wir müssen zum Episcopal Memorial fahren. Dort ist ihr Arzt.«

»Sie nehmen normalerweise keine Notruf-Patienten.«

»Uns werden sie nehmen. Mir gehört das Ding praktisch.«

Als wir das Krankenhaus erreichten, hatten sich Marges Brustschmerzen gelegt, und sie klagte nur noch über die Einstiche in ihren Armen. Der Eingang der Notaufnahme war verschlossen, also klopfte ich an die Fenster des Wartezimmers. Das gesamte Personal war dort versammelt. Alle hatten es sich auf den unbenutzten Stühlen bequem gemacht und schauten sich eine Fernsehsendung über geplagte Rettungssanitäter an. Nach ein paar Minuten ließ uns eine der Krankenschwestern hinein.

Sie küßte Marge auf beide Wangen. »Mrs. Foster. Wie geht es Ihnen?«

Mrs. Foster zeigte auf ihre Arme, und die Schwester schüttelte mitfühlend den Kopf. Sie schob Marges Trage in eines der sechs leeren Zimmer. Dann winkte sie uns hinaus und zog den Vorhang zu. »Ich kümmere mich jetzt um sie. Ich denke, Sie haben genug getan.«

Zwei Ärzte kamen herein. Sie schüttelten Mr. Foster die Hand, klopften ihm auf den Rücken und unterhielten sich über den neuen Flügel der Chirurgie, der gerade gebaut wurde. Ich setzte mich auf eines der übrigen Betten und wartete darauf, daß Larry mit dem Papierkram fertig war und die Schwester unsere Trage zurückbrachte. Ich lauschte auf die Stimmen aus dem Fernseher, die darüber diskutierten, wie man siamesische Zwillinge zu retten habe. Ein Klingeln mischte sich dazu, mein Ohrensausen mal wieder, und alles bewegte sich plötzlich unerträglich langsam. Ich mußte mich hinlegen.

Das Bett war sauber und weich. Es fühlte sich so gut an, daß ich mich nach einem Arzt sehnte, nach Sauerstoff, Medikamenten und vor allem danach, mein Herz ruhig auf dem neuen Apparat über mir schlagen zu sehen. Ich stellte mir vor, wie ich meine Uniform auszog und in ein schlichtes Krankenhausnachthemd schlüpfte. Ich würde einfach daliegen und auf die Schwester warten, die meinen Blutdruck, meinen Puls und meine Temperatur maß. Dann würde die Ärztin kommen, mit müden Augen, weil sie so lange gearbeitet hatte. Zu Anfang wäre ich stur und unkooperativ, doch durch ihre hartnäckige Professionalität würde sie mein Vertrauen gewinnen. Und dann würde ich ihr von den Geistern erzählen, die mich verfolgten, von den Schmerzen, die jede Nacht woanders auftraten, und dem unerklärlichen Wahnsinn, der mich immer wieder zur Arbeit gehen ließ. Die Ärztin würde traurig zuhören, und dann würden hinter ihr die Spezialisten eintreten, um mir Blut und Urin abzunehmen. Danach würde ich warten, eindösen, wieder aufwachen und über meinen Tod nachdenken, bis die Laborergebnisse kamen und die Ärztin zurückkehrte, um mir zu sagen, daß man alles versucht, aber nichts Wesentliches gefunden habe. Mein Problem sei wahrscheinlich streßbedingt, vielleicht psychosomatisch. Nichts Ernsthaftes, keine Sorge, und man würde noch ein paar weitere Tests durchführen, um alle Möglichkeiten auszuschließen. Danke, Frau Doktor, würde ich sagen. Nichts zu danken, würde sie antworten. Dann würde wieder die Schwester kommen und mir eine Spritze geben, die überhaupt nicht weh tat, für die Nerven, und ich würde das Krankenhaus mit einer Liste von Empfehlungen und

Namen von Spezialisten in der Tasche verlassen, die man am nächsten Tag konsultieren könnte. Dann würde ich ein Taxi nach Hause nehmen, ein Bier trinken und schlafen wie ein Engel.

»Sie können hier nicht schlafen.« Die Schwester rüttelte an meiner Schulter, zeigte auf die Trage und winkte uns hinaus. »Das Bett ist nur für Patienten.«

Letzten Januar, im Monat der Brände, hatte Larry einen Feuernotruf entgegengenommen, während ich mir Kaffee holte. Ich war so wütend, daß ich wie der Teufel dorthin raste. Doch ich fühlte mich auch nicht besser, als ich auf der Zwölften 130 Stundenkilometer erreichte und Larry auf dem Sitz stand, den Rücken gegen das Dach preßte und »Oh, Jesus, Jesus, Jesus« murmelte. Wir kamen an, als die Feuerwehrautos abrückten. Ich fuhr in den Park hinter den Baseballfeldern, auf die Scheinwerfer des Polizeiautos zu. Der Cop grenzte gerade ein paar Sträucher mit gelbem Plastikband ab. Auf der Lichtung in der Mitte lag ein riesiger Haufen alter Kleidung und Taschenbücher, der noch glühte. Ein schwarzer Arm schaute darunter hervor. Das Feuer hatte ihn zum Teil so stark verbrannt, daß die Haut aufgerissen und das angebratene weiße Fleisch darunter zu sehen war. Larry und ich räumten die Bücher beiseite, um an den verkohlten Leichnam heranzukommen. Das Weiße in den Augen war gelb verbrannt. »Da drüben liegt eine Gasflasche«, stellte der Cop fest. »Jemand muß ihn angezündet und dann mit diesen Büchern bedeckt haben. Ich fliege nächste Woche nach Aruba.« Larry ging zum Rettungswagen zurück, um seine Kamera zu holen. Er besaß ein Fotoalbum mit Bildern von allen Leichen, die wir gefunden hatten. Seine Kumpel bei der freiwilligen Feuerwehr fanden es toll. »Willst du eins?« fragte er mich, während er drei Fotos schoß. »Nein, danke, kein Bedarf.« Die Augen des Mannes hatten bereits ein Bild in meinen Kopf gebrannt. Ich hob ein Buch auf, das vor meinen Füßen lag. Angeln auf den Großen Seen *von Robert P. Gulliver. Ich nahm es mit zum Wagen.*

5

Es war bereits drei Uhr morgens, und noch immer kamen die Notrufe schneller herein, als sie die Leitstelle weitergeben konnte. »Fünfzehn Boy, ihr habt einen Fußgänger, der von einem Taxi angefahren wurde, 320 West Achtundfünfzigste Straße, Apartment 5B, vierter Stock. Ist anscheinend durch seine Küche gefahren. Oh, Moment – hier steht, daß es gestern passiert ist. Vierzehn Young, ihr fahrt zu einem Herzstillstand auf der 235 West Dreiundsechzigste Straße, Apartment 10C. Ein fünfundachtzigjähriger Mann, den seit sechs Tagen niemand mehr gesehen hat, und aus der Wohnung kommt ein übler Geruch. Also seht mal schnell nach. Dreizehn Victor, ich tu' es nicht gern, aber ich muß euch aus eurer Eßpause reißen. An der Ecke Fünfundvierzigste und Lex befindet sich vor dem Unterstand ein vierzigjähriger Mann im Rollstuhl, der über Entzündungen an den Beinen, Brechreiz, rektale Blutung und Krämpfe klagt. Viel Spaß. Kommt schon, Einheiten, meldet euch. Dreizehn Zebra, achtundvierzig Minuten in der Notaufnahme. Eins-Drei Charlie, Zwölf Adam – ich habe Jobs für euch.«

Wir waren Dreizehn Zebra heute nacht, aber bevor ich nicht meinen Kaffee bekommen hatte, würde ich nicht antworten. Irgendwo in dem blauen Bildschirm wartete etwas Furchtbares auf mich, etwas Verfaultes, von Ungeziefer Zerfressenes. Ich hielt vor dem Bagel-Imbiß um die Ecke vom Episcopal. »Einen Kaffee, schwarz, ohne Zucker«, bestellte ich und wiederholte es noch einmal, doch der Sohn des Eigentümers starrte mich nur an, als hätte ich nach einem Klavier gefragt. Er hatte noch immer nicht den

Notfall verarbeitet, den wir vor mehr als zwei Monaten in diesem Laden hatten – ein Kunde mittleren Alters, der plötzlich tot umgefallen war. Um ihn schnell an die Infusion legen zu können, schnitt Larry mit seiner Schere den Mantel des Mannes auf. Damit verstieß er gegen die erste Sanitäterregel: Schneide niemals einen mit Daunen gefütterten Mantel auf. Blitzschnell wurden die Federn aus dem Ärmel des Toten in die riesigen Ventilatoren gesaugt, die die heiße Luft von den Öfen wegblasen. In Sekundenschnelle wirbelten Tausende von Federn durch den kleinen Laden, in unsere Augen und Münder, in jede Ecke, auf alle Bagels. Sie fielen in Bottiche mit Rahmkäse und Mehlsäcke. Ahmed, der hünenhafte iranische Besitzer, behauptete, er fände noch immer welche.

»Kannst du mir mal erklären«, sagte er, während er mit dem Kaffee um seinen Sohn herumging und die Tasse auf der Theke absetzte, »warum man den Mantel eines Toten aufschneiden muß?«

Ich hätte woandershin fahren sollen, aber dieser Laden war der nächste und hatte den besten Kaffee. »Ich muß jetzt wirklich gehen. Wir haben viel zu tun.«

»Miß meinen Blutdruck. Bitte. Mein Kopf bringt mich noch um.« Er begann, seinen Ärmel aufzukrempeln.

»Nein«, entgegnete ich. »Ich hab' keine Zeit. Geh ins Krankenhaus.«

»Wer soll sich denn um den Laden kümmern? Meine Söhne sind zu dumm und zu faul. Sie haben nichts als knochige Frauen und Korvetten im Sinn. Seit das mit den Federn passiert ist, läuft das Geschäft sowieso nicht mehr gut.«

Ich wartete nicht, bis er fertig war. Ich hatte das alles schon einmal gehört. Sein Blutdruck war immer unglaublich hoch, eigentlich zu hoch, um damit leben zu können. Jedesmal, wenn ich ihn maß, riet ich ihm, ins Krankenhaus zu gehen. Und jedesmal zählte er mir all die Gründe auf, weshalb er nicht gehen könne. Wenn es nicht seine Söhne waren, dann seine Frau, das Wetter oder seine

Gicht. Trotzdem war er ein taffer alter Kerl. Und außerdem mochte ich jeden, der nicht ins Krankenhaus wollte.

Larry schlief, als ich zurückkam. Also drehte ich den Funk des Rettungsdienstes und der Polizei leiser und nippte an meinem dampfenden Kaffee. Fünf Minuten, dachte ich, nur fünf Minuten. Ich schloß die Augen, doch ich sah wieder Burkes Augen vor mir. Also schaute ich Larrys Kopf an, der bis auf den kleinen Huckel seiner Nase eine perfekte Kugel bildete. In den sechs Monaten unserer gemeinsamen Arbeit hatte ich ihn Dutzende Male einschlafen sehen, und diese Verwandlung verblüffte mich noch immer. Wenn er wach war, stampfte Larry mit der Anmut eines gerüsteten Schlächters durch die Welt. Das Problem war meiner Meinung nach sein Hals, der so dünn aussah wie der eines Mannequins. Auf dieser schwachen Stütze schien sein großer Kopf fortwährend hin und her zu schwanken, die Form zu verändern und sich den nächstbesten Halt zu suchen – ein Fenster, eine Wand oder das Lenkrad. Wenn er sich erst einmal in einer solchen Ruhelage befand, hörte das Schwanken auf. Sein Rumpf sackte in sich zusammen, sein Kopf wurde ganz rund, und sein Gesicht zeigte die zufriedene Seligkeit eines Babys an der Mutterbrust.

Mehr als alles andere wünschte ich mir, so schlafen zu können. Die Augen zu schließen und diese Stadt voller Geister zu verlassen, in die Ferne zu fliegen, in die Sonne hinein, über einen von Kiefern umsäumten, eisbedeckten Bergsee hinweg. Morgens schlaftrunken aufzuwachen, die Augen einfach wieder zu schließen und von einer Lichtung am Ufer zu träumen, von einer Holzhütte, einem Feuer, einem großen, weichen Bett, von Mona. Seit Monaten war ich nicht mehr in dieser Hütte gewesen, und seit mehr als drei Wochen hatte ich meine Frau nicht gesehen.

Mona sagte immer, mich zu treffen, das sei, wie von einem Lastwagen angefahren zu werden. Aber eigentlich war es ein Kombiwagen. Als ich sie zum ersten Mal sah, hielt ich sie für tot.

Sie lag ungefähr zehn Meter vor mir und bewegte sich nicht. Doch als ich auf sie zuging, hob sie den Kopf und sah mich an. Ich stellte fest, daß sie nicht nur lebte, sondern auch noch hübsch war, und fast unverletzt – bis auf ihr Bein, das sich an falscher Stelle krümmte. Ich schnitt ihre Lederhose und den Stiefel auf, um heranzukommen, obwohl sie mich anschrie, ich solle es nicht tun. Sie besaß das schönste gebrochene Bein, das ich je gesehen hatte: lang, weiß und geschmeidig und zart gekrümmt an der Stelle, wo sich das gebrochene Ende ihres Wadenbeins wie ein neues Gelenk durch ihren Unterschenkel bohren wollte, aber viel schöner als ein Knie oder Sprunggelenk. Ich fing nicht sofort mit dem Schienen an, sondern hielt die Hände in der Nähe der Bruchstelle und betrachtete die Krümmung und die eigenartige neue Schönheit, die das Bein dadurch erhielt, bis Mona sich aufsetzte und ebenfalls hinsah. »Biegen Sie das bloß wieder hin«, sagte sie. Zuerst verliebte ich mich in Monas Bein, dann in sie selbst.

Sie erzählte mir, sie sei Tänzerin. Hinten im Rettungswagen mußte ich ihr versprechen, sie zu erschießen, wenn sie wegen des Bruchs nicht mehr tanzen könne. Für den Rest der Nacht war ich zu nichts mehr zu gebrauchen, verband Kopfschmerzen und schiente Herzanfälle. Nach der Arbeit ging ich in ihr Zimmer hinauf und brachte ihr Kissen und Schmerzmittel. »Der Arzt hat mir gesagt, daß ich Sie nicht erschießen muß.«

Ich erzählte ihr, wie meine Eltern sich im *Misery* kennenlernten. Ich half ihr in den Flur und zeigte ihr die Kinderstation, wo ich geboren worden war. Sie sprach über Ohio. In meiner Vorstellung verwandelte es sich in diesen himmlischen Friedhof aus leeren Silos und verfallenen Fabriken, wo ein kleines Mädchen zwischen dem Unkraut herumtanzte. Dann begannen die Schmerzmittel zu wirken, und ich durfte ein Wunder miterleben – die schlafende Mona, so schön, daß ich fast vom Stuhl fiel.

Am übernächsten Morgen brachte ich sie in einem Taxi nach Hause. Danach kaufte ich ein Paar Stiefel als Ersatz für den einen, den ich am Unfallort kaputtgeschnitten hatte. Ich suchte in der ganzen Stadt, bis ich einen extra weiten in Größe 15 fand, der gerade über den Gipsverband paßte. Ich brachte ihr Bücher und Erdnußbuttersandwiches. In jener Nacht rettete ich bei der Arbeit einen Kater. Er kauerte miauend unter dem Bett einer alten Frau, die einsam gestorben war. Ich wusch ihn und schenkte ihn Mona. Ich erzählte ihr, er sei ein Medizinkater, in aztekischer Heilkunde ausgebildet.

Ihr Arzt sagte, sie müsse den Gipsverband für mindestens acht Wochen tragen. Gegen Ende des ersten Monats brachte ich ihr fast jeden Abend Essen. Nach einem Kerzenlichtdinner mit Sandwiches, Wein und drei langen Küssen hielten wir es nicht länger aus. Ich zog ihr den großen Stiefel aus. Vorsichtig schnitt ich mit meiner Sanitäterschere ihre alte Jeans auf, über dem Gips, dem Oberschenkel, bis zu den rotgoldenen Locken zwischen ihren Beinen, strahlend wie ein Sonnenaufgang, ein weiteres Wunder. Ich wollte ganz langsam und behutsam vorgehen, um ihrem Bein nicht weh zu tun. Doch als ich sie wieder küßte, ihre Brust schmeckte und spürte, wie sich die Muskeln auf ihrem Rücken anspannten, wollte ich nichts anderes mehr, als diese Sonne an mich drücken, sie trotz dieses blöden Gipsverbands an mich ziehen.

Ihre Familie besaß ein Sommerhaus am Lake Superior. Als der Gips schließlich abgenommen wurde, fuhren wir nach Westen, um zu feiern, zwei Wochen am See, unserer einsamen Insel. Ich habe diese Tage undeutlich als eine Collage aus perfekten Augenblicken in Erinnerung, jeder einzelne eine harmonische Szene mit Laub, Wasser, Erde und Monas Gesicht. Sie alle verwandelten sich in meinem Kopf zu einem großen, rostigen Haufen Schrott. Die einzigen Bilder, an die ich mich klar erinnere, gehören zu dem Abend, an dem wir uns gemeinsam betranken. Wir fuhren zur dreißig Kilometer entfernt gelegenen örtlichen Bar namens »Edmund Fitzgerald« hinaus. Von außen sah sie aus wie eine Kommandobrücke, und innen hingen lauter Bilder von verschollenen Schiffen an den Wänden – alle Rahmen schief, als würden sie in einem Sturm schwanken. Ed, der Barkeeper, behauptete, Kapitän von sechs verschiedenen Schiffen gewesen zu sein. Die Anwohner sagten aber, er sei nie aus dem Kesselraum hinausgekommen. Aber immerhin trug er eine Kapitänsmütze. Und spät an jenem Abend baten wir ihn, uns zu trauen. Allerdings klang es bei ihm eher wie ein Befehl als wie ein Sakrament. »Du, Frank Pierce, nimmst diese Frau zu deiner rechtmäßig angetrauten Ehefrau.«

»Ja, Kapitän.«

»Und du, Mona Olearkick« – er versuchte, ihren Namen von einer Karte abzulesen – »Oleerazak... Oleoracrack...«

»Olejarczyk«, verbesserte Mona.

»Ja, du, du nimmst diesen Mann zu deinem rechtmäßig angetrauten Ehemann.«

»Ja, Kapitän.«

»Weggetreten.«

Wir waren knapp zwei Jahre zusammen. Kaum mehr als eine Jungfernfahrt.

Als ich sie das letzte Mal sah, sagte Mona, meine Arbeit würde mich umbringen, und mein Tod würde sie umbringen. An jenem Morgen hatte ich Rose sterben lassen. Ein ganz gewöhnlicher Tag: Eine Frau war in mein Leben getreten, um zu sterben, die andere hatte mich verlassen, um zu leben. Während all dieser Zeit hatten sie nie Eifersucht aufeinander verspürt, und in den letzten paar Wochen hatten sie gelernt, mich unter sich aufzuteilen, mich während meiner Schicht zu verfolgen. Rose mit Kaffee am Abend, Mona mit Whisky am frühen Morgen. Je mehr ich versuchte, sie zu vergessen, desto länger und deutlicher blieben sie in meinem Kopf. Mr. Burke und all die anderen Geister konnten mich nur wenig ablenken. Ich versuchte zu kündigen, gefeuert zu werden. Ich arbeitete eine Woche lang Doppelschichten und meldete mich in der nächsten krank. Ich stellte mir vor, in anderen Jobs zu arbeiten oder andere Frauen zu treffen. Aber meistens träumte ich vom Schlafen, von einem achtstündigen, natürlichen, traumlosen Schlummern. Einfach den Kopf fallen lassen und dann gute Nacht, wie Larry es machte. In ruhigen Nächten sah ich ihm manchmal stundenlang beim Schlafen zu. Ich versuchte, es ihm nachzumachen, legte den Kopf genauso hin wie er, atmete synchron mit ihm und schnarchte in der gleichen Tonlage. Ich bemühte mich, das Leben als eine Reihe von Eß- und Schlafperioden zu sehen. Ich hörte mir seine Geschichten an und wollte alle Details über die Dinge erfahren, mit denen er sich beschäftigte, wenn er nicht aß oder schlief. Es fiel mir schwer, über die Tatsache hinwegzusehen, daß ich fast keine seiner Ansichten teilte.

Larry trug sein Leben in seiner Brieftasche mit sich herum. Bereits in unserer ersten gemeinsamen Schicht zog er die Brieftasche hervor. Als wir uns die Hände schüttelten, mußte ich mir ein Foto seiner jungen Frau in einem weißen Sweatshirt vor einem weißen Kühlschrank ansehen, und die weiße Küche strahlte im Hintergrund. Danach folgte das erste von mindestens zehn Bildern von seinen Kindern, die er mit sich herumschleppte. Auf seinem Lieblingsbild schliefen beide Kinder auf einem böse aussehenden Labradorhund. Bald wußte ich alles über seine Schwierigkeiten mit Boilern und darüber, wie Termiten den Wiederverkaufswert eines zweistöckigen Kolonialhauses in Bayville ruinieren konnten. Ich wußte Bescheid über seinen kranken Vater und über seine Mutter, die die Familie verließ, als er sieben Jahre alt war. Er zeigte mir sogar seine beeindruckende Sammlung von Zulassungsscheinen: Er durfte schwere LKW und Gabelstapler fahren, gewerblichen Grundbesitz in Brooklyn verkaufen, Sprengstoff in seinem Kofferraum transportieren, kanadische Elche töten und abbalgen, seine Niere nach seinem Tod für einen Cousin in San Diego spenden, zu Kriegszeiten Paare vermählen.

Das meiste davon hatte Larry mir an unseren ersten beiden gemeinsamen Arbeitstagen erzählt, und danach widmete er alle Gespräche der einzigen wahren Liebe seines Lebens: der Freiwilligen Feuerwehr von Bayville. Voller Leidenschaft sprach er von der Kameradschaft unter Männern, die gemeinsam ihr Leben riskieren. Er erzählte mir, was sie aßen, welche Pornos sie sich anschauten und welche Art von Twinsonic-Lichtern sich jeder für die neue Pumpe wünschte, die sie im Mai bekommen sollten. Larry ging immer davon aus, daß ich mich als Rettungssanitäter automatisch mit Feuer-Bekämpfern verbrüdert fühlen müsse. Das stimmte aber nicht. Ich haßte Feuer, und als er mir zum vierten Mal von dem Großeinsatz anno 1991 erzählte, explodierte ich. Ich verfluchte alle Feuer und Feuerwehrmänner. Seitdem hatten wir ein gespanntes Verhältnis zueinander.

»Hey, Larry.« Ich lehnte mich zu ihm hinüber und klopfte gegen die Fensterscheibe an seinem Ohr. »Wach auf.«

»Was?« Sein Kopf schoß von der Tür hoch.

»Stell's ab.«

»Was denn?«

»Du weißt schon. Das Funkgerät.«

Larry griff tief in seine Tasche hinein und zog seinen persönlichen, tragbaren Funkempfänger der Feuerwehr heraus. Er hatte versprochen, ihn nicht zur Arbeit mitzubringen, wenn ich sein Partner war. Durch die statischen Störungen hindurch hörte ich eine Frauenstimme: »Leiter Vier, fahren Sie zu einem vierstöckigen Wohnhaus, zehn-zweiundzwanzig, 417 West Zweiundfünfzigste.« Ich beugte mich hinüber und stellte ihn ab.

»Laß uns hinfahren«, schlug Larry vor. »Könnte ein guter Feuereinsatz werden.«

»Nein. Nein, das hab' ich dir schon mal gesagt. Es gibt keinen guten Feuereinsatz. Die Menschen verbrennen im Feuer. Sie können nicht mehr atmen. Ihr Zuhause wird zerstört.«

»Ich weiß. Und wir können sie vielleicht retten. Komm schon, Frank.« Er griff nach unserem Funkgerät auf dem Armaturenbrett. Ich hielt die Antenne fest. Wir zogen beide.

»Treib es nicht zu weit, Larry.«

»Du bist ausgebrannt«, antwortete er. »Versengt.«

»Nein, Larry, ich glühe noch, und wenn du noch näher an mich herankommst, verbrenne ich dich.«

Wir wurden von der Leitstelle unterbrochen. »Eins-Drei Zebra. Zebra Drei, ich brauche euch.«

Ich ließ das Funkgerät los, und Larry zog es an seine Brust. »Siehst du«, meinte er, »er gibt uns den Einsatz sowieso.«

»Zebra, seid ihr da?« fragte der Dispatcher. »Ich hab' einen Bewußtlosen an der Ecke Sechsundvierzigste und Zehnte.«

Das Funkgerät fiel auf die Konsole zwischen uns. »Sechsundvierzigste und Zehnte«, kreischte Larry. Er blickte auf die Uhr. »O nein, es ist drei Uhr. Das kann nur eines bedeuten.«

»Mr. Oh.«

»Es ist Mr. Oh. Ich werde mich nicht melden.«

Das Funkgerät lag auf dem Armaturenbrett. Ich wollte ebenfalls nicht rangehen.

Wieder meldete sich die Leitstelle. »Los, geht ran, Zebra. Ihr wißt, daß ihr dran seid.«

»Wir hatten ihn schon viermal in dieser Woche«, sagte Larry. »Viermal. Sind wir die einzige Einheit hier draußen? Geh nicht ran. Ich übernehme den Fall nicht. Er wird ihn jemand anderem geben.«

»Also gut.«

»Dreizehn Zebra. Eins-Drei Zebra. Zehn Uhr dreiunddreißig. In zwei Sekunden werdet ihr suspendiert.«

Bevor er mit mir zusammen arbeiten mußte, war Larry nie verwarnt worden, weil er nicht geantwortet hatte, aber in den letzten drei Monaten war uns das dreimal passiert. Larry blickte zuerst das Funkgerät, dann mich an, und als er einsah, daß ich nicht rangehen würde, hob er es auf. »Sieh mal, Frank, wenn ich sage, geh nicht ran, bedeutet das, geh ran. Das könntest du zumindest für mich tun.« Er schaltete das Mikrophon ein. »Drei Zebra.«

»Hi, Zebra. Ihr fahrt zu dem Mann, den ich euch nicht vorzustellen brauche, den ›Chronischen Anrufer‹ des Jahres dreimal in

Folge und ein aussichtsreicher Kandidat für das vierte. Der Meistersäufer und Superstinker, der Stammkunde des Rettungsdienstes, Mr. Oh.«

»Zehn-Vier«, sagte Larry, doch als ich den Motor startete, faßte er mich am Arm.

»Fahr nicht hin«, bat er. »Bitte. Nicht diesmal.«

Ich wartete, und wir beobachteten eine Frau, die eine Mülltonne auf dem Broadway durchwühlte. Zwei Minuten. So lange hatte ich Larry zuliebe noch nie gewartet. »Also gut«, meinte er schließlich. »Wir fahren hin, vergewissern uns, daß er nur betrunken ist, und dann nehmen wir ihn nicht mit.«

Ich parkte vor dem Spirituosengeschäft auf der Sechsundvierzigsten. Ein Mann stand auf dem Bordstein, winkte uns zu und zeigte hektisch auf Mr. Oh, der vor seinem Rollstuhl zusammengerollt auf der Seite lag. Ein anderer Mann beugte sich über ihn und versuchte, ihn wieder zu Bewußtsein zu bringen. Eine Gruppe betroffener Alkoholiker, Ohs Freunde, standen im Kreis um ihn mit ihren Rollstühlen und ihren dreibeinigen Sitzen, die sie aus alten Eßzimmermöbeln gefertigt hatten, um ihn herum. Sie tranken aus einer gemeinsamen Flasche Wein und schauten besorgt von Oh zu uns und dann zur immer leerer werdenden Flasche. Der Mann am Bordstein trat an Larrys Fenster heran und klopfte dagegen. Keiner von uns beiden rührte sich.

Larry zeigte auf Oh. »Irgend jemand wird noch mal sterben wegen dieses Säufers. Irgend jemand wird mal einen Herzinfarkt haben, und die einzigen Rettungssanitäter in dieser Gegend werden keine Zeit haben, weil sie sich um Mr. Oh kümmern müssen.«

»Beruhige dich«, entgegnete ich. »Das ist doch nur ein Straßenjob, ganz easy, bis auf den Gestank. Wir schmeißen ihn hinten rein und düsen zum *Misery* hinüber. Zumindest scheint er nicht wirklich krank zu sein – kein Blut, kein Sterben. Er ist einfach nur betrunken.«

»Mein Job besteht nicht darin, Betrunkene durch die Gegend zu fahren. Ich bringe ihn nicht ins Krankenhaus.«

»Dann werden sie uns immer wieder zu ihm schicken.«

»Ist mir egal. Viermal in einer Woche reicht.«

Die meisten unserer Patienten in dieser Gegend waren Zusammengeschlagene, altbekannte Kranke, Junkies mit Überdosen und Betrunkene wie Mr. Oh. Doch selbst nach vier Jahren in diesem Job wunderte sich Larry noch immer darüber, daß sein Lebensretter-Talent jede Nacht so mißbraucht wurde. Die guten Menschen in seiner Heimatstadt Bayville würden niemals für einen Mann wie Oh, der jeden Abend betrunken war, einen Rettungswagen rufen. Rettungswagen waren für Notfälle da. Sanitäter retteten Leben. Bei jedem unwichtigeren Einsatz beschwerte sich Larry, hielt Reden, klärte seine Patienten über ihre Verantwortung im Notrufsystem auf und brachte sie am Ende doch immer ins Krankenhaus. Bei Mr. Oh war das anders. Oh machte Larry verrückt.

»Es geht ihm schlecht, Mister«, sagte der Mann am Bordstein. »Er hat den ganzen Tag nichts gegessen. Er hat Krämpfe, muß sich erbrechen und verliert immer wieder das Bewußtsein.«

Larry hob die Hände. »Was ist also heute anders als sonst?«

»Er sagt, seine Füße tun weh.«

»Warum haben Sie das nicht gleich gesagt? Auf geht's.«

Der Mann, der über Mr. Oh kniete, blickte auf. »Ich finde keinen Puls«, sagte er, während er mit den Fingern über Ohs Hals und Leistengegend strich. »Aber er atmet noch.«

Oh sah genauso gesund aus wie sonst auch. Er trug seinen Regenanzug, einen schwarzen Müllsack mit Löchern für die Arme, und auf dem Kopf eine durchsichtige Plastikmütze, die er mit einem Gummi festgebunden hatte. Sein Hosenbund hing wie üblich an den Knien, und die weißen Backen seines Hinterns schimmerten unheimlich neben dem schmutzigen Gesicht und den Händen. Selbst im Schlaf lächelte Oh, bewegte den Kopf und murmelte immer wieder das Wort, das zu seinem Namen geworden war: »Oh, oh, oh.«

»Er ist krank«, sagte ein Mann, der fast keine Zähne mehr im Mund hatte. »Bitte, Sie müssen ihm helfen.«

»Er ist betrunken«, entgegnete Larry.

»Bringen Sie ihn einfach nur ins Krankenhaus, ja? Schauen Sie sich ihn doch an.«

»Oh, schauen Sie ihn an«, schluchzte eine Frau, als läge Oh im Sterben. »Schauen Sie ihn an, schauen Sie ihn an.«

Larry starrte wütend vor sich hin. »Er ist völlig in Ordnung. Er hat zuviel getrunken und schläft jetzt seinen Rausch aus. Ich nehme ihn nicht mit.«

Ein Mann im abgetragenen Anzug eines Pizza-Service erhob sich von seinem Rollstuhl, machte drei Schritte auf Larry zu und wankte dann wieder zurück. »Ich will ehrlich mit Ihnen sein«, sagte er. »Oh hatte heute abend ein paar Drinks, aber nur Wein. Er erbricht sich immer wieder. Und jetzt bekommen wir ihn nicht wach.«

Ich beugte mich über Oh und schüttelte ihn. Dann zwickte ich ihn hinter dem Ohr. »Guten Morgen, Oh«, begrüßte ich ihn.

Er öffnete die Augen und lächelte noch breiter. »Oh.«

»Es geht ihm ausgezeichnet«, bemerkte Larry. »Er kann heute nacht ins Krankenhaus laufen.«

»Laufen? Sind Sie verrückt?« widersprach ihm die Frau. »Er kann nicht laufen. Er sitzt in einem Rollstuhl.«

»Fangen Sie mir bloß nicht damit an. Ich habe ihn selbst laufen sehen. Er läuft besser als ich.«

Ich hockte mich neben Oh und wartete darauf, daß Larry einlenkte. Jeder Besuch bei Oh lief nach dem gleichen Schema ab. Larry wollte ihn auf gar keinen Fall mitnehmen, sondern ihn zum Laufen bringen, und da das nie klappte, mußten wir Oh jedesmal mitsamt seinem Rollstuhl ins Krankenhaus bringen.

Oh konnte tatsächlich laufen. Larry und ich sahen ihn häufig morgens, wenn unsere Schicht zu Ende war, aus dem *Misery* kommen und seinen Rollstuhl wie einen Einkaufswagen vor sich herschieben. Zwar lief er nicht schnell. Bei hohem Tempo brauchte er manchmal eine Stunde für einen Häuserblock. Aber das war sein Stil und kein körperliches Manko. Jeden Tag unternahm er die Reise von seinem Bett im *Misery* bis zur Sechsundvierzigsten, insgesamt zehn Blocks in zwölf Stunden. Unterwegs schnorrte er Kleingeld von Autofahrern und sammelte Getränkedosen, die er einwechselte, um sich Bier zu kaufen. Er hielt ein Schläfchen, aß Kekse. Er plauderte mit seinen vielen Freunden, denen er auf seinem Weg begegnete. Wenn ich Überstunden machte, unterhielt ich mich mit Oh und war jedesmal verblüfft, daß er mehr sagen konnte als die eine Silbe, die nachts über seine Lippen kam. Er sprach ganz langsam, als wähle er jedes Wort von einer Liste mit ein paar tausend Wörtern aus. Wir redeten über das Drogenproblem in den Schulen und über die vielen Möglichkeiten, wie man von einem Auto angefahren werden konnte, ohne sich ernstlich zu verletzen. In der Achtundvierzigsten oder Neunundvierzigsten setzte er sich meist in seinen Rollstuhl und begann, Silben zu verschlucken. Dann rollte er sich die letzten beiden Blocks vorwärts. Dort fing er an, richtig zu trinken, verlor schnell seinen Wortschatz und alles Gefühl in den Beinen. Wenn das Spirituosengeschäft schloß, rutschten seine Hosen immer tiefer, und wenn der Bund seine Knie erreichte, begann sein eigener Absturz, langsam und sacht. Das endgültige Niedersinken auf den Bürgersteig dauerte fünf Minuten oder länger. Dann war Ruhe. Leider schlief Oh so tief und fest, daß es jedesmal so aussah, als hätte er gerade seinen letzten Atemzug getan.

»Steh auf«, sagte Larry. Er zog zweimal an Ohs Arm. »Oh«, sagte Mr. Oh. Larry zog seine Handschuhe an und versuchte, Ohs Hose hochzuziehen. Da das nicht funktionierte, hielt er Oh mit beiden Händen an der Hüfte fest und stellte ihn unter größter Anstrengung auf die Füße. Ohs Beine erwiesen sich jedoch als äußerst wackelig, und während Larry Oh mit einer Hand mehr oder weniger aufrecht hielt, versuchte er mit der anderen Hand vergeblich, ihm die Hose hochzuziehen. Ohs Freunde umringten ihn fluchend.

»Verdammt noch mal, er wird laufen«, sagte Larry und stellte Oh erneut auf die Füße. Das Laufen wäre Oh schon schwergefallen, wenn die Hose richtig säße, da sie aber noch immer an seinen Knien hing, war der Versuch lächerlich. Sie machten zusammen zwei Schritte und fielen hin. »Oh«, schrien beide gleichzeitig. Ich nahm Ohs Stuhl und stellte ihn hinter ihn, und als Larry ihn zum dritten Mal hochzog, schob ich den Stuhl in Ohs Kniekehlen, so daß seine weißen Pobacken genau hineinfielen. Dann rollten wir ihn zum Rettungswagen.

»Viel Glück«, brüllte die Menge. »Gute Besserung.«

Larry bedeckte Oh mit einem Laken. Er setzte sich selbst eine Sauerstoffmaske auf und schloß sie an. »Nichts wie weg.«

Ich schaltete das Blaulicht und die Sirene ein. Ohs Gestank machte unsere Fahrt zu einem echten Notfall. »Schneller«, rief Larry, und ich fuhr schneller, während ich dem Stau von Freiern auf der Zehnten ausweichen mußte. Als mich der Gestank vorn erreichte, öffnete ich das Fenster und steckte den Kopf in die feuchte, kühle Luft hinaus. »Schneller«, schrie Larry wieder. »Schneller«, rief ich und raste zum *Misery*.

Die meisten Kranken im Warteraum des *Misery* hatten keine Lust mehr gehabt zu warten und waren gegangen. Ich schob Mr. Oh durch den Raum und hoffte, die Burkes wären ebenfalls verschwunden. Aber sofort entdeckte ich ihre Rücken in der ersten Reihe und dahinter die übliche Menge von Betrunkenen, Hypochondern und Überfallopfern. Die Betrunkenen begrüßten Oh wie einen Helden. Oh lächelte und nickte. Griss, der Aufseher, bereitete ihm einen weniger freundlichen Empfang. »Schafft mir dieses stinkende, verlauste Subjekt aus den Augen!« Ich schob Oh den Gang hinunter und blieb vor Schwester Constances Anmeldekabine stehen. Sie fühlte einem Mann den Puls und sprach zu seiner Hand, während er hinter ihrem Schreibtisch würgte. »Sie trinken zuviel. Ihr Körper will Ihnen auf diese Weise mitteilen, daß Sie aufhören sollen. Hören Sie auf Ihren Körper. Er ist schlauer als jeder Arzt. Es wäre für Sie am besten, wenn ich Sie nicht anmelde. Sie werden mir später dafür dankbar sein.«

Die Hand, die sie festhielt, griff nach dem Tisch und versuchte vergeblich, den restlichen Körper hochzuziehen. »Hören Sie, Lady«, kam eine Stimme von unten. »Ich brauche nur etwas zu essen, ein Sandwich oder etwas anderes, und ich werde Sie nie wieder belästigen.«

»Um Ihnen etwas zu essen zu geben, müßte ich Sie anmelden, und das verbietet mir mein Gewissen. Viel Glück. Griss!« rief sie dem Aufseher zu. »Griss, dieser Herr hier möchte gehen.« Sie trat aus ihrer Kabine, um Griss hereinzulassen. Als sie Mr. Oh sah, stemmte sie die Arme in die Hüften und schüttelte den Kopf. Constance stammte aus Florida; sie hatte große Augen, war blond und sehr streng. Sie hielt ungefähr ein Prozent der Fälle, die man ihr vorführte, für wirkliche Notfälle. Der Rest sei charakterlich schwach und leide an der typischen Existenzangst des 20. Jahrhunderts, so glaubte sie. Kein Krankenhaus der Welt könne diese Krankheit heilen. Bevor sie diese Patienten fortschickte, versuchte sie, ihnen den Kopf zu waschen. Sie verurteilte Schwäche in jeglicher Form – Drogensucht, Selbstmord, Analkomplexe – und belehrte ihre Patienten, bis sie verwirrt fortschlichen oder ihr an die Gurgel sprangen. Aber mit ständig betrunkenen Müßiggängern wie Mr. Oh hatte sie keine Nachsicht. Für gewöhnlich warf sie solche Leute hinaus, ohne ihren Puls zu messen. Daher gab es keine Erklärung für die Zuneigung, die sie offenbar für Oh empfand. Immer wenn wir Oh hereinbrachten, verwandelte Constance sich in eine zutiefst besorgte Mutter. Dann verwöhnte und tätschelte sie Oh, kniff ihm in die Wangen und streichelte sein verfilztes Haar, bis sie beide erröteten. Oh vergötterte sie.

»Er sieht blaß aus.« Sie seufzte. »Sie essen nicht anständig. Sie brauchen mehr Ballaststoffe.«

»Er ist ein hoffnungsloser Fall«, entschied Larry und wies auf seinen Bericht. »Das ist meine Diagnose: Er ist einfach nur Abschaum.«

»Ich weiß, aber wir arbeiten daran – nicht wahr, Oh?« Oh lächelte und nickte. »Er braucht nur ein Bad, etwas zu essen und neue

Kleidung. Bringt ihn nach hinten, und versucht, für ihn eine Liege aufzutreiben.«

»Sie muß verrückt sein«, bemerkte Larry, als wir Oh den Gang hinunterschoben. »Deshalb ist er ja jede Nacht hier. Weil sie ihn dazu ermutigt.«

Larry verfluchte Constances untypische Großzügigkeit. Aber irgendwie verspürte jeder von uns dann und wann Mitleid, egal, wie ausgelaugt man war. Ich sah Larry weinen, als wir den »Herzog«, Bill Dolan, hinten im Venus Cinema für tot erklären mußten. Einen Monat lang waren wir jeden Abend in diese letzte Reihe geschickt worden, und trotzdem hing Larry an ihm. Er sah aus wie Mickey Rooney im Miniaturformat und erzählte von seinen Abenteuern bei der Handelsmarine, von Mädchen in Bangkok, Manila und Saigon. Griss, der Aufseher, hatte Bill schon Dutzende Male aus dem *Misery* geworfen. Griss warf alle möglichen Leute hinaus – Greisinnen, Kinder, Wirtschaftsprüfer –, und doch lieh er einem Cracksüchtigen aus der Gegend regelmäßig Geld. Griss versuchte, den Jungen von den Drogen abzubringen, gab ihm Essen und Kleidung und ließ ihn drei Monate lang im Wartezimmer übernachten, bis er ihn beim Klauen erwischte. Er brachte ihn fast um. Dr. Hazmat richtete die Arme des Jungen, ohne ihn zu berühren. Hazmat faßte niemanden gern an und trug immer zwei Paar Handschuhe, aber bei Fällen von Nierenversagen zog er die Handschuhe aus. Er hielt die Hände der Patienten und erzählte Geschichten aus seiner Jugend. Er gab nie eine Erklärung dafür ab. Odette, die Pflegerin, verschenkte Konservenbüchsen mit Würstchen an besorgte Mütter. Oberschwester Crupp kaufte einmal Make-up, ein Kleid, neue Schuhe und eine Perücke für eine alte Frau, die an Krebs starb.

»Wagt es ja nicht, ihn dort hinzulegen!« rief Schwester Crupp. Sie rannte auf uns zu und baute sich zwischen Ohs Rollstuhl und der leeren Liege auf. »Das ist meine letzte Liege. Die einzige unbelegte im ganzen Haus.« Sie legte die Hände auf das Bett und strich das Laken glatt. Ich blickte zur Nische hinüber, wo Burke unverhüllt dalag. Die Haut sah fahl und verbraucht aus. Bis auf das Heben und Senken seiner Brust und das Ächzen des Beatmungsgerätes schien er reif für den Leichenwagen zu sein. Ich ging zu ihm hinüber und bedeckte ihn mit einem Laken.

Schwester Crupp beugte sich über Oh. Sie packte seine Hose mit beiden Händen und zog sie einmal kräftig hoch. »Wir haben heute nacht zuviel zu tun, als daß wir uns um Mr. Oh kümmern könnten. Das hier ist kein Obdachlosenasyl. Wir haben heute ein paar wirklich Kranke hier. Er muß draußen warten.«

»Kommt gar nicht in Frage!« verkündete Griss und wies auf die Tür. »Nicht mal in der Ecke. Diesen Gestank halte ich heute nacht nicht aus.«

Ich stellte Oh draußen in der Nähe des Eingangs der Notaufnahme ab. Zusammen betrachteten wir den gerade am Himmel sichtbar gewordenen Mond. Oh lächelte, doch der Mond lächelte nicht zurück. In dieser Aprilnacht schob er einen Märzwind vor sich her und schien Oh schlechte Erinnerungen zurückzubringen, denn er rutschte unbeholfen aus seinem Stuhl. Ich setzte ihn wieder hinein, stopfte ein Laken unter seine Arme und band es mit beiden Enden am Stuhl fest. Bevor ich fertig war, schlief er schon.

Ich dachte mir, daß ich ein wenig Zeit für eine Zigarette und einen Kaffee hätte. Einen ruhigen Moment, bevor wir von der Leitstelle einen neuen Job aufgebrummt bekommen würden. Während ich in der kühlen Nachtluft auf Larry wartete, der seinen Papierkram erledigte, lief Burkes Tochter die Auffahrt hinauf. Sie öffnete eine Schachtel Zigaretten und suchte nach einem Feuerzeug. Ich sah nach, ob Larry herauskam, denn ich wollte mich lieber um einen neuen Fall kümmern als noch mehr über Burke hören.

Das Streichholz zitterte, als ich es ihr hinhielt, vor die Sorgenfältchen um ihren Mund. Sie inhalierte tief und hustete zweimal.

»Das ist meine erste Zigarette seit einem Jahr«, erklärte sie und hustete wieder, so stark, daß sie sich krümmen mußte. Dann stellte sie sich wieder aufrecht hin und nahm einen weiteren, tiefen Zug.

»Die erste ist immer die beste«, sagte ich.

»Diese Warterei macht mich noch verrückt. Nicht zu wissen, was los ist. Für meine Mutter ist es wirklich sehr hart. Ich habe mit dem Arzt gesprochen, und er glaubt nicht, daß mein Vater es schafft. Er meint, daß er zu lange tot war, daß das Gehirn nach vier Minuten zu sterben anfängt, und dann ist alles zu spät. Ich weiß ja, daß Sie so schnell wie möglich gekommen sind. Aber wenn man es nur genau wüßte... Woher weiß man denn, wann es zu spät ist? Ich kann mich nicht mehr so genau erinnern, aber ich glaube, sein Atem hatte für mehr als vier Minuten ausgesetzt.«

»Ja, aber man kann nie wissen«, erwiderte ich, dabei wußte ich es genau.

»Wenn er tot wäre, würde ich damit fertig werden. Es wäre zwar schlimm für meine Mutter, aber wir würden es schon schaffen.«

Ich zuckte die Achseln. »Zumindest hat er Menschen um sich herum. Er ist nicht allein.«

»Da bin ich mir nicht so sicher«, antwortete sie. »Eigentlich sollte ich gar nicht hier sein. Mein Vater und ich haben seit drei Jahren nicht mehr miteinander gesprochen. Er war ein toller Mann, mein Vater, es gab niemandem, dem er nicht geholfen hätte, außer seinen Kindern. Bei seinen Kindern konnte er sehr hart sein. Wollen Sie das wirklich hören?«

Ich nickte, und sie wandte sich ab. Nach ein paar Schritten trat sie ihre Zigarette auf dem Boden aus und zog eine neue aus der Schachtel. Wieder durchwühlte sie ihre Taschen nach einem Feuerzeug. Ich zündete noch ein Streichholz an. »Danke.« Sie hustete. »Als mein Bruder anrief und mir erzählte, daß mein Vater wahrscheinlich einen Herzinfarkt hat, überlegte ich auf dem ganzen Weg zu ihnen, wie ich ihm sagen würde, was für ein Mistkerl er ist. Es war mir völlig egal, ob er unter starken Schmerzen litt. Als ich dann die Treppe hinaufstieg und half, ihn vom Badezimmer zum Bett zu tragen, dachte ich an all die anderen Dinge, die ich ihm sagen wollte.«

»Selbst wenn man es sagt«, meinte ich, »bleibt immer noch vieles unausgesprochen.«

»Im Moment sorge ich mich am meisten um meine Mutter. Sie lassen sie nicht zu ihm. Was für eine Regel ist das bloß?«

»Fahren Sie nach Hause«, riet ich ihr. »Und nehmen Sie sie mit. Ruhen Sie sich ein wenig aus. Im Moment werden Sie sowieso nichts Weiteres erfahren.«

»Das habe ich ihr auch gesagt, aber sie will nicht gehen, bevor sie ihn nicht gesehen hat. Wenn sie nur eine Sekunde lang zu ihm dürfte, könnte ich sie nach Hause bringen.«

• • •

Mrs. Burke lächelte traurig, als ich ihr mitteilte, sie dürfe zu ihrem Mann. Sie strich ein paar lose Haare zurück und glättete mit den Händen ihr Kleid. Seite an Seite liefen wir durch den Flur in das noch immer überfüllte Behandlungszimmer. Ein Mann mit einem Schädelbruch schrie nach einem Sandwich und einer Zigarre. Ein anderer wollte Schmerzmittel. Burkes Frau wartete, während ich seine Schultern mit dem Laken bedeckte und ihm die grüne Galle aus dem Gesicht wischte. Ich trat zurück. Sie bewegte sich langsam auf sein Gesicht zu und schaute ihm lange in die Augen. Dann machte sie plötzlich einen Satz nach hinten und warf mich dabei beinahe um. »Das ist nicht mein Mann. Wo ist mein Mann?«

»Dies hier ist Mr. Burke«, sagte ich. »Ich habe ihn selbst hereingebracht.«

»Es ist aber nicht *mein* Mr. Burke.« Sie zog den Vorhang der nächsten Nische zurück, blickte hinein, lief dann durch den Raum und überprüfte jedes Bett. »Ich muß es doch wissen. Ich bin fast vierzig Jahre mit ihm verheiratet.«

Schwester Crupp hielt den Katheter hoch, den sie gerade einführen wollte. Sie zeigte damit in meine Richtung. »Das ist Ihr Mann, Ma'am. Er ist sehr krank.«

Vorsichtig nahm ich Mrs. Burkes Ellbogen. Er fühlte sich ganz weich an, wie nasser Karton. Wenn ich gezogen hätte, wäre der Arm ganz leicht abgefallen. »Bitte, Mrs. Burke. Hier kümmert man sich um ihn. Wir gehen jetzt besser.«

»Nein, nein, ich muß mich vergewissern, daß jemand für ihn da ist. Er braucht mich. Er ist ganz allein.«

Sie fing an zu weinen – »Ah, ah«, ein schreckliches Geräusch –, ließ sich aber von mir mit meiner Hand auf ihrem Rücken ins Wartezimmer führen. Burkes Sohn schlief an der Schulter der Tochter. »Er war gar nicht da, Mary«, sagte die Mutter. »Sie lassen mich nicht zu ihm.«

Ich wollte Mrs. Burke, ihre abgekämpfte Tochter und ihren toten und sterbenden Ehemann vergessen. Ich wollte ihr Blumen, Apfelkuchen und ein goldenes Gebetbuch kaufen. Der Tabakladen auf der anderen Straßenseite hatte keine Gebetbücher mehr. Der Besitzer, ein verrückter Brasilianer, der auf Dolly Parton stand, kümmerte sich gerade um einen äußerst wählerischen Kunden. Eine Wand des Lädchens war mit pornographischen Artikeln, die übrigen mit Rasiermessern, Backpulver und Brenngas bedeckt. In einem Kühlschrank im hinteren Teil des Ladens gab es Malzbier und Eier. Vorn konnte man eine Sammlung exotischer Porzellanpfeifen bestaunen, die sorgfältig angeordnet in einem verschlossenen Glaskasten lagen. »Alles zu verkaufen«, sagte der Besitzer und beschrieb mit seiner Hand einen Kreis.

Der Kaffee sah aus, als kochte er schon seit Tagen, eine dickflüssige Brühe. Ich nahm zwei Schlucke, setzte die Tasse auf die Theke und zeigte darauf. Der Ladenbesitzer schüttelte den Kopf.

»Komm schon, Manny, Super bleifrei, volltanken«, sagte ich.

Er zog eine Literflasche Scotch unter dem Ladentisch hervor und goß zwei Spritzer in die Brühe. Ich kaufte eine Schachtel künstlicher Schoko-Doughnuts und lief die Auffahrt zur Notaufnahme hinauf. Einen Doughnut legte ich Mr. Oh in den Schoß. Dann brachte ich die Schachtel hinein und schenkte sie Mrs. Burke, die noch immer weinend in den Armen ihrer Tochter lag. »Danke«, sagte sie und gab die Schachtel ihre Tochter, die den Sohn wach rüttelte und sie ihm gab. Still begann er zu essen.

Rose, das Mädchen, das ich nicht retten konnte, ging nicht nur in den Straßen um, in denen ich arbeitete, sondern auch in meiner Erinnerung, veränderte sie und machte sie sich zu eigen. Obwohl ihr Notfall erst einen Monat zurücklag, fing ich an zu glauben, sie sei das Opfer anderer Notfälle, die sich schon Jahre früher ereignet hatten. Zum Beispiel wurden Tom Walls und ich in meinem ersten Jahr als Rettungssanitäter zu einer Schießerei an der 107. Straße Ecke Columbus Avenue gerufen. Wenn ich jetzt daran zurückdenke, weiß ich, daß es nicht Rose gewesen sein kann. Und dennoch sind die Bilder in meinem Kopf so klar: wie unser Wagen die Amsterdam Avenue hinaufrast, wie die Sirene in den Ecken widerhallt und pulsiert, das Blaulicht ein Schutzschild auf der Mittelspur. Tom biegt mitten im Gegenverkehr in die 107. ein, und da sehe ich auch schon den leuchtenden Regenmantel und die schwarzen Schuhe, die darunter hervorschauen. Jemand muß sie zugedeckt haben, vielleicht der junge Cop, der gerade die Ecke mit einem Seil absperrt. »Den braucht ihr nicht«, sagt der Sergeant und zeigt auf den Rettungskoffer in meiner Hand. »Kopfschuß. Wir haben den Täter. Ihr Freund.« Ich schaue zu dem Jungen hinüber, der in Handschellen am Wagen lehnt. Das Gesicht auf die blaue Motorhaube gepreßt, schluchzt er ihren Namen, Rose. Ich weiß ganz sicher, daß er Rose sagt. Ich gehe weiter – ich kann nicht stehenbleiben – und höre die Stimme des Cops. »Als wir kamen, hielt er die Kanone noch in der Hand und kniete neben ihr. Der Mistkerl küßte sie.« Ich trete näher heran und sehe, daß der schwarze Strumpf am Knie zerrissen ist, der weiße Fleck ist voller

Blut und Kies. Darüber der Mantel, der ihren ganzen Körper bis auf die linke Hand bedeckt. Eine rundliche Mädchenhand mit zwei silbernen Ringen und leuchtendroten Fingernägeln. Die Kriminalbeamten sind schon da, tragen dunkelblaue Trenchcoats und laufen herum wie im Film, sprechen über Winkel und Einschußlöcher und darüber, was für ein kleines Loch doch ein 22er Kaliber macht. Der Mantel leuchtet so stark, daß er mich blendet, aber trotzdem gehe ich zu ihr. Ich ziehe die Kapuze zurück, und ihre Augen sind offen, aber dunkel, das weiß ich noch, und das Blut rinnt noch aus der Wunde dicht hinter ihrem Ohr. Ich erinnere mich genau an Rose. Oh, Rose.

6

Ich ging zum Rettungswagen zurück. Larry saß bereits am Steuer. »Zeit zum Wechseln«, sagte er. »Ich kutschiere, du kurierst.« Ich lief zur Beifahrerseite hinüber. Es war vier Uhr morgens, Halbzeit. Jetzt durfte Larry fahren.

Wenn ich mit Larry arbeite, fahre ich immer in der ersten Hälfte der Schicht, wenn am meisten los ist, und hoffe dann, daß es in der zweiten Hälfte ruhiger wird – je weniger Patienten, desto besser. Wenn ich nicht am Steuer sitze, besteht mein größtes Problem darin, daß ich im Fond sitzen muß, sobald wir einen Patienten haben. Die Türen schließen sich, und ich fühle mich gefangen. Die alten Hasen erzählten mir immer, je länger man in diesem Job arbeite, desto länger würde das Stethoskop. Ich trug das längste, das es gab. Und trotzdem hörte ich unter dem Puls das bedeutungsschwere Wimmern des Herzens, und hinter der sprudelnden Luft in der überschwemmten Brust lag eine schreckliche Stille.

Ich finde es anstrengend, Patienten zu befragen. Nach Möglichkeit wickele ich sie von Kopf bis Fuß in Laken ein, so daß nur das Gesicht hervorschaut. Bei Patienten, deren Zustand nicht kritisch ist, dämpfe ich das Licht, schiebe die Rückenlehne nach oben und setze mich dahinter, außer Sichtweite. So kann ich bequem und aus der Distanz wie ein Psychoanalytiker mit ihnen reden. Also, Sir, hat es bei Ihnen schon früher gesundheitliche Probleme gegeben? Sehr gut, und jetzt möchte ich mit Ihnen über Allergien sprechen.

Früh am Morgen haben wir für gewöhnlich weniger Patienten. Aber dafür sind es meist ernstere Fälle. Die schlimmsten scheinen immer ganz zum Schluß zu kommen, kurz vor Sonnenaufgang, wenn man sich gerade in der Hoffnung wähnt, für eine Minute die Augen schließen zu können. Und dann fängt dieses rote Licht auf dem Schaltpult in der Leitstelle an zu blinken, und als nächstes bekommt man mit, wie der Partner den Wagen neben hysterischen Menschenpulks zum Stehen bringt. Man schafft es kaum, aus dem Rettungswagen zu steigen, man ist so müde, daß man seine Hände nicht mehr spürt; das Herz ist eingefroren, und das Gehirn stürzt immer wieder ab. Ungefähr neunzig Prozent meiner Alptraum-Fälle lagen definitiv in der Zeit zwischen vier und sechs Uhr morgens. Zu dieser Uhrzeit fand ich auch Rose zum ersten Mal. Mit geschwollenen Augen sah ich zu, wie sich ihre Brust zum letzten Mal hob, und mit zitternden, unsicheren Händen griff ich nach dem Ambubeutel.

Ich hielt mich am Armaturenbrett fest, als Larry mit quietschenden Reifen in die Sechsundfünfzigste bog und dann mitten über die Neunte jagte. Durch das anhaltende Rauschen im Funk bombardierte die Leitstelle alle Einheiten mit Notfällen. Keine schönen Jobs. »Dreizehn Boy, fahrt zur Herrentoilette des Busbahnhofs, Zweiundvierzigste und Neunte, zu einem Mann, der seine Hose angezündet hat. Schwere Brandwunden an beiden Beinen. Fünfzehn David, Nummer 450 West Dreiundfünfzigste, von der Neunten ab, eine Frau, die behauptet, ihr sei eine Küchenschabe ins Ohr gekrabbelt und sie bekäme sie nicht wieder heraus. Sie sagt, ihr Herz würde aufhören zu schlagen. Dreizehn Eddie, an der Ecke Achtunddreißigste und Neunte gab's einen Autounfall mit vier Taxis. Eins-Zwei Henry, aus Nummer 427 West Neunundvierzigste, Querstraße der Neunten, wird ein sehr übler Geruch gemeldet. Keine weiteren Informationen.«

»Larry, fahr von der Neunten runter. Wir werden mit einer von diesen Einheiten zusammenstoßen.«

Er hielt vor dem Restaurant an der Ecke Neunte und Siebenundvierzigste. »Bin gleich wieder da«, sagte er. Als würde man auf einem Minenfeld parken.

»Das ist ein ungünstiger Ort, Larry. Hier rufen alle die 911 an. Sieh mal rein, sie stehen schon Schlange vor dem Telefon.«

»Beruhige dich, Frank. Ich hol' mir nur schnell einen Milchshake.«

Ich hielt mich mit beiden Händen am Armaturenbrett fest und wartete darauf, daß der brasilianische Cocktail zu wirken begann. Vier Uhr morgens ist immer die schlimmste Zeit für mich, besonders heute nacht, mit den vielen Geistern und dem ständigen Bombardement aus der Leitstelle. Das beste war, sich ganz still hinzusetzen. Ich legte die Stirn auf die Hände, aber nach zehn Sekunden mußte ich den Kopf wieder hochheben und die Arme schütteln, damit das Zittern aufhörte. Ich zog meine Jacke aus, zog sie wieder an, stieg aus dem Wagen, stieg wieder ein und sank ganz tief auf den Sitz, so daß man mich von der Straße aus nicht mehr sehen konnte. Ich konnte das Gefühl, daß überall um mich herum Menschen starben, nicht abschütteln.

Draußen vor dem Restaurant stand eine Gruppe von typischen Theaterbesuchern mit Smokings und Perlenketten. Sie schienen betrunken, küßten sich zum Abschied und lachten und weinten ein wenig. Die große Blonde blickte zu mir herüber und dann wieder weg. Nur eine Sekunde, doch ich erkannte den Blick. So hatte Mona mich immer auf einer Party angeschaut, die Augen nach oben gerollt, der Blick, der sagen sollte: Mein Gott, ist das öde. Auch das Gesicht hatte Ähnlichkeit mit Monas, und die Frisur. Aber Mona hatte rotes Haar, diese Frau dagegen goldblondes, und Mona hätte niemals ein Abendkleid angezogen. Ich betrachtete ihre Füße, ihre Ellbogen, suchte auf ihrer Schulter nach dem vertrauten Leberfleck. Es konnte nicht Mona sein, und doch hatte ich keinen Zweifel, als sie wieder zu mir blickte. Was für ein Dummkopf war ich doch gewesen, war wochenlang allen Rothaarigen nachgelaufen, hatte mich nach jeder umgedreht, die mir über den Weg lief, und sie hatte das Haar blond gefärbt. Wie konnte ich diese Augen vergessen, diese Wangen, die nach oben gerichtete Nase, die Lippen, die Funken sprühten: Frank, ich verlasse dich. Sie lief die Neunte hinunter und drehte sich alle paar Schritte um, um zu winken und der Gruppe und mir Kußhände zuzuwerfen.

»Mona!« rief ich, doch sie lief weiter, einen ganzen Block, dann nach rechts in die Fünfundvierzigste. Ich ging ihr nach, sechzig Meter weit, dicht vor den brüchigen Veranden des Blocks, wo die meisten Nutten standen. Ein paar Wagen fuhren noch immer langsam die Straße ab und begutachteten das schnell schrumpfende Angebot. Die erfolgreichen Geschäftsfrauen hatten schon Feierabend gemacht. Nur die Selbständigen waren noch übrig, Nutten, die wie Hausfrauen gekleidet waren und einen nächtlichen Spaziergang machten, in Morgenröcken und Pantoffeln oder Hauskleidern und Regenmänteln – zum Glück war kein gelber dabei. Eine von ihnen faßte sich an die Brust, als ich vorbeikam. »Helfen Sie mir. Ich sterbe.« Eine andere täuschte einen Ohnmachtsanfall vor, allerdings sehr amateurhaft. »Mona. Mona, warte.« Ich ging schneller, holte auf. »Ich kündige, Mona. Ich wollte dich heute anrufen, um es dir zu sagen. Das war's, aus und vorbei.« Sie erhöhte das Tempo. »Ich such' mir einen anderen Job. Ich will eine zweite Chance.«

Ein Rettungswagen hielt neben mir. Am Steuer sah ich einen Milchshake. »Frank, was zum Teufel machst du da?«

»Ich hab' jemanden gesehen, den ich kenne.« Ich stieg ein und zeigte auf Mona. »Das ist sie. Bleib einfach hinter ihr, ungefähr fünfzehn Meter weit.« Er blieb neben ihr stehen, so nah, daß ich sie fast berühren konnte. »Du bist zu dicht dran. Fahr zurück.«

»Ach, Frank, das ist sie nicht.«

»Was meinst du damit?«

»Du machst das immer wieder. Ich hab' sie auf der Weihnachtsfeier getroffen. Sie sieht ihr überhaupt nicht ähnlich. Außerdem ist diese Frau hier blond.«

»Sie hat sich die Haare gefärbt.«

»Du spinnst. Sie sieht aus wie diese Nutte, die aus dem Auto geworfen wurde, weißt du nicht mehr? Die sich die Hüfte gebrochen hat. Ihr Fuß landete neben ihrem Kopf, schon vergessen? Vor ein paar Monaten, als alle Leute Nutten aus dem Auto warfen.«

»Meine Frau ist keine Nutte, Larry.« Ein kleiner, schwarzer Wagen scherte vor uns ein und fuhr im Schrittempo neben Mona her, einen halben Meter von ihr entfernt. Wie auf Knopfdruck wackelte sie ein bißchen mehr mit den Hüften und machte größere Schritte. Sie drehte sich zu dem Mann im Wagen um und winkte. Voller Wut schaltete ich das Blaulicht und die Sirene ein. Der Wagen fuhr davon. Sie bemerkte, daß ich sie beobachtete, zog ihren Mantel enger und ging schneller.

»Ich hab' dir doch gesagt, sie ist es nicht.«

»Fahr ihr einfach nur nach, okay? Tu mir mal diesen einen Gefallen.« Wir folgten ihr langsam, rechts in die Zehnte, und sie lief voraus. Sie ging genau wie Mona, den Kopf leicht zurückgeworfen, den rechten Arm hin und her schwenkend, den Blick nach oben gerichtet. Der Wagen von vorhin hielt wieder neben ihr und hupte. Ich erkannte in dem Fahrer einen der Smokingträger, die vor dem Restaurant gestanden hatten. Diesmal stieg sie ein. Lachend küßte sie ihn auf die Wange.

»Fahr dem Wagen nach«, sagte ich, doch als das fröhliche Pärchen rechts in die Fünfzigste einbog, fuhr Larry nach links in die Einundfünfzigste.

»Wo willst du hin?«

»Zum Pier. Versuch dich mal zu entspannen, Frank.« Er fuhr um die obere Hälfte des Exitus-Parks herum. Die Männer schliefen in Kisten, auf den Wippen und in den Kriechrohren des Spielplatzes. Zwei Sirenen ertönten nördlich von uns, kreischten in meinem Rücken. Dann so etwas wie Schüsse in der Nähe der Tankstelle auf der Sechsundvierzigsten. Noch mehr Sirenen. Auf einer der Bänke saßen zwei Männer. Der eine war Jimmy Corcoran, mein Kindheitskumpan. Der andere war der Mann, der unter dem Bücherhaufen verbrannt war. Er stand auf und kam auf mich zu. Wahrscheinlich wollte er sein Buch zurückhaben. Asche wirbelte um ihn herum wie schwarze Stoffstreifen. »Es geht mir nicht gut, Larry. Laß uns zum Krankenhaus zurückfahren und für heute Schluß machen.«

»Du kannst nicht mehr krankfeiern, Frank. Du hast keine freie Zeit mehr übrig. Das ist allseits bekannt.« Er hielt an einer roten Ampel auf der Zwölften, wo eine Frau vor dem Bordstein auf der Straße lag, an der Stelle, wo sie aus dem Auto geworfen worden war. Ihre Hüften waren zertrümmert. Ein Bein stand rechtwinklig zu ihrem Körper ab, das andere lag parallel zu ihrem Rumpf, so daß sich ihr Fuß nur Zentimeter von ihrem Gesicht entfernt befand. Sie schaute auf ihren Schuh und weinte. »Du hast recht«, sagte ich. »Die Frau sah aus wie die Nutte, die aus dem Auto geworfen wurde.«

»Hab' ich dir doch gesagt«, antwortete Larry und fuhr über sie hinweg. Ich schloß die Augen und hielt den Atem an, bückte mich auf meinem Sitz, bis sie hinter mir lag. »Bring mich zurück, Larry, leg mich ins Bett, ich kann nicht mehr. Wir haben genug Schaden angerichtet.«

»Entspann dich, Frank.«

»Mona hat schon vor Monaten gesagt, ich soll aufhören.«

»Ich kann so nicht arbeiten, Frank. Ich sag' das jetzt zum letzten Mal.« Er fuhr am Flugzeugträgermuseum und an den Sightseeing-Fähren vorbei, bog rechts in die Einfahrt zum Pier und parkte am Ende. Der Hudson River tauchte vor uns auf. Larry wickelte die Reste seines Hühnchens aus und begann, geräuschvoll zu kauen. »Du nimmst alles ein bißchen zu ernst, Frank. Erinnerst du dich noch an die Woche, in der du die Sirene nicht einschalten wolltest, weil angeblich jedesmal jemand stirbt, wenn du sie benutzt? Du bist drüber hinweggekommen, oder? Ich meine, schau uns doch mal an. Wir sitzen hier gemütlich am Fluß, plaudern, essen und werden auch noch dafür bezahlt. Wir haben doch einen feinen Job, ein schönes Leben.«

»Du hast recht, es ist toll«, erwiderte ich. Mein Körper fühlte sich an, als hätte man mich an den Zigarettenanzünder angeschlossen, und wenn ich das nächste Mal »Drei Zebra« aus der

Leitstelle hörte, würde ich durch das Dach nach draußen schießen, ins Wasser hinein. »Sag mal, Larry, denkst du jemals daran, etwas anderes zu machen?«

»Klar. Nächstes Jahr werde ich die Kapitänsprüfung ablegen. Und wenn die Kinder erst mal alle in der Schule sind, kann Louise wieder bei der Post arbeiten. Und dann mache ich vielleicht meinen eigenen Rettungsdienst auf. Draußen auf der Insel werden die Freiwilligen-Dienste bald alle von der Stadt bezahlt. Das ist nur eine Frage der Zeit und hängt davon ab, wen man kennt. Irgendwann wird Chief Larry das Sagen haben.«

Chief Larry lehnte den Kopf an das Fenster und war wenige Sekunden später eingeschlafen. Ich beobachtete ein Pärchen, das händchenhaltend am Ende des Piers stand. Dahinter tuckerten zwei Schlepper stromaufwärts. Ihre hohen, breiten Buge stießen gegen die Wellen und zerteilten sie. Ich wollte der hageren Gestalt, die im winzigen Ruderhaus stand, etwas zurufen, winken, sie bitten, mich anzuheuern. Ich brauchte kein Geld, nur etwas zu essen und ein Bett. Mein Talent beim Bandagieren, dachte ich, könne sich nicht groß von dem Geschick unterscheiden, das man für das Festmachen eines Tankers brauchte.

Unser Funkgerät war so still, daß ich an dem Lautstärkeknopf herumspielte, um zu prüfen, ob es überhaupt angestellt war. Nach zehn Minuten spürte ich, wie sich die Muskeln in meinen Schultern entspannten, die Knochenenden nicht mehr knirschten, der Whisky zu wirken anfing. Ich lehnte mich zurück, schloß die Augen und ging eine Reihe von Alternativberufen durch – Anwalt, Friseur, Hundefänger. Ich strich jeden einzelnen von der Liste, bis ich bei meinem Lieblingsjob ankam, den einzigen, für den ich wie geschaffen war: Berater in Hollywood.

Man würde mich rufen, um die *special effects* in jedem Streifen mit viel Ballerei, Gekreische und Aufschlitzen zu überwachen. Immer wenn die Camper mit Äxten zerhackt wurden oder der Krebspatient im Endstadium schließlich starb, wäre ich zur Stelle und bekäme horrende Geldsummen dafür, daß ich dafür sorgte, daß alles authentisch aussah. Ich malte mir aus, wie ich mit einem Whisky zur Rechten und einer hübschen, jungen Schauspielerin zur Linken am Swimmingpool lag. Mein Assistent kommt mit den neuesten Blutproben. »Immer noch ein bißchen zu rosa, Steve, noch eine Spur Jod rein, denke ich. Oh, und Steve, könntest du mir noch einen Drink holen? Du bist der Beste.« Das Mädchen nimmt ihren Arm von meinem weg und säuselt: »Eins-Drei Zebra, Dreizehn Z.«

»Steve«, brülle ich. »Und besorge mir ein anderes Mädchen.«

Tom Walls war mein erster Partner in meiner ersten Nacht. Wir standen zusammen beim Namensaufruf, während er sich bei Captain Lisa beschwerte, daß er mit einem ängstlichen Hosenscheißer zusammenarbeiten mußte. Nachdem der Captain gegangen war, nahm Tom mich zur Seite. Er sagte, bei diesem Job gebe es Momente, da müsse man töten, oder man müsse selbst dran glauben, und wenn die Zeit gekommen sei, werde er bereit sein zu sterben. Und er wolle einen Partner, der ebenso denke. Ich antwortete ihm, ich hoffe ebenfalls, daß er sterben würde, wenn die Zeit gekommen sei. Wir verstanden uns auf Anhieb.

Diese Nacht war die kälteste seit Jahren, und als ich einen Mann auf dem Broadway schlafen sah, überredete ich Tom anzuhalten. Der Mann trug neun Hemden und zitterte so fürchterlich, daß wir ihn zum Wagen schleppen mußten. Danach war es mit den anderen ganz leicht. Ich erfüllte eine Mission, und Tom liebte Missionen. Eine Stunde später saßen fünf Obdachlose im Fond unseres Rettungswagens, tranken Kaffee und redeten über Fehden zwischen den Läden in der Gegend. Auf dem Weg zum Obdachlosenasyl schickte uns die Leitstelle zu einem Mann, dem auf der Toilette schwindelig geworden war. Laßt mich einfach nur im Mount Sinai sterben, bat er, mein Arzt wartet dort auf mich. Er hatte sich auf seinen Tod vorbereitet, dabei lebte er wahrscheinlich noch zwanzig klägliche Jahre. Aber er hatte nicht mit der merkwürdigen Truppe gerechnet, die hinten im Rettungswagen auf ihn wartete. Das sind Medizinstudenten, erklärte ich ihm, Kanadier, die hier unser Gesundheitssystem studieren wollen. Der Patient blieb völlig unbeeindruckt. Er ignorierte den seltsamen, aber vernünftigen Rat dieser zukünftigen Ärzte kurzerhand, zog das Laken über den Kopf und wollte keinen Ton mehr sagen. Ich konnte es ihm nicht verübeln, kein Arzt sollte einen solchen Geruch verströmen. Wir setzten den alten Mann ab und fuhren über die Brücke zum Obdachlosenasyl auf Wards Island. Tom öffnete die Hintertür und rief die Namen auf. Dann ließ er unsere Brigade auf dem Parkplatz antreten und führte sie in einer Reihe, die rechte Hand jeweils auf der Schulter des Vordermannes, durch den Haupteingang, die Treppe hinauf und in das Büro des verblüfften Sicherheitschefs.

»Father Francis« taufte mich Tom in dieser Nacht, und am Morgen überredete er den Captain, mich zu seinem festen Partner zu machen. Damals war ich zwanzig Jahre alt. Wir fuhren die Einheit Zehn Sam – Wham Bam Thank You Sam –, General Tom und Father Frank. Drei Jahre lang rasten wir in der Stadt herum, schafften es zu den meisten Schießereien schneller als die Polizei und nahmen jeden Job an, den wir kriegen konnten, vor allem, wenn Kinder in Not waren. Wir hielten in Brooklyn Ausschau nach Kindern und brachten sie sogar manchmal vom Krankenhaus nach Hause, die Hände voller Süßigkeiten. Auch bildeten wir uns etwas auf unsere Härte ein, dachten, mit Härte könne man die Stadt in Ordnung bringen. Das hier ist die Grenze, sagte Tom und zeigte auf seine Brust. In Dodge City fängt das Gesetz da an. Wenn wir verletzte Straßenräuber, kränkelnde Ehefrauenverprügler oder andere Gesetzesbrecher aufsammelten, holte Tom mich aus dem Fond. Zeit für ein wenig psychologische Erste Hilfe, sagte er dann, schloß die Türen, schaltete die Scheinwerfer aus und leistete diese Hilfe mit beiden Fäusten. Nachher lächelte er immer, auch dann, wenn er selbst ein paar Schläge einstecken mußte. Rechtspflege war für Tom das beste Stärkungsmittel.

Wir arbeiteten in West Harlem und Washington Heights – hier gab es die höchste Mordrate der ganzen Stadt. Tom sprach immer nur von den Straßen ohne Freude. Mindestens einmal pro Nacht mußten wir ein Opfer einer Schießerei abholen. Manchmal gab es so viel Gewalt, daß die Menschen schneller starben, als wir sie einladen konnten. Sie eröffneten kleine Geschäfte und wurden von Geldeintreibern erschossen. Sie kamen aus New Jersey, um einzukaufen, und wurden von Ladenbesitzern erstochen. Sie sprangen von Häusern, die von cracksüchtigen Irren befallen waren. Sie wurden von ihren Freiern erschlagen oder von ihren Zuhältern erdrosselt. Nachbarn beschwerten sich und zerhackten sie mit Äxten. Alte Freunde kamen vorbei und schnitten ihnen die Kehle durch. Sie starben in Müllhaufen, unter zersplitterten Türrahmen, auf bepinkelten Matratzen, im Kofferraum von Chevrolets. Sie starben, und ihre Herzen schlugen weiter und wollten noch mehr.

Tom bediente das Funkgerät. »Gebt uns Blut, Zentrale. Wenn ihr Blut auf eurem Bildschirm habt, raus damit.« Wir fuhren durch die Stadt, als gehörte sie uns. Und wenn wir an einem Unfallort anhielten, fühlten wir uns, als habe uns jemand Mächtigeres als unsere Leitstelle hergeschickt, als läge das Schicksal in unseren Händen. Niemand stirbt im Fond dieses Rettungswagens, sagte Tom. Das ist Regel Nummer eins.

Selbst die schlimmsten Fälle erstrahlten in einem besonderen Licht. Wir kamen an einem tödlichen Autounfall auf dem West Side Highway vorbei, die Sonne ging gerade auf, drei Teenager lagen tot auf der Straße. Neben einer der Leichen fand ich eine zerbeulte Blechfigur des heiligen Christophorus. Von da an stellte ich die Figur vor jeder Schicht ehrfürchtig auf das Armaturenbrett. Ich erzählte Tom, wir seien Kreuzfahrer, und der gefallene Heilige beschütze uns. Eine magische Schutzhülle umgebe uns, die uns und alle, die mit ihr in Berührung kämen, vor den bösen, schicksalhaften Mächten des Gettos bewahre. Manchmal, wenn ich zu einem eiligen Fall fuhr, einer Schießerei oder einem Hochhausspringer, spürte ich, daß meine unmittelbare Umgebung mit einer

Energie geladen war, die mir jeden Weg frei machte. In solchen Augenblicken fühlte ich mich unbesiegbar. Ich flog über rote Ampeln, ohne nach rechts und links zu sehen, überzeugt, daß mir nichts und niemand etwas anhaben konnte. Ich wußte, wer leben und wer sterben würde.

Tom mochte den Kreuzfahrergedanken, doch mit Magie hatte er nichts im Sinn. Magie habe nichts damit zu tun, erklärte er. Harte Arbeit und Pflichtbewußtsein, damit könne man alles erreichen. »Verlaß dich niemals auf dein Glück« war eine von Toms Devisen, so wie »Steh zu deinen Taten« oder »Laß den Feind nicht aus den Augen«. Die meisten dieser Regeln stammten aus Toms Lieblingsfilm, *Der Teufelshauptmann*. Er überspielte mir den Film auf eine Videokassette, dabei besitze ich gar keinen Recorder. Und dann sagte er zu mir, wenn ich weiterhin über rote Ampeln führe, ohne mich umzusehen, müsse er mich umbringen.

Selbst nach unserem besten Fall wollte er unser Glück nicht eingestehen. Wir holten zwei Kinder aus einem Feuer. Wir fuhren gerade an einem alten Haus vorbei, als durch eine Explosion im dritten Stock ein Regen aus Glassplittern auf unseren Rettungswagen niederprasselte. Wir brachen die Tür ein und fanden die Kinder zusammengekauert in einer Ecke, von Flammen umgeben. Das wunderbare Gefühl, dieses Kind in meinen Armen zu halten, während wir beide in der süßlichen Luft Harlems fast erstickten, war das Schönste, was ich je erlebt hatte.

General Tom und ich waren Helden gewesen, vielleicht die bekanntesten Rettungssanitäter der ganzen Stadt, doch nach drei Jahren verließ uns unser Glück. Wie Bauern, die durch einen monatelangen, die Ernte zerstörenden Sturm wateten, fuhren Tom und ich von einem schlechten Notfall zum anderen. Nichts klappte: falsche Diagnosen, schlechtes Timing, Ärger. Captain Lisa suspendierte Tom für zwei Wochen, weil er einen Feuerwehrmann verprügelt hatte.

Ich trat der Selbsthilfegruppe für Rettungssanitäter bei, die sich jeden Morgen nach der Arbeit traf. Wir fuhren in die South Bronx, zum Blarney Moon, der Außenstelle für Haß und Selbstmitleid. Ich erzählte den Jungs Geschichten vom verrückten Tom, trank zuviel und wartete darauf, daß unsere Pechphase vorüberging. Tom folgerte, wir arbeiteten nicht hart genug, fuhren nicht schnell genug. Eine Viertelstunde vor Ende der Schicht brüllte er ins Funkgerät: Zentrale, gebt uns eure Alkoholleichen, eure Simulanten, eure angeblich verletzten Unfallopfer. Anstelle von acht schlechten Jobs in einer Nacht machten wir dreizehn.

Kurz vor Ende einer besonders endlos erscheinenden Schicht wurden wir in die 107. Straße zu einem angeschossenen Mann gerufen. Eigentlich war es gar kein Mann, sondern ein Junge, kaum elf Jahre alt, der neben einem alten Fahrrad auf der Straße lag. Die Cops erzählten uns, er habe Drogen für einen örtlichen Dealer verkauft, jemand habe auf ihn geschossen und dann seine Taschen aufgeschnitten. Er sah aus wie ein gewöhnlicher Junge, der mit dem Fahrrad über ein Loch im Straßenpflaster gestolpert und über die Lenkstange geflogen war. Der die ersten Sekunden des Schocks nach dem Sturz verdientermaßen nutzte, um einen Moment lang regungslos auf dem Kies liegenzubleiben, bevor er die Finger und Füße bewegt, dann die Knie und Ellbogen, und wenn er feststellt, daß alles heil ist, wieder auf das Fahrrad steigt.

Nur die Details waren bei diesem Jungen anders. Der schwache, schnelle Puls, der kurze Atem, die kalte, klamme Haut und das kleine Loch in seiner Seite, unterhalb seines dünnen Arms. Rasch wich das Leben aus ihm, und wir brachten ihn in den Rettungswagen. In aller Eile rissen wir ihm die Kleider vom Leib und stießen die Nadeln in seine Arme, um Flüssigkeit in seine austrocknenden Adern zu leiten. Er starrte an die Decke und versuchte, tapfer zu sein, und wir sagten ihm, daß er es war. Dann drehte er sich um, erbrach das Blut, das die Kugel in seinen Bauch gespült hatte, und starb.

Als ich elf Jahre alt war, stahl ich gern Äpfel. Im Herbst plante ich jede Woche wohldurchdachte Ausflüge über die Hügel zu Mr. Wrights Obstgarten. Ich nahm immer mehr mit, als ich brauchte, oft sogar mehr, als ich tragen konnte, und hinterließ eine Spur fauliger Äpfel bis zu unserem Hinterhof. Ich glaube nicht, daß der alte Mann jemals die paar fehlenden Äpfel bemerkte. Trotzdem rechnete ich mit einer südamerikanischen Armee, deren einziges Ziel es war, mich zu fangen – tot oder lebendig. Die ungeschickten Soldaten konnten es natürlich kaum mit meiner kriegerischen Gerissenheit aufnehmen. Und doch wurde ich manchmal zu gierig, die schweren Taschen zogen mich zu Boden, und ich mußte mich hinter dem alten Volkswagen am Fuße des Killer-Hügels verstecken, allein gegen tausend Pistolen. Immer starb ich als Held, mit gezückten Pistolen im Feuer des Feindes. Das war meine Vorstellung davon, wie Elfjährige starben, bevor sie zum Abendessen nach Hause gingen, nicht wie der Junge auf der 107. Straße, wo der Tod ein Loch im Straßenpflaster war, banal und plötzlich, wie ein Sturz vom Fahrrad, nach dem man nicht wieder aufstand.

Für den Rest dieser Nacht fuhr Tom herum, ohne anzuhalten – Gas, bremsen, Kurve, Gas, bremsen, Kurve –, wie ein Hai, der seine eigene aufgeschlitzte, blutende Flanke jagt. Der Junge hatte Regel Nummer eins gebrochen: Niemand stirbt in diesem Rettungswagen. Als wolle er sich diesen Tod schönreden, behauptete Tom, aus dem Jungen wäre sowieso nur ein Verbrecher geworden, und es sei gut, daß jemand ihn getötet habe, bevor er andere umbringen könne. Ich sagte nichts dazu.

An diesem Morgen fuhr Tom mit uns zur Bar hinaus. Ich hatte Tom in drei Jahren ungefähr dreimal in einer Bar gesehen, und da hatte er nie mehr als ein Bier getrunken. Doch an diesem Tag trank er mit uns, eins nach dem anderen, und dazu Schnaps. Er erzählte jedem die Erlebnisse dieser Nacht. Als er die Geschichte des erschossenen Jungen zu Ende brachte, fing er wieder damit an, wie gut es doch sei, daß der Junge tot sei. Ich war so betrunken, daß ich kaum stehen konnte, aber ich wollte ihm einen Schlag versetzen. Ich wußte, ich hatte nur einen Versuch, und verfehlte ihn dennoch um Längen. Dann wollte ich mich auf ihn stürzen, aber er war blitzschnell über mir. Erstaunlich, wie schnell der alte Tom sein konnte, wenn er wollte. Er hielt meine beiden Arme auf dem Fußboden neben meinen Ohren fest. Ich lag einfach nur da und wartete auf seine Schläge. Aber er ließ mich los. Er rieb sich das Kinn und fing an zu lachen. »Na, so was, Father Frank. Das wurde wohl Zeit.« Er stand auf und lachte noch immer. »Hey, Jungs, habt ihr seinen mordlustigen Blick gesehen? Aber ich gebe dir einen guten Rat: Wenn du schon auf jemanden losgehen willst, dann schlag wenigstens richtig zu.«

In der Nacht nach seinem Tod fuhr der Junge neben uns her, umkreiste zweimal den Rettungswagen und strampelte weiter den Block rauf. Zuerst wollte ich ihn nicht erkennen, übersah ihn einfach, wie ich es auch machen würde, wenn der Papst im selben Restaurant säße wie ich. Ich würde ihn zwar sehen, aber nicht registrieren. Und wie eine berühmte Persönlichkeit wollte auch dieser Junge erkannt werden, denn in seiner Sonderrolle war er einsam. Als er zum zweiten Mal um unseren Wagen herumgefahren war und mir direkt ins Gesicht blickte, nickte ich ihm zu, und er fuhr davon. Da ging etwas in mir kaputt. Ein grundlegendes Verständnis der Welt, das in diesem Job schon so oft auf die Probe gestellt worden war, zerbrach schließlich. Und jedesmal, wenn ich den Jungen in den folgenden Wochen sah, wenn er bei jedem Notfall mit seinem Fahrrad auf uns wartete, spürte ich, wie es wieder zerbrach – ein Knacken in meiner Brust.

Ich bat darum, versetzt zu werden, und Captain Lisa schickte mich runter zur *Station Misery* im Stadtzentrum. Es folgten noch mehr Pech und Frust. Ein naßkalter Winter. Zum ersten Mal in meiner Karriere freute ich mich nicht auf die Arbeit, verlor die Hoffnung, etwas verändern zu können. Wenn ich eine Straße entlanglief, sah ich nur noch die Bettler und die Räuber, die Geschlagenen und die Beraubten. Paare stritten sich nur, Babys schrien immer. Ich schrieb eine Kündigung, forderte meine Zeugnisse bei der Universität an und meldete mich bei meinen Cousins in Chicago.

So ernst hatte ich es noch nie mit der Kündigung gemeint. Aber genau in dieser Woche rettete ich einen jungen Mann mit einer allergischen Reaktion. Ich schob gerade rechtzeitig einen Tubus zwischen seine Stimmbänder, als sie sich zum letzten Mal schließen wollten. In einem Moment war er eine Leiche und im nächsten Bob, der Collegestudent, ein verrückter Träumer. Danach folgte eine Reihe von guten Notfällen, die von dem besten all meiner Fälle gekrönt wurden, der Begegnung mit Mona. Der rothaarigen, wahnsinnig praktisch denkenden Mona mit den glänzenden Augen, die mich aus den Flammen zog und mich auf ihren Kaminsims setzte. Zwei Jahre später bat sie mich aufzuhören. Doch als wir uns kennenlernten, behauptete sie, ich hätte den wichtigsten Job in der ganzen Stadt. Ich rettete Leben, ich war der Tod des Sensenmannes.

Während ich mit Mona durch das Licht dieser ersten gemeinsamen Monate wanderte, dachte ich, ich hätte den Schatten dieses Jungen wie eine schlimme Erkältung abgeschüttelt. Doch er zeigte sich wieder, einmal in einer kleinen Gasse in Hell's Kitchen und ein zweites Mal, als er mit demselben Fahrrad über einen Parkplatz auf der East Side fuhr. Dann tauchten weitere Geister auf. Einige sah ich nur unklar im Dämmerlicht, Fälle, die ich bereits vergessen hatte. Andere schienen mir schrecklich vertraut, sie verfolgten mich, klagten mich an. Und doch konnte ich sie nicht verlassen, ganz gleich, wie sehr sie mir zusetzten. Wir gehörten zusammen. Selbst in Monas lebenspendenden Umarmungen spürte ich das klebrige Moos, die Klumpen nasser Erde. Ich war angeschlagen, konnte aber aus meiner Haut nicht heraus. Kündige einfach, sagte sie immer wieder, bevor sie mich verließ, dann können wir noch mal von vorn anfangen. Seitdem hatte ich schon hundertmal gekündigt, aber ich kam immer wieder zurück, war zu schwach und zu schwer, um in die Freiheit zu klettern. Der Job hielt mich fest, zog mich nach unten wie die Schwerkraft.

»Zebra«, kam es aus der Leitstelle. »Eins-Drei Zebra.«

Ich öffnete die Augen und starrte das Funkgerät an. Für einen Moment wunderte ich mich, wie da eine Stimme herauskommen konnte und warum sie zu mir sprach.

»Zebra, meldet euch. Los, kommt schon, ich hab' was für euch.«

Wenn man im alten Zoo weit genug von den Zebrakäfigen entfernt stand, wurden die Stangen zu Streifen und die Streifen zu Stangen. Dann sah es aus, als könnte das Zebra hinaus, als wäre es frei. Und doch wäre es auf all seinen Wegen ein Gefangener.

»Eins-Drei Zebra, geht ran.« Die furchteinflößende Stimme des Zebrabändigers. »Nehmt das Funkgerät, drückt den Knopf an der Seite, und sprecht vorne rein.«

Ich gehorchte. »Zebra.«

»Ein Mann mit Blutungen, Ecke Zweiundvierzigste und Achte. Keine weiteren Informationen.«

»Zehn-Vier«, sagte ich und klopfte neben Larrys Kopf gegen das Fenster. »Wir haben einen Fall, Chief. Jemand blutet, Zweiundvierzigste und Achte.«

Larry brauchte eine halbe Minute, bis er die Augen öffnete und das Zündschloß fand. Seine Hände rutschten immer wieder vom Schlüssel ab. Schließlich beugte ich mich hinüber und drehte ihn herum. Wir machten einen Satz nach hinten, dann nach vorn und fuhren schließlich mit achtzig Stundenkilometern im Rückwärtsgang. »Brems doch«, kreischte ich.

Wichtiger als all die anderen Gründe, warum ich lieber selbst am Steuer saß, war der, daß Larry dann nicht auch dort sitzen konnte. Er war ein grauenhafter Fahrer: Er konnte Situationen schwer einschätzen, war halb blind, weil er keine Brille tragen wollte, und rücksichtslos. Man muß so fahren, damit man bei diesen Fords den Motor nicht abwürgt – so beschrieb er seine chaotische Fußarbeit, durch die wir uns ruckweise in Midtown fortbewegten. Er hatte Tom Walls' Zweifußtechnik übernommen, bei der der rechte Fuß auf dem Gas bleibt, während der linke bremst, um das Tempo zu regulieren. Walls beherrschte diese Technik meisterhaft, er war der Schnellste in der ganzen Stadt. Wenn er vor einer roten Ampel wartete, heulte der Motor bei einer Drehzahl von sechstausend pro Minute. Und wenn er dann den Fuß vom Bremspedal nahm, sprang der Wagen vorwärts wie ein sterbender Aal. Auf diese Weise fuhr er zu Schießereien, kranken Patienten und den spanischen Imbißbuden, um sich doppelte Espressos zu besorgen. Nachdem ich eine Weile mit Tom zusammengearbeitet hatte, wußte ich, daß ich in einem brennenden Rettungswagenwrack sterben würde. Trotzdem tröstete es mich zu wissen, daß er fahren konnte. Bei Larry war mir der Tod nicht weniger gewiß, aber sein unglaublich lausiger Fahrstil wertete meinen Tod ab, so daß er nur noch soviel wert war wie einer seiner Niesanfälle, die ihn nur am Steuer zu ereilen schienen.

»Gesundheit!« rief ich, als wir nur knapp einen Müllwagen verfehlten.

»Danke.«

Wir hielten mit einem brutalen Ruck mitten auf der Zweiundvierzigsten Straße. Erleichtert sprang ich aus dem Wagen, in den Verkehr hinein, doch als ich unseren Patienten sah, sprang ich schnell wieder zurück. Wir brauchten keine weiteren Informationen. Es war Noël. Er rannte mit bluttriefendem Gesicht auf mich zu.

»Noël!« brüllte ich, doch er kam immer näher, tief gebückt, die Arme ausgestreckt wie ein Verteidigungsspieler beim Football. Er hatte einen Autoreifen auseinandergeschnitten und die Stücke mit Stricken auf seinen Schultern befestigt. Konservenbüchsen hingen an seinen Hand- und Fußgelenken. In der einen Hand hielt er eine kaputte Flasche, in der anderen eine Geige ohne Saiten. »Noël«, rief ich zum letzten Mal, verschloß dann die Tür und kurbelte das Fenster nach oben. Eine Sekunde später schlug sein Gesicht dagegen und brach beinahe beides ein. »Bring mich um«, schrie er. »Bring mich um, bitte.« Geronnenes Blut klebte in seinem verfilzten Haar, das in Büscheln von seiner Kopfhaut herabhing. Leuchtendrotes Blut troff von seinen Ohren herunter und rann an seinem Hals entlang. Er trommelte gegen die Scheibe und schrie zwischen den Schlägen immer wieder: »Ihr müßt mich umbringen. Keiner will mir helfen. Bitte.«

Das Blut bildete auf dem Fenster, wo sein Gesicht aufgeschlagen war, seltsame, insektenähnliche Muster. Seine Augen glühten mich durch die Flecken an, so wie ich ihn vorher schreiend im *Misery* gesehen hatte, an der äußersten Grenze seines unerträglichen Wahnsinns. Er wollte sich umbringen, schien aber auch durchaus bereit, jemand anderen umzubringen, wenn sein eigener Tod nicht funktionieren sollte. Wieder schlug er mit der Stirn gegen die Scheibe. Ich sah, wie sich das Glas krümmte, und da es sicher gleich zerspringen würde, griff ich nach dem Baseballschläger hinter dem Sitz. »Noël, tu's nicht.«

Larry brüllte aufgeregt ins Funkgerät und rief alle zu Hilfe, die kommen konnten – Sanitäter, Polizisten, Feuerwehrmänner, die Küstenwache, Ringkämpfer, Hypnotiseure.

Ich hielt den Schläger hoch. Noël nickte und zeigte darauf. Er wollte, daß ich ihn damit schlug. Ich klopfte ans Fenster. »Laß die Flasche fallen.«

Er klemmte die Geige unter den Arm und drückte sich mit beiden Händen die scharfen Enden der kaputten Flasche an den Hals. Das Glas bohrte sich in die Haut, ohne sie zu zerschneiden. Er seufzte und warf die Flasche weg.

»Siehst du, ich schaffe es nicht allein.«

Ich kurbelte das Fenster herunter. »Willst du ein Glas Wasser haben? Du siehst sehr durstig aus.«

»Ich komme aus der Wüste.«

»Du kommst aus dem Krankenhaus, und dorthin solltest du auch zurückgehen.«

»Ich lag in der Wüste und verdurstete, bis Mary Burke kam und mir Wasser brachte.«

»Du lagst festgebunden auf einem Bett, hast halluziniert und nach Wasser geschrien.«

»Und hast du mir welches gegeben?«

»Nein. Der Arzt sagte, du könntest daran sterben.«

»Vielen Dank auch.« Er hob die Überreste der Flasche auf.

»Sieh mal, wir können dich nicht umbringen, so gern wir das auch tun würden. Es macht keinen guten Eindruck, wenn Sanitäter auf der Straße Leute umbringen. Eines Tages wirst du froh sein, daß wir es nicht gemacht haben. Du hast ein paar üble Chemikalien in deinem Kopf, Noël. Im Krankenhaus gibt es Medikamente, die dir helfen können.«

Noël machte einen Schritt zurück und schüttelte sich von Kopf bis Fuß wie ein nasser Hund. »Nein, nein, keine Medikamente.« Er schlang die Arme um seinen Körper, kniff die Augen zusammen, und die langen, blutgetränkten Dreadlocks peitschten um seinen Kopf herum. Ich schloß das Fenster, so schnell ich konnte, doch die warmen Tropfen landeten auf meinem Gesicht und meinen Armen.

»Er hat dich erwischt.« Larry reichte mir eine Packung Taschentücher. »Jetzt bist du voll von seinem schmutzigen Blut. He, sei vorsichtig mit dem Schläger.«

Eine Menschentraube hatte sich auf dem Bürgersteig versammelt, alles Stammgäste auf der Zweiundvierzigsten Straße, die auf ihre eigene Weise bluteten. Sie brüllten: »Legt ihn um!«, »Er schreit doch danach!«, »Macht ihn fertig!« Einer der Jungs an der Ecke feuerte ein paar Schüsse aus seinem Finger ab. »Ich wüßte schon, wie man das Arschloch umbringen könnte. Peng! Peng!« Noël rannte begeistert auf ihn zu, und das Blut spritzte in alle Ecken. Die Menge geriet in Panik und flüchtete die Treppe zur U-Bahn hinunter, angeführt von dem Jungen. Noël blieb allein zurück. Er lief wieder auf die Straße und sprang vor die Autos in der Hoffnung, sich wenigstens ein Bein brechen zu können. Aber der Verkehr, der sich inzwischen einen Block weit staute, bewegte sich viel zu langsam, um ihn verletzen zu können. Er legte sich mitten auf die Straße, verschränkte die Arme und rührte sich nicht.

»Er kommt mir so bekannt vor«, stellte Larry fest.

Ich legte den Baseballschläger beiseite, bevor ich Larry damit treffen konnte. »Natürlich kommt er dir bekannt vor. Er lag festgeschnallt im *Misery*, als wir den Herzstillstand reinbrachten. Der Typ, der nach Wasser geschrien hat.«

»Ich glaube, er braucht etwas Stärkeres als das.«

Einer der ansässigen Händler, ein Chinese, der asiatische Kampfsportwaffen, Jesus-Uhren und Reisetaschen verkaufte, klopfte an meine Fensterscheibe. »Der Typ ist völlig irre«, sagte er.

»Wirklich?«

»Klar. Vor zwei Wochen kam er rein und versuchte, meinen Laden zu zertrümmern. Letzten Dienstag kam er wieder, fing an, Speere herumzuwerfen und mit den Taschen herumzupoltern. Er machte vier Uhren kaputt und brachte beinahe meinen Neffen um, der nächstes Jahr nach Princeton geht. Heute abend kommt er rein und sagt, es täte ihm leid und ich solle ihn umbringen. Aber ich will nicht, ist schlecht fürs Geschäft, und außerdem habe ich einen schlimmen Rücken. Da zerbricht dieser Verrückte eine Bierflasche auf seinem Kopf, und alles ist voller Blut und Bier. Jetzt hab' ich Kopfschmerzen und Rückenschmerzen und hab' mir den Finger an einer Scherbe geschnitten. Vielleicht sollte ich zum Arzt gehen. Sehen Sie mal.«

»Sie brauchen ein paar Stiche«, antwortete ich, und dann, als der Mann noch immer wartete: »Am besten nehmen Sie sich ein Taxi, damit sind Sie schneller als mit einem Rettungswagen. Sie brauchen mindestens eine Tetanusimpfung. Außerdem war vielleicht das Blut des Mannes auf der Scherbe, dann sieht's schlecht aus, Aids, Hepatitis A und B und noch eine Million anderer Sachen, den ganzen Krempel. Am besten hacken Sie sich gleich hier die Hand ab.«

Der erste Polizeiwagen tauchte auf. Die Cops hatten die Augen halb geschlossen, die Köpfe gesenkt und an den Türrahmen gelehnt. Der Fahrer brauchte dringend Kaffee. Er bog in Schlangenlinien in die Zweiundvierzigste und überfuhr beinahe Noël, der frustriert mit der Faust auf das Pflaster schlug, als der Wagen seinen Kopf knapp verfehlte. Immerhin hatten ihn New Yorks Gesetzeshüter in der Vergangenheit schon so oft geschlagen und bedroht, daß er nun denken mußte, seine Scharfrichter seien endlich gekommen. Fröhlich sprang er auf und rannte zu ihnen hinüber. »Bitte, ihr müßt mich umbringen.«

Der Fahrer machte keine Anstalten, das Fenster herunterzukurbeln. Routiniert und gelangweilt betrachtete er die Reihe alter Markisen, die kaputten Glühbirnen und die krummen Inschriften aus drei Wörtern wie *Horny Leather Orgy* oder *Black End Chaos*. Anscheinend überlegte er, wieviel Papierkram anfiele, wenn er Noël umbringen würde, und wie wenig, wenn er sich einfach aus dem Staub machen würde, und welche Möglichkeiten es dazwischen gab. Schließlich sprach er gedehnt durch die Scheibe, und ich wußte, daß er unserem Patienten das übliche »Ich bin hier, um Sie zu beschützen« erzählte, denn Noël begann währenddessen, sich zu schütteln und zu schreien. Als der Officer die Stelle »Fahren Sie mit dem Rettungswagen zum Psychiater« erreichte, tobte Noël und bespritzte mit seinem blutigen Regentanz Türen und Fenster des Polizeiautos. Ohne zu zögern, griff der Cop nach dem Funkgerät und bestellte – da war ich mir sicher – das Säuberungsteam her, die Hilfstruppeneinheit, damit sie mit ihren Betäubungspistolen, Sturmgeschützen, Jagdflugzeugen und Leichensäcken anstürmte. Langsam wurde die Situation unangenehm.

»Hey, Noël«, rief ich, stieg aus dem Rettungswagen und blieb außer Reichweite seiner Blutspritzer stehen. »Entschuldige bitte.« Ich wartete darauf, daß er aufhörte, sich zu schütteln. »Du hast mich ja nicht ausreden lassen. Ich sagte nur, daß ich dich nicht hier umbringen kann. Ich sagte nicht, daß ich dich überhaupt nicht umbringen würde. Wir können das im Krankenhaus erledigen.«

»Wirklich?«

»Sicher. Unsere Vorschriften verbieten es, Leute auf der Straße umzubringen, aber im Krankenhaus gibt es extra ein Zimmer dafür. Ein nettes, ruhiges Zimmer mit einem großen Bett.«

»O Mann, stimmt das wirklich?«

»Natürlich. Du hast das gleiche Recht, umgebracht zu werden, wie jeder andere auch. Es könnte allerdings eine Weile dauern. Der Vollstrecker muß erst gerufen werden.«

Noël schaute mich einen Moment lang unsicher an und lächelte dann, von einem blutigen Ohr bis zum anderen, ein Blick voll tiefer Zuneigung. »Oh, danke, Mann, danke.« Ich wich seinen blutigen Umarmungen aus und führte ihn zum Rettungswagen. Er war so glücklich, daß ich ebenfalls lächelte. Ein schönes Gefühl, jemandem helfen zu können.

»Und wie werdet ihr mich umbringen?«

»Du kannst wählen. Tabletten, Spritze, Gas.«

Ich öffnete die Hintertüren. Noël zögerte einen Augenblick und überlegte. »Ich glaube, Tabletten sind am besten. Ja, genau.«

»Ja, Tabletten sind am besten, Noël. Komm, steig ein. Du bist gar kein so übler Kerl.«

»O doch, das bin ich. Deswegen müßt ihr mich auch umbringen.«

Die Unterstützung, die Larry angefordert hatte, traf schließlich ein, ein Rettungswagen, der die Achte heraufraste. Natürlich war es Tom Walls. Tom ließ sich nie einen Kampf entgehen. Er bremste, bis der Wagen rutschend zum Stehen kam, und sprang auch schon im nächsten Moment heraus. Dicker, blauer Rauch stieg aus den Radkästen auf. Anscheinend kam er direkt aus Brooklyn.

»Father Frank, na, so was.« Ich ahnte, daß er mir wieder mal auf den Rücken hauen würde, und machte schnell einen Schritt zur Seite. »Alles in Ordnung? Larry klang, als würde er mit seinem eigenen Funkgerät erschlagen. Hey, Larry, alles okay?« Larry antwortete ihm mit einem lauten Schnarchen. »Du solltest dir mal seine Atemwege ansehen. Ich hab' das gleiche Problem mit meinem Partner, Sanitäter Grunt.« Tom deutete auf den noch immer rauchenden Rettungswagen, auf den Beifahrersitz, wo Grunt fest schlief. »Komischer Typ.« Dann schubste Tom Noël gegen die Tür. »Also das ist der Junge, für den ich herkommen mußte.«

»Ja, aber es war nichts weiter. Ein bißchen Geschrei. Du weißt doch, wie schnell Larry die Kontrolle verliert.«

»Mann, er sieht aus, als hättest du ihn schon gut bearbeitet. Bleibt nicht mehr viel für mich zu tun.« Tom schubste Noël noch einmal. »Wenn du meinem Freund hier noch mal Ärger machst, bring' ich dich um.«

»Ja.« Noël lächelte. »Im Krankenhaus.«

»Mmm. Weißt du, Father Frank, dieser Typ kommt mir so bekannt vor.« Walls rückte mit dem Gesicht ganz nah an Noëls heran. »Er sieht aus wie ein ziemlich übler Typ, den ich vor ungefähr einer Woche ins Krankenhaus gebracht habe. Ein Typ, der zwei Priester mit einem Schraubenzieher als Geiseln genommen hatte. Die Polizei mußte ihm eins überbraten, und dann mußte er im Krankenhaus festgeschnallt werden.«

Noël lächelte nicht mehr. Er trat langsam zurück und dann in den Rettungswagen hinein, Walls dicht hinter ihm. »Ich wußte, die Geistlichen würden ihn nicht anzeigen. Ich sagte ihm, wenn ich ihn noch einmal dabei erwische, daß er Ärger macht, ist es sein letztes Mal.«

»Das ist es nicht wert, Tom. Er stellt sich.«

»Keine Gefangenen«, erklärte Tom und kletterte in den Fond. Er wandte sich zu mir um. »Keine Sorge, Father. Nur ein wenig psychologische Erste Hilfe.«

»Tu's nicht, Tom. Nicht da drin. Du wirst ein Chaos anrichten.«

Tom Walls schlug zu, traf nicht, schlug noch einmal. Noël duckte sich. »Verdammt noch mal, bleib stehen.« Er schlug noch einmal zu und verfehlte ihn. »Das reicht.« Tom zog seine Jacke aus, warf sie auf den Boden und machte einen Satz nach vorn, so daß alle zweihundertzwanzig Pfund seines glatzköpfigen, in Brooklyn geborenen, Amerika liebenden, in Vietnam verwundeten und nun seinem Land auf den Straßen von New York dienenden Körpers auf Noël landeten.

Die beiden prallten gegen die Rückwand und fielen zwischen Trage und Bank. Walls drückte Noël mit einer Hand nach unten und versuchte, ihn mit der anderen zu schlagen. Doch seine Hände glitten immer wieder im Blut aus, so daß er mit den Fäusten ständig danebenschlug, während Noël unter ihm wild herumzappelte. »Nein, die Tabletten, im Krankenhaus«, brüllte er in meine Richtung. »Erzähl ihm von den Tabletten, Mann, die Tabletten.«

Ich hatte Toms psychologische Erste Hilfe oft genug mit angesehen, um zu wissen, daß man in solchen Fällen nicht mehr vernünftig mit ihm reden konnte. Entweder man zog ihn weg oder wartete, bis sein Anfall vorüber war. In den paar Jahren, seit ich Zehn Sam verlassen hatte, war Tom in seinem Bestreben fanatischer und seine Wut unberechenbarer geworden. Niemand wußte, an wessen Kehle er als nächstes springen würde. Ich hörte einmal, er habe in einem Wohnviertel einen Mann umgebracht, weil er auf zwei Polizisten geschossen habe. Er überschwemmte das Herz des Mannes mit Epinephrin, deklarierte den Tod als eine Überdosis Kokain, und der Gerichtsmediziner deckte ihn. Andere Rettungssanitäter hatten Angst davor, mit ihm arbeiten zu müssen. Oft arbeitete er mit Sanitäter Grunt, der sich nun neben mich stellte und den Kampf beobachtete. Wir kletterten zusammen in den Wagen, um Tom aufzuhalten, doch er riß sich los und schlug wieder auf Noël ein, als habe er ihn noch nicht genug verletzt. Gerechtigkeit spielte keine Rolle mehr für ihn, nur totale, willkürliche Strafe.

»Laß ihn los, Tom.« Ich zog an ihm, so fest ich konnte, aber er umschloß Noël wie mit einer Kneifzange, und in dieser gewaltsamen Umarmung rollten die beiden hin und her und stießen mit den Köpfen an das Rad der Trage. Noël blutete noch immer. Der Fußboden und die Bank waren voller Blut. Es landete auf Walls weißen Armen und Händen und hinterließ drei faustgroße Flecken auf seinem weißen Hemd, so daß Walls eher wie ein Opfer aussah als Noël. Wahrscheinlich wären sie noch bis zum Morgen weiter so herumgerollt, wenn Larry nicht den Kopf durch das kleine Vorderfenster gesteckt und gesagt hätte: »Drei Blocks weiter liegen zwei Schußopfer, Ecke Fünfundvierzigste und Achte, mit Quittung. Na, wie wär's?«

»Machen wir«, brüllte Tom.

Er ließ Noël los, der auf den Stuhl an der Rückwand kletterte. »Im Krankenhaus.« Er zitterte. »Du hast gesagt im Krankenhaus.«

Walls und Grunt sprangen aus dem Wagen, und Larry setzte schon zurück, während ich noch die Fondtüren schloß, die Trage säuberte und die Infusion aufhängte. Noël kroch zum vorderen Stuhl hinüber. »Mann, zuerst sagst du, du kannst mich nicht umbringen, dann willst du mich zwar umbringen, aber nicht hier, und dann kommt dieser Verrückte und will mich umbringen.«

Ein paar Sekunden später hielten wir an. »Bleib hier drin«, sagte ich, sprang aus dem Wagen und zog die Liege hinter mir her. An der Ecke verdeckten die dunklen Mäntel der Menschenmenge das elektrische Licht des Tabakladens. »Platz da!« rief ich und bahnte mir einen Weg durch das Spalier aus Beinen.

»Rettungsdienst!« brüllte Larry neben mir und schwenkte die Erste-Hilfe-Koffer vor sich her. Zwei Polizisten standen in der Mitte der Menge. Sie hielten ein Stück des Gehwegs frei, auf dem zwei junge Männer lagen. Jemand in der Menge rief: »Ein Mann ist hergekommen und hat einfach so auf die beiden geschossen. Ohne ein Wort zu sagen. Wie grausam.« Die Stimme schien bereits ganz weit weg zu sein, wie alles außerhalb der Menschentraube. Das Opfer links hielt sich den Bauch und schaute ruhig und ungläubig drein. Der andere starrte zu den Lichtern der Zigarettenreklame hinauf und versuchte, cool auszusehen, als habe er sich mal eben auf den Bürgersteig legen wollen. Doch sein Gesicht zeigte den mutlosen, grauen Ausdruck eines Menschen, der im Sterben lag. Ich kniete mich neben ihn, während Tom Walls sich um den anderen kümmerte.

»Wurden Sie getroffen?« Ich fühlte einen starken Puls in seinem Handgelenk, ein gutes Zeichen. Ich nahm meine Schere heraus, um seinen Mantel aufzuschneiden, doch er zog seinen Arm weg. Er blickte zu mir auf und rief dann jemanden hinter mir: »Komm her, komm her.« Er zog unter Schmerzen den Mantel aus und hielt ihn hoch. Zwei Arme reichten über meine Schulter, nahmen den Mantel und hoben ihn über mich hinweg. »Schnapp ihn dir. Das war der Vogelfreie. Er arbeitet für Cy. Nimm sie beide raus.« Irgend etwas fiel aus dem Mantel und hüpfte über meine Schulter zu Boden. Zwei kleine Ampullen mit weißem Puder rollten gegen meinen Schuh, auf denen ich den roten Totenkopf mit gekreuzten Knochen erkannte. Ein Hand tauchte auf, und sie waren verschwunden.

»Wurden Sie getroffen?« wiederholte ich.

Er blickte mich wieder an und deutete auf seine Brust. »Ich bin okay.«

Ich begann, die Hemden aufzuschneiden, immer zwei auf einmal, er trug vier Stück. »Wurden Sie getroffen?«

»Ich werd' seinen Arsch in die Luft jagen, Mann, ich weiß, wo er seine Geschäfte macht. Ich bring' den Kerl um.«

Ich mußte ihn kein viertes Mal fragen. Als ich das letzte Hemd aufgeschnitten hatte, klaffte mir das Loch wie ein bluttriefendes Muttermal unter dem linken Schlüsselbein entgegen. Ich verschloß es mit einem Plastikverband.

»Wurden Sie noch woanders getroffen?«

Er versuchte, sich die Wunde anzusehen. »Sehen Sie sich diese Scheiße an. Er hat mir ein Loch in die Brust gepustet, verdammt.«

Ich rollte ihn auf die Seite, um mir den Rücken anzusehen. Nichts. Die Kugel mußte noch in ihm stecken. Larry schob die Trage hinter ihn. Wir legten ihn darauf und schnallten ihn fest.

Walls war mit seinem Patienten ebenfalls fertig. »General Tom«, rief ich ihm zu, als Larry und ich durch die Menge zum Rettungswagen liefen. »Ich fahre zum *Misery*. Bringt euren besser ins Bellevue.«

»Okay, Father, wenn ihr euren in den Himmel bringt, bring' ich meinen in die Hölle. Komm schon, Grunt, auf geht's.«

Larry und ich schoben die Trage in den Wagen, und ich sprang hinterher. Die Türen schlossen sich. Ich setzte eine Sauerstoffmaske auf das Gesicht des Mannes. Im grellen Deckenlicht sah er nicht älter als achtzehn aus, ein Kind, blaß und kalt. Schweiß perlte von seiner Stirn über das Gesicht. Er nahm die Maske ab. »Warum passiert mir so was, Mann? Ich tu' doch keinem was. Ich versuche nur, meinen Lebensunterhalt zu verdienen. Ich will nicht erschossen werden.«

»Du hättest die Tabletten nehmen sollen«, meinte Noël. Ich hatte ihn ganz vergessen.

»Ist schon in Ordnung«, sagte ich. »Du wirst schon wieder werden.«

Ich legte das Stethoskop an und hörte seine Lungen ab, gurgelndes Blut in der linken, Hämothorax. Ich nahm sein kaltes Handgelenk und prüfte den Puls, der jetzt schwach und schnell ging. Mein Gott, war er schnell.

»Das ist eine verrückte Stadt, Mann. Ich hau' ab hier, verstehst du? Ich geh' in die Army, da ist man sicher. Ich lasse diese Straßen hinter mir. Mir reicht's. Ich will nicht sterben.«

»Aber *ich* will sterben.«

»Sei still, Noël.« Ich legte einen Stauschlauch um den Arm des Jungen, fand eine Vene und wusch die Stelle mit Alkohol ab. Dann griff ich in die Kiste mit Nadeln und zog die größte heraus. Ich hielt sie über die Vene und wartete, bis ich zwischen dem Rumpeln auf der Achten Avenue und Larrys irren Schwenkern den Pulsschlag fühlte.

»Du wirst einen kleinen Stich im Arm spüren. Nicht bewegen.«

»O Gott, ich will nicht sterben.«

»Du wirst nicht sterben.«

Noël packte mich am Arm. »Was hast du gesagt?«

»Sei still. Er wird nicht sterben, du schon. Fertig.«

Ich stach zu. Treffer. Ich schob den Zugang hinein, schloß

die Infusion an und öffnete sie. Dann klebte ich den Schlauch fest.

»Halte meine Hand«, bat der Junge.

»Ich kann nicht. Ich muß mich um deinen anderen Arm kümmern.«

»Halte einfach nur meine Hand, Mann.«

Ich gab Noël den abgeklebten Arm und legte seine Hand in die des Jungen. »Halt sie fest. Wenn du ihn losläßt, bring' ich dich nicht um, das schwör' ich dir.« Noël hielt die Hand fest.

Ich nahm die andere Hand des Jungen. Kein Puls. Sein Gesicht war ganz grau, und er weinte. Dafür reichte das Blut gerade aus. Ich legte den Stauschlauch an und hängte noch eine Infusion auf. Wieder holte ich eine Nadel heraus und suchte nach der Vene. Treffer. Ich treffe immer. Als ich mit dem Abkleben des Armes fertig war, hielten wir am *Misery*.

»Alles in Ordnung«, sagte ich. »Wir sind da.«

Keine Antwort. Ich blickte auf und sah, daß Noël sich über den Jungen beugte. Er drückte seine Lippen in einem langen, tiefen Kuß auf die des Jungen.

Larry öffnete die Türen, und wir zogen an der Trage. »Noël, laß los.«

Ein Kuß, der kein Kuß mehr war. »Noël, laß los.« Ich mußte ihn losreißen. Der Junge war tot. Noël kreischte und warf mich um, als er aus dem Wagen sprang und fortrannte.

»Er atmet nicht mehr, Larry. Stillstand.«

Wir eilten mit dem toten Jungen in die Notaufnahme.

Einmal rettete ich einen Mann, der beim Laufen tot umfiel, als er einen Zug noch erreichen wollte. Gleich nach unserer Ankunft reanimierten wir ihn durch einen Elektroschock. Ein paar Stunden später hörte ich, daß er bei Bewußtsein war und sprechen konnte. Ich ging zwar nicht sofort zu ihm, beschloß aber einige Tage später, ihn auf seiner Station im Krankenhaus zu besuchen. Damals wollte ich die Patienten immer noch sehen, nachdem ich sie gerettet hatte, nachschauen, wie es ihnen ging. Als ich kam, zankte er sich gerade mit der Krankenschwester, deshalb stellte ich mich seiner Familie vor, die um das Bett herum versammelt stand. »Warum ist er auf einmal so garstig?« fragte der Sohn mich als erstes. – »Ich weiß nicht«, antwortete ich. – »Ist das normal?« wollte er wissen. »Mein Vater war früher so ein netter Kerl, und seit das passiert ist, ist er zu allen Leuten eklig und gemein.« – »Ich kann Ihnen dazu nichts sagen«, beteuerte ich. Als ich das Zimmer verließ, hörte ich, wie der Mann die Schwester anschrie: »Hör zu, du Schlampe, ich sagte doch, ich will ein neues Kissen. Jetzt hol es mir endlich.«

7

In der frühmorgendlichen Ruhe des Wartezimmers erledigte ich die Schreibarbeit. Aus dem Behandlungsbereich hörte ich, wie der Chirurg um Skalpell, Sauger und Rippenspreizer bat. Er schnitt die Brust des Jungen auf, um die Arterie abzuklemmen und das leere Herz mit Flüssigkeit vollzupumpen. Das funktionierte nie. Ich trug Namen, Alter und Adresse des Jungen ein, welche ich in seiner Brieftasche auf einer gerichtlichen Vorladung fand: Er war über ein Drehkreuz gesprungen. Außerdem besaß er einen gefälschten Ausweis des College of Times Square. Die meisten Dealer auf der Zweiundvierzigsten Straße waren stolze Abgänger dieser Lehranstalt. Ich fand Visitenkarten von zwei Rechtsanwälten, einem DJ, einem Zahnarzt in der Bronx, einen drei Jahre alten Anglerschein und ein paar Papierschnitzel, auf denen verschiedene Nummern und Namen standen. Ich versuchte, ihn mir beim Angeln an einem Fluß vorzustellen, aber es klappte nicht.

Ich gab die Brieftasche an einen der Polizisten weiter, die draußen vor dem Behandlungszimmer standen. Schwester Crupp unterschrieb mein Formular und kehrte dann zu Odette, der Pflegerin, zurück, um ihr beim Einpacken der Leiche in den grünen Plastiksack zu helfen. Vorsichtig traten sie über das Blut hinweg, das den Fußboden bedeckte und in schmalen Bächen unter den Vorhang und in die nächste Nische lief, in der Burke lag. Ich zog den Trennvorhang zur Seite und betrachtete das Werk meiner nächtlichen Arbeit, mein Pech der letzten Monate, die unendlich vielen Tode. Ich deckte Burke mit dem Laken an seinen Füßen zu und steckte es unter seinen Schultern fest. Dann überprüfte ich seine EKG-Kabel und die Infusion und trat nach draußen, um eine zu rauchen.

»Sieh dir das an.« Larry zeigte mit seinem dicken Finger, der in einem gelben Handschuh steckte, durch die offenen Türen in den erleuchteten Fond unseres Rettungswagens. »Überall Blut.« Er zog sich Chirurgenmaske, Haube und Schutzbrille auf. Dann wickelte er sich Laken um Arme, Beine und Rumpf und klebte die Zipfel an seinen Handgelenken fest. Schließlich schnappte er sich den Wischmop und sprang in den Wagen.

Ein Taxi hielt an, und der blutende Ladenbesitzer aus der Zweiundvierzigsten Straße stieg aus. Er hielt ein rotes Stück Stoff um seinen Daumen. Er verbeugte sich kurz, und ich hob grüßend die Hand. Die Eingangstüren der Notaufnahme öffneten sich und schlossen sich wieder. Im zweiten Stock sprang ein Scheinwerfer an. In seinem flackernden Licht tauchte Burkes Tochter auf, nur ein paar Schritte von mir entfernt. Wie ein weißer Geist, frierend und zitternd in der Jacke ihres Bruders. Ich bot ihr eine Zigarette an.

»Sie sollten nicht rauchen«, sagte sie und nahm sich eine.

»Das ist schon okay. Ich rauche auf Rezept. Für meine Nerven.«

»Sie sollten den Arzt wechseln.«

»Mit einem Schluck Whisky funktioniert es noch besser.«

»Dieses Mittel benutzt mein Bruder auch immer. Er ist drinnen eingeschlafen.«

»Sehen Sie, ich sage ja, es hilft.«

Wir rauchten. Ich betrachtete die fünf funktionsuntüchtigen Rettungswagen, die aufgereiht in einer Ecke des Parkplatzes standen: platte Reifen, zerbrochene Windschutzscheiben. Dann sah ich mir ihr Gesicht an: die Sorgenfalten, die traurigen, blassen Lippen. Ich dachte an die Bilder an der Wand ihres Vaters, die Königin des Abschlußballs. Ich bin nie zum Abschlußball gegangen. Vielleicht, wenn ich sie damals gekannt hätte ... ein Kuß hinter der Tribüne, ein mitternächtlicher Ausflug an den Strand, ein Tanz in der morgendlichen Flut, die uns an einen anderen Ort als diesen hier gespült hätte?

Larry sprang aus dem Wagen und wedelte wild mit seinem Mop herum. »Das war's. Mehr geht nicht.«

Sie lachte kurz auf, keine Sekunde lang. »Der Junge wurde angeschossen, nicht wahr?«

»Ja.«

»Er ist tot, stimmt's?«

»Ja.«

»Wissen Sie was? Ich finde, hier stinkt's.«

»Ist halt *Misery.*«

»Und mein Vater, haben Sie ihn gesehen?«

»Nein.«

»Da drinnen geht's verrückt zu. Ich habe das Gefühl, sie haben seit Stunden nicht mehr nach ihm gesehen. Und was ist mit diesem Arzt los? Immer wenn er mit mir redet, murmelt er vor sich hin und fummelt an seinem Auge herum.«

»Er arbeitet Doppelschicht.«

»Also, das macht alles keinen sehr professionellen Eindruck auf mich, das kann ich Ihnen sagen. Außerdem bin ich es nicht gewohnt, Verantwortung zu tragen. Normalerweise bin ich diejenige, die in der Scheiße steckt. *Ich* sollte eigentlich da drinnen liegen. Ach, ich lag ja auch schon da. Und meine Eltern standen hier draußen und weinten. Ich trage so viel Schuld mit mir herum, verstehen Sie?«

»Ja, ich verstehe.«

»Und mein Bruder ist auch in nüchternem Zustand hilflos. Mein anderer Bruder, Patrick, der sollte sich um all das hier kümmern. Der perfekte Sohn.«

»Kommt er her?«

»Er ist tot.«

»Tut mir leid.«

»Vergessen Sie's. Ich werde nur langsam verrückt, das ist alles. Mein Bruder ist weggetreten, mein Vater liegt im Koma, und jetzt verliert meine Mutter auch noch den Verstand, seit Sie sie zu ihm gebracht haben. Und ihretwegen bin ich eigentlich nur hier. Wenn sie nicht wäre ... Wissen Sie, sie glaubt nicht, daß mein Vater da drinnen ist. Ich hab' später noch mal versucht, sie zu ihm zu bringen, aber sie wollte nicht. Als wäre sie in eine Trance gefallen.«

»Ich verstehe Ihre Mutter sehr gut.« Wir beobachteten, wie ein Rettungswagen auf den Platz fuhr und sich rückwärts vor die Türen der Notaufnahme stellte. Zwei Rettungshelfer zogen einen Mann mit Atemstillstand heraus, eine weitere Überdosis. Einer von ihnen drückte den Beatmungsbeutel, während der andere die Trage in die Notaufnahme zog.

»Wie werden Sie nur jede Nacht damit fertig?«

»Ich falle in eine Trance.«

»Ich würde meine Mutter gern nach Hause bringen. Das ist jetzt der beste Platz für sie.«

»Vielleicht wäre ein anderer Platz besser. Vielleicht das Haus eines Nachbarn, der ganz weit weg wohnt.«

»Ich würde sie gern selbst nach Hause bringen, aber wer soll dann hierbleiben? Sie ist zu durcheinander, als daß ich sie allein gehen lassen könnte.«

Ich schaute auf meine Hände, drehte sie um. Sie bückte sich und drückte ihre Zigarette auf dem Boden aus. Ich wollte sie unter meine Jacke nehmen, mit ihr durch die Sicherheitskontrolle am Flughafen gehen und uns beide auf eine warme Insel schicken. »Waren Sie schon mal in der Karibik?«

»Ich glaube, zu Hause würde es ihr bessergehen. Hier wird sie noch verrückt.«

Ich trat meine Zigarette aus und schaute an dem grauen Backsteingebäude hoch, dachte an Mr. Burke im Fenster, an den Zorn des fast Verstorbenen. »Ich weiß nicht, ob zu Hause der beste Platz ist.«

• • •

Ich absolvierte die Sanitäterausbildung, um schnell zu fahren und Leben zu retten, wie die Fernsehhelden, die in einer immer verworreneren Welt stets für den erhabensten, heiligsten Zweck arbeiteten. In der Akademie des Rettungsdienstes lernte ich, wie man ungefähr zwei Dutzend Arten von Notfällen erkennt und behandelt. Im Grunde konnte ich Probleme wie Herzinfarkte, Herzversagen, Herzrhythmusstörungen, Atemwegserkrankungen oder ähnliches fast ebenso gut behandeln wie ein Arzt in der Notaufnahme. Der Großteil der Ausbildung wiederholt sich immer wieder – eine schnelle, einfache Diagnose, eine unmittelbare, vernünftige Reaktion. Die Straße ist ein sehr viel unvorhersehbarerer Arbeitsplatz als die Notaufnahme. Um auf das Unerwartete vorbereitet zu sein, lernte ich zu handeln, ohne zu denken, wie ein Soldat, der sein Gewehr mit verbundenen Augen zerlegen und wieder zusammensetzen kann.

Doch schon bald, nachdem ich zu arbeiten angefangen hatte, merkte ich, daß mir meine einjährige Ausbildung in weniger als zehn Prozent der Fälle behilflich war. Und jemandem das Leben zu retten, das kam noch viel seltener vor. Ich wollte das wieder wettmachen, indem ich sehr schnell fuhr, von einem Notfall zum anderen. Zumindest sah ich auf diese Weise wie ein Lebensretter aus. Doch mit den Jahren begriff ich, daß meine Rolle nicht in erster Linie die eines Lebensretters war, sondern die eines Zeugen. Oft war schon alles zu spät, bevor man mich rief. Ich kam mir vor wie ein Mop, der Kummer aufwischte. Mein Job bestand zu einem großen Teil darin, die Ursache oder das Objekt des Kummers zu beseitigen, wenn auch nur für kurze Zeit, und soviel aufzuwischen, wie ich konnte. Oft reichte es aus, daß ich einfach nur auftauchte. Die meisten Krankheiten sind nur Nebenwirkungen anderer Probleme: der Angst, verrückt zu werden, der Angst, einsam unter Menschen zu sein, der Atemlosigkeit, die auftritt, nachdem man dem Tod ins Auge geschaut hat. Die Notrufnummer zu wählen ist ein einfacher und schneller Weg, um eine Ordnung in der Welt zu spüren, die stärker ist als die eigene Unordnung. Innerhalb von Minuten taucht jemand an deiner Tür auf und fragt dich, ob du Hilfe brauchst. Jemand, der schon viel schlimmere Fälle als deinen eigenen erlebt hat und dir gern davon berichten wird. Wenn dein Angstkübel voll ist, kommt er und versucht, ihn zu leeren.

Mein Problem bestand darin, daß ich all diesen Kummer gesammelt hatte und nicht wußte, wohin damit. Ich war abgefüllt bis obenhin, und bei jedem Notfall, zu dem ich fuhr, lief ich über. In den letzten paar Jahren hatte ich schon oft die Nase voll, aber dann erledigte ich einen Fall erfolgreich, und das glich die erfolglosen wieder aus und wandte die Monate der Not zum Guten. Auf diese Weise leerte ich meinen Kübel, und bis jetzt hatte es immer funktioniert. Früher wäre ich ein paar Minuten eher bei Mr. Burke angekommen, und Rose würde mir jetzt dankbar sein, anstatt mich immer wieder daran zu erinnern, wie schief alles gelaufen war.

Im letzten Jahr erlebte ich zum Beispiel einen März voller Tragödien, voller blendender Gerüche und ohrenbetäubender Blutflecken. Mona und ich hatten begonnen, uns ernsthaft zu streiten. Dann wurde ich eines Nachts zu einem achtzehnjährigen Mädchen mit Asthma im Dynamite Club gerufen. Sie war mit ihren Freunden aus Long Island hergekommen, und nachdem sie zwei Stunden getanzt hatte, rauchte sie eine Zigarette und hörte auf zu atmen. Ich sah sie von der Tür aus auf der Tanzfläche liegen, in einem Nebel aus verrauchten Silhouetten nahm sie ihren letzten Atemzug. Ich schnappte mir Tubus, Ambubeutel und Laryngoskop und sprintete auf sie zu, rutschte die letzten fünf Meter wie Pete Rose vor der Homebase. Schnell schob ich den Tubus in ihre Luftröhre. Zwei Minuten später schlug sie die Augen auf, und ihre Wangen röteten sich. Sie streckte die Arme aus und faßte mir an die Nase.

Noch Wochen später schwebte ich über dem Boden. Alles, was ich anfaßte, wurde federleicht. Fanfaren ertönten in meinen Schuhen, aus meinen Taschen fielen Blumen. Ich hatte zwar noch immer die gleichen Notfälle, doch jetzt blieben die Toten unter sich, die Sterbenden bewahrten Hoffnung, und die Leitstelle übergab die schlimmsten Fälle an jemand anderen. Mona und ich stritten uns nicht mehr und wurden noch einmal verheiratet, diesmal in einer Bar auf der Zweiten Avenue. Zwei Polizisten setzten Mr. Oh in einen Zug nach Virginia. Er brauchte über einen Monat, um zurückzukommen.

Jemandem das Leben zu retten ist, als würde man sich verlieben – die beste Droge der Welt. Noch Tage danach, manchmal Wochen, läuft man durch die Straßen, und nichts scheint einem mehr unmöglich. Die Zeit verlangsamt sich und erstreckt sich ganz weit vor einem. Man fragt sich, ob man unsterblich geworden sei, als hätte man sich selbst ebenfalls das Leben gerettet. Was vorher so schrecklich zufallsbestimmt schien, ergibt plötzlich Sinn, jede Kleinigkeit hat einen Grund und ihren Platz in der Ordnung der Dinge. Gott hat sich gezeigt, und – warum sollte man es nicht sagen – einen Moment lang war man selbst Gott.

Sich einen geglückten Fall als eigenes Verdienst anzurechnen funktioniert umgekehrt, wenn's schiefgelaufen ist, nicht. Obwohl man sich eine Weile darauf versteift, was man hätte anders machen können, ist das Wichtigste nach einer Katastrophe, anderen die Schuld zuzuschieben: Die Familie war verrückt, die Ausrüstung war kaputt, der Patient stank so, der Typ im Feinkostladen brauchte zu lange für den Kaffee. Die Schuld an andere abzutreten gehört nicht nur zu den wichtigsten Überlebensstrategien eines Rettungssanitäters, sondern erweist sich auch nach der Sanitäterkarriere als wertvolle Taktik. Die Rolle des Teufels spielt fast niemand von uns gern.

Das Mädchen im Dynamite Club war mein letzter geglückter Fall. Seitdem hatte ich nur Pech, ein Jahr lang. So eine lange Pechsträhne konnte kein anderer Rettungssanitäter vorweisen. Larry nannte mich die Regenwolke, und ich konnte es ihm nicht verübeln. Ich war zu beschäftigt damit, mir selbst alles zu verübeln, mehr Schuld bei mir als bei anderen zu suchen. Und nach jedem schlecht gelaufenen Fall vergrub ich mich tiefer in meiner Schuld. Ich wollte kündigen, das Chaos, in dem ich lebte, verlassen, Mona einen Grund geben, zu mir zurückzukommen. Aber damit das klappte, mußte ich als gesunder, hoffnungsvoller Mensch kündigen, aus einer Position der Stärke heraus, nicht als die armselige Figur, zu der ich verkommen war. Ich mußte jemanden retten, die Ordnung wiederherstellen. Doch je mehr schlechte Fälle ich hatte, desto größer wurde meine Angst, daß der gute Fall, wenn er denn käme, mich nicht so heilen würde wie früher. Ich lud mir selbst zu viel Verantwortung auf, für Dinge, die ich früher mit einem Achselzucken abgetan hätte. Hatte ich nicht Mr. Burke das Leben gerettet? Hatte der Gerichtsmediziner mir nicht gesagt, Rose wäre sowieso gestorben, egal, was ich getan hatte? Das zählte nicht für mich. Die alten Regeln halfen mir nicht. In den Tiefen des Morgens, um fünf Uhr früh, blieb nur ein einziges Gesetz übrig: Wenn ich mir die guten Fälle anrechnen wollte, mußte ich auch die Verantwortung für die schlechten übernehmen, nicht nur für das, was ich getan hatte, sondern auch für das, was ich nicht getan hatte, meine Pechfälle, meine wahr gewordenen Alpträume.

Mrs. Burke kam am Arm ihrer Tochter aus dem *Misery* heraus. Halb schlafend nahm sie meine Hand, und ich half ihr in den Rettungswagen. »Das ist nett von Ihnen«, sagte sie. »Sie sind so gut zu mir. Mein Mann ist krank, wissen Sie, und ich muß mich um ihn kümmern.«

»So ist es gut.« Ich setzte sie auf die Bank und schloß die Tür.

Die Tochter legte ihre Hand auf meinen Arm. »Ich bin einmal zu ihr durchgedrungen. Ich glaube, sie hat mich verstanden. Sie fing an zu weinen und sank zu Boden. Ich mußte diesen Aufseher mit der Sonnenbrille bitten, mir zu helfen, sie wieder auf die Füße zu bekommen. Dann fiel sie in ihre Trance zurück. Ich möchte das nicht noch einmal durchmachen.«

»Lassen Sie ihr ruhig ihren Traum«, antwortete ich. »Sie hat genug gelitten, und es wird noch mehr auf sie zukommen. Ich kümmere mich um sie.« Wir standen nur Zentimeter voneinander entfernt. »Danke«, sagte sie und drückte meinen Arm. Ich fühlte mich wie jemand, den man versehentlich aus dem Gefängnis freigelassen hatte.

Während Larry fuhr, blickte ich mich immer wieder nach Mrs. Burke um. Sie beachtete uns nicht weiter, hatte die Hände in den Schoß gelegt, nickte und sprach leise mit sich selbst. Wir bogen in die Dreiundvierzigste Straße. Wie ausgestorben. Ich blickte zum oberen Stockwerk hinauf. Die Lichter waren aus. Drinnen war alles still.

»Möchten Sie etwas Kaffee?« fragte Mrs. Burke. »Ich habe auch Apfelkuchen da, und wenn Sie eine Weile warten, ich wollte gerade etwas Suppe für Patrick heiß machen ...«

»Ich habe leider keine Zeit, vielen Dank.« Ich half ihr auf den Bürgersteig, wo sie stehenblieb, als könne sie plötzlich nichts mehr sehen. Dann lief sie die Straße hinauf und kam an ihrem Haus vorbei, ohne aufzusehen. »Sie wohnen hier«, sagte ich. Dann nahm ich ihren Arm, drehte sie um und führte sie die kleine Treppe hinauf. Sie lehnte sich an die Haustür. Ich mußte sie festhalten, damit sie nicht hinunterrutschte. »Es tut mir leid«, sagte sie. »Ich weiß nicht, was über mich gekommen ist.«

Ich trat zurück und blickte zum oberen Stockwerk hinauf. Ich mußte sie nach oben begleiten. Ich drehte mich zu Larry um und rief ihm zu: »Stell die Sirene an, wenn wir wegmüssen!« Er schlief und gab keine Antwort.

Sie konnte ihre Schlüssel nicht finden, deshalb durchsuchte ich ihre schwarze Handtasche, die bestimmt zwanzig Pfund wog. Drinnen, im dunklen Flur, wirkte sie erholter, stärker. Als sie begann, die Treppe hinaufzusteigen, folgte ich ihrem schlichten, blauen Mantel und ihren dicken, kletternden Beinen. Ich sah sie umgeben von Einkaufstaschen, Stapeln frischer Wäsche und schreienden Babys vor mir.

»Patrick ist in diesem Haus aufgewachsen. Als Kind hat er im ersten Stock gewohnt. Komisch, ich wohnte gleich um die Ecke, aber wir haben uns nie kennengelernt, weil wir verschiedene Schulen besuchten. Wir trafen uns auf einem Saint-Bridget-Ball.

Er war der perfekte Gentleman, und er sah so gut aus in seinem Anzug. Er wußte, wie man die Hand eines Mädchens hielt. Nach unserer Hochzeit wollte er in der Nähe seiner Familie bleiben, deshalb nahmen wir uns die Wohnung oben. An diesem ersten Tag hat er mich bis nach oben getragen.« Sie blieb stehen und lachte. »Damals war ich noch sehr viel schlanker.«

Ich war froh, daß sie innehielt, denn mir fiel das Atmen schwer. Die Luft war so dick und zäh. Als wir die letzten zwei Stockwerke hinaufstiegen, hörte ich ein Summen in dem naßkalten Flur. Zuerst dachte ich, Larry würde hupen, damit ich zurückkehrte, aber dann merkte ich, daß das Geräusch von oben kam.

»Seine ganze Familie wohnte hier in der Nachbarschaft, drei Brüder und zwei Schwestern. Wenn wir sonntags bei seiner Mutter zu Abend aßen, brachten alle Essen, Getränke oder Musik mit, und manchmal blieben wir die ganze Nacht lang auf und tanzten. Sie sind aber alle schon vor langer Zeit umgezogen, in ihre Häuser in Long Island. Sie kamen nicht gern hierher zurück. Seine Eltern starben. Unsere Freunde zogen fort. Ehrlich gesagt, ich wollte auch wegziehen, aber Patrick weigerte sich. Er sagte, er sei hier geboren, habe hier gearbeitet und wolle auch hier sterben. Er glaubte immer, es könne alles wieder so werden wie früher.«

Das Licht auf dem Treppenabsatz im vierten Stock brannte nicht. Ich dachte, das Summen käme vielleicht von der kaputten Glühbirne, aber in der Nähe der Wohnungstür war das Geräusch ohrenbetäubend laut, wie ein geplatztes Dampfrohr, und der Rauch war so dicht, daß ich Mrs. Burke kaum sehen konnte, als sie den Schlüssel ins Schloß steckte.

»Patrick.«

Ich hielt mir die Ohren zu. Der Lärm war nicht auszuhalten. Sie öffnete die Tür. Noch mehr Rauch, und ein grelles, silbernes Licht.

»Patrick«, rief sie, »was ist los? Hier herrscht ja das reinste Chaos.«

Als sie eintrat, hörte das Summen auf, als hätte sie einen Draht durchschnitten. Die Wohnung sah aus wie durchwühlt. Möbel waren verschoben worden, Schubladen herausgezogen. Als wären die Feuerwehrleute vor dem Feuer gekommen. »Patrick«, rief sie wieder. »Patrick, hast du getrunken?« Die Tür fiel zu, und ich hörte dahinter eine zweite Stimme, die eines Mannes: *Ich sterbe, Joan. Aber ich kann nicht sterben.*

»Ich bin ja da, Patrick. Ich bin da.«

Auf dem Weg nach unten nahm ich immer zwei Stufen auf einmal. Draußen schaute ich zum gelben, flackernden Licht im obersten Fenster hinauf, und zu dem Rauch, der im obersten Stockwerk aufzusteigen schien.

Ich öffnete die Beifahrertür und sprang in den Wagen. »Hey, Larry, siehst du ein Feuer da oben?«

Larry stieg aus und schaute eine Minute lang in den Himmel. Dann stieg er wieder ein. »Ich sehe nichts. Du siehst da also ein Feuer?«

»Ich sehe auch nichts.«

Schweigend fuhren wir zu den Pieren hinaus. Zu erschöpft, um uns Gedanken zu machen. Der Wahnsinn der letzten Jahre, der letzten Wochen, war Stück für Stück größer geworden. Die Geister, die früher meine Träume bevölkerten, waren mir auf die Straße gefolgt und ließen mir keine Ruhe. Irgendwie schien mir das alles auch ganz normal. Mrs. Burke war verrückt. Walls war verrückt. Ich hatte gesehen, wie Noël einem Mann das Leben aussaugte. Larry sah nie irgendwelche Geister, aber deshalb war er nicht weniger verrückt. Er besaß ein Album mit Fotos von verstümmelten Leichen. Warum sollte ich nicht Burkes Stimme hören oder ein totes Mädchen die Straße entlanggehen sehen? Sie waren ja nur meinetwegen dort. Das klang vernünftig. Es schrie nach einem Drink.

Auf dem Pier zog Larry die Handbremse an und schnarchte auch schon. Ich betrachtete den Fluß, der vom Ozean heranrauschte. Ich schloß die Augen. Falls sich die Leitstelle meldete, hörte ich es nicht. Ich wachte erst auf, als die Sonne mir in den Rücken schien.

Es gab einmal eine Zeit, als ich nach der Arbeit nicht sofort in die Bar eilte. Als ich schon berauscht war, wenn ich nur auf dem Heimweg an Monas verschlafenes Lächeln dachte, wenn ich sie zur Begrüßung küßte. Ich kaufte Lebensmittel beim Westinder und manchmal Blumen beim Koreaner. Und ich legte immer einen Muffin oder Bagel ans Bett, bevor ich zu ihr hineinkroch. Wenn sie aufstand und sich für die Arbeit fertigmachte, blieb ich liegen und schaute ihr zu. »Erzähl mir, was du erlebt hast«, sagte sie, während sie ihr langes, rotes Haar bürstete. Dann lachte sie über die verrückten, lustigen Geschichten und küßte mich nach den traurigen. Danach verließ sie die Wohnung. Ungefähr ein Jahr später hörte ich auf, ihr die traurigen Geschichten zu erzählen, weil ich mich vor dieser kurzen Umarmung fürchtete. Ich fand nur auf Umwegen in ihr Bett, brauchte eine Pause zwischen dem Zudecken einer Leiche und dem Gefühl von Monas warmem Körper an meinem. Ich duschte eine halbe Stunde, versuchte, die Nacht von mir abzuwaschen. Dann setzte ich mich an den Tisch, trank ein Bier und wartete, daß sie aufstand. »Erzähl mir, was du erlebt hast«, bat sie noch immer. Ich weiß noch, daß ich ihr von der Frau mit dem langen, roten Haar erzählen wollte, die mit einem Fleischermesser in der Seite auf dem Boden lag, und von meinen Schwierigkeiten, sie aufzuheben, ohne daß ihre Gedärme herausfielen. »Es tut weh«, sagte die Frau nur. »Es tut weh«, immer wieder. Wie erzählt man das jemandem, der sich gerade die Zähne mit Zahnseide putzt? Ich fing an, ihr morgens aus dem Weg zu gehen, erfand späte Notrufe bei der Arbeit oder

Besorgungen, die ich machen müsse. Ich trank jeden Tag und ging nicht mehr nach Hause. Als ich sie am letzten Morgen sah, wußte ich nicht, wie ich sie vom Gehen abhalten sollte. Sie kam nie zurück.

8

Acht Uhr. Die Schicht war vorüber. Ich legte den Kopf auf das Armaturenbrett und hörte zu, wie Larry seinen Wagen warmlaufen ließ. Er machte sich immer früh aus dem Staub, weil er auf der langen Strecke nach Bayville gegen seine Müdigkeit anfahren mußte. Jeden Morgen nach unserer gemeinsamen Schicht, wenn ich die Funkgeräte und die Ausrüstung einsammelte und auf die Garage zuging, sah ich Larry vom Parkplatz hinunterfahren – die Fenster geöffnet und das Radio auf den schwarzen Sender eingestellt, den er haßte, aber der ihn wach hielt. Er fuhr nach Osten in die Sechsundfünfzigste Straße, dann zur Brücke, zum Highway, zum riesigen Bett mit Rosen und Spitzen am Fußende und schließlich zu den warmen, breiten Rundungen von Louises Hintern.

Ich legte die Funkgeräte auf den Schreibtisch. Captain Ed schaute in sein Dienstbuch und murmelte etwas vor sich hin, was ich nicht verstand. Die Flamme seines Feuerzeugs flackerte fünf Zentimeter links von seiner Zigarette auf und entzündete fast seine dichte Augenbraue, die sich bis zu seinem Ohr hinunter kräuselte. Die Morgen waren äußerst hart für Captain Ed. Er hatte fünfundzwanzig Jahre lang nachts gearbeitet. Doch wegen seines grundsätzlichen Mangels an Ehrgeiz und Selbstdisziplin hatte man ihn zum Stationsleiter befördert. Der Captain kannte sich mit den Details seines Jobs nicht mehr aus. Er war an lange Nächte gewöhnt, in denen er sich in seinem Sessel zurücklehnen, die Füße auf den Tisch legen und über Boxen oder das Braten von Bananen plaudern konnte. Aber als Tagesleiter mußte er sich anstrengen. Er wußte, wenn er sich noch mehr gehenließ, würden sie ihn zum Chief machen.

Ich schlenderte in den Aufenthaltsraum. Luther schlief auf der Couch. Ich klopfte ihm auf die Füße, und als er sich nicht rührte, setzte ich mich darauf. Er stöhnte auf und zog die Beine ein. Zusammen schauten wir uns die Wetterkarten im Fernsehen an. Ein dicker, weißer Fleck, der aussah wie eine Lungenentzündung auf einer Röntgenaufnahme der Brust, lag über Ohio und dem Westen von Pennsylvania und fraß sich langsam auf uns zu. Auf der gegenüberliegenden Seite des Raumes trudelte die Morgencrew langsam ein. Sie standen um den Tisch herum und tranken aus übergroßen Kaffeetassen, vorsichtig, um ihre Hemden nicht zu beschmutzen.

Stanley kam herein, gefolgt von seinem Partner, einem neuen Jungen aus dem Mittleren Westen, der noch keinen Namen trug.

»Ich glaube, sie ruft uns.« Der Junge hielt ihm das Funkgerät hin.

Stanley nahm es. »Dann soll sie halt ausnahmsweise mal jemand anderen rufen. Ich mach' heute nichts mehr.« Er hob das Funkgerät über den Kopf. »Gute Nacht, Dolores.« Er ließ es auf den Tisch fallen. »Siehst du, Junge«, sagte er und zeigte auf die Morgencrew, »du siehst aus wie einer von denen. Nachts kannst du so nicht arbeiten. Wenn du heute nach Hause kommst, wasch dein Hemd mit schwarzem Kaffee, und benutz deine Hose als Kopfkissen.«

»Stanley, sag ihm doch nicht so was«, meinte Suzette, die Leiterin der Morgencrew. Sie saß am Tisch und wischte sich einen Fleck vom Schuh.

Stanley ließ sich neben ihr nieder. »Na ja, immerhin hat der Junge heute schon was gelernt. Zum Beispiel, sich zu ducken. Wir wurden up-town zu einem Dealer mit zwei Kopfschüssen geschickt, so ein richtiges Arschloch, hatte genug Flaschen mit dem Roten Tod bei sich, um einen ganzen Block umzubringen. Ich knie mich also neben ihn und schau' mir die Löcher an, und auf einmal geht eine wilde Schießerei los, als würde unten am Block jemand mit einem Gewehr rumballern. Du kennst mich ja, ich kann mich in eine Ritze im Bürgersteig zwängen. Ich schau' also nach oben, und da steht der Junge wie eine Statue mit einem Schild auf der Stirn, wo ›weiß‹ draufsteht. Als würde er auf der Fünften Avenue auf den Bus warten. Hey, Junge, sag' ich zu ihm, nur zu deiner Information, das sind Kugeln, die dir da um die Ohren fliegen. Und dieses Arschloch hat schon zwei im Kopf und atmet noch, aber ich weiß genau, in spätestens dreißig Sekunden ist er hinüber. Also sag' ich dem Jungen, als er mit der Trage angelaufen kommt, er soll sie gleich wieder zurückbringen. Hättest sein Gesicht sehen sollen. Das war die zweite Lektion: Manchmal muß man selbst diejenigen loslassen, die noch einen Puls haben. Ich meine, der Mann war tot.«

»Hör nicht auf ihn«, sagte Suzette.

»Du kannst ihm von mir aus zeigen, wie es sein sollte, Suzette. Ich werde ihm zeigen, wie es ist.«

Der Junge stand da mit seinem und Stanleys orangefarbenen Koffer in den Händen. Er schien sich nicht sicher, wie er reagieren sollte. Also stand er einfach nur da und lächelte, bis Hector mit erhobenen Händen hereinstürmte. »Ich arbeite nicht mehr mit ihm!«

Veeber kam ihm langsam nach. Er aß eine Kiwi, und der grüne Saft rann ihm über beide Wangen.

Hector wandte sich an Luther und mich. »Wir mußten zu einer Stichverletzung am West Cheap, dritter Stock. Wie üblich ist der Aufzug kaputt, und wir müssen zu Fuß hinauf. Wir brauchen geschlagene zehn Minuten, weil Veeber dreimal anhalten muß, um Atem zu holen. Als wir schließlich oben ankommen, schau' ich durch die offene Tür, und da sitzt dieser große, fette Typ und liest Zeitung. Er sieht mich und winkt. ›Ich hab' Sie gerufen‹, sagt er. ›Es geht um meine Frau. Ich hab' sie niedergestochen.‹ Als wäre ich der Klempner, und sie hätte eine undichte Stelle.

Sie liegt auf dem Bett, hält sich die Schnittwunden in ihrem Bein fest und zeigt mit der anderen Hand auf ihren Mann. ›Seit zehn Jahren sind wir jetzt verheiratet‹, sagt sie, ›und jedes Jahr sticht er mich.‹ Ich messe ihren Blutdruck, und Veeber fängt an, ihre Hose aufzuschneiden. Und sofort weiß ich, daß das wieder ein Problem geben wird. Als er das Bein schon halb hinter sich hat, fängt er wieder an zu zittern – ihr wißt ja, wie er bei Frauen reagiert. Als er bei ihrer Unterwäsche angelangt ist, zittert er so stark, daß ich Angst habe, er sticht sie mit der Schere.«

»Sie war hübsch«, rechtfertigte sich Veeber.

»Das war sie nicht, und außerdem geht es darum nicht«, entgegnete Hector. Wir nickten zustimmend. Er war ein guter Sanitäter, und jeden Morgen kam er mit einer neuen Geschichte über Veebers Unfähigkeit herein. Alle mochten Veeber, aber keiner wollte mit ihm arbeiten. Veeber war ein herzensguter Mensch. Er würde seinen letzten Dollar oder die letzte Stunde seines Lebens mit Freuden an einen völlig Fremden verschenken. Aber er war auch der schlechteste Rettungssanitäter, den ich je kennengelernt hatte.

»Also muß ich ihr die Hose aufschneiden, sie verbinden und zudecken, und Veeber schwitzt und keucht den ganzen Weg nach unten. Im Wagen will er die Infusion anlegen, aber ihr wird schlecht, als sie sieht, wie die Nadel zittert. Sie muß sich übergeben, und Veeber fängt mit der Nadel in der Hand an zu würgen. Ich sehe es kommen, schaffe es aber nicht schnell genug, und er rennt mich um, als er nach draußen stürmt. Sie übergibt sich drinnen, er draußen. Er kann nicht wieder rein. Also muß ich die Infusion anlegen, und ihr wißt ja, wie er fährt – tritt bei roten Ampeln aufs Gas und bremst mitten in einem Block.«

»Seinen Fahrstil hat er von Larry«, sagte ich und schob Luther rüber, damit Hector sich setzen konnte.

»Ich hatte letzte Nacht drei Stechereien, und davor zwei«, berichtete Hector.

»Da draußen ist die Hölle los«, meinte Stanley. »Zwei Monate lang hab' ich kein Blut gesehen, aber in den letzten paar Wochen flogen einem die Kugeln nur so um die Ohren.«

»Liegt am Vollmond«, bemerkte Veeber.

»Das ist wieder so ein Vollmond, der drei Wochen dauert«, fügte ich hinzu.

Luther blinzelte und zog sich hoch. »Die CIA arbeitet mit den kolumbianischen Kokaingangs zusammen, um mehr Drogenabhängigkeit und Gewalt in die Gettos zu bringen.«

Suzette schaute durch einen Spiegel an der entfernten Wand zu uns herüber. »Männer haben Frauen schon lange niedergestochen, bevor die CIA damit zu tun bekam. Das ist doch nichts Neues.«

»Hört nicht auf sie«, sagte Stanley.

»Abgesehen von dieser Attacke«, begann Veeber, »waren sie eigentlich ein ganz nettes Pärchen. Als wir das Krankenhaus erreichten, hielt er ihre Hand. Sie fluchte auf ihn, aber auf nette Weise.«

Hector stand auf. »Du bist wohl verrückt, Mann. Hast du nicht die ganzen Ampullen auf dem Fußboden gesehen? Die beiden waren stinkbreit. Sie hat mir erzählt, sie hätte drei Kinder und wüßte nicht, wo sie sind.«

»Sie hat gesagt, sie versucht, sie zurückzubekommen.«

»Also, meine Kinder stehen bei mir an erster Stelle. Das läuft in dieser Gegend verkehrt, daß die Kids bei ihren Eltern nicht an erster Stelle kommen. Wegen ihrer Probleme glauben sie, Drogen nehmen zu müssen, oder sie betrinken sich, und dann verkraften sie es nicht, was sie damit ihren Kindern antun, und vernachlässigen sie und nehmen noch mehr Drogen. Sie begreifen nicht, daß ihre Kinder die einzigen sind, die sie da herausholen können.«

»Erzähl ihnen das mal, Hector.« Ich erhob mich von der Couch. »Jetzt laßt uns etwas trinken gehen.«

Er blickte zu Veeber hinüber. »Ja, ich könnte einen vertragen.«

Stanley klopfte mir auf den Rücken. »Da haben wir das Produkt einer starken Familienbindung.«

»Die beste«, antwortete ich. »Mein Vater war eine Flasche Beefeaters und meine Mutter eine Schachtel Kleenex.« Ich brauchte so dringend einen Drink, daß sich meine Hände in meinen Taschen verkrampften und meine Zähne aufeinander knirschten.

Das Trinken hatte mir immer schon über die schlechten Nächte hinweggeholfen, aber seit Mona mich verlassen hatte, waren sie alle schlecht. Das einzig Gute an ihrem Weggang war, daß der Schmerz darüber alles andere übertünchte. Genauso, wie Rose meine Nächte gehörten, verfügte Mona über meine Morgen. Ich brauchte den Prozeß nur mit einem Drink und einer Rekapitulation unseres letzten Tages in Gang zu setzen und mich zurückzulehnen, und schon konnte ich zusehen, wie sie die anderen Geister aus der Stadt jagte.

Wir fuhren in zwei Wagen die Zehnte hinauf. Ich schaute aus dem Fenster und beobachtete, wie der Morgen graute. Oft schien es mir, daß die Sonne über einer fremden Stadt aufging, einer anderen als der, durch die ich mit dem Rettungswagen fuhr. In der Nacht wuchsen die Mauern, die Tore fielen zu, und die Angst verfolgte alle, die in ihr gefangen waren, außer denen, die sie verbreiteten, und denen, die zu Zeugen wurden wie ich. Ich war stets überrascht, wenn die Sonne eine armselige, zerfallende Gegend zum Vorschein brachte, die sich nicht von anderen unterschied und in der lauter Menschen wohnen, die jeden Morgen aufwachen und auf den vertrauten Straßen zur U-Bahn gehen, die sie in die Innenstadt bringt, oder zu den Schulbussen, die auf der Dreiundfünfzigsten warten.

»Siehst du diese Häuser dort?« Stanley zeigte auf eine Reihe von Gebäuden aus rotbraunem Sandstein. »Dorthin wurde ich letzte Woche geschickt. Ich gehe im obersten Stockwerk in diese Wohnung, wo nur eine Matratze auf dem Boden liegt. Drei Typen sitzen rundherum, so breit, daß sie sich nicht bewegen können. Sie lehnen sich über einen vierten, der tot auf der Matratze liegt, so blau wie dieser Hut hier. Sie haben ihm etwas zwischen die Zähne gezwängt. Und dann höre ich es, es ist ein Fön, und sie stellen ihn immer wieder an und aus. Sie teilen sich zwar alle eine Nadel, aber keiner will Mund-zu-Mund-Beatmung machen. Ich erklärte ihn für tot, und die Junkies waren stocksauer. Aber der Mann war schon kalt, bis auf seine Kehle – anscheinend hatten sie den Fön eine Stunde lang laufen lassen, auf der Zunge waren Verbrennungen zweiten Grades.«

Luther hob den Kopf vom Fenster hinter Stanley. »Ich sag' euch was, ich würde nie eine Leiche küssen. Es sei denn, es ist eine hübsche weibliche Leiche, dann ist das natürlich etwas anderes.«

Der Junge steckte seinen Kopf nach vorn. »Habt ihr schon mal Mund-zu-Mund-Beatmung gemacht?«

»Vor langer Zeit«, antwortete Stanley, »als ich gerade anfing wie du jetzt. Nie wieder, Junge. Nicht unwahrscheinlich, daß du nachher den Mund voller Kotze hast. Denk dran, du hast immer Zeit, um eine Maske zu holen.«

»Ich würde es tun, wenn ich es müßte. Es gehört zum Job.« Der Junge wandte sich an mich. »Was ist mit dir? Hast du es mal gemacht?«

»Einmal, bei einem Baby.«

»Oh, Babys«, sagte Stanley und schüttelte den Kopf. »Babys sind natürlich etwas ganz anderes.«

Wir rumpelten schweigend die verwahrlosten Hauptstraßen von Nordmanhattan entlang, wichen den verlassenen Baustellen und den schwarzen Schlaglöchern aus, bis zur Sperrung an der Dritten Avenue. Wir mußten enge Straßen am Fluß benutzen, Straßen, die von leeren Garagen und Überresten gestohlener Autos gesäumt waren; Straßen, die uns zur rußbedeckten Eisenbahnbrücke führten, die sich über das ruhige Wasser des Harlem River erstreckte. Unter uns lagen zur Rechten die Ruinen der South Bronx, verstreute Backsteine, die Knochen einer verfallenen Gegend.

Nachdem wir geheiratet hatten, zogen Mona und ich in eine Wohnung auf der Einundfünfzigsten Straße in der Nähe der Zwölften Avenue, in einen zusammensackenden Backsteinklotz am Fluß. In der ersten Woche besaß ich keinen eigenen Schlüssel. Frühmorgens nach der Arbeit mußte ich Sturm klingeln, bis Mona fest schlafend in ihrem weißen Nachthemd auf dem Treppenabsatz erschien und dann die Treppe hinunterglitt, wie ein Geist aus einem alten Gedicht. Sie schlafwandelte und trug immer dieses schlichte Nachthemd, weil es aussah wie ein Kleid. Sie hatte Angst, eines Nachts auf die Straße hinauszulaufen und in einer U-Bahn-Station aufzuwachen. Nachdem sie mir die Tür geöffnet hatte, gab sie mir immer einen atemlosen Kuß und schlüpfte ins Bett zurück. Dann konnte ich alles mögliche zu ihr sagen. »Mona, das Haus brennt.« – »Okay.« – »Mona, du mußt mich zwanzigtausendmal küssen.« – »Okay.« Während der ganzen Schicht dachte ich daran, wie sie die Treppe herunterkommen würde, und selbst als ich meinen eigenen Schlüssel besaß, klingelte ich manchmal noch und wartete auf sie.

»Wo sind wir?« fragte ich. Die Straßen sahen alle gleich aus, Blocks mit fensterlosen Mauern, leere Grundstücke voller Asche und Trümmer.

»Wir sind gleich da«, antwortete Stanley, »die Bar ist nur noch zwei Blocks entfernt.«

Das Blarney Moon ist seit mehr als drei Jahrzehnten eine Abfüllstation für Cops. Früher war es ein gutbesuchter Nachbarschaftstreff, inzwischen die einzige irische Bar in der South Bronx und das einzige bewohnte Haus im ganzen Block. Aber die Happy Hour begann noch immer um sieben Uhr morgens, und um acht waren alle Plätze besetzt.

»Ralph, gib mir einen Großen und einen Kleinen, bitte, ein Bier und einen Bourbon.«

Ich stürzte den Bourbon hinunter, bestellte noch einen und blickte mich um. Die Arbeiter der Tagschicht beendeten gerade ihr Bierfrühstück und brachen auf. Die Nachtarbeiter nahmen ihre Plätze ein, um sich richtig zu betrinken. Hinter mir beschwatzten ungefähr zehn Cops zwei dominikanische Mädchen. Einer von ihnen hatte sie anscheinend wegen einer Verkehrssünde rangekriegt. Die hauptberuflichen Trinker waren noch bei der Arbeit:

Georgie, der Russe, Don, der Knacki, Bob, der Schreckliche. Aber an ihren eingesalbten Lippen und ihrem starren, leichenhaften Lächeln erkannte ich, daß das Ende nahte.

Hector setzte sich neben mich und bestellte ein Bier. »Na, Frank, wie läuft's denn so?«

»Ich trinke heute morgen auf die Geister.«

»Hört sich gut an.«

»Glaubst du an Geister, Hector?«

»Klar, Mann, und immer, wenn ich einen sehe, sagt er das gleiche zu mir: ›Du bist urlaubsreif, Hector.‹«

»Deine Geister meinen es aber gut mit dir.«

»Los, Kumpel, nimm dir Urlaub. Du hast ihn bitter nötig.«

»Und wohin soll ich fahren?«

»Nach Puerto Rico, Kumpel. Ich hab' Verwandte da unten, die sich um dich kümmern können. Meer, Sand, Palmen und die tollsten Frauen der Welt.«

»Und wer soll sich dann um meine Geister kümmern?«

»Mach keine Witze über den Urlaub. Jeder von uns braucht mal eine Pause. Selbst Supermann macht Urlaub. Er hat ein Haus vor San Juan.«

»Na, dann solltest du wissen, daß ich Supermann vor gar nicht langer Zeit ins Krankenhaus gebracht habe. Er geht runter in die U-Bahn und fängt auf dem Bahnsteig an, sich auszuziehen. Er muß seinen Supermannanzug vergessen haben, denn er trägt darunter nichts. Also steht er ganz nackt da, einfach so, als würde er auf die U-Bahn warten. Als sie aus dem Tunnel kommt, springt er auf die Schienen, streckt die Arme aus, als wolle er sie anhalten, und schreit: ›Ich bin Supermann, ich bin Supermann.‹ Zum Glück hat ihn der Fahrer rechtzeitig gesehen.«

»Das war nicht der Fahrer. Das war Supermanns Kraft.«

»Ja, sicher, und jetzt liegt Supermann im Bellevue.«

»Siehst du, er hätte eben nach Puerto Rico fahren sollen.« Hector erhob sich und trank sein Bier aus. »Ich muß gehen.«

»Los, komm schon, trink noch eins. Du bist doch gerade erst hier.«

»Geht nicht. Ich muß die Kinder zur Schule bringen. Frank, du bist auf dem Weg in die Hölle. Meine Verwandten werden sich um dich kümmern. Komm schon. Du brauchst nur ja zu sagen.«

»Danke, Hector, aber dieser Stuhl, auf dem ich hier sitze, ist mein Urlaub. Eine Kreuzfahrt mit der Blarney Moon.«

Hector ging pfeifend davon, als wolle er das Geräusch einer fallenden Granate nachahmen. Vor dem Stuhl an der Tür, auf dem Marcus schlief, klatschte er in die Hände, rief »Bums!« und ging hinaus. Langsam hob Marcus den Kopf, an eine Seite der Jukebox gelehnt. Mit geschlossenen Augen zog er eine Handvoll Vierteldollarstücke aus der Tasche und steckte sie gemächlich in den Automaten. Er drückte die Knöpfe, ohne hinzusehen, und ließ den Kopf dann wieder zurücksinken. Marcus arbeitete in derselben Schicht wie wir anderen, aber er tauchte immer als erstes im Moon auf und schaffte immer fünf Wodkas und ein Nickerchen vor dem eigentlichen Trinken. Er saß gern auf dem Stuhl neben der Jukebox. So konnte er das Geld hineinwerfen, ohne aufstehen zu müssen. An manchen Morgen spielte er »My Way« so lange hintereinander, bis es Streit gab. Außer ihm kannte ich nicht einen Schwarzen, der auf Sinatra stand.

Luther war in der Ecke eingeschlafen. Sein Kopf lag auf einer Ausgabe der *Irish Constitution.* Veeber sprach mit dem Jungen über Darmparasiten. Am Ende der Theke hatte einer der mexikanischen Bauarbeiter zu reden aufgehört und stieß seine Freunde der Reihe nach von ihren Barhockern. Die Freunde wehrten sich nicht. Sie standen alle nacheinander wieder auf, wischten sich den Staub von den Kleidern und setzten sich wieder hin, bis sie erneut heruntergestoßen wurden.

»Hey, Ralphy, etwas Eisenschlacke aus der Grube und einen Schuß Kerosin, bitte.«

Es war das größte Bett, das wir je gesehen hatten. Ich mußte ein Loch in den Türrahmen sägen und die Angeln versetzen, damit sich die Tür ins Wohnzimmer öffnete. Das Bett nahm den ganzen Raum ein, und es war unsere Welt. Wenn wir zum Fenster hinausschauten, sahen wir nichts als Himmel. An unseren seltenen gemeinsamen Nachmittagen nahmen wir das Bett an all die Orte mit, von denen wir träumten. Im Herbst lagen wir stundenlang bei offenem Fenster da und warteten, daß ein Blatt ins Zimmer fiel. Im Sommer ließen wir uns vom Regen durchnässen. Ankündigungen und andere wichtige Neuigkeiten tauschten wir im Bett aus. Ich erzählte ihr von einem Baby, das ich auf die Welt geholt hatte, von seinem kleinen Kopf, einem weichen Edelstein. Wir gingen zusammen zum Krankenhaus, und die Mutter ließ es uns abwechselnd halten.

Neben mir weinte Slinkowsky aus seinem Glasauge, und daneben weinte die Frau, die sich immer hier aufhielt. Ihre Perücke war nach hinten gefallen und entblößte ihre Kopfhaut, die kahl und braun war wie ein Stein im Fluß. Einer der Cops fiel die Treppe zur Toilette hinunter. Veeber fing an zu singen: »*Yes, there were times, I've had a few, when I bit off more than I could chew.*« Marcus erzählte Stanley, der gerade in seiner zweiten Scheidung steckte, von seiner ersten.

»Hey, Ralph, Ralph Edward, hierher. Schenk uns den Rachenputzer ein. Her mit dem Zeug.«

Mona ging jeden Tag zur Krankengymnastik, und nach ein paar Monaten sah das kranke Bein wieder so kräftig aus wie das gesunde. Aber das schien nur so. Ich kann nicht vom Boden abheben, sagte sie. Eine Tänzerin muß vom Boden abheben können, das ist das wichtigste. Der Arzt sagte ihr, sie solle sich schonen. Er warnte sie, ihr Bein würde vielleicht nie mehr so wie vorher. Sie arbeitete doppelt so hart daran, und ein halbes Jahr später landete sie im Operationssaal. Ein neuer Gipsverband. Wir verbrachten die Wochenenden mit einer Kiste Wein auf der Couch, und Mona weinte frühmorgens. »Du hättest mich erschießen sollen, als ich dich darum gebeten habe, Frank.«

Ich antwortete ihr, das Leben sei wichtiger als das Anheben des Beines, daß immer etwas sterben müsse, damit der Rest leben könne. Sie bot mir an, mich zu erschießen. Ich sah die Stellenanzeigen durch. Ich ging mit ihr zu dem winzigen Theater, das jemanden für den Bereich Öffentlichkeitsarbeit einstellen wollte. Ich besuchte ein paar Proben, die Premiere und die Party danach, wartete in der Ecke, daß meine Schicht anfing, und sah Mona zu, wie sie von einem Grüppchen zum anderen tänzelte. Gegen elf erzählte ich ein paar Schauspielern und Autoren Horrorgeschichten. Sie wollten alles darüber wissen, auf welche unterschiedlichen Arten die Leute starben.

Doch ich erzählte ihnen nicht von der Frau mit dem Messer in der Seite und daß sie Mona so ähnelte, daß sie in meinem Schlaf so tanzte wie Mona früher, verschiedene Tänze an verschiedenen Orten, aber immer mit dem gleichen Ende: Sie fällt hin, ich bücke mich, öffne das Kleid und sehe die Wunde, die niemand überlebt. Ich hatte diesen Traum nicht oft, aber er schien mir stets aufzulauern, wie ein Traum hinter einem anderen Traum, wie das Messer, das ich in den seltenen Nächten, in denen wir miteinander schliefen, in Monas Rücken spürte; wenn ich nicht darauf achtete, die Stelle nicht zu berühren, wo sich der Stahl zwischen ihre Rippen bohrte.

Erzähl mir, was du erlebt hast, sagte sie an den Morgen, an denen ich noch nach Hause kam. Erzähl mir von deinen Gefühlen. Sprich mit mir, Frank. Wir haben so wenig Zeit. Sie war fast jeden Abend im Theater. Einmal in der Woche aßen wir gemeinsam zu Abend. Mein Job hat mir wirklich geholfen, Frank. Die Welt ist so viel größer geworden, jetzt, wo ich nicht mehr nur daran denke, Tänzerin zu sein. Es gibt so viele Rollen, die man in seinem Leben spielen kann, Frank. Und man kann sie auf so viele Arten spielen. Aber wenn man sein Leben von einer einzigen Rolle bestimmen läßt, erstickt sie einen. Du bist Rettungssanitäter, und das ist toll, solange du dich nicht davon einschnüren läßt. Und, Frank, ich glaube, du gehst zum dritten Mal zu Boden.

Sie wollte mich retten. Ich mußte gerettet werden. Doch je mehr sie mich zum Reden bringen wollte, desto weniger wollte ich sprechen. Ich mochte den Anblick meiner Gefühle im Licht nicht, sie sahen so blaß und zerbrechlich aus. Ich hätte sie am liebsten in einer Gruft begraben, in Zement geschüttet, vermint, bewacht und mit einer Bombe versehen, die losgeht, wenn man eindringen will. Es kann nur besser werden, sagte ich mir, diese Pechsträhne kann nicht ewig anhalten. Sie listete die klassischen Symptome der Verdrängung auf, des bösen Bazillus der Selbsttäuschung. Das Trinken, die Schlaflosigkeit, mein Zögern, sie zu berühren – alles Zeichen von jobbedingtem Streß. Meine Weigerung, das einzusehen, gehörte ebenfalls dazu. Sie schnitt Zeitschriftenartikel aus. Sie kaufte dicke, schwere Selbsthilfebücher und bewarf mich damit. Werd erwachsen, Frank, laß es aus dir heraus, komm drüber weg, und lebe weiter. Nimm Urlaub. Mach die Schule fertig. Wir können eine Weile auf meine Kosten leben. Du bist so angespannt, daß du bald explodieren wirst. Und genau das passierte, als sie mich verließ.

• • •

»Ralph, ein Verdurstender kommt aus der Wüste, und das ist alles, was du ihm anbietest? Wo ist der Stachel des Skorpions, der Tumor des Gehirns und des Rückenmarks? Wo ist die Hexenmilch?« Einer der Cops sprang auf die Theke und boxte in die Luft. »Meiner ist so dick wie mein Arm. Er ist ein Eichenstamm, ein Schlachtschiff. Ich wirbel' jede von euch Hurenmüttern damit durch die Luft wie einen Kreisel.« Die anderen Cops versperrten die Tür und versuchten, den Mädchen aus den Heights noch einen Drink aufzuschwatzen. Doch die Mädchen hatten genug, und ihr verschüchtertes Lächeln machte alle nur noch aufgebrachter. Veeber schlief neben dem Jungen, der auf dem Tisch vor dem komatösen Luther in einen Tiefschlaf gesunken war. Stanley schubste Marcus gegen eine Wand und bedrohte ihn mit einer Flasche. Doch Marcus lachte nur und sang: »*The record shows I stood the blows, and…*«

Ich kam gerade zum besten Teil, dem Höhepunkt unserer Entzweiung. Doch die Szene, an die ich mich am meisten erinnern wollte, blieb in meinem Gedächtnis blaß – unser letzter Ausflug zum See, um unsere Ehe zu retten; die Nacht, in der ich nicht den Arm um sie legen konnte und so betrunken war, daß ich vom Steg fiel und mir den Schädel brach. Immer wieder sah ich die Bilder nur einen Moment lang deutlich vor mir, zum Beispiel, wie sie mich zum Krankenhaus fährt und mit der Hand das blutige Handtuch an meinem Kopf festhält. Doch als ich mich umdrehe, sitzen Burke und Rose auf dem Rücksitz, und hinter uns fährt seine Tochter Mary den alten, schwarzen Ford. Und die Leute an der Theke sehen aus wie Leichen, die gemeinsam ihren letzten Atemzug nehmen, und dann sind sie tot, einige schon ein paar Tage, sie fangen an zu stinken. Alles dreht sich.

Ich versuche es noch mal. Es war am Morgen nach Roses Tod. Ich kam betrunken nach Hause. Mona saß auf dem kleinen Sofa und rief sich ein Taxi. Sie hatte sich an diesem Tag frei genommen, um es mir zu sagen. Ich stellte mir vor, wie sie in diesen Stunden, die sie auf mich gewartet hatte, ihre Sachen ein- und wieder auspackte, den Mantel an- und auszog und übte, was sie sagen wollte.

»Ich verlasse dich.«

»Leb wohl«, antwortete ich und drehte mich um. Ich ging ins Schlafzimmer und schloß die Tür, ganz leise. Dann ging ich ans Fenster und schlug mit der Faust in die Scheibe. Ich hoffte, sie würde einfach gehen und mir keinen Grund dafür nennen. Sie trat gegen die Tür. »Ich hab' dich gebeten zu kündigen. Du schaffst es nicht zu kündigen. Ich hab' dich gebeten, dir helfen zu lassen. Du willst dir nicht helfen lassen. Also, ich habe beschlossen, nicht länger darauf zu warten, daß du dich selbst umbringst. Hörst du? Ich habe beschlossen, daß mein Leben mehr wert ist als dein Tod.« Linker Haken. Gut ausgedrückt, Mona. Noch ein Tritt gegen die Tür. »Ich hab's ja versucht, aber du willst dir selbst ja nicht helfen, und ich kann dir nicht mehr helfen.« Schlag rechts, links Blut. Und weiter. »Du hast einfach aufgegeben, Frank – uns, dich selbst und alles andere. Na gut, Frank, da hast du's – jetzt gebe ich auch auf.« Draußen hupt das Taxi. Ende. Eine schöne Rede. Schlag links. Jetzt gebe ich auch auf. Sie trommelt mit den Händen gegen die Tür. »Du Mistkerl, wer gibt dir das Recht, so zu leiden? Denk mal an all die Menschen, die du gesehen hast, denen es viel schlechter geht als dir. Du läßt sie sterben. Alles, was du anfaßt. Gott, wie ich diesen Ort hasse.« Wieder ein rechter Haken. Jetzt auch dort Blut. Das hupende Taxi. Eine zerbrochene Vase. Die knallende Haustür. Blut auf dem Fenster und auf dem Fußboden. Blut auf dem Kopfkissen und unter den Decken, auf dem Bett, das wir zusammen nach Hause getragen hatten.

Veeber, Luther und der Junge halten Stanley am Boden fest. Marcus steht neben mir und lacht. Ralph beugt sich vor, packt ihn am Kragen und biegt ihn nach hinten auf die Theke. »Wenn du diesen Song noch einmal spielst, kannst du dich ins Krankenhaus bringen lassen. Ich mochte diesen Song mal.« Einer der Cops hat seine Pistole herausgeholt und auf Marcus gerichtet und zeigt den Mädchen, wie man schießt. »Ralph«, brülle ich, »bring mir meinen Talar.«

Stanley liegt mit geschlossenen Augen auf dem Boden. Ich ziehe eins von den rotweißen Tischtüchern mit den braunen Flecken herunter und werfe es auf ihn. Dann nehme ich noch eins und wickle mich selbst darin ein. Veeber und Marcus helfen mir auf die Theke. »Vergib uns, Herr, denn wir haben gesündigt.« Ich hebe mein Bier und bespritze die Menge. »Möge der Herr euch eure Sünden durch diese heilige Salbung vergeben, amen. Möge der Herr euch eure Sünden durch diese heilige Salbung vergeben, amen. Möge der Herr euch eure ...«

Stanley steht auf, packt meine Beine und zieht mich zu Boden. Der Talar fällt auf mein Gesicht und meine Brust.

»Ralph, komm schon. Supermann muß auftanken.«

Zwei Wochen nachdem Mona mich verlassen hatte, wurde ich zu einem Mann gerufen, der unter einen Zug geraten war. Ich hasse Leute unter Zügen – den feuchten Schmutz da unten, das blutige, ächzende Fahrwerk –, deshalb fuhr ich mit dem üblichen Abscheu zum Bahnhof. In meinem Kopf hämmerte es, als ich mich der Menschentraube näherte, die sich in der Nähe des ersten Waggons angesammelt hatte. Doch als ich ankam, sah ich einen vollkommen unversehrten Mann auf den Schienen liegen. Offensichtlich war der Zug genau vor ihm zum Stehen gekommen. »Was ist passiert?« fragte ich, und die Frau neben mir antwortete, daß der Mann auf dem Bahnsteig geschlafen hatte und im Schlaf auf die Schienen gerollt war. Ich sprang zu ihm hinunter und untersuchte ihn. Nicht ein Kratzer. Ich schüttelte ihn wach, und er sah zu mir auf. »Was ist passiert?« fragte er. »Sie haben auf dem Bahnsteig geschlafen«, erklärte ich ihm, »und sind auf die Schienen gerollt.« Er blickte auf, schüttelte aufgebracht den Kopf und sagte: »Nicht schon wieder!«

9

Ich sterbe, sagte die Stimme zu mir. Ich öffnete die Augen. *Aber ich kann nicht sterben.* Ich hob den Kopf vom Wohnzimmerboden. In der dunklen Stille rührte sich nichts. *Ich bin nicht tot*, sagte die Stimme in meinem Kopf, *aber alles, an das ich glaubte, ist tot.* Eine Stimme, die ich kannte, scharf und weiß, das Dampfrohr in Patrick Burkes Wohnung. Ich kroch in die Küche und hielt den Kopf in die Spüle. *Wenn ich für immer sterben muß* – das kalte Wasser rann über die Worte –, *dann nicht allein.* Ich hielt die Hände vor die Ohren und preßte, versuchte, die Tür in meinem Kopf zu schließen. Ich holte tief Luft, beugte mich nach vorn und drückte mit den Händen, bis sich die Tür schloß. Die Wanduhr zeigte fast zwölf. Ich berührte sie mit der Hand, um sicherzugehen. In den dunklen Fenstern sah ich, daß es Nacht war. Ein harter Start in den Tag – krank und aus dem kranken Rhythmus, verrückt und aus dem verrückten Rhythmus. In dem Haufen schmutziger Wäsche auf dem Fußboden fand ich ein Diensthemd mit nur zwei Flecken: schwarzer Kaffee auf dem Kragen und dunkelrote Blutspritzer auf dem Ärmel. Ich tauschte es gegen das Hemd aus, das ich trug und das noch nach der Bar stank. Im Badezimmerspiegel betrachtete ich die Furchen auf den Wangen, die angeschwollene Nase, den zugemauerten Mund – Mr. Burke. *Laßt mich der erste sein, der sagt, es reicht.* Ich drückte wieder die Hände gegen meinen Kopf, atmete tief ein und preßte, bis der Schmerz aufhörte. Ich schlüpfte zur Tür hinaus und schloß sie schnell, damit die Stimme drinnen blieb. Dann die Treppe hinunter. Nur eine Stunde zu spät zur Arbeit.

»Guten Morgen, Captain.« Ich stand auf einem Bein vor seinem Schreibtisch.

Captain Barney blickte auf die Uhr. »Pierce, Sie sind früh heute.«

»Ich sollte gar nicht hier sein.«

»Was soll ich bloß mit diesem Kerl machen?« Er drehte sich zu Miss Williams um, seiner Sekretärin und Vertrauten, deren Schreibtisch im rechten Winkel zu seinem stand. Sie schaute nicht auf, und der Captain fuhr fort. »Pierce, ich habe gerade mit der Bezirksleitung telefoniert. Von zwölf Schichten in diesem Monat sind Sie bei neun zu spät gekommen und bei vier krank gewesen, einschließlich der Schicht, bei der Sie zu spät gekommen und krank nach Hause gegangen sind.«

»Ich bin krank, Captain. Das sag' ich doch schon die ganze Zeit.«

»Sie machen mich noch verrückt, Pierce, wissen Sie das? Sie haben keine Krankzeit mehr. Laut Bezirksleitung haben Sie überhaupt keine Zeit mehr, basta. Man hat mich angewiesen, Ihnen zu kündigen.«

»Ist schon okay. Verstehe. Ich hol' nur noch meine Sachen aus dem Spind.«

»Ich hab' in meinem ganzen Leben noch niemanden gefeuert.«

»Tut mir leid, Captain. Nehmen Sie's nicht so schwer.«

Er ließ den Kopf auf den Schreibtisch sinken. Miss Williams blickte kurz herüber. Dann hob er seine ernsten Augen und sah mich lange an. Sein Gesicht war ein richtiger Waisentraum: die Wangen eines Holzfällers, der Schnurrbart eines Feuerwehrmannes, tiefblaue Augen, die sich sorgten, aber niemals weinten. Dieses Gesicht gehörte auf eine Reklametafel, auf dem es im Sandsturm eine Zigarette rauchte oder Hauseigentümer vor Blitzgefahr warnte. So konnte man sich ihn gut vorstellen, nur sein Gesicht, ohne den Rest seines Körpers, der eine Menge Platz einnahm. Sein Hintern war so groß wie Staten Island.

»Sehen Sie mal, Pierce, ich lasse mir von niemandem vorschreiben, jemanden zu feuern. Das könnt ihr euch in den Arsch schieben, hab' ich ihnen gesagt. Entschuldigung, Miss Williams. Sucht euch einen anderen Dummen, hab' ich gesagt. Wenn ihr ihn feuern wollt, kommt her und macht es selbst.«

»Aber Sie wissen doch, daß sie es nicht selbst machen. Es liegt an Ihnen. Sie müssen jetzt stark sein.«

»Pierce, ich will Ihnen mal etwas sagen: Sie waren immer wie ein Sohn für mich. Sie machen gerade eine schlechte Zeit durch. Ich möchte, daß Sie wissen, daß ich für Sie da bin. Aber heute abend kann ich nichts für Sie tun. Wir stecken mitten in einem Notfall. Alle haben sich krank gemeldet. Larry, Veeber, Stanley. Wir brauchen Leute hier draußen. Das ist unsere Pflicht gegenüber der Stadt. Ich mußte Marcus auf Zwölf Young setzen. Du weißt ja, eigentlich soll er keine zwei Nächte hintereinander arbeiten.«

»Sie haben geschworen, Sie würden mich feuern, wenn ich noch mal zu spät käme.«

»Ich feuere Sie morgen. Ich weiß sogar noch etwas Besseres, ich könnte Ihnen ein paar Kranktage vorschießen, eine Woche oder zwei Wochen frei – na, wie wär's damit? Ich sag' Ihnen, was ich mache. Auf der Ersten Ecke Zwanzigste hat gerade ein polnischer Imbiß aufgemacht, rund um die Uhr geöffnet. Hab' ich in der *Times* gelesen. Die Pierogi, wenn Sie Zeit haben, mit extra Sauce. Bringen Sie mir etwas mit, und wir reden noch mal darüber. Ich verschaffe Ihnen eine freie Woche.«

Der Captain kümmerte sich um fast alles, wenn man ihm mitten in der Nacht einen Gaumenschmaus besorgte. Er haßte Restaurants. Einmal fuhr ich in einer Woche zwei Rettungswagen zu Schrott und mußte ihm aus Brighton Beach einen in Weinbrand eingelegten Hering besorgen, den er als »kaspischen Schatz« bezeichnete.

»Ich glaube nicht, daß eine Woche ausreicht. Nicht für mein Problem.«

»Tut mir leid, Pierce.« Er reichte mir die Schlüssel. Ich stand da und hörte Luther zu, der den Fernseher im Aufenthaltsraum anbrüllte. »Schieß der blöden Schlampe in den Kopf. In den Kopf,

Mann!« Mein Gesicht fühlte sich warm an, die Hände heiß. Ich hielt sie hoch, sie sahen aus wie zwei Zweige, die am Strand gelegen hatten. »Ich glaube, ich hab' Fieber«, sagte ich. »Ich bin schon den ganzen Tag krank, ich niese und blute. Ich sollte gar nicht hier sein.«

Miss Williams runzelte die Stirn. »Essen Sie etwas Suppe.«

Ich verlagerte mein Gewicht auf den anderen Fuß. »Suppe, ja, heiße Suppe und Ruhe. Was ist mit der Couch? Luther schläft schon seit Jahren darauf. Das ist ungerecht. Er kann genauso gut arbeiten. Er kann doch mit Marcus da rausgehen.«

Captain Barney lachte auf. »Luther soll mit Marcus arbeiten? Haben Sie das gehört, Miss Williams?« Sie verzog keine Miene, und der Captain fuhr fort. »Luther ist kranker, als Sie jemals sein werden. Außerdem habe ich den Dienstplan schon fertig, und Miss Williams hat ihn abgetippt. Sie kennen doch die Regel.«

Die Regel bestand darin, daß Miss Williams alle Unterlagen einmal abtippte, und zwar nur einmal. Nach dem Abtippen legte sie die Berichte mitsamt allen Fehlern – und sie machte viele – in das Fach mit dem Schild »Ausgang«. Schließlich erhob sich Luther von seiner Couch, nahm die Unterlagen und brachte sie zu einem Schreibzentrum in Queens, wo die Berichte gesammelt und ausgewertet wurden. Spezielle Angestellte in Queens wandelten diese Statistiken dann in Programme um. Weitere Berichte wurden geschrieben, die von weiteren Angestellten untersucht wurden. Professionelle Kopierer kamen und kopierten. Professionelle Abhefter versuchten, die Kopierer zu überholen, rannten durch die Flure und hefteten alles ab, was sie finden konnten, und dann die Kopien. Abteilungsleitungen kämpften gegen eingehende Berichte an und lobten sich selbst in Umläufen. Professionelle Aktenvernichter warfen räumeweise Akten ins Meer. Kistenweise Berichte wurden in South Brooklyn, Battery Park und Jamaica Bay angeschwemmt. Einige landeten irgendwie wieder bei Luther, der sie an Captain Barney zurückgab. Oft reichte Luther dem Captain einen Bericht, den er selbst vor

Monaten abgeschickt hatte. Dann seufzte der Captain, schüttelte den Kopf und legte den Bericht in das Fach mit dem Schild »Ausgang«.

Es gab noch andere Regeln in Bezug auf Miss Williams Tippen – was sie tippte oder wann sie etwas tippte. Aber in all meinen Jahren im *Misery* habe ich sie noch nie eine Taste drücken sehen. Ihre Schreibmaschine war immer zugedeckt, ein festes Inventar, das als Staubfänger in der Ecke stand. Ich fragte sie nie danach. Niemand stellte Miss Williams derartige Fragen. Stets saß sie mit einem Lächeln oder einem netten Wort an ihrem Schreibtisch, erkundigte sich nach Familie oder Gesundheit der Angestellten. Sie war eine Oma, die immer nur Gutes von einem annahm und die man anlügen würde, wenn man den Gottesdienst verpaßt hatte. Darin lag ihre Macht.

Ich beobachtete, wie sie das Gesicht verzog, während sie ihre Illustrierte las, eine tragische Geschichte über somalische Babys, die allein in der Wüste sterben mußten. Wenn sie zu Ende gelesen hatte, würde sie sich ihre Fingernägel noch einmal ansehen und danach vielleicht etwas von der Hühnersuppe essen, die sie stets in ihrer untersten Schublade aufbewahrte. Ich zog einen Stuhl zu ihr heran und verfing mich im klebrigen Netz ihres Parfüms. Wenn ich sie schon nicht dazu bringen konnte, mich und Luther auszuwechseln, konnte ich wenigstens etwas Suppe essen, dachte ich. Ich berührte ihren Arm. Sie blickte auf. Tränen standen ihr in den Augen.

»Kommen Sie schon, Pierce, die Pflicht ruft. Die Stadt braucht Sie«, sagte der Captain.

»Die Stadt braucht mehr Sofas, Captain.«

»Ich hab' die Anordnung hier, Pierce. Hier vor mir. Es ist jetzt nur noch eine Frage der Zeit.«

Marcus schnarchte auf dem Fahrersitz. Seine Hände zitterten sogar im Schlaf. Wegen des Zitterns und des Zuckens in seinem linken Auge, das ihn zwang, den Kopf zur Seite zu drehen, wodurch er manchmal sekundenlang nichts sehen konnte, durfte Marcus eigentlich nicht fahren. Aufgrund seines Glaubens sollte er aber auch keine Patienten behandeln. Wenn Gott jemanden zu sich ruft, meinte Marcus, darf ich ihm nicht im Weg stehen. Es war immer eine schwierige Entscheidung, ihn fahren zu lassen oder nicht. Zum Glück weigerte sich Marcus, irgend etwas anderes zu tun als Fahren. Bei den meisten Notfällen weigerte er sich sogar, irgend etwas anderes zu tun, als auf dem Fahrersitz zu warten und den Motor laufen zu lassen. Er war schon länger Rettungssanitäter als alle anderen – außer Luther – und arbeitete nur zwei oder drei Nächte in der Woche. Die meisten Nächte verbrachten er und Luther damit, im Aufenthaltsraum fernzusehen. Luther würde in einem halben Jahr in den Ruhestand treten, und Marcus sollte seine Position übernehmen. Obwohl keiner so genau wußte, was für eine Position das eigentlich sein sollte. »Zwölf Young«, sagte Marcus im Schlaf. »Eins-Zwei Young.«

Ich rüttelte an seiner Schulter. Er öffnete die Augen, sah zu mir herüber, blinzelte zwanzigmal und sagte dann: »Mein Gott, du siehst ja grauenhaft aus. Was hast du bloß getrunken?«

»Es ist nicht nur ein Kater. Es ist wie viele Kater auf einmal, und jeder steuert etwas anderes dazu bei. Ich habe Stimmen gehört. Fühl mal meinen Kopf.«

Er legte mir seine dunkle, zitternde Hand auf die Stirn und klopfte leicht. »Dein Kopf ist nur heiß, weil da oben etwas nicht stimmt. Emotionaler Overdrive. Ist dir nie aufgefallen, daß die Leute, die Stimmen hören, alle übergeschnappt sind? Wie oft habe ich gesagt, laß es langsamer angehen, oder du bringst dich noch dabei um, all die Jahre, die ich schon mit mir selbst rede. Zu viele Kurzschlüsse und durchgebrannte Sicherungen in diesem Holzkopf.« Marcus untermalte seine Worte, indem er mir sein krankes Auge zuwandte und mit seiner kaputten Hand wedelte.

»Der Captain hätte mich heute abend fast gefeuert. Ich bin auf dem Weg nach draußen. Kann jetzt jeden Tag passieren.«

»Niemand wird gefeuert, Frank. Schau mich doch an. Sie können dich höchstens in die Bronx versetzen.«

»Ich glaube, das Schlimmste ist vorbei, wahrscheinlich weil ich überzeugt bin, daß es nicht noch schlimmer kommen kann. Ich fühle mich, als würde ich in einem riesigen Tank treiben, in Formaldehyd, und auf das Labor warten. Und dann ist da noch dieses ewige Summen, und meine Finger fühlen sich an, als würden sie sich von meinen Händen lösen.«

»Hey, Kumpel, es kann immer noch schlimmer werden. So sieht es aus. Du kannst nicht das ändern, was auf dich zukommt, nur deine eigene Stellung. Laß den Herrn sich um das da draußen kümmern, und du kümmerst dich um das hier drinnen.« Sein Finger zitterte über meiner Nase. »Seit unserer letzten gemeinsamen Schicht bist du um zehn Jahre gealtert.«

Seit unserer letzten gemeinsamen Schicht waren zwei Jahre vergangen. Damals brach Marcus alle Unfallrekorde.

Ich konnte mich noch daran erinnern, wie ich hinten im Rettungswagen saß und einen Asthmatiker behandelte, während Marcus uns zum Krankenhaus fuhr. Die Fahrt dauerte unglaublich lange, selbst für Marcus' Verhältnisse, der immer an jeder roten Ampel hielt. Irgendwann merkte ich, daß wir uns gar nicht bewegten, und das seit ungefähr fünf Ampelphasen. Ich blickte zur Tür hinaus und sah, wie Marcus gerade sein chinesisches Essen vom Ladentisch nahm. »Sie wollten gerade schließen«, sagte er. »Wenn ich mich nicht zuerst um mich selbst kümmere, wie soll ich mich dann um jemand anderen kümmern können?«

Marcus gehörte zum zweiten Rettungssanitäter-Jahrgang, 1976, als man gerade erst anfing, die Erfahrungen in Vietnam in ein Programm für die Stadt umzumünzen. Damals gab es nur eine Einheit für die obere Hälfte von Manhattan, Achtzehn Xray, und Marcus kannte man nur als den X-Mann. Wie ein Comicheld war der X-Mann immer zur Stelle und kämpfte sich durch Blut und fliegende Kugeln. Ganz Harlem hatte noch keinen Rettungssanitäter gesehen, schon gar keinen schwarzen, und es würde auch nie wieder einen so guten zu sehen bekommen. Als ich anfing, uptown zu arbeiten, und einen Job schaffte, den ich für etwas Besonderes hielt, sagte immer irgend jemand: O ja, Marcus hat das auch schon gemacht, nur viel besser. In der Garage in Harlem gab es eine X-Mauer, ein Denkmal für Marcus, voller vergilbender Zeitungsfotos, auf denen er mit einem Baby im Arm von einem Fenstersims sprang, in einem Fahrstuhlschacht eine Infusion anlegte oder eine Geisel verband, während ihm der Geiselnehmer die Kanone unter die Nase hielt.

Ich bin dem X-Mann nie begegnet. Als ich mit Marcus arbeitete, hatte er bereits Jesus gefunden und Harlem verlassen, und ich haßte ihn für das, was aus ihm geworden war: der Ex-X-Mann. In unserer ersten gemeinsamen Schicht wollte er mir nicht verraten, welche Einheit wir waren. Er schlief drei Stunden lang im Park, wachte plötzlich auf und beschwerte sich über den Dieselgestank. Auf dem Weg zur Garage baute er beinahe drei Unfälle. An diesem Tag roch ich zwar kein Gas, doch in den zurückliegenden drei Monaten hatte ich den Wagen schon etliche Male deswegen ausgemacht.

»Zwölf Young«, kam es aus der Leitstelle. Es war Dispatcher Love, die wir alle – jeder auf seine eigene Weise – geliebt hatten. »Auf geht's, Zwölf Young. Meldet euch.«

»Hey, Marcus, es ist Love. Ich hab' sie schon seit Monaten nicht mehr gehört.«

»Sie arbeitet nur, wenn ich auch arbeite. Ich lasse sie warten, und das macht sie verrückt.«

»Zwölf Young«, wiederholte sie, »ich hab' keine Zeit für eure Spielchen. Jetzt meldet euch endlich. Oder muß ich persönlich herkommen?«

»Gib mir das Funkgerät, Frank. Normalerweise nehme ich vor dem Kaffee keine Jobs an, aber vielleicht tut es dir ja gut. Schüttel diese Stimmen von dir ab.« Marcus hielt das Funkgerät in seiner gesunden Hand. »Hier ist Zwölf Young. Ich bin bei dir, Baby. Hab' keine Angst, denn die Rettung naht, und sie heißt Marcus.«

»Ich bin nicht euer Baby, Young. Und eure Mutter auch nicht. Ihr fahrt zu einem Herzstillstand im Graceland Ball-room, Hintereingang, 350 West Vierundfünfzigste.«

»Zehn-Vier, Baby.« Marcus legte das Funkgerät weg. »Fühlst du dich jetzt besser, Frank?«

»Schlechter.«

»Das ist gut, Mann. Ich mach' das hier für *dich*.«

Marcus hielt unterwegs an jeder roten Ampel. Auch an jeder grünen Ampel hielt er, schaute nach rechts und links, um sicherzugehen, daß keine Rettungswagen kreuzten. Wenn man ihm so beim Fahren zusah, fragte man sich, wie es zu all seinen Unfällen kommen konnte. Bis man ihn am Ende der Schicht sah, wenn es Zeit war, nach Hause zu fahren, und Marcus wie ein Verrückter zur Garage zurückraste – die einzige Fahrt, auf der er die Sirene einschaltete.

Als wir ankamen, schnappte Marcus sich das Beatmungsgerät und überließ mir die drei schwereren Teile. An der Hintertür winkte uns die übliche Schar aus Models und Ringern hinein und versperrte uns den Weg. Rempler schubsten sich gegenseitig in die Menge und die Menge in die Rettungssanitäter. »Aus dem Weg – laßt sie rein.« Die übliche Hysterie.

»Hoffentlich kommen wir nicht zu spät«, sagte Marcus, als wir schließlich die Tür erreichten, »nur weil ihr Typen uns hier aufhaltet.«

Ein schwarzgekleideter Zwerg mit einem Funkgerät in der Hand führte uns durch den Rauch und die Scherben einen Flur voller stehender Überdosen entlang, in ein kleines Zimmer voller stehender und sitzender Überdosen und schließlich zu dem nicht mehr atmenden Mann auf dem Fußboden. Er schien schon seit Stunden tot zu sein, doch als ich den Puls an seinem Hals fühlte, schlug er.

Ich kniete mich neben ihn und bemerkte, daß er wegen des blaugrauen Make-ups so tot aussah. Ich leuchtete ihm mit meiner Taschenlampe auf die Brust. Die Atmung war so schwach, daß man sie nicht sehen konnte, wenn man kein Fachmann war. Ich hob eines seiner fettigen Augenlider an und sah die winzige Pupille: Heroin.

Marcus stand mit dem Rücken zu mir und wandte sich an die Leute im Zimmer: »Okay, was ist passiert?«

Einer der wenigen, die stehen konnten, ein junger Typ in einem zerfetzten weißen Hemd, das mit Absicht zerrissen zu sein schien, antwortete: »Es war ungefähr so: Er beendete den letzten Song und sprang wie üblich ins Schlagzeug. Dann kam er zurück und kippte einfach um. Er wird doch wieder, oder?«

»Nein«, entgegnete Marcus. »Er ist tot.«

»Das geht nicht, Mann. Wir haben gerade unseren ersten Plattenvertrag unterschrieben.«

»Er ist tot, und wir können nichts mehr für ihn tun. Komm, Frank, das war's.«

Ich stand auf und flüsterte ihm in sein gesundes Ohr: »Er ist nicht tot. Es ist eine Überdosis Heroin.«

Marcus wandte sich wieder an die Menge. »Wie ich schon sagte, er ist tot, es sei denn, ihr hört auf, mich zu verscheißern, und sagt mir, was los ist. Und wenn uns der Herr gnädig ist, können wir ihn vielleicht wieder zurückbringen.«

»Er hat mit seiner Freundin Schluß«, verkündete ein Mann, der unter dem Ventilator lag.

»Wir haben nicht Schluß«, schluchzte die Frau hinter mir. »Wir treffen uns nur mit anderen als Test für unsere Ehe.«

»Ich warte noch immer«, sagte Marcus, »und der junge Mann hier ist noch immer tot.«

»Sie hat ihm das Herz gebrochen«, fügte der Mann unter dem Ventilator hinzu. Daraufhin waren mehrere diffuse Gegenstimmen zu hören, und Marcus hob die Hände. Ich konnte nicht länger warten. Ich öffnete den Arzneikoffer, nahm die Ampulle mit

Narcanti und eine Spritze heraus und zog zehn Kubikzentimeter auf. Dann krempelte ich den Ärmel auf, legte den Stauschlauch an und suchte nach einer Vene. Narcanti ist der übelste Alptraum des Junkies: als würden tausend Cops durch den Körper stürmen, Läden schließen, sämtliche Taschen, Nadeln, Löffel und Streichhölzer konfiszieren und alles festnehmen, was sich bewegt, bis jede einzelne Körperzelle zitternd, schniefend und an den Wänden kratzend im Knast sitzt. Narcanti ist der Freund des Rettungssanitäters, der große Wiedererwecker, der dem Publikum gefällt und eine Leiche in zwanzig Sekunden wieder auf die Beine bringt.

»Okay, okay, Mann. Er hat den Roten Tod geschnupft. Er ist seit ein paar Tagen da drauf, fühlt sich wie im Himmel.«

Marcus legte die Handflächen aneinander, als wolle er beten. Dann schloß er die Augen und schüttelte den Kopf. »Okay, wie heißt er?«

»Riot.«

»Was soll das heißen, Riot? Was ist das denn für ein Name?«

»Ich weiß nicht, ist halt sein Name.«

»Er heißt Frederick«, sagte die Verlobte des Mannes. »Frederick Smith.«

»Okay, Freddy...«

»Er heißt Frederick.«

»Okay, Riot, wir werden dich zurückholen. Jetzt nimmt jeder die Hand von demjenigen, der neben ihm steht. Und dann haltet ihr euch alle ganz fest und betet: Komm zurück, Riot. Komm zurück zu uns, Riot.« Alle Augen waren auf Marcus gerichtet, als er durch den Raum ging und die Hände derjenigen ineinanderlegte, die es nicht allein schafften. Die Wiederbelebung mit Narcanti spielte Marcus am liebsten, und er konnte es am besten von allen Rettungssanitätern in der Stadt. Ich drehte Riots Arm um, stach mit der Nadel in eine hervortretende blaue Ader unterhalb des Ellbogens und zog den Kolben in der Spritze zurück, bis die rote Flüssigkeit im Zylinder aufstieg. Dann nahm ich den Stauschlauch ab und drückte das Blut wieder in den Arm.

Ich gab Marcus zu verstehen, daß alles okay war, und er hob die Hände. »O Herr«, rief er, »ich stehe hier vor dir und bitte dich noch einmal, einem Sünder eine zweite Chance zu geben.« Er fiel auf die Knie und legte die Hände auf Riots Brust. »Bring Riot zurück, o Herr. Nur du hast die Kraft, die Macht, die Erleuchtung, um diesen wertlosen Mann zu verschonen. Obwohl wir deiner unwürdig sind, bitten wir dich, o Herr, zwinkere mit deinem allmächtigen Auge, und bring uns Riot zurück.«

Und Riot öffnete die Augen und hob die Hände.

»Frederick«, kreischte die Frau, warf sich zu Boden und umarmte den jungen Mann.

»Oh, wow, Mann«, sagte der Typ mit dem zerrissenen Hemd. »Oh, wow, Mann.«

Marcus stand auf und breitete abwechselnd die Arme aus und legte sie vor die Brust. »Steh auf, Riot. Steh auf, und beginne ein neues Leben.« Ich klappte den Arzneikoffer zu und verschloß ihn. Dann faßten Marcus und ich Riot bei den Händen und zogen ihn hoch.

»Was ist passiert?«

»Du bist gestorben«, sagte seine Verlobte und fing an, mit beiden Fäusten auf seine Brust zu trommeln. »Du bist gestorben, du verdammter Mistkerl.«

Der Typ mit dem zerrissenen Hemd zog sie von ihm weg. »Ihr Jungs seid echt stark.«

»Es lag nicht an uns«, antwortete Marcus und führte Riot zur Tür. Seine Beine zitterten bereits vom Entzug. »Der erste Schritt ist Liebe. Der zweite Erbarmen.« Durch den Flur zu den Remplern auf der Straße. Wir legten Riot auf die Trage, und seine Verlobte kletterte hinter uns in den Wagen.

Er blickte sie an. »Was ist passiert?«

»Oh, Frederick, ich liebe dich so sehr.«

»Ich liebe dich auch, Margaret«, erwiderte er und schlief zitternd ein.

»Siehst du, Frank«, brüllte Marcus vom Fahrersitz herüber, »der Herr richtet alles.«

»Ich glaube, Ihr Partner ist total verrückt«, sagte Margaret und setzte sich zu mir auf die Bank, so daß sich unsere Beine fast berührten. »Aber Sie sind ganz süß.«

Auf der Mattscheibe des Fernsehers in *Miserys* Wartezimmer war eine glatzköpfige Frau mit eingefallenen Hüften und goldenen Strumpfhosen zu sehen, die ihre Arme über dem Kopf ausstreckte und sich von hinten an die Fußknöchel faßte, so daß ihr Körper ein Rad bildete. Dann rollte sie durch das Fernsehstudio, wurde immer schneller und äußerte dabei kurze Phrasen zur allgemeinen Erleuchtung, eine bei jeder Umdrehung, gefolgt von einer kurzen Pause, wenn ihr Gesicht über den Boden glitt. »Misch dich ein«, »Suche die Wahrheit« oder »Sei du selbst.« Während wir unsere Trage durch den Raum schoben, überflog ich die Reihen des gebannten Publikums – mutierte Niednägel und wuchernde Zellulitis, blaugeschlagene Augen und blutiger Auswurf. Aber keine Spur von Mary Burke. Griss, der Aufseher, blickte von seinen Anti-Weiße-Zukunft-Heften auf.

»Weißt du, Partner, die Revolution wird uns ereilen, wenn wir es am wenigsten erwarten, wenn das ganze Land schläft.«

»Dann wird sie aber niemand mitbekommen«, wandte ich ein.

»Aber danach wird alles anders sein.«

»Und genau wie vorher.«

Ich ließ Riot bei Schwester Constance und blickte im Behandlungsbereich in die leere Nische, die für mich inzwischen fest mit dem Namen Burke verbunden war. Drei Betten weiter entdeckte ich Dr. Hazmat, der eine klare Flüssigkeit durch einen Schlauch in eine Nase pumpte. »Der Typ, den ich gestern hereingebracht habe«, sagte ich zu ihm, »der mit dem Herzstillstand. Er ist weg.«

»Sie werden es nicht glauben«, antwortete Hazmat. Er zog den Literbeutel heraus und klemmte den Schlauch ab. »Er zeigt einige geistige Reaktionen. Er fing heute abend spontan an zu atmen, und jetzt versucht er ständig, den Schlauch herauszuziehen. Mußte ihm ein Beruhigungsmittel geben. Jetzt ist er drüben bei der Computertomographie.« Hazmat zog zwei von den drei oder vier Paar Handschuhen aus, die er trug. »Ständig ruf' ich oben an. Sie hatten vorher Platz für ihn, wollten ihn aber nicht nehmen, weil es nicht so aussah, als würde er den Tag überleben. Jetzt steht es besser um ihn, aber sie haben wieder nichts frei. Also, wenn sie ihn nicht nehmen, mach' ich sie für alles Weitere verantwortlich. Ich tu' für ihn, was ich kann. Außer der Computertomographie bekommt er Thrombolytika, Steroide, Nitrotropfen, Heparin. Ich leg' ihm sogar einen Herzkatheter an, wenn's sein muß. Ich habe sogar Milagros' Handauflegen zugelassen.«

»Und was glauben Sie wirklich?«

»Keine Ahnung. Nur der untere Hirnstamm ist aktiv, und das Herz will sich nicht stabilisieren – seit er hier ist, hat es elfmal ausgesetzt. Aber ich sage Ihnen, der Mann ist eine Kämpfernatur. Jedesmal, wenn das Valium nachläßt, reißt er an den Gurten, als wäre der Teufel hinter ihm her.«

»Weiß die Familie Bescheid?«

»Ich wollte sie schon früher zu ihm bringen, um zu prüfen, ob er auf ihre Stimmen reagiert, aber sie waren nicht im Wartezimmer. Typisch – die ganze letzte Nacht läuft mir die Tochter vor der Nase herum, und wenn ich ihr endlich etwas Positives berichten kann, ist sie nicht mehr da.«

Ich ging zum Anmeldepult zurück, maß meine Temperatur und hörte zu, wie Schwester Constance Riot eine Strafpredigt hielt. »Also, Sie schießen sich dieses Gift in die Adern und hören auf zu atmen, und jetzt, wo wir Sie wieder zum Atmen gebracht haben, sagen Sie noch nicht mal danke und ziehen gleich wieder los, um sich neues Gift zu besorgen. Da wir Ihnen das Leben gerettet haben, könnten Sie uns vielleicht den Gefallen tun und demnächst in einer anderen Stadt zu atmen aufhören. Und machen Sie die Tür leise zu, okay?«

Das Quecksilber schoß bis über 38 Grad hoch und blieb dort, als würde es erst mal abwarten. Ich ging ins Wartezimmer. Immer noch keine Burkes. Auf dem Parkplatz zündete ich mir eine Zigarette an. Meine Hände zitterten, allerdings auch nicht mehr als sonst, und die Haut war am Handgelenk etwas angeschwollen. Die Hände eines alkoholsüchtigen Neurotikers. Der Mond über mir schien genauso bleich und neblig wie in der Nacht zuvor. Aber hier unten hatte sich etwas verändert. Burke kämpfte. Nur, um noch einmal zu sterben, dachte ich und versuchte, deprimiert zu sein. Immer wieder Tod, sagte ich mir und verspürte plötzlich ein blankes Verlangen in meinem Magen aufsteigen, das ich schon so oft unterdrückt hatte, daß ich gar nicht mehr wußte, was es eigentlich war: Hunger. Ich war am Verhungern.

Zehn Jahre lang kannte man den alten Sal als den dicksten und billigsten Pizzamann in Midtown. Er knauserte mit Soße, Gewürzen und Käse und arbeitete Tag und Nacht, um niemanden anstellen zu müssen. Larry und ich waren nicht überrascht, als wir ihn eines Nachts mit Herzstillstand auf dem Fußboden vorfanden. Es war einer dieser Notfälle, bei denen alles schiefläuft und der Patient trotzdem gerettet wird. Sal lag zwischen Ofen und Abfall gezwängt, und wir konnten nicht intubieren. Als wir ihm einen Elektroschock verpassen wollten, versagte jedesmal der Defibrillator. Zehn Minuten pure Stümperei. Schließlich schafften wir es, ihn einmal mit halber Kraft zu befeuern, woraufhin sein Herz ansprang, als wäre es nie stehengeblieben. Als wir ihn zum Rettungswagen brachten, war er zwar noch immer bewußtlos, atmete aber selbständig und zerrte an den Gurten, als wolle er weiterarbeiten. Drei Monate später kamen wir auf eine Pizza und ein Wasser zu ihm, und wieder arbeitete er Doppelschichten. Er fiel uns um den Hals und rief den alten Männern, die am hintersten Tisch Domino spielten, zu: »Hey, seht mal, das sind die Jungs, die mir das Leben gerettet haben. Setzt euch hierher. Was wollt ihr essen?« Er warf die Pizzas in den Ofen und kam zurück. »Jetzt fragt ihr euch wohl, woher ich weiß, daß ihr es wart, die mir das Leben gerettet haben, stimmt's? Wo ich doch die ganze Zeit bewußtlos war und vorher tot. Aber ihr könnt ja nicht wissen, daß ich trotzdem alles gesehen habe, vielleicht nicht mit den Augen, aber hier drinnen.« Er zeigte auf sein Ohr und dann auf den Fußboden hinter der Theke. »Ich lag dort auf dem Boden und wußte, daß mein Herz nicht mehr schlug. Alles wurde weiß, und ich spürte, wie ich mich erhob, zuerst ganz langsam, wie der blöde Space Shuttle, der sich am Anfang kaum bewegt. Und dann schwebe ich schon über dem Ofen, und es ist, als würde ich einen Film mit mir selbst sehen. Ich sehe euch Jungs hereinkommen, danke übrigens für die gebrochene Rippe, die jetzt noch weh tut – ach was, ich mache nur Spaß. Und dann schieße ich durch diesen weißen Raum, immer schneller, und alles wird immer größer. Ich sag' euch, das war die beste Tour in meinem ganzen beschissenen Leben, dabei war ich die ganze Zeit tot. Dann habt ihr Jungs mich mit dieser Maschine geschockt, und es war – peng! –, als wäre der blöde Shuttle explodiert. Ich wache auf dem Fußboden auf, und meine Brust schmerzt höllisch. Verrückt, was?« Er brachte uns die Pizzen und Colas. »Was für ein Erwachen. Ich sag' euch, ich weiß gar nicht, wie ich euch Jungs danken soll.« Er gab uns das Wechselgeld an der Kasse. »Hey, die Colas gehen auf mich.«

10

Guck nicht so«, sagte Marcus.
»Wie guck' ich denn?«

»Als hättest du gerade Dispatcher Love flachgelegt.«

»Ich möchte zur Dreiundvierzigsten zwischen der Neunten und Zehnten.«

»Du hörst mir nicht zu, Frank. Ich kenne diesen Blick, er bedeutet: ›Heute liegt eine neue Nacht vor uns, und alles wird besser.‹ Marcus ist schon dort gewesen, und er möchte dir sagen, du läufst auf einen tiefen Abgrund zu.«

»Ich bin bereits in den Abgrund gefallen, Marcus. Eigentlich gibt es keinen Abgrund, in den ich nicht gefallen bin.«

»Hab' ich dir schon mal erzählt, wie ich vor Jahren up-town auf einem Fenstersims stand und versuchte, einen Psychopathen zum Reingehen zu bewegen?«

»Als der Typ sprang und du fast hinterherfielst. Nein, hast du mir noch nie erzählt.«

»Nein, du hast mir nur noch nie zugehört. Sechzehnter Stock, und ich stehe neben diesem Irren auf einer beschissenen sechzig Zentimeter breiten Fensterbank. Nicht, daß mir das etwas ausmachte; damals ging ich noch überallhin. Alles lief gut, es gab nichts, das ich nicht geschafft hätte; als könnte ich fliegen. Und dann springt dieses Arschloch.«

»Und du bist hinterhergeflogen und hast ihn kurz vor dem Aufprall aufgefangen.«

»Du findest das wohl lustig. Ich wäre runtergefallen, Mann, wenn mich nicht jemand reingezogen hätte. Ich tat mein Bestes, um diesen Typ zu retten. Als er sprang, war ich so fertig, als wäre es meine Schuld, und ich dachte, ich müsse auch springen. Und tatsächlich glaubte ich fast, ich könne ihn auf dem Weg nach unten retten, diesen kaputten Typ, weil mir in der Vergangenheit schon so viel geglückt war. Der Herr zog mich rein, und da wachte ich auf.«

»Und daher kommt auch dein Zucken im Auge.«

»Welches Zucken?« Er drehte sich zu mir und hielt beide Augen offen, so lange er konnte.

»Sieh mal, Marcus, ich bin nicht unterwegs, um die Welt zu retten. Ich bin schon auf dem Grund aufgekommen, und jetzt möchte ich irgendwo an eine seichte Stelle zurück, wo ich mich ausruhen und etwas essen kann.«

»Das kenne ich alles schon, Frank, aber dieser Blick lügt nicht. Wenn du schon nicht auf mich hören willst, hör wenigstens auf Love. Sie sagt die Wahrheit. Was da draußen ist. Was immer da sein wird.« Marcus zog das Funkgerät hinter seinem Sitz hervor und legte es auf das Armaturenbrett. Dann drehte er die Lautstärke höher, und wir hörten Loves laute, schöne Stimme: »Okay, Einheiten, ich hab' Jobs für euch. Eins-Drei Zebra, ihr habt einen Mann, der versucht, eine Frau und ihren Hund aus dem neunten Stock zu werfen, Nummer 220, East Fünfzigste Straße. Eins-Vier Boy, an der Ecke Zwanzigste und Achte liegt eine ältere Frau gefesselt im Kofferraum eines grauen Piratentaxis. Zwölf Eddie, ihr fahrt nach 55, West Dreiunddreißigste. In Apartment Nummer 28 steckt eine Frau in einem Pelzmantel mit dem Kopf im Ofen. Sechzehn X-Ray, fahrt up-town nach Eins-zwei-fünf und Douglass. Ungefähr in der Mitte des Blocks findet ihr eine Schwangere, die von einer Bande mit Steinen beworfen wird.«

»Es geht nicht darum, was sie sagt«, stellte ich fest, »sondern wie sie es sagt. Ich hab' gehört, sie trägt nur Schwarz und arbeitet mit einer Peitsche.«

»Mit so einer Frau kannst du es nicht aufnehmen.« Nach Marcus' Meinung konnte ich es mit keiner Frau aufnehmen. Um mir das klarzumachen, erzählte er wieder von seinem Blind Date mit Love – einem Abend, der damit endete, daß sie ihm eine Flasche auf der Nase zerschlug, wie sämtliche Kollegen wußten. Für Marcus bedeutete dieser Abend jedoch kein Ende, sondern ein Anfang, und zwar einer Liebesaffäre, die nie vollzogen wurde, aber inniger war als jede andere zwischen zwei Menschen, die sich nur kurz und heftig getroffen hatten. »Sie liebt mich so, wie mich noch keine andere Frau geliebt hat«, behauptete Marcus und zeigte mir die kleine Kerbe zwischen seinen Augen, auf der er Streichholzbriefchen, Flaschendeckel oder Spritzen abstellen konnte.

So viel Hoffnung wegen einer so kleinen Narbe. Während wir die Neunte Avenue hinunterfuhren, dachte ich an all die Blind Dates, zu denen ich geschickt worden war. An die Tränen, die sie hinterließen. Und die Hoffnung, obwohl die Hoffnung mein Feind war. Ich konnte nichts dagegen tun, der Job bringt einen dazu, so zu denken – daß der, der dich verletzt, gleichzeitig der einzige ist, der dich retten kann, oder der, den du rettest, verletzt dich, oder der, den du verletzt, ist... oder du wirst gerettet und... Wenn Burke überlebt, wird alles anders, betete ich, obwohl ich genau wußte, wie dumm das war. Ich wurde auch nie schlauer. Während ich gegen diese Gebete ankämpfte, blickte ich nach draußen auf die übrigen Gläubigen der Neunten Avenue – Junkies, Cracksüchtige, Betrunkene, die Obdachlosen und die Ungeliebten, die alle ebenfalls beteten, daß sie es bis zum nächsten Morgen schaffen würden. Ein neuer Tag, eine neue Chance. Als würde man dafür beten, sicher auf den Kopf zu fallen. O Herr, wenn ich das hier überlebe, werde ich ganz reich sein.

»Fahr hier rechts ran«, sagte ich, als wir die Dreiundvierzigste erreichten, und zeigte auf eine freie Stelle vor einem Hydranten gegenüber der Hausnummer 414. »Bin sofort zurück.« Ich trat auf den Bürgersteig und blickte zu den vom Mond angestrahlten Wolken hinauf, die über Burkes Haus hinwegzogen. Im obersten Stock brannte Licht, und drinnen regte sich etwas. Ich wartete auf den Schmerz in meinem Kopf, die Stimme hinter der Tür. Doch meine Angst legte sich, als Mary Burke im Fenster erschien, einen Besen in der Hand, mit dem sie offenbar fegte. Ich drückte auf den Klingelknopf Nummer 5A und sagte in die Sprechanlage: »Hallo, hier ist Frank Pierce vom Rettungsdienst. Ich habe Ihren Vater ins Krankenhaus gebracht und habe ein paar Neuigkeiten.«

»Ich komme runter« – das war viel besser als »Kommen Sie rauf«. Ich sah vom Bürgersteig aus, daß das Licht ausging. Mir fiel gerade ein, daß ich hätte sagen sollen: »Ich habe ein paar *gute* Neuigkeiten über Ihren Vater«, als sich die Haustür öffnete und Mary Burke auf die oberste Stufe trat. Sie trug einen weißen Pullover und einen schlichten grauen Rock, wie ihn katholische Schulmädchen früher anziehen mußten. Sie hatte ihr Make-up abgewaschen, und zum ersten Mal, seit ich sie kennengelernt hatte, wirkte sie glücklich. Ich wartete auf dem Bürgersteig und sah zu, wie sie die Treppe hinunterstieg. Schwarze, halbhohe Schuhe, weiße, runde Waden. Einen Meter vor mir blieb sie stehen und sagte: »Es geht ihm besser, nicht wahr?«

»Na ja, der Arzt sagt, er zeigt jetzt ein paar Reaktionen. Es ist noch immer zu früh, um Genaues zu sagen. Es hat vielleicht auch gar nichts zu bedeuten, aber ich dachte, Sie würden gern Bescheid wissen.«

»Ich wußte es schon. Ich wußte es, als ich oben war.«

Ich trat einen Schritt zurück und fuhr mir mit den Fingern durch die Haare. Ihre Augen sahen aus wie kleine Erbsen, und ihre Zähne schimmerten perfekt. »Sie sehen so anders aus.«

»Ich weiß. Furchtbar, nicht?« Sie zog an ihrem Pullover und schaute ungläubig an sich selbst herunter. »Die Nacht der Cheerleader.«

»Ich finde, es steht Ihnen.«

»Dieses Warten im Krankenhaus hat mich ganz verrückt gemacht, den ganzen Tag und dann noch heute abend. Schließlich hielt ich's nicht mehr aus. Ich bin nach Hause gefahren, um nach meiner Mutter zu sehen.«

»Wie geht es ihr?«

»Sie schläft.« Sie drehte sich um und schaute zum vierten Stock hinauf. »Sie ist erschöpft wie wir alle. Merkwürdig. Ich könnte schwören, daß ich das Licht ausgeschaltet habe. Sie muß aufgestanden sein. Wissen Sie, als ich vorhin nach Hause kam, herrschte da oben das reinste Chaos. Überall lagen Kleider herum, im Wohnzimmer Essensreste. Das paßt gar nicht zu meiner Mutter. Also fing ich an aufzuräumen. Meistens bringt mich das auf andere Gedanken. Ich legte noch eine Sinatra-Platte auf, und es kam mir vor, als spräche mein Vater zu mir. Ich hab' zwar seit Jahren nicht mehr mit ihm geredet, aber ich erinnere mich daran, was er zu mir sagte, wenn ich als Kind traurig war: Ein Burke läßt sich nicht unterkriegen. Kopf hoch. Gib dich nicht kampflos geschlagen. Solche dummen Sprüche. Na ja, auf jeden Fall habe ich eine alte Kiste mit meinen Sachen gefunden, und da dachte ich, vielleicht sollte ich kein Schwarz tragen, egal, wie schlecht wir am Ende miteinander auskamen.« Sie wedelte beim Sprechen mit den Armen und ohrfeigte mich dabei fast.

»Die meisten Dinge sind nie ganz vorbei«, antwortete ich und dachte, daß in ein paar Stunden alles weitergehen könnte, was jetzt vorbei schien: Burkes Genesung, die Versöhnung zwischen Vater und Tochter, mein ungewohnter Hunger. Pizza, dachte ich. Ich könnte eine ganze Pizza verschlingen. »Ich wollte gerade etwas zu essen besorgen«, sagte ich. »Ich glaube, wir fahren jetzt besser weiter.«

»Wissen Sie, ich hab' begriffen, daß man meinen Vater nicht so leicht umbringen kann, besonders dann nicht, wenn er sich entschlossen hat zu kämpfen. Dann ist er unerbittlich. Wie bei mir: Er hat seit drei Jahren kein Wort mehr mit mir gesprochen. Nicht, daß ich ihm etwas zu sagen hätte. Aber es ist okay. Manchmal muß man die Dinge hinter sich bringen. Er wird wieder gesund. Daran glaube ich jetzt fest. Es bedeutet eine zweite Chance für uns. Ich muß zu ihm.«

Sie rannte zum Straßenrand und winkte nach einem Taxi, wobei sich ihre Hüften, Ellbogen und Schultern in verschiedene Richtungen bewegten. Eine schwarze Limousine fuhr langsam vorbei. Der Fahrer lehnte sich aus dem Fenster. Seine Hand hing schlaff herunter.

»Hier muß man ziemlich hartnäckig sein, um ein Taxi zu erwischen«, sagte ich. »Wir können Sie mitnehmen, wenn Sie wollen.«

Sie schaute mich an, als sähe sie mich zum ersten Mal. Ich versuchte, meine Schultern zu straffen, die ich unentwegt hängen ließ. »Okay.«

Ich öffnete die Fondtüren, und sie kletterte in den Wagen. Sie roch ein wenig nach Katzenfell. Als ich vorn einstieg, steckte sie den Kopf durch das kleine Fenster zwischen Führerhaus und Fond. Marcus schaute erst mich, dann Mary im Rückspiegel an. »Wer ist das denn?«

»Sie ist die Tochter eines Mannes mit Herzstillstand, den ich gestern abend reingebracht habe. Ich hab' ihr versprochen, sie zum *Misery* zurückzubringen. Ihr Vater zeigt Anzeichen der Besserung.«

»Oh, Frank, dir geht's wirklich schlecht, noch schlimmer, als ich dachte.«

»Und ich hab' Hunger. Danach müssen wir uns erst mal etwas zu essen besorgen.«

»Gott steh' uns bei, er hat Hunger!« Marcus schüttelte den Kopf. Bei diesem ungewöhnlichen Zusammentreffen von Hoffnung, Hunger und Ungläubigkeit in unserem Rettungswagen mußte ein knallrotes Licht auf Loves Schaltpult aufgeleuchtet sein.

»Zwölf Young, Eins-Zwei Young, Herzstillstand.«

»›Und ich hab' Hunger, Marcus, und ich hab' Hunger, Marcus.‹ Siehst du, was dabei herauskommt?« schimpfte Marcus. Er stöpselte das Funkgerät ein. »Hey, Love, woher wußtest du, daß wir gerade essen wollten? Hattest du Angst, daß Marcus in deinen kleinen Keller kommt und dich auffrißt?«

»Versucht das nur mal, Young, ihr werdet schon sehen, was ihr davon habt. Aber zuerst fahrt ihr zur Zehnten Avenue, Nummer 757, Ecke Zweiundfünfzigste, vor dem Videoladen, Mann in den Siebzigern. Herz-Lungen-Wiederbelebung begonnen.«

Ich drehte mich zu Mary Burke um. »Das ist nur ein paar Blocks vom Krankenhaus entfernt. Sie können von da aus laufen.«

»Ist schon okay. Ich will dabeisein. Das ist echt cool.«

Marcus fuhr im gleichen Tempo die Zehnte hinauf. Dann hielt er in Zeitlupe am Bürgersteig, als wolle er sich mal eben eine Zeitung kaufen. Unter einem weißen Schild beugten sich ein Mann und eine Frau über einen weiteren Mann. Ein weißes Laken lag zusammengerafft neben den extrem geschwollenen Füßen, die ungeheuer gewachsen waren, seit ich sie das letzte Mal gesehen hatte – vierundzwanzig Stunden vorher. Der Mann, der Noël im *Misery* von seinen Fesseln befreit hatte. Diese Füße hätte ich überall wiedererkannt.

Das Pärchen – weiß, gut gekleidet, Anfang Dreißig – blickte auf, als Marcus und ich uns näherten. Ich bückte mich und fühlte den Puls des Mannes. Er war kräftig und regelmäßig, die Brust hob und senkte sich. »Kein Herzstillstand«, stellte ich fest.

»Lebt er?« fragte die Frau.

»Er ist völlig okay.«

»Na, so was – es funktioniert tatsächlich«, rief der Mann aus und legte den Arm um die Frau. »Susan, wir haben ihn gerettet.«

»Du hast doch die ganze Arbeit geleistet, Bill. Ich mußte nur ein paarmal Luft holen.« Sie drehte sich zu uns um. »Wir haben gerade einen Erste-Hilfe-Kurs gemacht.«

»Was Sie nicht sagen«, meinte Marcus.

»Ja. Wir fuhren gerade von einer Premiere in der Stadt nach Hause, und als wir hier an der roten Ampel hielten, fiel mir auf, daß der Mann sich überhaupt nicht rührte. Schrecklich, daß manche Menschen so leben müssen.«

Ich zog das Laken über die Füße des alten Mannes. Er behielt die Augen geschlossen. »Kommen Sie, öffnen Sie die Augen«, sagte ich zu ihm. Aber erst nachdem wir ihm etliche Male in die Nase gekniffen und am Ohr gezogen hatten, hob er endlich den Kopf und blinzelte in den Mond, als täte das Licht seinen Augen weh. »Könnt ihr mich nicht alle einfach in Ruhe lassen? Ich versuche zu schlafen.«

Susan beugte sich über uns. »Können wir noch irgend etwas tun?«

»Nein«, antwortete ich. »Danke für Ihre Hilfe.«

»Viel Glück«, sagte sie zu dem Mann. »Ich sehe, daß Sie jetzt in sehr guten Händen sind. Auf Wiedersehen.« Sie entfernte sich schon, als der alte Mann ihr nachrief. »Miss. Kommen Sie zurück. Bitte, Miss. Halten Sie meine Hand.«

Sie kam seinem Wunsch nur allzugern nach und legte beide Hände zärtlich um die schmutzigen Finger. Er zog sie dicht zu sich herunter und hob den Kopf. »Küssen Sie mich noch mal.«

Sie zog ihre Hand weg, erhob sich schnell und strich ihren schwarzen Rock glatt. »Ja, also danke, meine Herren. Komm, Bill.« Wir sahen zu, wie sie wegfuhren.

»Das ist ja unglaublich«, sagte Mary. »Sie sind nur zufällig vorbeigekommen.«

»Es ist eher unglaublich, daß sie ihn nicht umgebracht haben«, entgegnete ich.

Marcus reichte mir unsere Instrumente. »Wir sollten ihnen bis nach Hause folgen, um sicherzugehen, daß sie nicht noch jemand anderen retten.«

Die Straßen waren verlassen bis auf zwei Taxis, die ineinanderkrachten, als sie die leeren Bürgersteige nach Fahrgästen absuchten. Die Stadt, die niemals schläft, hatte soeben eine Schlaftablette genommen. Lichter aus, Türen verschlossen, Rouleaus heruntergelassen, die Skyline vom Nachtnebel bedeckt. Ich hielt die Fondtüren auf, doch Mary Burke blieb einfach nur verwirrt stehen. »Er war gar nicht tot, oder?« sagte sie. »Er hat nur geschlafen.«

»Das ist nicht immer leicht zu erkennen.«

»Ja, aber bei so was möchte man es doch genau wissen.«

»Zumindest ist einem dabei wohler«, stimmte ich ihr zu. Sie lachte und sah ein bißchen aus wie Greta Garbo, wenn sie ein Marx Brother gewesen wäre. Irgendwie schön. Ich stieg ein und schaltete das Radio ein. Ein alter Song aus den Sechzigern lief, und Mary sang leise den Refrain mit. Ich klopfte den Rhythmus auf dem Armaturenbrett, und Marcus' Augen zuckten im Takt. Bald machten wir laute Musik, sangen alle mit und summten die Stellen, die wir nicht auswendig kannten.

Schwester Constance hatte gerade Pause und wollte partout nicht von ihrer Zeitschrift aufsehen, denn wir konnten ja Patienten sein, die Hilfe suchten, und sie wollte sich ihre Pause nicht nehmen lassen. Im Behandlungsbereich war nur die Hälfte der Betten belegt, doch die Schwestern wirkten noch gestreßter als sonst. Keine von ihnen sah uns hereinkommen oder Mary Burke zu ihrem Vater laufen. Sie nahm seine Hand. »Dad, kannst du mich hören?« Ich zog das Laken bis an seine Brust hoch, ging hinaus und schloß den Vorhang. »Öffne die Augen, wenn du mich hören kannst«, sagte sie zu ihm.

Dr. Hazmat stand neben dem magersten der Aidspatienten und wühlte mit den Händen im Knäuel aus Infusionsschläuchen. Er drückte abwechselnd die farbigen Beutel – grün, weiß, gelb – weiß, gelb, grün –, als suchte er nach der richtigen Kombination, die die Leere zwischen Haut und Knochen füllen würde.

Dr. Stark versuchte auf der anderen Seite des Raumes ächzend, die Schulter des Mannes in Nische zehn einzurenken. Schwester Crupp stützte sich an der Längsseite der Liege ab und hielt eine Schlinge um die Brust des Mannes, während der Arzt an seinem Arm zog.

»Ich kann nicht mehr wie früher mit dem Teufel tanzen«, sagte der Mann. Sein rotes Haar war angesengt, sein gerötetes, schweißbedecktes Gesicht voller Narben. »Aber ich komme nicht davon los. Wenn ich ihn ganz allein in der Ecke stehen sehe, muß ich ihn auffordern.«

»Halten Sie ihn ganz fest, Schwester Crupp.« Stark bückte sich tief und zerrte an dem Arm, bis sein Gesicht so rot wurde wie das des Mannes und seine Augen hervortraten. »Weiter, weiter.« Er gab mehrere primitive Laute von sich, danach ein extrem lautes Furzen.

Der Mann schrie: »Fertig, sie hat's. Wo muß ich unterschreiben?«

Auch Mary Burke schrie. Ich öffnete den Vorhang und sah sie auf dem Boden knien. »Er hat meine Hand gedrückt. Ich hab' ihm gesagt, daß ich ihn liebe, und wenn er mich liebt, soll er meine Hand drücken.«

Dr. Hazmat kam herüber, hinter ihm Milagros. Mary schrie noch einmal auf. »Er hat es wieder gemacht. Er hat es wieder gemacht.« Nun kamen auch Stark, Crupp und die eingerenkte Schulter hinzu. »Er bewegt sich, Doktor. Er hat meine Hand genommen.« Milagros untersuchte Burkes Füße, während Hazmat nach seiner anderen Hand griff.

»Bewege deine Finger, Dad. Komm, noch einmal«, sagte sie und schluchzte auf. »Sehen Sie doch.«

»Ich will verflucht sein«, murmelte Hazmat und schaute sich Burkes Pupillen an. »Wir machen noch eine Blutgasanalyse. Okay, er bewegt sich, aber ich bin nicht sicher, ob es aus eigenem Antrieb passiert.«

»Er hört mich«, beharrte Mary. »Wie oft muß ich Ihnen das noch zeigen?« Sie wandte sich an ihren Vater. »Öffne die Augen, Dad.«

Patrick Burkes Augen, die die ganze Zeit über nicht richtig geschlossen gewesen waren, öffneten sich weit und bewegten sich von seiner Tochter fort und in den rechten Augenwinkel. Plötzlich zitterten die Unterlider und Wangen, und die Lippen preßten sich immer wieder schmatzend gegen den Tubus in seinem Mund, als redete er in einer unbekannten Sprache. Der Kopf drehte sich zur gleichen Seite wie die Augen, und auf einmal bebte der ganze Körper. Der Rücken krümmte sich, die Arme zerrten an den Gurten und griffen in die Luft, als wollten sie die Kabel und Schläuche herausziehen. Grüne Lichter hüpften aufgeregt über den

EKG-Monitor, und dann ging der Alarm los, zuerst der Monitor, dann das Beatmungsgerät.

»Er tanzt mit dem Teufel!« brüllte der Schulterpatient und fing selbst an zu tanzen.

»Schwester Crupp, ich brauche zehn Milligramm Valium.«

Beide Ärzte hielten Burkes Arme fest. Seine Tochter stand hinter ihnen, verwirrt und krumm, als wäre sie beinahe aus einem Zug gefallen. Ich legte vorsichtig die Hand auf ihren Ellbogen und führte sie in den Flur. »Lassen Sie uns nach draußen gehen und warten, bis das vorüber ist.«

Für jeden Schritt nach vorn machte sie zwei zur Seite und lehnte sich vor der Tür zum Wartezimmer an die Wand. »Warum kämpft er so?«

»Er will den Tubus herausziehen. Das tut ganz schön weh, deshalb müssen sie ihn ruhigstellen. Aber es ist ein gutes Zeichen.«

»Sind Sie sicher? Mein Vater haßt es, gefesselt zu sein.«

»Sie müssen es aber tun. Man muß den Körper in Gang halten, bis sich Gehirn und Herz so weit erholt haben, daß sie wieder allein funktionieren.« Die Tür stand offen, doch sie wollte nicht hindurchgehen. Ich zog an ihrem Arm, ließ meine Hand schließlich zu der ihren hinuntergleiten und hielt sie fest, und da ließ sie sich bereitwillig von mir führen. Wir erreichten die erste Sitzreihe, und ich half ihr, sich zu setzen. Noch immer hielt sie meine Hand und wollte sie nicht loslassen. Ich dachte mir, wie lächerlich das aussehen mußte, wenn ich stand, deshalb setzte ich mich neben sie. Allerdings auf die falsche Seite, so daß wir die Arme über uns hinwegstrecken mußten. Noch immer ließ sie meine Hand nicht los. Ich mochte dieses reine, kribbelige Gefühl, das meinen Arm bis zu meinem Kinn hinaufstieg, obwohl ich wußte, daß meine Hand ihr nichts bedeutete. Sie war für sie eher eine Schiffsreling in einem Sturm oder ein Glas Wein auf einer unglückseligen Hochzeit. »Aber es geht ihm doch besser, oder?«

»Ja.«

Schließlich ließ sie meine Hand los. »Wissen Sie, es tut mir leid, aber es ist sehr wichtig für mich, daß er es schafft. Ich meine, es ist wichtig, weil ich ihm noch vor einer Woche den Tod wünschte. Und jetzt möchte ich seine Stimme noch mal hören, nur einmal. Verstehen Sie, was ich meine?«

»Sicher«, antwortete ich, obwohl Burkes Stimme das letzte war, was ich hören wollte.

Ich überredete Marcus, zu Sals Pizzeria zu fahren. Dafür mußte ich mir dreimal sein »My Way« anhören und in der Pizzeria Sals »Hey, seht mal, das ist der Typ, der mir das Leben gerettet hat«. Vergeblich versuchte ich, seinen erdrückenden Umarmungen auszuweichen. Das war auch der Grund, weshalb ich sonst nicht mehr zu Sal fuhr. Jetzt mußte ich mir immer wieder sagen, daß es die Sache wert war, wenn Mary und ich dann zusammen Pizza essen konnten. Außerdem hatte um diese Zeit keine andere Pizzeria mehr geöffnet. Aber welchen Preis mußte man dafür zahlen – sich Marcus anhören, der sich über Pizzapreise beschwerte und einem vorbetete, wie diejenigen in der Hölle büßen würden, die mehr als einen Dollar pro Stück nähmen. Und Sal, der darauf antwortete, er käme in den Himmel und nicht in die Hölle, und dann erzählte er mir wieder die ganze Geschichte: die Schmerzen in der Brust, das weiße Licht, der startende Spaceshuttle. Ich legte den Kopf auf die Arme und schloß die Augen, blendete ihre Stimmen aus und hörte wieder die andere Stimme: *Wende dich jetzt nicht von mir ab. Ich weiß, was du tust.*

»Die Pizza ist fertig«, rief Sal, und ich ging rüber und bezahlte. »Hier, nimm die auch noch mit, die gehen auf mich.« Er reichte mir zwei Colas.

Im Wartezimmer befanden sich nur Mary Burke und drei Patienten mit geschwollenen Füßen. Ich ließ einen Platz zwischen ihr und mir frei und legte die Pizzaschachtel darauf.

»Ich hab' eigentlich keinen Hunger«, meinte sie, biß mir dann aber fast den Daumen ab, als ich ihr ein Stück gab. Dann nahm ich mir selbst eines, aß aber nicht, sondern sah ihr beim Essen zu – eine reibungslos laufende Pizza-Eß-Maschine. Die perfekt geformte Nase senkte sich, die zarten Finger krümmten sich, die weißen Zähne bissen zu wie eine Kannibalenprinzessin. Ich biß einmal ab und reichte ihr noch ein Stück.

Während sie sprach, aß sie ein wenig langsamer. »Mein Vater war ein großartiger Mann, wissen Sie. Es gab niemandem, dem er nicht geholfen hätte. Er holte Kinder von der Straße. Er kümmerte sich um die Nachbarn. Erinnern Sie sich noch an den verrückten Noël, dem ich gestern abend das Wasser gegeben habe? Er wohnte fast ein Jahr lang in unserem Haus. Für einen völlig Fremden würde er alles tun. Aber für seine eigene Familie ... Wir mußten vollkommen sein. Und wenn wir Probleme hatten, war es plötzlich, als hätte er vergessen, wie man sich um jemanden kümmert. John fing an zu trinken, und ich hatte ein paar Drogenprobleme. Und als dann mein älterer Bruder Pat vor drei Jahren vor einer Bar ums Leben kam, setzte sich mein Vater in seinen Sessel und stand nicht wieder auf. Da hatte er sich gerade zur Ruhe gesetzt, und dann stirbt sein Sohn – das war das schlimmste für ihn. Es war, als wäre er selbst gestorben. Und als er sich gestern abend an die Brust faßte und sich im Badezimmer einschloß, schien er noch mal zu sterben. Und jetzt denke ich, vielleicht muß man ein paarmal sterben, um ins Leben zurückzufinden. Wenn ich bei ihm da drinnen bin, spüre ich, wie er kämpft – und noch etwas anderes: etwas, was wir teilten, bevor all die Probleme anfingen.«

»Am besten, man hofft nicht, daß alles so werden wird wie vorher, sondern einfach nur auf einen neuen Anfang. Eigentlich ist es am besten, man macht sich keine allzu großen Hoffnungen«, entgegnete ich. Doch sie hatte diesen Blick, wie Marcus sagen würde, und ich konnte in ihren Augen das Spiegelbild meines eigenen Blicks sehen. Ich wollte diese Blicke zusammenbringen, vielleicht wäre unsere Chance dann größer, uns hinaufzuziehen oder hinaus oder hinunter, nur weg von hier, ohne Vergangenheit oder Zukunft, nur diesen einen langen Moment. Ich sah ihr gern beim Essen zu, und die Colas waren umsonst. »Die Pizza ist gut, stimmt's? Es gibt nichts Besseres als frischgebackene Pizza um vier Uhr morgens.«

»Nicht so gut wie Nino's.«

»Kennen Sie noch die Pizzeria Joe's?« fragte ich. »Unten auf der Zehnten und Zweiundfünfzigsten, so vor fünfzehn Jahren? Wo sie die Pizza immer mit einer Plastikmadonna in der Mitte servierten?«

»Ja, oder mit dem heiligen Antonius. Sind Sie von hier?«

»Ich bin auf der Zweiundfünfzigsten aufgewachsen. Ich war auf der *Blessed Sacrament.*«

»Oh, ja. Ich auf der *Holy Name.* Auf welcher High-School waren Sie?«

»Wir sind vorher weggezogen. Nach Norden, aufs Land.«

»Wie alle anderen, stimmt's? Außer uns. Wir standen immer auf dem Bürgersteig und winkten den Umzugslastwagen hinterher. Irgendwann war keiner mehr da.«

»Erstaunlich, daß wir uns nie begegnet sind.«

»Zweiundfünfzigste Straße war für uns schon nördliche Provinz.«

»Haben Sie nie im Clinton Park gespielt?«

»Nur ab und zu. Das war wie Ferien. Meistens hielten wir uns auf dem Spielplatz in der Fünfundvierzigsten Straße auf.«

»Wir haben euch in jeder Sportart geschlagen, die es nur gibt.«

»Das hättet ihr wohl gern gehabt.«

Sie schlug die Beine übereinander, stellte sie wieder nebeneinander, streckte sie aus und blickte zu Griss hinüber, als überlegte sie, wieder hineinzugehen. Ich hätte gern auf drei Stühlen gleichzeitig gesessen, um ihren Mund, ihre Knie und ihren Nacken anzuschauen. Sie blickte auf die Pizza hinunter, dann zu mir, und ich reichte ihr ein vor Käse triefendes Stück. Sie legte es auf den Handteller und faltete es schnell über der Kruste zusammen. »Ist es immer so schlimm hier? Ich meine, wie hält man das nur aus?«

»In letzter Zeit ist es besonders schlimm, aber schlimm ist es eigentlich immer.«

»Wie lange machen Sie das schon?«

»Fünf Jahre.«

»Wow, da haben Sie schon 'ne Menge gesehen, oder? Da muß ich Sie einfach mal fragen – was ist das Schlimmste, das Sie je gesehen haben?«

»Limabohnen auf einer Pizza.«

»Das ist wirklich schlimm.«

»Ich möchte nicht darüber reden.«

»Sie müssen sich bestimmt oft um Junkies mit Überdosen kümmern. Ich könnte wetten, Sie haben mich auch schon ein paarmal aufgelesen.«

»Daran würde ich mich bestimmt erinnern.«

»Vielleicht auch nicht. Ich war damals ein anderer Mensch. Sie haben mir gesagt, ich sei schon mal tot gewesen. Einer von euch Jungs hat mich auf dem Weg zum Krankenhaus wiederbelebt. Das ist schon lange her. Ich habe mich seitdem verändert.«

»Es kommt darauf an, was man danach macht.« Ich blickte zum Eingang hinaus. Burkes Stimme wartete auf dem Parkplatz auf mich. »Und bevor es wieder passiert.«

Sie putzte sich die Zähne mit einer Serviette und stand auf. »Verraten Sie mir etwas – schütten alle Leute ihre Probleme so über Sie aus?«

»Alle«, antwortete ich. »Muß an meinem Gesicht liegen. Meine Mutter hat immer behauptet, ich sähe aus wie ein Priester.«

»Da sagen Sie etwas. Meine Mutter dachte immer, ich würde Nonne werden, weil ich mit dreizehn ausgerissen und in einem Kloster gelandet bin. Dabei wollte ich gar nicht Nonne werden. Ich wollte nur weglaufen. Ich hab' immer nur versucht zu flüchten. Schwester Mary oder die drogenabhängige Mary. Welches von beiden, war mir egal.« Sie schaute zu Griss hinüber und wieder zurück, blickte mir zum ersten Mal direkt in die Augen. »Ich sehe besser noch mal nach meinem Vater. Danke für die Pizza. Ich schulde Ihnen eine. Vielleicht wenn es ihm bessergeht, wenn wir all das hier hinter uns haben.«

»Klar.« Ich streckte die Hand aus, doch sie ging bereits durch die Tür. Ich gab dem Aufseher das letzte Stück. »Paß ein bißchen auf sie auf, Griss, okay?«

»Das machst du doch schon zur Genüge.«

»Dann paß auch auf mich auf, Griss. Okay?«

Tom Walls und ich wurden einmal zu einer Frau in den Wehen gerufen. Die Cops waren schon dort, und während wir hinfuhren, hörten wir sie im Polizeifunk. »Schneller«, sagten sie, »schneller. Das Baby kommt schon.« Cops werden immer hysterisch, wenn eine Frau kurz vor der Entbindung steht. Mir geht es genauso. Doch als wir ankamen, saß die Frau ruhig auf dem Gehweg der Zweiundvierzigsten. Sie sagte, die Wehen lägen noch fünf Minuten auseinander. Auf der Straße wimmelte es von den üblichen Irren, deshalb deckte ich sie mit einem Laken zu. Tom schob die Trage herbei. Ich lief zu einem der vier oder fünf Cops hinüber, die die Menschenmenge aufhielten. »Ihr habt vorhin geklungen, als wäre es schon soweit«, sagte ich. – »War es ja auch«, antwortete der Cop. »Das Baby kam schon heraus. Ich hab' seinen Kopf gesehen. Es hat sich ein paar Sekunden lang umgesehen und hat den Kopf wieder reingesteckt.« – »Sie machen wohl Witze«, erwiderte ich, doch ich konnte in seinem Gesicht sehen, daß er es ernst meinte.

11

Marcus fuhr im Schrittempo die Neunte hinunter – genauer gesagt, im Schrittempo eines alten Mannes mit Stock –, schaute nach vorn, so gut er konnte, und murmelte vor sich hin. »Regel Nummer eins: Laß dich nie mit Patienten ein. Regel Nummer zwei: Laß dich nie mit Töchtern von Patienten ein. Wir verstehen uns?«

»Was ist mit Regel Nummer drei: Laß dich nie mit Dispatchern ein?«

»Du hast keine Ahnung von dieser Regel, verstehst nicht im mindesten die Vielschichtigkeit dieser Regel. Komm, es ist schon spät, laß uns die Nutten anschauen.«

Marcus machte es einem leicht zu glauben, daß man uns dafür bezahlte, auf den Straßen herumzufahren und Nutten anzuschauen. Er ging nur dann ans Funkgerät, wenn er Lust dazu hatte, was höchst selten vorkam. »Geh nicht ans Funkgerät« war Regel Nummer sechs. Obwohl Marcus meinte, die Nummern seien an sich unerheblich und in Wirklichkeit sei Nummer sechs die wichtigste Regel. Er bewahrte das Funkgerät stets hinter seinem Sitz auf, und zwar auf die Lautstärke eingestellt, daß er es gerade noch hören konnte und sein Partner nicht. Nur wenn Dispatcher Love sprach, stellte er es ein wenig lauter, und selbst dann ließ er sie erst ein paar Male rufen, bevor er antwortete – eine Gefälligkeit ihr gegenüber. Drei Notfälle in einer Schicht waren für ihn das oberste Limit. Mehr als drei übernahm er nie.

Laut Marcus standen die besten Nutten an der Ecke Dreißigste Straße und Park Avenue. Sie arbeiteten hart und waren nicht so dürr. Die am meisten überteuerten, die sogar im Sommer Pelzmäntel trugen, fand man an der Sechsten und Achtundfünfzigsten.

Crackheads auf der Fünfundvierzigsten, Junkies an der Ecke der Elften. »Vorsicht«, meinte Marcus, »nenne eine Junkie-Nutte nie Crackhead, dann flippen sie echt aus.« Transvestiten-Junkies auf der Vierzehnten, Transvestiten-Crackheads auf der Zehnten, Hausfrauen mit Nebenjob auf der Achtundvierzigsten, Priestertöchter auf der Fünfundsechzigsten, Hundeausführerinnen auf der Dreiundfünfzigsten und die von den Toten Auferstandenen auf der Neunundvierzigsten, wo Marcus immer startete.

»Schau dir diese Frauen an. Man erkennt überhaupt nicht mehr, welche eine Nutte ist und welche nicht. Was ist bloß aus den Gogo-Stiefeln und den heißen Höschen geworden? Inzwischen tragen sie alles mögliche, das, was sie gerade anhaben, wenn sie aus dem Haus gehen. Und sie gehen noch nicht mal richtig, stehen nur im Türrahmen, als hätten sie ihre Schlüssel verloren oder so. Und sie schauen einen auch nicht an. Sieh mal das Mädchen da in dem Regenmantel.« Er zeigte die Straße hinunter, doch das brauchte er gar nicht. Ich hatte sie beobachtet, seit wir um die Ecke gebogen waren. Der gelbe Regenmantel, die schwarzen Schuhe. Wer sonst? »Da weiß man doch überhaupt nicht, was darunter ist, nicht im geringsten. Könnte auch ein Skelett sein, soweit man das sieht.«

Aber ich wußte, was darunter war, unter der Kapuze: Rose, in all ihren Variationen. Sie erschien, um mir zu zeigen, wie krank ich war, wie fein säuberlich zerrissen. Ich schloß die Augen und versuchte, mich auf Mary Burke zu konzentrieren, doch ihre grünen Augen und ihre spitze Nase verwandelten sich immer wieder in Rose. Mein Problem bestand darin, daß ich mich nicht genau erinnern konnte, wie Rose aussah, daher mußte ich mich bei jeder jungen Frau in einem gelben Mantel automatisch fragen: Ist sie es? Ich wußte, wenn ich mir ihre Gesichtszüge klar ins Gedächtnis zurückrufen könnte – so schmerzhaft das auch sein mochte –, würde ich bei jeder Frau sagen können, wodurch sie sich von Rose unterschied. Aber immer, wenn ich es versuchte, kamen mir Dutzende von Bildern in Erinnerung, alle unterschiedlich und trotzdem alle Rose. Ich öffnete die Augen, als Marcus an ihr vorbeifuhr, und sah, wie sie ihre gelbe Kapuze herunternahm und mich anblickte, mit traurigen Falten um den Mund. Dann waren wir an ihr vorbei.

»Das ist aber nett«, bemerkte Marcus, »daß sie ihre Kapuze herunternimmt, wenn wir vorbeifahren. Irgendwie geheimnisvoll, man stellt sich alle möglichen Gesichter darunter vor, und dann zeigt sie es einem, und es ist halb, wie man es sich vorgestellt hat.«

»Sie ist keine Hure, Marcus.«

»Wir sind alle Huren, Frank. Aber du weißt schon, was ich meine, wie sie mich angesehen hat.«

»Sie hat nicht dich angesehen, sondern mich.« Daß ich verrückt war, bedeutete nicht, daß ich keine Rechte hatte. Rose mochte mir das Leben vielleicht zur Hölle machen, aber sie gehörte mir. Ich hatte sie mir verdient.

»Reg dich nicht auf, Frank. Mit so einem Mädchen würdest du sowieso nicht fertig.«

Aber vielleicht wurde ich doch mit ihr fertig. Wenn Marcus sie sehen konnte und sich nichts dabei dachte, wenn er sagte, daß sie ihm gefiel, dann bestand das Problem nur in meinem Kopf und konnte unter Kontrolle gebracht werden. Eine Krankheit. Sie würde vergehen, die Gesichtszüge würden verblassen wie all die anderen vorher. Roses Gewalt über mich würde verschwinden, wenn Mr. Burke am Arm seiner Frau aus dem Krankenhaus kommt. Seine Tochter wartet am Wagen auf ihn und umarmt ihn zum ersten Mal seit Jahren. Und ein paar Wochen später treffe ich Mary Burke zufällig vor ihrer Wohnung. Sie lädt mich zum Sonntagsessen bei ihrem Vater ein, das sie jetzt wieder regelmäßig gemeinsam einnehmen, und die ganze Familie ist da: John ist wieder mit seiner Frau und seinen Kindern vereint, und die Cousins und Cousinen zweiten Grades kommen aus Long Island zurück. Wir stoßen auf Wunder und Wundertäter an. Ich erzähle ihnen sogar von den verrückten Stimmen, die ich früher mal hörte. Alle lachen. Es geht uns allen jetzt soviel besser. Ich bringe Mary Burke nach

Hause. Vor ihrer Tür halte ich sie an den Hüften und ziehe mit der anderen Hand ihr Gesicht zu mir, küsse das Leben. Das ist der Zweck von Wundern: Sie geben uns die Zeit und den Raum, um zu vergessen, daß wir verdammt sind.

Leider sind die Straßen von Hell's Kitchen um vier Uhr morgens weder die Zeit noch der Raum, um zu vergessen, ganz im Gegenteil. Marcus fuhr in einem immer weiter werdenden Kreis herum: die Elfte runter, dann östlich auf die Vierundvierzigste, die Zehnte rauf, westlich auf die Fünfundvierzigste, Elfte, Zweiundvierzigste, Zehnte. Um mich herum spürte ich die immer größer werdenden Gräben zwischen Wunsch und Notwendigkeit, Verlangen und Verzweiflung. Er fuhr so langsam, daß ich die Häuser einsinken hören konnte, die Bürgersteige zusammensacken. Männer und Frauen schritten um die Straßenecken wie brennende Engel. Gelbe Straßenlaternen flackerten in meinen Daumen, und Marcus' Auge zuckte doppelt so schnell. In dieser düsteren Stunde zwischen dem untergehenden Mond und der aufgehenden Sonne nahmen sich noch viele andere die Zeit, ins Bodenlose zu fallen. Love las die Liste vor. »Vierzehn Will, 330 West Dreiundfünfzigste, die Church of Jesus Son, ein vom Teufel Besessener. Zwölf Victor, ihr fahrt zur Siebten Straße Ecke Dritte Avenue. Dort ist ein vierzigjähriger Mann, der Stimmen aus dem Jenseits hört. Sechzehn X-Ray, up-town zu Nummer 521 West 135. Straße, Apartment Nummer sechzehn, eine ältere Frau, die von ihrer Katze gekidnappt wurde.«

»Ich muß zum Krankenhaus zurück.« Ich verspürte plötzlich das dringende Bedürfnis, Mary Burke wiederzusehen, mit ihr zu reden und die Beine in der vertrauten Zuflucht unseres Kummers auszustrecken.

»Ich wollte eigentlich zum Lap Club«, entgegnete Marcus. »Die Tänzerinnen haben um halb fünf Feierabend.«

»Ich muß wirklich hin, Marcus. Ich meine es ernst.«

Also zuckte Marcus die Schultern und nickte ein paarmal, als respektiere er die Hartnäckigkeit in meiner Stimme. Er fuhr langsam die Zehnte in Richtung Krankenhaus hinauf und bog dann plötzlich, und ohne zu blinken, nach rechts in die Fünfzigste, auf den Lap Club zu, wo die Frauen nicht viel mehr als ihre Strümpfe und ihre riesigen Handtaschen tragen, wenn sie von der Arbeit kommen. Manchmal bleiben sie stehen und winken Marcus zu, bevor sie in ihre Taxis steigen. In der Mitte des Blocks mußte er wegen eines parkenden Rettungswagens und eines Polizeiautos dahinter anhalten. Leere Mülltonnen lagen überall wie Unfallopfer auf der Straße verstreut, der Inhalt auseinandergerupft auf dem Gehweg. Marcus versuchte zu wenden, doch ein weiteres Polizeiauto hatte bereits hinter uns angehalten. Zwei Cops stiegen aus und rannten mit gezogenen Pistolen an uns vorbei. Sie verschwanden vor dem parkenden Rettungswagen.

»Mann, so ein Pech.«

»Du hättest auf der Zehnten bleiben sollen.«

»Aber die Mädchen kommen doch gerade heraus. Es dauert nur zehn Minuten«, erklärte er. Wir warteten und hörten uns die Schießerei vor uns an: »Du hast ihn! Du hast ihn! Ich hab' ihn!« Danach ein Schrei, als würde ein Mann mit seinen eigenen frisch amputierten Gliedern geschlagen. Mitten in diesem Krach erkannte ich Tom Walls' Stimme: »Laßt mich rein da! Haltet ihn fest!« Das Geschrei hörte auf, und die Cops erschienen neben dem Rettungswagen. Hinter ihnen folgte Walls mit einer Trage, auf dem der gefesselte, abgekämpfte Noël lag. Als sie ihn in den Rettungswagen schoben, sah ich, daß sich seine Augen öffneten. Wieder das Geschrei. Tom sprang in den Wagen, zog ein Laken über ihn und schlug hinein. Dann schloß er die Türen und lief nach vorn. Ich hörte, wie der Motor aufheulte, und schon war der Wagen um die Ecke verschwunden.

Als wir den Lap Club schließlich erreichten, war das Neonlicht aus, die Rolladen heruntergezogen und die Mädchen auf dem Heimweg. Marcus hob die Hände und schüttelte den Kopf, als hätten ihn seine besten Freunde mit der Rechnung sitzenlassen.

»Ich dachte, wir fahren zum Krankenhaus«, bemerkte ich und wußte gleichzeitig, daß Marcus sich das sowieso nicht vorschreiben ließ. Er fuhr hinunter zur Sechsundvierzigsten und parkte an der Verkehrsinsel, wo der Broadway auf die Siebte Avenue traf, mitten auf dem Times Square, der jetzt völlig verlassen dalag. Die Gesichter auf den Reklametafeln sahen alt und fett aus ohne das Licht. Marcus stieg aus, um Kaffee zu holen. Ich schloß ein Auge und sah mit dem anderen, wie die Schilder ausgeschaltet wurden – die zimmerhohe Whiskyflasche, die sich zum letzten Mal über das Glas neigte; der neun Meter hohe Kaffeebecher, aus dem eine letzte Dampfwolke herausquoll. So wurde es immer dunkler, und die Stimme kehrte zurück: *Ich bekomme nichts als Lippenbekenntnisse von dir.* Sie klang gleichzeitig weit entfernt und ganz nah, wie ein aufgebrachter U-Bahn-Fahrer, der in meinem Kopf sprach. *Beantworte mir nur eine Frage.* Ich hielt mir die Ohren zu. *Warum?* Ich holte tief Luft und hielt den Atem an, bis sich alles um die harte, dunkle Mitte meines Sitzes drehte. Ich atmete wieder aus, und im leeren Raum ertönte eine andere Stimme, die eines toten Mädchens, das eine andere Frage stellte: *Warum hast du mich umgebracht, Frank?*

»Ich habe dich nicht umgebracht.«

»Nein, hast du nicht«, antwortete Marcus, »und vielen Dank auch, Frank.« Er reichte mir eine Tasse Kaffee. »Obwohl uns in dieser Schicht ja noch ein paar Stunden bleiben.«

»Marcus, verrate mir mal etwas: Wie lange machst du diesen Job schon?«

»Wahrscheinlich bist du noch an der Hand deiner Mama über die Straße gegangen, als ich meinen ersten Einsatz hatte.«

»Und in all dieser Zeit hast du bestimmt auch einige schlechte Fälle erlebt. Ein paar davon hast du mir erzählt. Du weißt schon, wenn du einen Fehler gemacht hast oder es zumindest glaubst. Oder vielleicht hast du auch gar nichts falsch gemacht, und trotzdem passiert jemandem etwas Schreckliches, was dich nicht mehr losläßt, und es quält dich mehr als andere, sogar schlimmere Fälle.«

»Ich weiß nicht, was du meinst. Ich kann mich nicht daran erinnern, daß mir so was mal passiert wäre.«

»Ja, richtig. Unsinn. Du weißt ganz genau, wovon ich rede. Der Fall, den du immer wieder neu durchlebst. Er verfolgt dich, durch Gesichter auf der Straße, durch andere Leute, durch Stimmen in deinem Kopf.«

»Und was sagen dir diese Stimmen, Frank?«

»Sie sagen ›Bring Marcus um‹, weißt du? Ich brauche keine Schockbehandlung, so krank bin ich nicht. Ich mache nur eine schwere Zeit durch. Du hast sicher auch mal schwere Zeiten gehabt, deshalb ist man nicht gleich verrückt. Da muß man halt ab und zu mal durch, oder nicht?«

»Deshalb ist man sicher nicht gleich verrückt, Frank.« Marcus hob einen Finger unter die Nase und betrachtete mich prüfend mit seinem gesunden Auge. »Aber es zeigt, daß du auf dem besten Weg in die Klapse bist. Ich möchte dir eine Geschichte erzählen.«

»Ich brauche einen Drink, das ist alles. Und ungefähr sechzehn Stunden Schlaf. Laß uns die Bar eröffnen.« Ich griff nach der Tasche hinter Marcus' Sitz, doch er hielt meine Hand fest.

»Eine Geschichte, die ich nur Love und ungefähr fünfzig anderen Partnern erzählt habe, mit denen ich in den letzten zehn Jahren gearbeitet habe. Als ich am Ende meiner Stromerjahre war und ungefähr so lange dabei wie du jetzt, wurde ich zu einem achtundvierzigjährigen Mann mit Atembeschwerden geschickt. Es war schon spät, ich war müde, verstand die Adresse falsch. Ich glaube, es war Achtundvierzigste und Elfte, und ich war in der Achtundvierzigsten und Siebten oder so, du weißt ja, wie das ist. Also sitze ich da und sage, hier ist kein Patient, und dann sagt Love mir in ihrer ganz besonderen Art, daß ich auf dem falschen Block bin. Als ich schließlich den richtigen Block erreiche, hat der Typ gerade aufgehört zu atmen. Wer weiß, ob ich ihn gerettet hätte oder nicht, aber ich mußte immer wieder darüber nachdenken. Weißt du, mein Vater starb mit Achtundvierzig. Ich kannte ihn damals nicht, hatte ihn seit meinem zwölften Lebensjahr nicht mehr gesehen. Ich kannte sein Gesicht nur von Bildern, auf denen er noch jung war. Deshalb könnte er wie dieser Typ ausgesehen haben, er war es für mich irgendwie, oder zumindest fiel es mir nicht schwer, in diesem Mann meinen Vater zu sehen. In jeder Schicht und jeden Morgen nach der Arbeit fuhr ich zu dieser Ecke zurück und fragte mich, wie ich einen solchen Fehler hatte machen können. Immer wieder dachte ich darüber nach, und siehe da, plötzlich bekam ich diese achtundvierzigjährigen Typen mit Atembeschwerden ungefähr einmal in der Woche. Und das seltsame ist, sie sahen alle aus wie dieser Typ, der starb, der für mich aussah wie mein Vater. Manchmal hörte ich seine Stimme. Ich sah ihn aus dem Augenwinkel auf der Straße laufen, weißt du, wirklich verrückt. Das Ganze dauerte ein paar Monate, und das nur, weil ich um vier Uhr morgens eine Adresse falsch verstanden hatte, weil ich zu lange gebraucht hatte, um zu diesem Notfall zu fahren.«

»Aber Marcus, du brauchst bei jedem Notfall zu lange.«

»Jetzt ja, sicher. Das ist meine Art, damit umzugehen. Jeder muß seinen eigenen Weg finden, um damit fertig zu werden. Sonst wird man so ein Hurensohn wie Luther, oder man wird so verrückt, wie ich mal war und wie du bald sein wirst, Frank. Was mit anderen geschieht, ist Gottes Wille, und man kann nichts dagegen tun. Mein Vater sollte mich verlassen, als ich zwölf war, und hier auf der Achtundvierzigsten Straße sterben, bevor ich ihn retten konnte. Deshalb hätte ich ihn gar nicht retten können. Love weiß das, sie versteht es. Und wenn du es irgendwann mal verstehst, kannst du diesen Job für immer machen.«

Marcus führte dann die feinen Unterschiede zwischen Gottes Willen und seinem eigenen aus, wie sie miteinander harmonierten, sich aber durchaus voneinander unterscheiden konnten. Er benutzte eine Reihe von Vergleichen – Football, Gefängnis, Fernsehshows. Ich legte den Kopf auf den Fensterrahmen und schaute auf die fast leeren Straßen hinaus. Die Menschenmengen von der

Straße schliefen jetzt in ihren Hotelzimmern oder in ihren Kartonbehausungen am Fluß. Als die letzte Reklametafel dunkel wurde, klappten die Hot-dog-Verkäufer ihre Schirme zusammen und packten ihre Getränke und Brötchen ein. Der Blinde, der an der Ecke der Sechsundvierzigsten arbeitete, nahm seine dunkle Brille ab, stand auf und faltete seinen Rollstuhl zusammen. Er steckte die Tasse in seine Tasche, ging zum Straßenrand und winkte ein Taxi herbei. Der Lahme, der jede Nacht seinen verwachsenen Fuß und seine leere Tasse auf der mittleren Fahrspur des Broadways von Fahrer zu Fahrer schleppte, hatte es bei den wenigen Taxis, die noch vorbeikamen, aufgegeben und marschierte nun, völlig ohne zu humpeln, den Bürgersteig entlang, einem Crackdealer von der Achten hinterher. Der Reverend Scythe, der tagsüber in seiner Straßenkirche auf der Zweiundvierzigsten gegen jede Art von Laster predigte, saß mit einer Halbliterflasche »Early Times« auf dem Bordstein und trank auf die Wunder des Ostermorgens im Square, wo die Blinden sehen und die Lahmen gehen können und Jesus sich zurücklehnen und zuschauen kann. Gottes Wille erschien mir hier ebenso sinnvoll wie Burkes Stimme in meinem Kopf, und das wiederum ergab einen Sinn, denn diese Stimme konnte nur die des Herrn sein. Ich war nicht verrückt, sondern gesegnet.

Ich sollte dieses Haus einreißen und auf seinen Trümmern herumtanzen.

»Hörst du mir überhaupt zu, Frank? Hast du irgend etwas von dem mitbekommen, was ich gesagt habe?«

»Ich höre zu, Marcus. Ich höre Dispatcher Love. Sie ruft uns.«

Er zog das Funkgerät hinter dem Sitz hervor. »Zwölf Young, meldet euch. Zwölf Young, ich hab' was für euch.« Die Stimme der Aufseherin in einem Film über ein Frauengefängnis.

Marcus drehte die Lautstärke höher und legte das Funkgerät andächtig in seinen Schoß. »Sie ruft nicht uns, sondern mich. Denk daran. Auch wenn sie mit anderen Einheiten spricht, spricht sie eigentlich mit mir. Das hat sie mir mal verraten. Ich hab' sie immer angerufen, wenn sie Pause hatte. Sie ist ganz anders am Telefon, wenn sie keine Jobs vergibt. Sie sagte zu mir, Marcus, ich mag, wie du über Funk sprichst.«

»Ich hab' nicht die ganze Nacht Zeit, Young. Ich hab' dringende Fälle hier. Ich werde euch aus dem Dienst kicken, wenn ihr jetzt nicht sofort antwortet, und ihr wißt, daß ich keine Witze mache.«

Marcus stöpselte das Funkgerät ein. »Bleib ganz ruhig, Baby. Young ist hier und wird dir da raushelfen. Denk daran, daß du Marcus was schuldest, wenn das hier vorbei ist.«

»Ich hab' die Flasche schon in der Hand, Young. Ich werde sie einlösen, wenn ihr fertig seid. Ihr fahrt nach 508, Neunte Avenue, Kreuzung Achtunddreißigste Straße, zu einer achtzehnjährigen Frau mit Herzstillstand, im vierten Stock. Keine weiteren Informationen.«

»Zehn-Vier, Love.«

Marcus scherte vorsichtig auf die leere Fahrbahn der Siebten Avenue aus. Ich hielt mich fest und wiegte mich vor und zurück. »Jeder Notfall ist ein Herzstillstand«, rief ich. »Wieso gibt es keine Brustschmerzen, Atembeschwerden oder gebrochenen Beine mehr?«

Marcus schaltete das Blaulicht und die Sirene ein und drosselte das Tempo. »Das liegt an den 911-Operatoren. Sie haben Angst, gefeuert zu werden, wenn sie ein gebrochenes Bein ankündigen und der Typ doch einen Herzstillstand hat. Also machen sie aus allem einen Herzstillstand. Das ist einfacher für sie.«

»Aber warum ist es immer eine Achtzehnjährige in einem gelben Regenmantel, die schon tausendmal gestorben ist? Was zum Teufel soll das?«

»Dieser Mist wiederholt sich halt immer wieder. Man kann nichts dagegen tun«, antwortete er und hielt vor einer roten Ampel. Dann hupte er dreimal, fuhr an und hielt wieder, als er einen Wagen auf halber Strecke vor dem Block herankommen sah.

Wir parkten vor der Nummer 508, einem Haus, das vermutlich schon am Tag, als sie den ersten Stein legten, für unbewohnbar erklärt werden mußte. Die Hälfte der Fenster war mit Brettern zugenagelt. Die übrigen hatten kein Licht und keine oder zerbrochene Scheiben. Nur in der Wohnung ganz oben rechts hing eine gelbe Glühbirne an einem Kabel von der Decke. Immer ganz oben. »Ich hasse diesen Block«, sagte Marcus. »Nur Junkies. Da geh' ich ohne Cops nicht rein.«

»Also ich gehe. Besser, als zu warten. Ich bring's lieber schnell hinter mich. Außerdem ist das unser Job.«

»Dann geh allein.«

Obwohl ich es für unsinnig hielt, allein zu gehen, hängte ich mir die komplette Ausrüstung um, dreißig Pfund über jede Schulter. Die Haustür stand halb offen. Ich trat sie ganz auf, und Stahl schepperte gegen Stein. »Rettungsdienst, Sanitäter«, rief ich, damit diejenigen drinnen genug Zeit hatten, um ihre Kanonen zu laden oder ihre Messer zu wetzen. Ich stolperte in den dunklen Flur und tastete mit dem Fuß nach der Treppe. Unter der Last der nutzlosen Ausrüstung und der undurchdringlichen Dunkelheit suchte ich nach Streichhölzern, eine leere Tasche nach der anderen, bis ich schließlich aufgab und mich dafür wappnete, blind nach oben zu gehen. Doch plötzlich hörte ich über mir ein Scharren, dann das Kratzen eines Streichholzes an der Wand. Eine Kerze wurde angezündet, und ein hellbraunes Gesicht wandte sich mir zu. »Es geht um meine Frau«, sagte der Mann. Er sah nicht älter als fünfzehn aus. »Bitte, kommen Sie schnell.«

Ich folgte ihm die Treppe hinauf, und kurz vor dem ersten Treppenabsatz hielt er die Kerze tiefer, um mir die zwei fehlenden Stufen zu zeigen. Dann nahm er meine Hand und half mir hinüber. Auf dem Treppenabsatz knirschten Plastikampullen unter meinen Stiefeln, und ihre roten Totenköpfe zitterten im Kerzenlicht. »Warte auf mich, Frank«, kam eine Stimme von unten. Der Mann hielt die Kerze in Marcus' Richtung, der langsam nach oben stieg. Ich wies auf das Loch in der Treppe. »Erst läßt du mich allein da unten, und dann willst du, daß ich mich auf dieser Treppe zu Tode stürze«, schimpfte er. »Behandelt man so seinen Partner, vergißt die älteste Regel, Nummer fünf, Partner vor Patienten? Hilf mir.«

Ich nahm einen Arm, der Junge den anderen, und wir zogen Marcus über das Loch. Schatten tanzten an der Wand, eine riesige Kraftaufwendung. »So sterben Rettungssanitäter und verlieren ihre Pension«, meinte Marcus.

»Bitte, beeilen Sie sich«, sagte der Junge, der schon auf der nächsten Treppe stand.

»Was gibt es denn?«

»Es geht um meine Frau. Sie stirbt.«

»Ich wußte gar nicht, daß sie verheiratet war«, sagte ich, noch immer überzeugt, daß Rose oben auf mich wartete. Ich folgte der Kerze in den zweiten Stock. Marcus rief: »Nicht so schnell!«, und mein Schmerz wurde durch diese Verzögerung noch verschlimmert. Auf der dritten Treppe fehlten drei Stufen, und in der Decke waren zwei fenstergroße, ausgefranste Löcher. Ich kletterte über die fehlenden Stufen hinweg und dachte, wie schlecht es Rose doch ging, wenn sie in einer Bruchbude wie dieser hier hausen mußte. Ihr Leben war jetzt ganz schön schwer – tot zu sein und dennoch immer wieder zu sterben. Harte Zeiten für die Toten. Während ich Marcus über das Loch hinweghalf, dachte ich, daß ich meine Gedanken besser unter Kontrolle bringen sollte. Der Typ hatte wahrscheinlich dem Operator gesagt, seine Frau heiße Rose, und sie hatten daraus wie üblich einen Herzstillstand gemacht. Ich ging auf das schwache Licht am Ende des Ganges zu und sagte mir, dies war unser dritter und letzter Fall. Ich mußte ihn nur irgendwie hinter mich bringen, und dann könnten Marcus und ich schon früh mit dem Trinken anfangen.

Auf dem Fußboden in der Mitte des Zimmers, dessen einzige weitere Einrichtungsgegenstände eine Kiste mit schmutzigen Mänteln und ein Kruzifix waren, lag eine Matratze und auf der Matratze ein riesiges Mädchen unter fleckigen Laken, ein gigantischer Berg aus hyperventilierendem Leinen. Nur ihre großen, weißen Hände schauten hervor und hielten ihren Bauch, während sie in spanischer Sprache schluchzte. Ich näherte mich ihr, nahm mit der einen Hand ihr Handgelenk und zog ihr mit der anderen das Laken vom Gesicht. Dann schaute ich sie mir genauer an, denn ich mochte noch so verzweifelt und besessen von dem Thema sein, aber dieses Mädchen konnte nicht Rose sein. Sie war einfach zu groß und zu dick.

»Sieh dir das an«, sagte Marcus. »Ein fetter Junkie. Das ist mal was anderes.«

»Was ist los?« fragte ich das Mädchen. Sie wirkte noch jünger als ihr Mann und eher verängstigt als verletzt.

»Sie versteht nur Spanisch«, erklärte der Mann mit der Kerze. »Sie hat schreckliche Bauchschmerzen. Sie sagt, er ist ganz groß und geschwollen.« Er sah aus wie ein Meßdiener bei einem Stock-Car-Rennen.

Ich legte die Hand auf den Bauch des Mädchens. Sie schrie auf und schob sie weg. »Sie ist schwanger«, stellte ich fest.

»Nein, nein, das kann nicht sein.« Der Junge schüttelte seine Kerze.

»Sind Sie schwanger?« fragte ich das Mädchen. »*Está embarazada?*« Sie drehte verlegen den Kopf zur Seite. Ich mußte ihr die Frage noch zweimal stellen, bis sie mich schließlich anschaute und den Kopf schüttelte. Als hätte ich sie gefragt, ob sie vor kurzem den Teufel geküßt hätte oder ob sie ein Bordell leiten würde. Sie zog sich das Laken wieder über das Gesicht.

»Ein fetter, verklemmter Junkie«, meinte Marcus. »Ich glaub' es einfach nicht.« Er nahm ihren anderen Arm und maß den Blutdruck. Der Ehemann faßte mir an die Schulter. »Nein, Mann, wir nehmen keine Drogen. Kein Sex, kein Alkohol, keine Zigaretten, kein Fernsehen oder Radio, keine Unterwäsche. Wir leben sehr fromm.«

»Also die lebenswichtigen Organe sind in Ordnung«, stellte Marcus fest. »Sie hat keine inneren Blutungen. Die Lungen sind frei, keine Flüssigkeitsüberladung. Blinddarm? Nierensteine? Ich glaube ja, sie hat eine Gastritis.«

»Sie ist schwanger.«

»Dann sag ihr das.«

Es gab keine Stühle, keinen Tisch, keine Kommode, nur ein Fenster ohne Vorhang, und die einzige Ecke, in die ich mich einen Moment lang hätte hinsetzen und über die Sache – oder besser über Mary Burke – nachdenken können, sah aus wie ein Küchenschabennest. Es schien mir undenkbar, das Mädchen die Treppe hinunterzutragen, und gleichzeitig unvermeidlich. Die einzige Verzierung in diesem Raum befand sich an der Decke, ein Wasserfleck, der aussah wie eine Barkasse. »Können Sie gehen?« fragte ich. »*Puede caminar?*«

Das Mädchen schrie auf und schlug mit der flachen Hand nach meinem Gesicht. »Sie sagt, sie hat große Schmerzen«, erklärte der Ehemann.

»Vielen Dank für die Übersetzung.« Ich hielt ihre Hände fest, damit sie nicht mehr nach mir schlagen konnte, und zog nacheinander die Laken von ihr herunter. »Ich muß es mir ansehen«, sagte ich. »Bitte.« Unter all den Laken trug sie ein weißes Kleid. Ich zog es hoch und entblößte ihren prallen, runden Bauch.

»Sie ist schwanger«, wiederholte ich. »Wie es aussieht, steht sie kurz vor der Geburt.« Die Frau schrie wieder und hielt sich den Bauch. »Wir müssen es uns ansehen«, erklärte ich. Marcus und ich nahmen jeder ein Knie und zogen vorsichtig ihre Beine auseinander. Sie heulte, als würde sie in der Mitte durchgesägt. Dann richtete sie sich auf, um zwischen ihre Beine zu schauen. Wir sahen alle hin, und dann erschien im schwachen Licht der Glühbirne ein winziger, weißer Fuß, danach ein Knie und ein kleiner Oberschenkel.

»O Gott, wir gehen wohl besser.«

»Ich gehe schon«, rief Marcus aus dem Flur. »Ich hol' die Trage und fordere Verstärkung an. Ich ruf' die Feuerwehr und die Army. Keine Sorge.«

Das Mädchen schlug nun auf ihren Ehemann ein, traf ihn im Gesicht, an den Armen und etwas tiefer. Ich nahm ein sterilles Laken aus der Tasche und legte es unter das Mädchen und den Fuß des Babys. Der Fuß krümmte sich am Knöchel, als prüfe es mit dem Zeh die Luft, um zu entscheiden, ob es herauskommen wollte oder lieber nicht. Ich wartete darauf, daß es den Fuß wieder zurückzog und sich nie wieder blicken ließ, aber statt dessen kam noch ein zweites Bein dazu, und beide hingen nun in der Luft. »Okay, los geht's!« rief ich. »Los, pressen! Pressen Sie es heraus.« Sie preßte und schrie und preßte und schlug nach uns und schrie und bückte sich, um die beiden Beinchen selbst herauszuziehen. »Halten Sie sie fest«, sagte ich zu dem Jungen. »Ich glaube, es kommt.« Wir hielten zu zweit ihre Schultern am Boden fest, als Marcus hereinkam, die Trage fallen ließ und erschöpft hinter uns zu Boden sank. Sie stieß einen Schrei aus, den ich nie vergessen werde, und wir starrten zu dritt auf die Stelle, wo vorher zwei Beine waren und jetzt drei. Jetzt machte sie sich wirklich Sorgen.

»Was ist das denn, Frank?«

»Drei Beine.«

»Das sind zu viele.«

»Was ist mit der Unterstützung?«

»Love meinte, sie würde mir helfen, und die erste Einheit, die frei wäre...«

Wir legten ein Laken auf die Trage, zogen vorsichtig das Mädchen darauf und schnallten sie fest. Sie lag halb benebelt da, als hätte sie einen ganzen Haufen Babys zur Welt gebracht, dabei war sie trotz ihrer Anstrengung kein bißchen dünner oder leichter. Marcus und ich ließen sie auf der ersten Treppe fast zweimal fallen. Wir setzten sie im düsteren dritten Stock ab. Ihr Ehemann hielt die Kerze über ihr Gesicht und fragte mich: »Stirbt sie?«

»Sie bekommt ein Baby.«

»Das kann nicht sein.«

»Sie können es mir wirklich glauben.«

Auf der dritten Treppe fing sie wieder zu schreien an. Mehr Löcher als Stufen. Auf halbem Wege bekam sie einen Arm frei und schlug damit wild in Marcus' Richtung, so daß er ebenfalls zu schreien anfing. »Wir müssen sie absetzen, jetzt sofort.« Das Mädchen beugte sich nach vorn und versuchte, mit ihrem freien Arm die winzigen Beine zu fassen. Im ersten Stock riß schließlich der Riemen, und wir fielen allesamt hin. Mein Kopf landete irgendwo neben ihrem Knie. Als der Ehemann seine Kerze hob, bemerkte ich, daß ein viertes Beinchen hinzugekommen war und das Mädchen beschlossen hatte, daß vier zuviel waren. Sie packte zwei Beinchen mit jeder Hand und schob sie rauf und runter, als drückte sie Wasser aus einer Pumpe. Marcus und ich versuchten, ihre Hände zu fassen, doch sie zog so entschlossen und schrie so laut, daß wir aufgaben und uns wie zum Gebet neben sie hockten. Sie schrie noch ein letztes Mal – ihr beeindruckendster Schrei bis dahin, der über das ganze Viertel hallte, zurückkehrte und die Kerze ausblies.

In der Finsternis hörte ich Stimmen hinter uns. Eine Tür wurde geöffnet und wieder geschlossen, und am Ende des Flures erschienen drei Lichtpunkte und schwebten auf uns zu. Ich duckte mich, und als ich den Kopf hob, waren die Lichter über mir. Drei dünne Flammen aus Feuerzeugen, die zwei dürre Männer und eine alte Frau in den Händen hielten. Einer der Männer bückte sich und goß Wasser aus einer Flasche in den Mund des Mädchens. Sie spuckte ein bißchen wieder aus, schluckte, stöhnte und wollte mehr. Ich kroch zu ihrem Bauch hinunter, blickte über ihren riesigen Oberschenkel hinweg und sah an der Stelle, wo die vier Beinchen hervorgekommen waren, zwei Babys, ein Junge und ein Mädchen, unglaublich klein.

Ich hob das winzige Mädchen hoch, so weit ich die Nabelschnur ziehen konnte. Ich schüttelte es zweimal, und als nichts geschah, klopfte ich gegen die Füße und Wangen. »O Gott«, rief ich aus und wischte mit meinem Hemdzipfel die Flüssigkeit vom Mund des Babys. Dann beugte ich mich nach vorn, bedeckte Mund und

Nase mit meinem Mund und begann zu pusten, sanfte, schnelle Luftstöße. Ich blickte über das Mädchen hinweg zu Marcus, der das gleiche mit dem anderen Baby machte. Ich atmete ungefähr eine halbe Minute so weiter, bis ich spürte, daß ich allmählich ohnmächtig wurde und aufhören mußte. Das winzige Mädchen atmete jetzt allein, allerdings so schwach und langsam, daß man es kaum bemerkte. Dann lachte Marcus, und ich blickte zu dem kleinen Jungen hoch, der in seinen Armen zappelte und nach ihm schlug. Er stieß einen wilden kleinen Schrei aus, auf den seine Mutter hätte stolz sein müssen.

»Wie geht's deinem?« wollte Marcus wissen.

»Es atmet«, antwortete ich, »aber nur schwach.«

»Laß uns die Nabelschnur durchschneiden und gehen. Am besten, du nimmst deine Schnürsenkel.« Ich wusch meine Schnürsenkel mit Alkoholpads ab und band die Nabelschnüre ab. Ich tat mein Bestes, um meine Schere vor dem Schneiden zu sterilisieren. Marcus gab der Mutter den Jungen, die ihre dicken Arme um ihn legte. Der Ehemann setzte die Kerze ab und nahm die beiden in die Arme. »Ein Wunder«, sagte er immer wieder.

»Kennen Sie beide sich schon lange?« fragte Marcus.

»Zwei Jahre«, antwortete der Vater. »Seit wir zusammen die Insel verlassen haben.«

»Dies ist zwar eine persönliche Frage, aber ich muß sie stellen. In all dieser Zeit hatten Sie nie Sex miteinander?«

»Nie.«

»Vielleicht haben Sie letzten Sommer an einem Abend ein paar Bier getrunken. Kann ja vorkommen.«

»Nie. Keine Drogen, keine Zigaretten, kein Bier.«

»Keine Unterwäsche.«

»Wir sind unberührt.«

»Okay.«

Die Mutter, die selbst nicht viel mehr als ein Baby war, hielt den Jungen eng an ihr Gesicht und ihren Hals gedrückt, lächelte und summte vor sich hin. Ich wollte ihr das kleine Mädchen zeigen, hielt es dicht vor das Gesicht der Mutter, doch sie schaute nicht auf. Als ich mich wieder abwandte, bemerkte ich, daß mein kleines Mädchen wieder zu atmen aufgehört hatte. »Am besten, wir gehen jetzt, Marcus. Wir können hier nicht warten, bis noch mehr kommen.«

Die beiden Männer, die mit ihren Feuerzeugen über uns gestanden hatten, bückten sich wortlos, hoben jeder mit einer Hand die Trage an und trugen die inzwischen schmalere, aber immer noch ziemlich füllige Mutter die beschädigte Treppe hinunter. Die dritte Person mit Feuerzeug, die dürre, alte Frau – jetzt sah ich, daß sie ungefähr in meinem Alter war –, hielt ihre Flamme über mich, während ich Stufe für Stufe mit dem Baby und meinen offenen, schlurfenden Schuhen die Treppe hinabstieg, dann auf die Straße trat und in den Rettungswagen. Die ganze Zeit über blies ich kleine Luftstöße in den Mund des Babys, legte es auf die Bank im Fond und lauschte mit dem Ohr an dem weichen, blauen Näschen auf die kleinen aufsteigenden Luftbläschen. Ich ließ das Baby dort liegen, nahm einem der Junkies die Trage ab und hob sie auf die Schiene. Die Mutter rief jetzt nach ihrem Baby. Marcus legte den neugeborenen Jungen auf ihrem Bauch ab und half dem Vater auf den Sitz neben ihrem Kopf. »Ein Wunder«, sagte er immer wieder, während wir in die Siebenunddreißigste einbogen.

Die Mutter hielt ihren Sohn so fest, daß ich fürchtete, sie würde ihn ersticken. Doch der kleine Kerl schrie, als gehörte die Luft im Wagen nur ihm allein. Die Mutter weinte jetzt leise, und beide zitterten. Ich wickelte beide in Decken ein und wandte mich wieder dem kleinen Mädchen zu, um es ebenfalls einzuwickeln. Es hatte schon wieder aufgehört zu atmen. Wieder atmete ich für sie, und nach einer halben Minute schaffte sie es allein, besser als vorher, so daß ich einen Moment lang glaubte, sie würde so einen Schrei wie ihr Brüderchen ausstoßen. Ich wickelte sie in ein Laken und steckte es unter ihren Beinchen fest, um die Arme nicht zu fest. Dann hob ich sie zu ihrer Mutter hoch, sie sollte sehen, daß das Mädchen jetzt besser atmete. Doch sie wandte sich ab und blickte nur auf ihren Sohn, fast so, als wolle sie ihn beschützen, als hielte ich etwas Furchtbares im Arm. Ich legte das Baby auf die Bank zurück und beobachtete, wie die Brust sich hob und die graue Farbe langsam aus dem Gesicht verschwand. Das ist gar nicht ihr Baby, dachte ich. Es ist Roses Baby oder Rose als Baby – deshalb war ich hierhergerufen worden.

Bevor Marcus den Wagen ganz zurückgesetzt hatte, rannte ich schon durch die Türen der Notaufnahme, das Baby wie ein Fußball zusammengerollt in meinem Arm. Ich beatmete es noch zweimal, während ich durch das Wartezimmer lief. Dann mußte ich noch einmal warten, bis Griss ein Auge öffnete, den Kopf schüttelte und schließlich per Knopfdruck die Tür öffnete. »Es hat aufgehört zu atmen«, sagte ich zu Schwester Constance, die herüberkam, mir das Baby abnahm und es auf ein frisch bezogenes Bett legte. Sie fühlte den Arm, dann den Hals. »Es hatte einen Puls«, erklärte ich. Schwester Constance schob das Bett in den Behandlungsraum und rief: »Blaue Asphyxie!« Sie rannte fast Schwester Crupp um, die den Patienten mit der Überdosis gerade noch rechtzeitig aus Nische eins herausschob.

»O Gott«, rief Hazmat aus. »Schließen wir es an den Monitor an. Wo zum Teufel sind die pädriatischen Instrumente?« brüllte er, dabei hatte Odette sie schon auf dem Wagen hinter ihm herangeschoben. Sie nahm das Laryngoskop in Babygröße und einen Tubus heraus, der nicht dicker war als eine Antenne. »Vorsicht, Odette. Geben Sie mir den Tubus. Okay, Nullinie – wir müssen eine Herzdruckmassage machen. Frank, wie viele Monate?«

»Keine Ahnung«, antwortete ich. »Die Mutter wußte bis vor einer Viertelstunde noch nicht mal, daß sie schwanger war. Es war eine Steißgeburt. Zwillinge. Dem anderen scheint es gutzugehen. Marcus bringt das Kleine und die Mutter gerade in die Entbindungsstation.« Während ich sprach, zog ich mich langsam zurück.

Andere Krankenhausangestellte füllten die Lücke: Mishra, die Kinderärztin, Stark, der Chirurg. Ich sah zu, wie Hazmat den Tubus einführte. Dr. Mishra nahm einen Osteokatheter aus dem Wagen und drückte ihn in das Schienbein des Babys, durch den Knochen und in das Knochenmark. Als sie mit der Spritze Blut entnehmen konnte, schloß sie die Infusionsschläuche an und ließ Epinephrin durchlaufen. Schwester Constance drückte mit zwei Fingern auf die Brust. Man brauchte nicht mehr als eineinhalb Zentimeter. Sie hielt einen Moment lang inne und fühlte den Hals des Babys. »Ich glaube, es hat einen Puls«, meinte sie, doch die gerade grüne Linie über ihrem Kopf sagte etwas anderes aus. Sie sprach stets die Wahrheit. Constance bearbeitete die Brust wieder mit zwei Fingern.

Das ist die Hölle. Hier und jetzt.

Ich ging zu Burkes Nische hinüber und zog den Vorhang zurück. Da lag er – die Stimme, die niemals erstarb, der Patient, der niemals entlassen wurde. Ganz still, keine Bewegung, keine zitternden Hände. Die lange Nacht des Kämpfens hatte ihn erschöpft, und nun war er wieder dort angelangt, wo er angefangen hatte. Oben auf dem Monitor schienen die grünen Linien miteinander auf Kriegsfuß zu stehen. Eine Reihe normaler Schläge marschierte gegen wilde, rebellische Schläge an. Das Herz arbeitete hart und schaffte trotzdem nicht viel. Das Gesicht nahm wieder die blaßblaue Farbe der Nacht an, in der ich es zum ersten Mal gesehen hatte. Nur die Stimme in meinem Kopf machte keine Anstalten, schwächer zu werden. *Geh zur Bank, Junge, und heb so viel ab, wie du kannst.* Ich schaute auf den EKG-Monitor, wo Burkes Herz den Kampf verlor. Die grüne Linie bestand aus leisen, niedrigen Kurven und explodierte schließlich in laute, hohe Zacken. Ich fühlte am Handgelenk den Puls: nichts. Ich stellte die Amplitude des EKG höher. Die Linien zeigten eher die Stimme in meinem Kopf als das Blut in seinem Gesicht an. Sie pulsierte auf dem Bildschirm, schwoll an und ebbte wieder ab. *Ich gehe. Ich habe genug.* Das Herz hatte verloren und kapitulierte zitternd, eine dünne, bebende

Linie. Der Alarm ging los, zuerst das Heulen des EKG, dann das Klingeln des Sauerstoffsättigungs-Monitors und schließlich das tiefe Brummen des Beatmungsgerätes.

Hinter mir öffnete sich der Vorhang. Milagros kam herein. Sie blickte auf die Monitore, schaltete den Alarm aus, fühlte Burkes Handgelenk nach einem Puls und drehte die Hand um, um sich den Handteller anzusehen. Dann schüttelte sie den Kopf und nahm die Paddles des Defibrillators aus ihren Taschen neben dem EKG. Sie hielt sie hoch und wollte sie mir geben.

»Oh, nein.« Ich machte einen Schritt nach hinten. »Machen Sie das.«

»Ich komme nicht ran und kann nicht fest genug drücken. Sie sind größer als ich.«

Tu's nicht, sagte Burke, und ich hätte an dieser Stelle hinausgehen sollen, direkt zu Captain Ed, um ihm zu sagen, daß ich kündige. »Ich dachte, es geht ihm besser.«

»Ist schon in Ordnung«, antwortete Milagros. »Es geht ihm wirklich besser. Er hat schon versucht zu sprechen. Schocken Sie ihn. Dann kommt er zurück. Er kommt immer zurück.«

Ich nahm die Paddles, setzte sie mit aller Kraft auf seine Brust und brüllte »Alles weg«, wie es vorgeschrieben ist, obwohl Milagros weit weg stand. Ich vergaß aber nachzusehen, ob die Person, die geschockt werden sollte, irgend etwas berührte. Hätte ich nachgesehen, dann hätte ich Burkes Hand an meiner Seite gesehen. Und dann wäre ich nicht einen Meter weit nach hinten geflogen, als ich ihn mit voller Kraft schockte, und es wäre mir nicht schwarz vor Augen geworden. Es fühlte sich an, als hätte mir jemand einen Baseballschläger in die Brust gerammt. *Autsch*, rief ich mit Burkes Stimme in meinem Kopf. *Du Hurensohn.* Die Ausschläge auf dem Monitor kehrten zurück. Milagros verglich sie mit dem Puls an Burkes Handgelenk. Mit der anderen Hand griff sie nach einem der fünf Infusionsschläuche, die in diesen Arm führten. »Soll ich ihm mehr Lidocain geben?« fragte sie. Doch ich bewegte mich langsam rückwärts, den Kopf gesenkt, und rieb mit der Hand vergeblich die schmerzende Stelle in meiner Brust. Der Vorhang, der die Nischen abteilte, fiel über meinen Rücken, dann über meinen Kopf und vor mir wieder herunter. Plötzlich war Burkes Stimme verschwunden. Dafür hörte ich eine andere vertraute Stimme, nicht in meinem Kopf, sondern hinter mir. »Entschuldigen Sie, Sir, entschuldigen Sie bitte. Könnte ich bitte eine Tasse Wasser von Ihnen bekommen? Das Geringste auf der Welt, worum man bitten kann, Wasser. Ein Mann verdurstet, und dieser Mann bin ich.«

Seine festgeschnallten Hände rüttelten an den Stangen, die Augen bewegten sich schnell hin und her, die Nase war von Walls' Schlägen angeschwollen. Getrocknetes Blut klebte auf seinen rissigen Lippen, als läge er tatsächlich in der Wüste und nicht in einem Bett neben Patrick Burke. »Seit Tagen habe ich nichts als Sand gegessen. O Herr, ich habe so lange auf dich gewartet.« Dann begann Noël, so ausgetrocknet seine Kehle auch sein mochte, zu schreien.

»Um Himmels willen«, kam Hazmats Stimme von der anderen Seite des Raumes, »wer zum Teufel hat ihn aufgeweckt?«

Einmal wurde ich ins Plaza Hotel zu einem Botschafter aus einem sehr kleinen Land mit hohem Ölvorkommen gerufen. Er klagte über drückende Schmerzen in der Brust. Ich erklärte ihm, wir würden ihn zum Our Lady of Misery *bringen. Ist das ein gutes Krankenhaus? wollte er wissen. Diese Frage wollte ich ihm lieber nicht beantworten. Ich gab ihm etwas Nitroglyzerin und Morphium, um den Schmerz zu lindern. Dann brachten wir ihn zum* Misery, *schoben ihn im Behandlungsraum in Nische eins und schlossen ihn an die Maschinen an. Ich bemerkte, daß der Vorhang zwischen Nische eins und zwei offen stand und daß in Nische zwei ein Patient mit Herzstillstand lag. Ich hatte ihn einige Stunden früher hergebracht. Er war für tot erklärt worden und mußte noch eingepackt und zum Leichenschauhaus gebracht werden. Außerdem bemerkte ich, daß der Tote dem Botschafter verblüffend ähnlich sah. Auch dem Botschafter fiel das auf. »Bin ich das?« rief er. »Bin ich das?« Auch diese Frage wollte ich lieber nicht beantworten.*

12

Sieh mich nicht so an«, sagte ich.

»Wie sehe ich dich denn an?« Marcus hielt vor einer grünen Ampel, und der morgendliche Verkehr flog an uns vorbei. Geduldig wartete ich auf den dumpfen Aufprall von einem der Zeitungslastwagen hinter uns. Zehn Tonnen Zeitungspapier, dahinter Dunkelheit.

»Du weißt genau, was ich meine«, gab ich zurück. »Es steht dir ins Gesicht geschrieben. Dieser Blick, der sagt: ›Ich habe gerade den kleinen Jungen gerettet.‹ Ich will nichts darüber hören, okay? Das waren jetzt drei Jobs in dieser Schicht, das reicht. Wir sind fertig.«

»Das stimmt, Frank, aber ich möchte dir trotzdem etwas sagen. Wenn du so ein sterbendes Kind in den Armen hältst und du hauchst ihm Leben ein, dein Leben…«

»Das ist mir völlig egal. Drei Jobs, Zeit für einen Drink. Sechs Uhr. Cocktailstunde. Gib mir die Flasche, Marcus. Ich weiß, daß du eine dahast.« Ich griff hinter seinen Sitz und zog die braungrüne Sporttasche hervor, die er ungefähr 1976 gekauft haben mußte.

»Warte, warte.« Er nahm die Tasche. »Ich mache das.« Er holte eine Halbliterflasche Wodka, eine Flasche Orangensaft und zwei braungrüne Kaffeetassen heraus, die zur Tasche gehörten und nicht weggeworfen werden durften, weil sie Kult waren. »Die Bar ist eröffnet.«

»Ich brauche nur das hier.« Ich schnappte mir die Wodkaflasche, schraubte den Deckel ab und goß mir so viel ein, wie ich vertragen konnte. »Ich hasse Wodka.«

»Sachte, sachte, Frank. Dies ist die Cocktailstunde. Ein bißchen mehr Niveau, bitte.«

Mein Leben liegt hinter mir. Meine Zeit ist um. Ich nahm noch einen Schluck. Der Wodka begann zu wirken. Burkes Gebrüll hatte sich von meinem Hinterkopf in meine linke Wange verlagert und störte mich jetzt nicht mehr als das Hupen der Taxis auf der Neunten Avenue. Der neue Tag ergoß sich über die Stadt. Marcus nahm die Flasche und goß noch mehr Wodka in die schnell geleerten Tassen. Ich hielt die Hände vor die Augen, um nicht in das immer heller werdende Morgenlicht schauen zu müssen.

»Ich wollte nur sagen, Frank, ich halte dieses kleine Baby, hauche mein Leben in seines, und dann sehe ich, wie dieses Kind durch mich lebendig wird, in meinen Armen. Ich fühle mich wieder wie einundzwanzig, als ich meinen eigenen Sohn zum ersten Mal im Arm hielt. Das wußtest du zwar nicht, aber ich habe einen Sohn, muß jetzt ungefähr fünfzehn sein. Sieht aus wie ich, habe ich gehört.« Er hob seine Tasse. »Auf den phantastischsten Job der Welt!«

Ich lebte für etwas, aber starb für nichts.

Burkes Stimme war nicht viel mehr als ein Flüstern. Marcus' Augen zuckten nicht mehr. Die Sonne war jetzt ganz aufgegangen und polterte über die Stadt. Dieser Tag würde mich nicht umbringen, nicht mehr als jeder andere. »Auf den phantastischsten Job der Welt!« Ich leerte die Tasse in zwei Zügen. »Ich bin bereit für die nächste.«

Marcus goß Wodka und Saft gleichzeitig ein, und seine braunen Hände wurden mit jeder Minute ruhiger. »Bei so einem Notfall überlege ich, ob ich nicht mal einen Trip in den Westen mache und meinen Sohn besuche. Ob ich nicht wieder drei statt zwei Nächte in der Woche arbeite. Wieder mit dem Laufen anfange und weniger trinke.«

»Darauf trinke ich.« Wir stießen über unseren Köpfen an und kippten uns die Flüssigkeit in die Münder. Marcus sagte etwas, das wie Hebräisch klang, und ließ sich in den Sitz zurückfallen. Auf einmal sah sein Gesicht zehn Jahre jünger aus. Obwohl seine Züge keinerlei Ähnlichkeit mit den meinen hatten, erkannte ich meinen Blick in seinen Augen, die gleiche Melancholie. »Du bist genau wie ich, Marcus. Und ich werde wie du sein.«

»Aber schau nicht so traurig drein, wenn du das sagst, Mann. Du solltest froh darüber sein. Wir sind doch ein klasse Team, Frank. Komm, wir trinken noch einen.« Ich hielt ihm meine Tasse hin, er hielt die leere Flasche hoch und ließ sie dann auf den Boden fallen. »Hörst du das?« Er grinste. »Das ist Love. Sie ruft mich.« Er legte das Funkgerät aufs Armaturenbrett und drehte die Lautstärke auf, als würde es sein Lieblingslied spielen.

»Zwölf Young, ich habe dringende Fälle, kranke Menschen in der ganzen Stadt. Ich schmeiß' euch raus, wenn ihr euch nicht meldet. Ich schwöre, ich werde euch nie wieder rufen.«

»Tu's nicht, Marcus. Wir hatten schon drei Jobs. Wir sind durch. Sag ihr, unser Wagen ist kaputt, das Funkgerät funktioniert nicht oder wir haben keine Tragen mehr. Sag ihr, wir sind zu betrunken, um noch weitere Fälle zu übernehmen.«

»Nein, Frank. Sie würde mich nicht rufen, wenn sie mich nicht bräuchte. Du kennst sie nicht.« Marcus setzte sich aufrecht hin und blickte entschlossen nach vorn. Dann stöpselte er das Funkgerät ein. »Hier ist Marcus, Love. Nur für dich.«

»Zwölf Young, ihr fahrt zur Achtundvierzigsten Ecke Elfte Avenue zu einem achtundvierzigjährigen Mann mit Atembeschwerden. Okay, Einheiten, weiter geht's.«

»Er ist es. Er ist es«, sagte Marcus. Ich schnallte mich an. Es gab keine Hoffnung. Oder es gab nichts als Hoffnung. Marcus umfaßte das Lenkrad mit beiden Händen, damit sie nicht so zitterten. Dafür zuckte es in seinem Hals doppelt so schnell, und seine Augen zwinkerten hektisch. Er hätte sie ebensogut schließen können. Den ersten Wagen rammte er auf der Neunten, einen Lieferwagen, der in zweiter Reihe parkte. Er setzte zurück und fuhr im Zickzackkurs weiter, das Gaspedal durchgedrückt. An den engen Stellen auf der Neunundvierzigsten Straße verlor er beide Außenspiegel. Ich wußte nicht, wie ich mich am besten hinsetzen sollte, und probierte eine Reihe von Positionen aus – Kopf nach unten oder Kopf nach oben, Hände auf dem Armaturenbrett oder an meinem Kopf. Marcus kreischte: »Ich komme, ich komme.« Als er über die dritte rote Ampel fuhr, ohne sich umzusehen, hielt ich es für das beste, mir einfach die Augen zuzuhalten und zu schreien.

Da hast du's.

Es sind schon einige zu Schrott gefahrene Rettungswagen auf meine Kappe gegangen, und im Prinzip laufen alle Unfälle nach dem gleichen Schema ab: der Schrei kurz vor dem Aufprall, wenn man es kommen sieht; die Luft, die dem Körper entweicht; der Hals dreht sich in einer Weise, wie er sich noch nie zuvor gedreht hat; der Kopf prallt auf das Armaturenbrett, den Spiegel, die Scheibe; die übrigen Körperteile eifern dem Kopf nach, schwenken in alle Richtungen aus und treffen alles, was sich ihnen in den Weg stellt, bevor sie schließlich zur Ruhe kommen. Der Moment danach ist schmerzlos, unendlich und von einer geradezu mystischen Klarheit, einer ausgeglichenen Ruhe, nach der viele ihr ganzes Leben lang suchen. Wenn er sich planen ließe, würde man in diesem Moment seine wichtigsten Entscheidungen treffen – Karriere, Ehe, Kinder. Ich komme in solchen Momenten immer zum gleichen, alles überragenden Entschluß: Ich kündige, das war's.

»Wir sind da«, verkündete Marcus. Ich konnte nur das linke Auge leicht öffnen und schaute damit – wie ich nach einigem Nachdenken herausfand – auf die Straße, und zwar auf ein kleines, quadratisches Stück Pflaster, das nur wenige Zentimeter von meinem Gesicht entfernt war. Das andere Auge wurde von einem sehr schweren, weichen Etwas zugedrückt, das außerdem auf meine Arme und Beine und alles andere an mir drückte, bis auf drei Zehen meines rechten Fußes. Es sprach mit mir. »Wo ist er, Frank? Siehst du ihn?«

»Geh von mir runter, Marcus.«

Er lachte, und sein ganzer Körper wackelte. Vielleicht weinte er auch. Jedenfalls bewegte er sich genug, daß ich meinen rechten Arm und mein rechtes Bein befreien konnte. Ich griff nach dem Rückspiegel, dessen einziger Zweck in einem Rettungswagen der ist, daß man sich an ihm hochziehen kann, wenn der Wagen auf die Seite gekippt ist. Ich kletterte nach oben, trat über Marcus' Kopf und das Lenkrad hinweg und zog mich wie ein Panzerkommandant durch das Fenster an der Fahrerseite ins Freie. Der Rettungswagen lag friedlich in der Mitte der Elften Avenue an der Ecke Achtundvierzigste, vor einem Block mit verlassenen Bürgersteigen, Autohäusern mit heruntergelassenen Rolladen und der schon lange geschlossenen Eagle Piano Company. Die Pendler, die aus der Unterführung kamen, gingen langsam vorbei, betrachteten einen Moment lang interessiert das Fahrgestell des Wagens, als erinnerte es sie an etwas, was sie zu Hause vergessen hatten und vielleicht holen sollten, und eilten dann weiter. »Ich sehe niemanden«, sagte ich und setzte mich auf die Tür. Marcus' Kopf tauchte neben meinem Ellbogen auf. »Er ist hier, Frank. Er ist hier.«

»Ich weiß«, antwortete ich. »Und deshalb kündige ich jetzt. Es reicht mir.« Ich sprang auf die Straße. Sirenen näherten sich aus dem Westen.

»Du kannst mich doch nicht hier allein lassen«, protestierte Marcus. Doch ich lief schon gen Osten und schlug mit den Armen wie mit Flügeln in der warmen Sonne.

Schon bald nachdem Mona ihren Job im Theater bekommen hatte und bevor mich meine kränksten Patienten eingeholt hatten, wurden Mona und ich zum zweiten Mal getraut – von einem Barkeeper auf der Zweiten Avenue, der behauptete, er habe mal Theologie studiert, um Priester zu werden. Vier ganze Wochen lang bildete unser Liebesakt den Anfang und das Ende eines jeden Tages. Nachts gehörte das Bett ihr, tagsüber mir. Jeden Morgen kroch ich nach der Arbeit in ihre Wärme, und spät am Abend kroch sie nach dem Theater auf meine. Wir hielten unseren Zeitplan so streng ein, daß ich allmählich glaubte, die Stadt würde ohne uns nicht funktionieren, als brauche sie uns wie Stromleitungen oder Wasserrohre. Falls wir einen unserer Termine verpaßten, würde ein schreckliches Unglück geschehen. Und dann war ich eines Morgens zu müde und zu blutbeschmiert dafür, aber nichts geschah. Und das war das größte Unglück.

13

Meine Mutter konnte sich nur schwer daran gewöhnen, daß mein Vater fort war. In den ersten drei Monaten trug sie immer denselben tristen, gelben Morgenmantel und verbrachte die Tage in dem abgewetzten Sessel, schaute sich Fernsehshows und Seifenopern an, stand in den Werbepausen auf und lief im Haus herum, verrückte Möbel und vergaß manchmal, sie wieder zurückzustellen.

Sie schlief in ihrem Arbeitszimmer, wo sie abends lange aufblieb und medizinische Fachtexte las, als suche sie nach dem Namen der Krankheit, die ihr Leben beherrschte. In diesem ersten Sommer redete sie sich ein, sie würde blind. Selbst nachts trug sie eine Sonnenbrille. Dr. Bruce, ihr Augenarzt, versicherte ihr, es sei alles in Ordnung. Doch sie bestand auf weiteren Tests und ließ sich einmal pro Woche einen Termin geben. »Meine Augen bringen mich heute mal wieder um«, sagte sie dann. »Ich gehe besser zu Bruce.« Er besaß einen königsblauen Century, und damit fuhren sie nachmittags nach Mount Gary und parkten hinter den verkohlten Trümmern des früheren LaMonica's. Unser Zahnarzt, ein Freund meines Vaters, erzählte mir davon, als er den Bohrer absetzte. Er nannte es LaTristessa's.

Bruce kam zum Abendessen zu uns, und bald frühstückten wir auch zusammen. Durch seine Brille sahen seine Augen doppelt so groß aus wie normal, und ich konnte sie nicht anschauen. Jeden Morgen erzählte er mir über den Cornflakes von Jesus. Seine Sätze begannen für gewöhnlich mit »Bevor ich zu Jesus fand ...« oder »Nachdem ich gerettet wurde ...« »Ich war blind«, sagte er immer, »und jetzt kann ich sehen.« Sie wurden in der Kirche auf der State Street getraut und verbrachten ihre Flitterwochen mit einer

Sensitivitätstrainingsgruppe in Pennsylvania. Er kaufte ihr einen neuen Buick, dessen Stoßstange mit Botschaften über Christus' Auferstehung beklebt war.

Dienstag abends leitete Bruce Treffen der Anonymen Alkoholiker im Keller der Kirche, und am Wochenende harkte er freiwillig den Friedhof oder strich ein Klassenzimmer an. Meine Mutter übte für den Chor, während sie die Kräuter im Garten hinter der Kirche pflegte. Selbst im heftigsten Sturm hockte sie singend in der Minze und jätete Unkraut. Der Pastor kam einmal in der Woche zum Abendessen zu uns und sprach für jedes Gemüse ein Gebet. Er backte Brot in unserem Ofen. »Francis«, sagte er zu mir, »komm her und schau dir an, wie der Teig aufgeht. Die ganze Welt ist in diesem Ofen.« Ich traute ihm nicht. Mir fehlte die Art, wie meine Mutter in der Spüle Teller zerbrach oder wie mein Vater tagelang nur murrte.

Wir zogen in Bruces Haus um. Ich verbrachte den Großteil meiner Jugend auf fünf Sofas, die auf drei Stockwerken verteilt waren. Mein Lieblingssofa war der Zweisitzer auf der Veranda – dunkelgrün mit herrlichen Schaumstoffkissen. Nach der Schule lag ich stundenlang dort und durchlebte die Tage mit Jimmy Corcoran noch einmal, als wir auf den Trümmergrundstücken in der Nähe der Elften Avenue spielten. Die Abende verbrachte ich in meinem Zimmer, Abendessen und Fernsehen in einem gemütlichen, burgunderfarbenen Ledersofa. Nachts zog ich mich auf das Ausziehsofa im Keller zurück, wo es dunkler war als in der tiefsten Höhle. Dort unten bereiste ich die Welt, das alte Ägypten, den Amazonas, die Wüste Gobi, die Sahara. Ich schlief und schlief, wachte nur für das schlichte Vergnügen auf, mich an einen anderen Ort treiben zu lassen. Die Straße, die mich zum nächsten Morgen brachte, führte immer durch Manhattan, einen Ort voller Abenteuer, heimtückischer Fallen, Heldentaten in letzter Minute. Und dann sprang der automatische Rasensprenger an, und das Wasser spritzte gegen die mit schwarzer Pappe ausgeschlagenen Fenster.

Meine Mutter wurde zu einem Vorbild für die Gemeinde und grämte sich um so mehr über ihren einzigen Sohn. Schulpsychologen schrieben ihr oft und ausführlich über meine diversen Störungen. Ich wurde Ärzten, Beratern und Diätetikern vorgeführt. Eine Nonne aus Philadelphia hypnotisierte mich zweimal. Doch niemand konnte mich davon überzeugen, daß es sich lohnte, für die Welt aufzuwachen. Mein Traumleben genügte mir vollkommen. Die Tage unterschieden sich nicht sonderlich von den Nächten. Das Leben meiner Eltern, das Leben dieser Stadt schien mir nur wenig glaubhafter als das in meinen Träumen.

Ich verschlief die High-School und zwei Monate College, das ich verließ, um in zwei Jahren sechs Jobs zu verschlafen – unter anderem als Fabrikarbeiter, Angestellter im Lebensmittelladen, Bote und Sicherheitsbeamter. Dabei kam es manchmal fast zu einem Unglück: Einmal fuhr ich beinahe eine Gruppe Rentner mit dem Gabelstapler über den Haufen, ein anderes Mal schnitt ich beinahe die Hand des Ladenbesitzers in ein Schinkensandwich. Ein Kollege in der Wachmannschaft schoß einmal auf mich, als ich in sein Gebiet hineinlief. Er schürfte sich den Fuß auf und wurde befördert. Ich wurde gefeuert. Der Officer hat grundlegende Sicherheitsprinzipien mißachtet, schrieb mein Vorgesetzter, hat sich Anweisungen widersetzt, ist bei Beschuß nicht in Deckung gegangen, läuft in Schleifen, weigert sich, Plaketten oder Rangabzeichen zu tragen, schadet der Moral der Truppe und stellt eine Gefahr für alle disziplinierten Mitarbeiter dar.

Doch ich glaubte nie, daß ich selbst in Gefahr sei. Diese Wachleute erschossen eher sich selbst als mich. Da ich stets halb schlafend durch die Welt lief, fühlte ich mich sicher. Um mich herum regierte das Chaos. Es war die Frau neben mir in der Fabrik, die Knopflochnäherin, die einen Herzanfall erlitt, der Fahrer vor mir, der in den Lastwagen hineindonnerte, mein bester Freund, Ronald Bailey, der von einem herunterfallenden Ast bewußtlos geschlagen wurde, als wir am Bach saßen und Gras rauchten. Allmählich glaubte ich, daß ich Unfälle gleichzeitig anzog und auf andere ablenkte. Daher fühlte ich mich in gewisser Weise verantwortlich für das Unglück der Menschen in meiner Umgebung.

Den letzten Job jener Jahre mochte ich am liebsten: Pendelbusfahrer. Die ganze Nacht tingelte ich mit dem Kleinbus zwischen den Kleinstädten und Flughäfen hin und her. Ich blieb sogar draußen auf den Straßen, wenn ich nirgendwohin mußte. Fahren war für mich wie Träumen – das Brummen des Achtzylinders auf den schlafenden Hauptstraßen und dann den finsteren Landstraßen, die vorbeihuschenden Schatten der Bäume und Hügel, diese unerschütterliche Stille. Ich freute mich auf jede Nacht, egal, wer in meinem Bus saß oder wer sonst noch auf der Straße fuhr.

Eines Nachts befand ich mich allein auf einer Landstraße drei Kilometer von Beacon entfernt und sah plötzlich ein brennendes Haus. Aus allen Fenstern drangen Flammen – nur aus einem nicht. Dort stand eine Frau und winkte mir zu, nicht verzweifelt, als wolle sie mich rufen, sondern eher wie eine Tante, die zum Abschied winkte. Als ich sie aus dem Haus trug, schrie sie. In einer anderen Nacht kam ich an einem verunglückten Zug vorbei. Die Güterwaggons entgleisten neben der Route 7A. Ich half dem Fahrer heraus, und wir sahen gemeinsam zu, wie eine schwarze Flüssigkeit aus seinem Tankwaggon über die Lok und in den Fluß lief.

Die anderen Fahrer behaupteten, ich könne Autowracks aus mehreren Kilometern Entfernung riechen. Ich gewöhnte mich daran, in dunkle Kurven hineinzufahren und in einer Flut von Blaulicht zu landen. Ich war enttäuscht, wenn ich in einer Nacht keinen Wagen fand, der gegen die Leitplanke oder einen Baum geprallt war. Mit der Zeit kannte ich die örtlichen Polizisten mit Namen, plauderte mit ihnen am Unfallort oder im Restaurant und hörte mir ihre Geschichten an.

Einmal mußte ich einen Handelsvertreter in Poughkeepsie absetzen. Danach fuhr ich mit Bleifuß auf der 9W. Der Straßenabschnitt oben am Fluß schlängelt sich wie eine Grand-Prix-Strecke. Ich benutzte alle Fahrspuren, und manchmal schrammte der Wagen an der Steinmauer am Rande der Felswand entlang. Als ich mit quietschenden Reifen in die Haarnadelkurve hineinfuhr, überholte mich plötzlich ein Mustang auf der Innenseite. Die Fahrerin raste in Schlangenlinien vor mir her und hatte den Wagen offensichtlich nicht mehr unter Kontrolle. Wahrscheinlich war sie betrunken oder einfach nur verrückt. Ich versuchte, hinter ihr zu bleiben, denn ich wußte, sie würde einen Unfall haben, und ich wollte dabeisein. Sie krachte durch die Mauer und ungefähr sechs Meter tiefer in einen Baum.

Ich kletterte von hinten um das Auto herum. Die Rücklichter leuchteten schräg nach oben auf die Straße. Eine Eiche hatte sich in die Motorhaube gebohrt. Es roch nach Erde und Benzin, Grillen zirpten, und Dampf zischte. Haare und Blut klebten an dem Riß in der Windschutzscheibe. Sie atmete noch. Ich öffnete die Beifahrertür und setzte mich neben sie. Überall Scherben, meine Hände bluteten schon.

Ich wußte, daß ich sie nicht bewegen durfte, und tippte ihr zweimal auf die Schulter. Dann nahm ich ihre Hand und drückte sie an meine Wange. Sie war ganz kalt. Ihr Atem wurde schwächer. Ihr Kopf neigte sich in einem so furchtbaren Winkel über das Lenkrad, daß ich fürchtete, sie würde ersticken, deshalb zog ich sie ganz vorsichtig nach hinten. Sie sackte auf dem Sitz in sich zusammen und hörte auf zu atmen. Dann holte sie tief Luft und schlug die Augen auf. »Alles wird gut«, sagte ich. »Bewegen Sie sich nicht. Ich hole Hilfe.«

Ich kletterte den Hügel hinauf und stürzte. Mein Kopf prallte gegen einen Stein, Blut rann über mein Auge. Drei Autos fuhren vorbei, ein Truck hielt schließlich an. Ein alter Mann, der rostige Rohre geladen hatte. Er sei spät dran, sagte er, aber er werde in Highland Falls die Polizei benachrichtigen, wenn er Zeit dazu habe. Als ich zum Wagen zurückkehrte, hielt sich die Fahrerin die Seite. »Mir ist kalt«, sagte sie. Ihre Haut hatte die Farbe einer alten Rasierklinge. Es roch nach Whisky, daher durchsuchte ich den Innenraum, bis ich die Flasche eingeklemmt unter der Handbremse fand. Sie griff danach, verfehlte die Flasche, versuchte es noch mal, packte sie schließlich und schraubte den Deckel auf.

»Vielleicht sollten Sie das besser nicht tun.«

»Vergiß es«, antwortete sie. »Da kommst du zu spät.« Sie nahm zwei Schlucke.

»Ich komme immer zur richtigen Zeit. Das ist ja das Merkwürdige.«

»Meine Güte, wie alt bist du?«

»Neunzehn.«

»Als ich so alt war wie du, hatte ich schon zwei Kinder.« Sie nahm noch einen Schluck und drückte mir dann die Flasche in die Brust. Ich trank, und einen Moment lang wurde mir ganz warm. Dann spürte ich einen starken Druck über meinem rechten Auge, als machte sich der Kater schon früh bemerkbar.

»Ich bin eine Waise«, sprudelte es aus mir heraus.

»Laß mich mal deinen Kopf ansehen – du blutest ja.« Sie legte einen Moment lang die Hände auf meine Augen, und als sie sie wieder wegzog, bemerkte ich das Blut daran. Sie wühlte mit dem Fuß im Abfall auf dem Boden. Dann schaute sie mich an, hielt sich die Seite, weil das Bücken schmerzte, zog ihre Strumpfhose aus und wickelte den weichen Stoff vorsichtig um meinen Kopf.

»Gehirnerschütterung«, erklärte ich stolz, weil ich die Symptome aus irgendwelchen Krankenhausserien kannte – Schwindel, Übelkeit, das Gefühl, als wären die Hände an den Hüften festgebunden. Ich wünschte, sie würde nie mit dem Wickeln aufhören.

»Mein Sohn hat sich mal den Kopf so aufgeschlagen. Das Blut spritzte heraus, und ich habe die ganze Zeit geschrien. Er mußte mich zum Krankenhaus zerren. Eine tolle Mutter, was?«

»Hieß er zufällig Frank?«

Sie lachte. »Weiß ich nicht mehr.« Sie nahm noch einen Schluck Whisky, stöhnte auf und faßte sich an die Seite. »Sag mal, kennst du dich aus mit inneren Verletzungen?«

»Sie sollten nichts mehr trinken.« Ich legte meine Jacke um sie. »Sie müssen warm bleiben.«

Wir wurden abwechselnd ohnmächtig. Einmal war sie eine alte Frau, als ich erwachte, und beim nächsten Mal ein Engel. Ihre Augen schauten mich ausdruckslos an, und ihr Gesicht wirkte unscharf, weiß und körnig, wie in einem alten Stummfilm. Ich weinte und rieb ihre Hände warm, als die Rettungssanitäter eintrafen. »Mom«, sagte ich immer wieder.

Die Sanitäterin setzte sich hinter mich und legte die Hände um mein Gesicht, um es zu stützen. »Was ist passiert?«

»Meine Mutter.«

Ihr Kollege nahm gleichgültig die kalte Hand der betrunkenen Frau aus der meinen und legte seine eigene hinein. »Drück meine Hand«, sagte er, »und wackle mit den Zehen. Bist du noch woanders verletzt?«

Ich versuchte, den Kopf zu schütteln, doch die Sanitäterin hinter mir ließ das nicht zu. Sie legten mir einen Zylinder um den Hals, schnitten meine Kleider auf und steckten mich in eine Zwangsjacke. Dann schnallten sie mich auf einer Trage fest und schleppten mich den Hügel hinauf. Ich sah nur zwei Sterne.

Im Rettungswagen verabreichten sie mir Sauerstoff und maßen meinen Blutdruck. Sie tasteten eifrig an mir herum und hörten meine inneren Organe ab, wobei jeder Schritt zum nächsten führte, wie bei einer Kettenreaktion. »Welcher Tag ist heute? Erinnerst du dich, was passiert ist?«

Ich hatte Angst, sie würden aufhören, wenn ich antwortete. Ich wollte, daß die Fahrt nie endete. »Mutter«, sagte ich nur.

»Deine Mutter ist tot. Tut mir leid.«

Ich schaute an die Decke, während sie die Infusion anlegten und meinen Kopf neu bandagierten. Den Rest der Fahrt achtete ich nur noch auf die Sirenen und dachte darüber nach, wie gewaltig diese Worte doch klangen: Deine Mutter ist tot. Er wußte es schon die ganze Zeit. Um ein solches Wissen zu besitzen, dachte ich, mußte man ein Gott sein.

Im Krankenhaus rannten die Schwestern nervös hin und her, und der Arzt rückte sein Toupet zurecht. Ich beantwortete all ihre Fragen. Schließlich haßten sie mich, als ich verkündete, die Frau im Wagen sei gar nicht meine Mutter gewesen, meine Mutter singe im Garten der Kirche. Schnell wurde ich in die niederen Gefilde der Notaufnahme abgeschoben. Da ich nicht unbedingt neben Patienten mit ansteckenden Krankheiten liegen wollte, wartete ich lieber draußen auf meine Entlassung und beobachtete die Sanitäter beim Rauchen und Witzeln. Ich ging zu der Frau hinüber, die mich hergebracht hatte, und fragte sie: »Wie wird man Rettungssanitäter?«

Auf der Fünfzigsten Straße schaute ich mich nach Marcus um, der noch immer auf der Seite des Rettungswagens saß, des letzten Wracks in meinem Leben voller Wracks. »Ich kündige, Marcus«, sagte ich und reckte den Kopf in die Morgenluft. »Ich kündige, Rose. Verfolge jemand anderen. Ich kündige, Patrick Burke, dir und deiner Familie.« Ich wandte mich nach Osten in die Sonne, streckte die Hände aus und befühlte damit die Aprilluft, spürte zum ersten Mal das Ende des Winters. »Es ist Frühling!« rief ich, als wären seit dem letzten Frühling Jahre vergangen, als wäre gerade ein böser König entmachtet worden. Vier junge Verliebte spazierten Arm in Arm an mir vorbei, zwei Jungen und zwei Mädchen oder drei Jungen und ein Mädchen, vier Jungen oder vielleicht auch vier Mädchen. Sie tauschten immer wieder ihre Hüte, küßten oder neckten sich.

Ich blieb vor der Hausnummer 440 West Fünfzigste Straße stehen, stieg die kleine Treppe hinauf und klingelte bei 3F. Dann strich ich mir die Haare aus dem Gesicht und stopfte mein Hemd in die Hose. Ich hatte Mona nicht mehr gesehen seit dem Tag, an dem sie mich verlassen hatte. Sie kehrte danach noch mehrmals in unsere Wohnung zurück, aber immer nur spätabends, wenn ich arbeitete. Damals war jedesmal etwas anderes verschwunden, wenn ich nach Hause kam: Bücher, ein Spiegel, zwei Stühle, ihre Kommode. Ich rief beim Theater und bei all ihren Freunden an, bis einer von ihnen mir schließlich sagte: »Sie will dich nicht sehen.«

Ich blickte auf die Uhr, klingelte noch mal und wartete darauf, daß sie in ihrem weißen Nachthemd die Treppe herunterglitt. Im letzten Monat hatte ich so oft vor diesem Haus gestanden und mir dieses Bild ausgemalt. Dann war ich wieder gegangen, ohne zu klingeln. Ich hatte ihre Nachbarn mit ihren Hunden getroffen. Ich wurde sogar einmal zu einem Notfall in diesem Haus gerufen, einem alten Mann, der in seinem Badezimmer im obersten Stock gestorben war. Die Zeitung lag neben ihm, aufgeschlagen auf der Seite mit den Todesanzeigen. Ich fragte mich, ob er seinen Namen dort gelesen hatte. Auf dem Weg nach unten lauschte ich an der Tür des Apartments 3F, wollte Mona atmen hören.

Monas Mitbewohnerin ging immer um sieben zur Arbeit, und jetzt war es zehn nach. Ich klingelte noch dreimal und wartete fünf Minuten. Dann vergewisserte ich mich, daß sich niemand auf der Straße aufhielt, kletterte auf die Steinmauer neben der Haustür und sprang auf die Feuerleiter, hielt mich an der untersten Metallstufe fest und zog mich dann hoch. Das Fenster im zweiten Stock stand offen, wurde jedoch von einem Stahlgitter dahinter versperrt. Ich schaute in ein leeres Schlafzimmer und kletterte zum anderen Fenster weiter, das ebenfalls offen und vergittert war. Und da lag Mona. Sie schlief auf der Couch im Wohnzimmer. »Mona.« Ich öffnete das Fenster ganz und hämmerte gegen das Gitter. »Mona.« Ich hämmerte stärker und schrie ihren Namen so laut, daß alle Monas der Stadt es hören konnten. Sie öffnete die Augen und schaute mich an. »Wer ist da?«

»Ich bin's, Frank.«

»Oh.« Sie schloß die Augen wieder.

»Mona, ich bin nur gekommen, um dir zu sagen, daß ich kündige. Ich fange noch mal von vorn an.« Sie schlug noch mal die Augen auf, braunes Laub, das in einem Brunnen schwamm. Ich klopfte gegen das Gitter. »Mona, hast du gehört? Ich kündige.« Sie stand auf und kam langsam auf mich zu, das Hemd zusammengerafft unter den Hüften, die Augen halb geschlossen, ihre Lippen nur Zentimeter von mir entfernt. »Frank.«

»Ich dachte, ich könnte wieder zur Schule gehen, den Abschluß machen, über den wir gesprochen haben. Ich mach' irgendeinen Teilzeitjob, um mich über Wasser zu halten. Egal, was – ich fahre Pizzas aus, ich eröffne ein Restaurant, ich kandidiere als Bürgermeister. Ich dachte, wir könnten es noch mal miteinander versuchen. Ich kenne einen Barkeeper down-town, der mal Friedensrichter in North Dakota war. Was hältst du davon?«

»Schön.«

»Ich will dich nicht hetzen. Alles wird ganz anders. Du läßt dir einfach Zeit, und wenn du soweit bist...« Ich hielt inne und bewegte den Kopf ein wenig von ihr weg. Ihr Gesicht schien so ruhig, sie atmete nur. »Du schläfst, oder?«

»Mmm.«

Ich preßte das Gesicht gegen das Gitter. »Ich liebe dich, Mona, und ich werde dich immer lieben. Liebst du mich denn nicht auch?«

»Mmm.«

»Dann küß mich.« Ich drückte meinen Mund durch das Gitter und wartete. Mona lehnte sich still nach vorn und preßte ihre wunderschönen Lippen gegen das kalte Metall über meiner Nase. Dann drehte sie sich um, legte sich wieder auf die Couch und schloß die Augen. »Gute Nacht, Mona.« Wie gern hätte ich so geschlafen.

Auf dem Weg nach unten nahm ich immer drei Stufen auf einmal und jauchzte auf, als ich von der Leiter sprang. Egal, ob sie schlief. Das war immerhin ein Anfang. Auf dem Bürgersteig schloß ich mich den erwerbstätigen Arbeitslosen an – Dosensammlern, Hundeausführern, Hausierern – und den übrigen Joblosen, die zu Kirchenbasaren, Suppenausgaben oder Computerstunden unterwegs waren. Ich kaufte mir ein Hot dog am Stand an der Ecke. »Was sagte der Buddhist zum Hot-dog-Verkäufer?« fragte ich.

»Was denn?«

»Geben Sie mir eins mit allem drauf.«

»Sehr witzig.« Er verzog keine Miene.

»Ich glaube, ich könnte das auch«, sagte ich. »Verdienen Sie was dabei?«

»Nein.«

»Na ja, aber dafür haben Sie immer etwas zu essen.«

»Man hat die Hot dogs ziemlich schnell satt«, antwortete er. »Ich würde lieber sterben, als noch eins zu essen. Und dann dieser Gestank. Der ist wie eine zweite Haut, die man nie los wird.«

»Ich könnte es trotzdem.«

Ich kaufte mir auf der Einundfünfzigsten ein Bier und trank es, während ich nach Norden weiterspazierte und meine Kündigungsrede vor Captain Ed übte. »Das war's, ich kündige. Das war's, ich kündige.« Das Bier stieg mir allmählich zu Kopf, und ich fing an zu stolzieren, wie immer in diesem Zustand.

Ich rauchte auf dem Krankenhausparkplatz eine Zigarette und schaute mir zum letzten Mal die rostenden Motoren an, die aufgereihten kaputten Rettungswagen, die schmutziggrauen Backsteine der Krankenhausmauern. Jemand kam aus dem Wartezimmer. Durch die offenen Türen sah ich Mary Burke und ihren Bruder inmitten von Geschwüren, Gürtelrosen und Tuberkulosen sitzen. Auf Wiedersehen, Mary.

Ich ging durch den Aufenthaltsraum, an Luther vorbei, der auf der Couch schlief, und an Marcus, der an dem wackligen Tisch seinen Unfallbericht schrieb. Im Büro schlief Captain Ed mit offenen Augen. Seine Füße zuckten auf dem Schreibtisch. Ich beugte mich zu ihm hinüber und brüllte: »Das war's, Captain Ed. Ich kündige.«

»Pierce, da sind Sie ja endlich. Sie müssen ein paar Formulare wegen dieses Unfalls ausfüllen.«

»Ich fülle keine Formulare aus. Ich kündige.«

»Was sagen Sie da, Pierce?«

»Das war's.«

»Kann ich Ihnen das nicht noch ausreden?«

»Keine Chance, Captain.«

»Nun, tut mir leid, das zu hören. Sie waren lange bei uns. Wann sollten Sie heute reinkommen?«

»Um zwölf.«

»Und wann kommen Sie? Um eins?«

»Ich komme überhaupt nicht.«

»Sagen Sie mal, Pierce, wie oft haben Sie diesen Monat schon gekündigt? Und wie oft letzten Monat?«

»Da habe ich nur für heute geübt. Und ich hab' lange dafür gebraucht. Sie haben ja keine Ahnung, wie ernst es mir heute damit ist. Diesmal kündige ich wirklich. Ich schaue auf die Uhr, und in zehn Sekunden werde ich von hier verschwinden und nie wiederkommen.«

»Ich trag' Sie für ein Uhr ein. Ich lasse die Formulare hier liegen. Sie können sie Captain Barney geben, wenn Sie reinkommen.« Captain Ed notierte etwas auf seinem Schreibtisch und legte dann seine Füße darauf.

»Machen Sie, was Sie wollen. Ich bin fertig hier.«

Einmal arbeitete ich mit Suzette in einer ihrer seltenen Nachtschichten zusammen. Wir wurden zu einer Überdosis auf einem Häuserdach gerufen. Am oberen Ende der Treppe öffneten wir die Tür und sahen einen Mann auf dem Dach liegen, der nicht atmete. Neben ihm saßen zwei der größten und häßlichsten Hunde, die ich je gesehen hatte. Als wir uns näherten, fletschten sie die Zähne. Also schlossen wir die Tür wieder und riefen die Rettungsdienst-Hilfseinheit, die fünf Minuten später mit einer Betäubungspistole erschien. »Ihr wollt doch nicht etwa auf die Hunde schießen?« fragte Suzette. »Sie können nichts dafür – der Typ ist das Arschloch.« – »Doch, wir schießen auf die Hunde«, antwortete der Cop und zog zwei bereits gefüllt Plastikpfeile hervor. – »Gebt mir einen davon«, verlangte sie. Dann nahm sie den Pfeil, zog mit einer Spritze aus dem Arzneikoffer das Serum aus dem Pfeil und füllte ihn statt dessen mit Narcanti. »Schießt nicht auf die Hunde«, meinte sie. »Schießt auf das Arschloch.« Der Officer öffnete die Tür, schoß dem Mann schnell in die rechte Pobacke und schloß die Tür wieder. Eine Minute später kam der Mann mit der Überdosis heraus und führte seine zwei Hunde die Treppe hinunter, ohne ein Wort zu sagen.

14

Auf dem Parkplatz atmete ich zum ersten Mal die Luft der Freiheit. Ein neues Leben begann. Ich rauchte noch eine Zigarette. Ich würde den ganzen Tag aufbleiben, erst um Mitternacht schlafen gehen, dann früh aufstehen, Kaffee trinken, ein Ei essen und die Stellenanzeigen durchsehen. Ich würde mir etwas Neues zum Anziehen kaufen und mir die Haare schneiden lassen. Mona.

Ich sah auf die Uhr. Die Dark Bar öffnete um acht. Ein Bier, um über alles nachzudenken, Stift und Papier, um Ideen aufzuschreiben. Ich wollte gerade losgehen, als ich hörte, wie sich die Türen der Notaufnahme öffneten. Noël stürmte an mir vorbei, blickte sich auf der Sechsundfünfzigsten nach rechts und links um und hüpfte auf einem Bein in Richtung Neunte. »Ciao, Noël.« Wieder öffneten sich die Türen. Mary Burke rannte mich fast um und lief blindlings auf die Straße. Ein Taxi mußte ausweichen. »Auf Wiedersehen, Mary«, sagte ich. Griss stellte sich zu mir. »Was ist denn los, Griss?«

»Deine Freundin hat gerade den Typ losgebunden, der immer um Wasser bettelt. Ich bin nur rausgekommen, um ihr zu danken. Wahrscheinlich hat sie mir eine Mordanklage erspart.« Wir sahen zu, wie sie sich auf der anderen Straßenseite nach rechts wandte und sich vornüberbeugte, als weinte sie. Sie rannte durch eine Gruppe mordlustig wirkender Schüler der High-School, die sie anbrüllten und Anstalten machten, ihr nachzugehen, dann aber weitergingen. »Harte Zeiten«, meinte Griss. Ich fing an zu laufen. Ich wollte nicht mit ihr reden. Schließlich hatte ich gekündigt. Ich wollte mich nur vergewissern, daß sie nicht noch mehr verletzt wurde. Also folgte ich ihr, blieb einen Block hinter ihr und senkte jedesmal den Kopf, wenn sie sich umschaute.

Fünf Blocks rannte ich und versteckte mich. Schließlich war ich völlig außer Atem und wünschte, sie würde stehenbleiben. Ich bog in die Achtundvierzigste und lief fast in sie hinein. Sie hielt sich mit einer Hand an einem rostigen Eisenzaun fest, bückte sich und atmete hastig. Ich trat um die Ecke zurück und ließ mich gegen die Häuserwand fallen. Fledermäuse flatterten in meiner Lunge, und ihr Kot verstopfte die Basis. Als ich wieder hinsah, war sie die Straße schon halb hinaufgerannt.

Von der Ecke aus schien es ein ganz passabler Block zu sein – zwei renovierte Reihenhäuser, ein paar Bäume, eine alte Kirche. Doch weiter hinten sah ich, daß die Mitte wie mit einem riesigen Spachtel abgetragen worden war. Aus der Betonmulde ragten im Abstand von dreihundert Metern zwei Türme empor. Der betonierte Platz dazwischen stellte eine surreale Landschaft aus aztekischen Pyramiden im Miniaturformat und in Zement gegossenen Stalltieren dar.

Als Mary Burke vor der Kirche stehenblieb und zu den verschmierten Scheiben aufsah, nahm ich an, sie sei an ihrem Ziel angelangt. Das war bestimmt der richtige Ort für sie. Für mich allerdings nicht. Ich wollte gerade in Richtung Dark Bar weitergehen, als sie sich von der Kirche abwandte und die Straße überquerte. Ich blieb in Deckung und lief an den parkenden Autos entlang, bis ich gegenüber den Zementtieren stand. Ich duckte mich hinter einen leeren Ford und beobachtete sie. Taxis schossen vorbei und wirbelten braunen Staub auf.

Sie stand mitten auf dem Platz, so daß die Tiere sie umkreisten und in ihre Richtung blickten, als wäre sie eine Art Hirte. Sie schaute lange an den Häusern hoch. Meine Gedanken schweiften ab. Ich dachte an meine Notfälle in diesem Haus: ein alter Mann, der aufrecht stehend starb, die Ellbogen auf die Spüle gestützt; ein Teenager, der Rattengift geschluckt hatte; und ein weiterer, der seine Filzläuse loswerden wollte, indem er sich selbst mit Insektengift besprühte. Es brennt, rief er und hüpfte auf einem Bein herum. *Das war's. Ich habe gekündigt.*

Mary Burke tippte mir auf die Schulter.

»Entschuldigung«, sagte ich, löste meinen Schnürsenkel und band eine neue Schleife. Dann stand ich unbeholfen da und überlegte, was ich als nächstes tun konnte. »Sie sahen aus, als wären Sie in Schwierigkeiten.«

»Es geht mir gut. Ich kann nur keine gefesselten Menschen sehen. Ich saß stundenlang in diesem Wartezimmer und hörte Noël schreien. Ich kenne ihn. Er schreit nur, weil er gefesselt ist.«

»Das scheint mir nicht das Schlechteste zu sein. Wenn man gefesselt ist, kann man nicht zur Arbeit gehen.«

»Oh, sagen Sie das nicht. Ich wollte auch meinen Vater losschneiden. Zuerst sagten sie mir, er wäre fast gestorben. Fünf Minuten später heißt es, es geht ihm besser als je zuvor. Dann gehe ich zu ihm, und es tut mir weh, ihn so kämpfen zu sehen, so als leide er unter schrecklichen Schmerzen. Eine Schwester zog mich von ihm weg. Und der Arzt auch. Ich glaube, die wissen selbst nicht, was sie da drinnen machen.« Sie schaute an dem Haus hoch, als wartete sie darauf, daß es auf sie herunterfiele. »Also, wenn Sie schon mal hier sind, könnten Sie mir eigentlich auch einen Gefallen tun. Warten Sie auf mich vor diesem Haus hier, okay? Es dauert nur ein paar Minuten. Ich muß eine kranke Freundin besuchen.«

»Okay.«

Sie ging zehn Schritte und drehte sich wieder um. »Ich bitte Sie nur, weil es in dem Haus gefährlich ist. Ein paar Leute sind überfallen worden, und vor kurzem ist eine Frau vergewaltigt worden. Und diese Frau, die ich besuche, will sicher den ganzen Tag mit mir reden. Aber wenn ich vom Fenster aus auf Sie zeigen und ihr sagen kann, daß Sie auf mich warten, kann ich schnell wieder gehen. Ich muß nur etwas abholen. Falls etwas passiert, ich bin in der Wohnung 16M.«

»Okay. M wie Mary. Vielleicht sollte ich mitkommen.«

»Nein, ich gehe nur für ein paar Minuten rauf. Wenn ich in einer Viertelstunde nicht zurück bin, klingeln Sie einfach, dann läßt sie mich gehen.«

»16M«, wiederholte ich. »Eine Viertelstunde. Es wird schon nichts passieren. Ich komme mit.«

»Nein, ist schon in Ordnung. Ich besuche nur eine kranke Freundin.«

Ich folgte ihr ins Haus. Die Stahltüren standen halb offen, die Schlösser waren herausgerissen. Im grau gefliesten Flur schlief ein Mann auf einem Schreibtisch, wo vor Jahren einmal ein Wachmann gesessen hatte. Er atmete nur ein paarmal in der Minute. Doch jeder Atemzug zählte wahrscheinlich soviel wie fünf von meiner Sorte. Wenn er einatmete, kam jedesmal ein Windstoß zur Tür herein. Er schnarchte, als wäre seine Zunge verrostet und seine Kehle voller Löcher. Während Mary auf den Aufzug wartete, schüttelte ich den Mann. Als er sich nicht rührte, hob ich sein linkes Augenlid an. Eine winzige Pupille: Heroin. Mir fielen all die Überdosen in diesem Block ein, Junkies, die tot in den Eingängen und Treppenhäusern lagen. Ich rieb mit dem Fingerknöchel an seinen Rippen. Er stöhnte und schob meine Hand weg. Diese Dosis würde ihn nicht umbringen.

»Was machen Sie da?« wollte Mary wissen.

»Ich besuche nur einen kranken Freund.«

»Wecken Sie ihn nicht auf. Er könnte ungemütlich werden.«

Der Aufzug kam, die Türen öffneten sich, schlossen sich und öffneten sich wieder. Sie ging hinein, und ich winkte ihr zum Abschied. Die Türen schlossen und öffneten sich. Ich trat ein, und sie schlossen sich. Der Aufzug hüpfte ungefähr einen Meter weit nach oben und blieb dann stehen. Dann ging es aufwärts, so langsam, daß man es kaum merkte. Nur das knirschende Metall in jeder Etage verriet, daß wir uns bewegten. Ich mußte an die dicke Frau denken, der man in einer der oberen Etagen auf dem Flur in den Kopf geschossen hatte. Während ich sie behandelte, sagte sie das Wort »Schwächling« ein paarmal schnell hintereinander, sonst nichts. Die ganze Zeit über fragte ich mich, welches Schicksal diese Frau dahin gebracht hatte, daß ihr jemand in den Kopf schoß. Im Vergleich zum restlichen Körper wirkte der Kopf wahnsinnig klein, nur etwas größer als ihr Knie. Das Loch über ihrem linken Ohr war nicht größer als ihr kleiner Zeh. Hector und ich schnitten ihre Kleider auf, rollten sie auf die Trage und zwängten diese mit einer Kraft, über die eigentlich keiner von uns beiden verfügte, in den kleinen Aufzug, so daß sie sich diagonal zwischen uns erstreckte, ihr Kopf in einer Ecke und ihre Füße in der gegenüberliegenden. Hector und ich konnten uns weder bewegen noch spüren, daß der Aufzug nach unten fiel, so langsam war er. Wir dachten, daß wir ewig in diesem Aufzug stecken würden, bis wir alle nur noch so groß wie das kleine Loch wären. Und die ganze Zeit hörten wir das Blut auf den Boden tropfen.

»Ich hätte Sie nicht bitten sollen mitzukommen.« Ihre Hände zitterten.

»Sie haben mich gebeten, nicht mitzukommen.«

»Versprechen Sie mir, daß Sie nicht reingehen werden.«

»Eine Viertelstunde.«

»In diesem Krankenhaus sind alle verrückt. Ich werde auch langsam verrückt. Sie verstehen das sicher. Ich muß mich nur ein bißchen ausruhen, mich nicht die ganze Zeit so schuldig fühlen.«

»Ich bin derjenige, der sich schuldig fühlen muß«, entgegnete ich. »Falls Sie je daran zweifeln sollten, es ist meine Schuld.«

»Ich kann mich nicht um alle dort kümmern. Ich kann mich ja nicht mal um mich selbst kümmern. Ich fühle mich wie vollgelaufen, aufgebläht. Als hätte jemand einen Schwamm in mich hineingelegt, vollgesogen mit all ihren Problemen.«

»Das war ich.« Ich schätzte, daß wir schon zwölf Stockwerke geschafft hatten. Der Aufzug schien erschöpft, kämpfte sich aber weiter. Mary Burke hatte sich in eine feuchte Ecke zurückgezogen, die Arme um sich geschlungen. Sie war blaß und atmete schnell. »Wir können immer noch zurück«, schlug ich vor. »Ich bringe Sie nach Hause. Dann schlafen Sie ein paar Stunden, sehen ein wenig fern, nehmen ein Bad. Und dann sehen Sie nach Ihrem Vater. Sie scheinen die einzige in Ihrer Familie zu sein, die das noch macht. Vielleicht sollten Sie noch jemand anderem Bescheid sagen, einem Onkel oder so.«

»Alle tot, tot und begraben. Sie sehen wirklich aus wie ein Cop, wissen Sie das? Ein kaputter Junkie-Priester auf dem Turkey, der in Wirklichkeit ein Cop ist. Sie sind derjenige, der Erholung braucht.«

Dem konnte ich schlecht etwas entgegensetzen, also schwieg ich die letzte Minute bis zur letzten Etage. Der Aufzug machte einen Ruck, wackelte und blieb schließlich stehen. Die Türen öffneten sich, und kalte Luft strömte herein. Mary trat in den Flur und drehte sich zu mir um. »Es ist alles in Ordnung. Ich war nur ein wenig aufgeregt. Kümmern Sie sich nicht weiter darum.« Sie hatte sich anscheinend wieder erholt und sah im grellen Flurlicht cool und selbstsicher aus, wie jemand in einer Zigarettenwerbung.

»Gehen Sie nach Hause, ja? Mir geht's wirklich gut. Ich brauche Sie nicht mehr. Danke für alles. Tschüs.«

Ich blieb stehen und sah zu, wie sie bis zum Ende des Flures ging. Sie klopfte dreimal. Eine Frau, die einen Morgenmantel aus Paisleystoff trug, öffnete die Tür. Hinter ihr lag die Wohnung in einem trüben Licht.

»Na, so was, Mary«, sagte sie. Dann rief sie jemandem hinter ihr zu: »Hey, Cy, rate mal, wer hier ist. Wie lange ist das jetzt her, zwei Jahre? Mary – Mary Burke.« Dann war eine zweite Stimme zu hören: »Maaary.« Die Frau faßte sie am Arm und zog sie in die Wohnung.

Dies war der erste Aufzug, von dem ich wußte, daß er sich schneller abwärts als aufwärts bewegte. Der Boden war schwarz und schmierig wie die Fensterscheiben der Kirche. Und dennoch meinte ich, Flammen zu erkennen, die nach mir züngelten. Unten sah ich noch einmal nach, ob der Mann auf dem Schreibtisch noch atmete. Dann ging ich zu den Betonlämmern hinaus, um eine zu rauchen. Alle paar Minuten blickte ich auf die Uhr. *Das war's. Ich habe gekündigt.*

Als die Viertelstunde um war, ging ich wieder ins Haus. Im Aufzug hielt ich zuerst die Luft an, doch im dritten Stock keuchte ich bereits. Hoch in den sechzehnten. Das Mädchen im Morgenmantel öffnete. »Kann ich Ihnen helfen?«

»Ich möchte zu Mary Burke, bitte. Ich bin ein Freund von ihr.«

»Sie ist nicht da.« Im Flur dahinter sah ich orangefarbenes und blaues Licht. Traumland.

Ich wartete schweigend, bis ihre Augenlider schließlich heruntersanken und sie sich gegen den Türrahmen lehnte. Genug Platz für mich, um hindurchzuschlüpfen. Sie wachte auf und griff nach meinem Arm, und so zog ich sie hinter mir her. »Warten Sie einen Moment. Sie können hier nicht rein.«

»Ist schon okay, Kanita.« Ein Mann erhob sich von einem Sessel am Ende des Flures. »Kommen Sie herein.«

»Aber ich mag ihn nicht«, protestierte Kanita. »Er sieht aus wie ein Cop.«

»Er ist kein Cop, er ist Sanitäter… Ich bin Cy Coates.« Er trat in den Flur. Ein Allerweltstyp: mittelgroß, aber kräftig gebaut, ein hellhäutiger Schwarzer oder dunkelhäutiger Weißer, der aussah wie fünfundzwanzig, wahrscheinlich aber fünfundvierzig war. Er hatte ein bißchen Ähnlichkeit mit mir, dachte ich – die gleiche Größe, die gleichen Augenbrauen, obwohl ich weißer war, weißer als der weiße Lebensretter-Verein. Außerdem sah ich aus wie fünfundvierzig, obwohl ich erst fünfundzwanzig war. Er zwinkerte kaum, ich die ganze Zeit.

»Frank Pierce.« Ich schüttelte seine Hand. Das Zimmer war gelbbraun und verraucht, und überall standen abgewetzte zweisitzige Sofas herum. Das einzige Licht kam von einer staubigen Stehlampe und ein paar Aquarien, die blaugrün in einer Ecke schimmerten. Mehrere verblichene und etwas eingerissene Reiseposter waren über die Fenster geklebt worden: tropische Urlaubsorte, Lagunen und weiße Strände. Auf einem breiten Sofa saßen ein Mann und eine Frau und starrten das einzige gerahmte Bild im Zimmer an, einen ein Meter großen Vulkan, aus dem alle paar

Minuten echter Rauch aufstieg. Sie sahen aus wie Klebstoff schnüffelnde Mormonen, blond und stoned. Neben ihnen schlief ein Mann mit einem hellen Anzug in einem braunen Sessel, das Gesicht an eines der Aquarien gepreßt. Winzige, knallblaue Haie schwammen über seine Wange.

»Mary sagte schon, daß Sie vielleicht kommen würden.«

»Wo ist sie?«

»Sie schläft hinten.« Er zeigte den Flur hinunter.

»Sie hat mich gebeten, sie abzuholen. Wir gehen ins Kino und ein Bier trinken, und dann bringe ich sie direkt nach Hause.«

»Ich weiß, aber ich soll Ihnen sagen, daß sie hier ein paar Stunden schlafen möchte. Sie will zurück zum Krankenhaus, wenn sie sich ausgeruht hat. Schrecklich, das mit ihrem Vater, nicht?«

»Sie hat ja viel erzählt.«

»Das tut sie immer.« Er ließ mich nicht aus den Augen, während ich auf eine weitere Rauchwolke aus dem Vulkan wartete.

»Ich gehe mal besser rein und sehe nach ihr«, sagte ich, blieb aber stehen. Kanita huschte an mir vorbei und setzte sich dem schlafenden Mann auf den Schoß. Er öffnete kurz die Augen und schloß sie wieder. Sie strich ihm übers Haar.

»Ich nenne das hier die Oase«, erklärte Cy. »Den Zufluchtsort. Wußten Sie, daß letzte Woche zwei Menschen in diesem Haus erschossen wurden? Und vor zwei Tagen hat eine Bande Zehnjähriger den Priester auf der anderen Straßenseite überfallen. Und dann all diese Frauen mittleren Alters mit ihren Hunden. Ihnen brauche ich das ja nicht zu erzählen, Sie haben selbst genug gesehen. Jeder hat irgendeine Wunde, über die er reden will. Man kann ja nicht auf die Straße gehen, ohne daß man von irgend etwas bedroht wird – vom Gift in der Luft, von den Taxis, die einen über den Haufen fahren, oder von dem Mist, den sie im chinesischen Imbiß an der Ecke als Essen bezeichnen.« Seine Augen wurden immer größer, und gerade als ich dachte, sie würden herausfallen, zwinkerte er. Ich ging den Flur entlang, und Cy blieb mir dicht auf den Fersen.

»Ich meine, dieses Essen bringt einen fast genauso schnell um wie eine Kugel. Aber bei der Kugel merkt man es wenigstens sofort. Und was ist mit den Mikrowellen aus dem Himmel, den elektrischen Wellen aus der Erde und den Freudschen Wellen aus der Vergangenheit? Überall um uns herum kann man beobachten, wie die Zivilisation auseinanderbricht.«

Ich öffnete die erste von vier Türen. In dem Zimmer standen ein Schreibtisch und ein paar Plastikstühle. Am Schreibtisch saß ein dicker Mann und hämmerte auf die Tastatur eines Computers ein, der die einzige Lichtquelle im Zimmer darstellte. Auf einem Stuhl in der hinteren Ecke erkannte ich undeutlich einen zweiten, sehr viel dünneren Mann, der schlief oder bewußtlos war. An seinem Mundwinkel entdeckte ich eine gerade Linie getrockneten Blutes.

»Vorsicht«, warnte Cy. »Das ist der Tiger, mein Büro. Die Dame schläft hinten, den Flur hinunter. Bin gleich bei dir, Sam.« Er schloß die Tür. »Willkommen bei Sunrise Enterprise, dem streßfreien Unternehmen, Frank.«

Mary schlief im Zimmer am Ende des Flures auf einer Matratze, zugedeckt mit einem vergilbten Laken. »Mary«, flüsterte ich. Ihr Kopf rollte in meine Richtung. »Mary, wir müssen gehen.«

»Oh, nein«, murmelte sie.

»Sie hat ganz schön was durchgemacht«, meinte Cy.

»Es ist besser, wenn du mitkommst. Ich bring' dich nach Hause.« Ich nahm ihre Hand. Sie drückte sie in meine Brust, als könne ich sie haben, wenn sie den Rest behalten dürfe.

»Sie wollte etwas haben, damit sie besser einschlafen kann«, sagte Cy. Er griff nach der Klinke und wollte die Tür schließen.

Ich drängte mich noch mal zu ihr, nahm ihre Hände und zog sie hoch, bis sie saß. »Mary, wir müssen jetzt wirklich gehen.« Ich schüttelte sie, bis sie anfing zu weinen. Sie riß eine Hand los und schwang sie in hohem Bogen über meine Nase.

Cy legte seine Hand auf meine Schulter. »Frank, sie hat schon genug gelitten. Sie ist in Ordnung, ich verspreche es. In zwei Minuten ist sie eingeschlafen.«

Ich verspürte plötzlich den Drang, verantwortungsvoll zu handeln, obwohl ich nicht genau wußte, wofür ich verantwortlich sein sollte. Wenn mich dieses Gefühl überkommt, versuche ich mir immer vorzustellen, wie ein normaler Mensch handeln würde. Jemand, der mehr in Einklang mit den menschlichen Bedürfnissen steht als ich. Dann fällt mir ein, daß ein normaler Mensch niemals in eine solche Situation geraten würde, und ich versuche, wie ein Filmheld zu denken: Das Drehbuch schrieb für solche Fälle vor, daß ich das Mädchen schulterte und von hier verschwand. Ich wollte diesen Gedanken gerade in die Tat umsetzen, als ich dachte, wie friedlich sie aussah, wie sie sich sträuben würde, wenn ich sie hochhob, und wie komisch man dabei wirkte, wenn das Blut aus dem Mund getröpfelt und getrocknet war.

Die Hände auf meiner Schulter drückten fester. »Kommen Sie, Frank.« Ich ließ mich von ihm aus dem Zimmer führen und sah zu, wie er die Tür hinter uns schloß. Am Ende des Flures starrte das Pärchen den Vulkan an. Paff, stieg der Rauch auf.

»Hier, setzen Sie sich«, sagte Cy und ließ sich mir gegenüber auf einem Couchtisch nieder, der mit Brandflecken und leeren Aschenbechern verziert war. »Ich interessiere mich immer für Leute mit stressigen Berufen, und Sanitäter ist so ziemlich der stressigste Beruf, den ich mir vorstellen kann. Wie ist das denn so? Erzählen Sie mir ein paar krasse Geschichten. Was ist das Schlimmste, das Sie je gesehen haben?«

»Limabohnen auf einer Pizza«, antwortete ich.

»Das ist lustig. Umgekehrte Reaktion. Wenn Sie nicht lachten, würden Sie weinen. Sie müssen nicht darüber reden, wenn Sie nicht wollen. Sie brauchen jetzt das hier.« Er zog einen sehr dünnen und an drei Stellen gekrümmten Joint aus seiner Brusttasche, steckte ihn in den Mund und strich ihn gerade.

»Nein, danke. Haben Sie kein Bier da?«

»Das Zeug ist Gift, Frank. Wir trinken hier keinen Alkohol.« Er zog ein Feuerzeug hervor, zündete den Joint an und inhalierte tief.

Ich blickte mich im Zimmer um. »Haben Sie Mary den Roten Tod gegeben?«

»Den Roten Tod?« Cy hustete und gab den Joint an Kanita weiter. »Sagen Sie mir eins, Frank – zeugt es vielleicht von gutem Geschäftssinn, wenn man seine Kunden umbringt? Die Kids, die dieses Zeug verkaufen, haben keinen Geschäftssinn.« Als wäre ihm gerade etwas eingefallen, ging Cy zum Fenster hinüber, löste eines der Poster und schaute nach draußen. Dann wandte er sich wieder mir zu. »Ich will sagen, sie kommen hier in die Gegend, um einen schnellen Dollar zu machen, und denken dabei nicht an diejenigen, die hart an den notwendigen Bedingungen für ein langfristiges und produktives Geschäftsklima gearbeitet haben. Aber man wird sich um sie kümmern, verlassen Sie sich drauf. Nicht bewegen.« Er beugte sich nach vorn und schlug genau über meinem Kopf die Hände zusammen. Dann strich er eine tote Fliege von der Handfläche. »Ich bin ein wichtiges Mitglied der Gemeinde, Frank. Ich habe Freunde in der Stadtverwaltung, den Gewerkschaften, der Polizistenvereinigung. Ich besitze wesentliche Anteile am Graceland Ball-room, dem Venus Cinema und dem Joe-Mars-Transportunternehmen.«

»Ich gehe wohl besser«, sagte ich. »Ich habe gerade gekündigt.« Ich blickte zum Vulkan hinüber und spürte, wie meine Erschöpfung zurückkehrte, und zwar stärker als je zuvor. »Ich muß etwas schlafen. Schlaft ihr denn niemals?«

»Schlafen ist nichts anderes als Streßabbau, Frank. Hier.« Er zog eine weiße Tablette aus der Hosentasche. »Sie nehmen eine davon, schlafen zwei Stunden, und alles ist wieder okay. Warum erzähle ich Ihnen das wohl, Frank? Zu meinem Besten? Sie sollten sich mal im Spiegel anschauen. Kanita, hol mir ein Glas Wasser.«

Sie stand auf, ging in die Küche und kam mit einem staubigen Glas zurück. Sie reichte es Cy und setzte sich wieder zu dem Typ in der Ecke. Cy legte die Tablette in meine Hand, und ich wog sie – zwei Stunden Schlaf. Sie schien mir so leicht. Ich dachte an Mona, die auf der Couch schlummerte, an Mary Burke, die im

Hinterzimmer schlief. Ich hatte sie zum ersten Mal lächeln sehen. Ich spürte, wie meine Muskeln schlaff wurden, ein Dröhnen im Kopf, der dumpfe Donner absterbender Zellen. Wenn ich zwei Stunden schliefe, könnte ich bis Mitternacht aufbleiben, die ganze Nacht schlafen und morgens mit dem Rest der Welt aufwachen. »Ich habe gerade gekündigt.« Ich legte die Arme auf die Sessellehnen. »Ich gehe wohl besser.«

»O nein, Frank, trinken Sie. Ich versuche nur, Ihnen zu helfen.«

Ich stützte mich noch mal am Sessel ab und drehte den Zündschlüssel herum. Nichts. Der Motor streikte. Also nahm ich das Glas, warf die Tablette hinein und trank. Cy ging zu einem der Aquarien hinüber und ließ ein paar Kügelchen aus einer Dose hineinfallen. Sofort wurde das Wasser trüb, und gelegentlich huschte eine blaue Flosse vorbei.

»Haben Sie das auch Mary gegeben?« Wörter bildeten sich in meinem Mund.

»Ja, das ist es. Ich nenne es den Roten Löwen, den König des Dschungels. Keine Sprache mehr, sie verflüchtigt sich. Nur körperliche Kraft – totale, tierische Kraft. Sie glauben ja gar nicht, wie entspannend das ist.«

Ich stellte das leere Glas auf dem Tisch ab und versuchte aufzustehen. »Ich glaube, ich gehe wohl besser.«

»Machen Sie sich keinen Streß«, sagte Cy. Er ging den Flur hinunter und in das erste Zimmer. Drinnen waren Stimmen zu hören, dann ein Stöhnen. Die Tür schloß sich. Paff.

Ich wartete eine Minute, aber nichts passierte. Drogen wirkten bei mir irgendwie nie so, wie sie sollten: Gras machte mich gewalttätig, Koffein ruhig und Whisky nüchtern. Irgendwann während der letzten fünf Jahre hatte ich den wesentlichen Verbindungspunkten in meinen Körper einen irreversiblen Schaden zugefügt.

Ich zündete eine Zigarette an, und als ich den Rauch ausstieß, bildete er zuerst Buchstaben, dann Wörter aus meinen Gedanken – Jahre, Punkte, Schaden. Ich stieß noch mehr Rauch aus, und noch mehr Wörter zogen vorbei, diesmal in kleineren Buchstaben – Limabohnen, Dschungel, Rauch. Beim dritten Mal waren die Buchstaben so klein, daß ich sie nicht mehr lesen konnte. Die Wörter sprudelten aus mir heraus wie Münzen, die ich hatte schlucken müssen. Ich fühlte mich ganz leicht, mein Kopf stieg über dem Sessel empor, zufrieden in dem Glauben, ich würde diese Wörter nie mehr brauchen. Ohne sie war ich viel größer, und mein Herz hüpfte in großen Sprüngen durch meine Brust.

Ich blickte durch den Rauch zu Kanita hinüber, die mich beobachtete. Sie stand auf und ging um den Tisch herum, ihre Hüften bewegten sich auf mich zu. »Meß meinen Puls.« Sie hielt mir ihren Arm hin. Ich faßte sie am Handgelenk und versuchte zu zählen, aber er ging zu schnell. Dann versuchte ich, ihren Puls mit meinem zu vergleichen, doch ich fand bei mir keinen. »Er ist gut, stimmt's?«

»Perfekt«, antwortete ich. Ich hätte sie über meinen Kopf heben können.

»Ich wußte es.« Sie setzte sich auf meinen Schoß. Vielleicht konnte ich sie doch nicht hochheben. »Ich habe dich falsch eingeschätzt«, fing sie an. »Du hast mehr Mumm in den Knochen, als ich dachte.« Sie schlang die Arme um mich und fing an, sanft an meinem Nacken zu knabbern. Ihre Finger wanderten meinen Rücken hoch, lösten das verbogene Metall und die kaputten Nieten. Ich gab es auf, ihre Hände aus meinen Taschen zu ziehen, und ließ mich einfach fallen. Es fühlte sich so gut an, daß ich Angst bekam. Wie immer wurde dieser Rausch durch die Ahnung getrübt, daß bald etwas Schreckliches passieren würde. Und da war es auch schon – als ich die Augen schloß, sah ich Rose schwach atmend in ihrem gelben Regenmantel auf dem Bürgersteig sitzen. Rose findet immer einen Weg zu mir, und diesmal konnte ich nicht vor ihr weglaufen, nur dasitzen und es bis zum Ende durchstehen. Wie soll ich denn kündigen, dachte ich, wenn ich das doch nie hinter mir lassen kann?

So fängt es immer an. Das letzte Mal, das erste Mal. Larry hält den Rettungswagen an. Wir sehen, wie Rose auf dem Bürgersteig auf die Knie fällt, dann auf den Rücken. Aus zwölf Metern Entfernung sehe ich, wie sie nach einem Geländer greift, um sich hochzuziehen, als läge die Luft, die sie braucht, direkt vor ihr. Ich schnappe mir die Intubationsausrüstung und renne zu ihr. In diesen wenigen Sekunden weiß ich alles, was ich wissen muß und was ich tun muß. Sie ist Asthmatikerin; die Blaufärbung, die geschürzten Lippen und die sich zusammenziehenden Brustmuskeln verraten es mir. Und ich weiß auch, daß ich nur ungefähr eine Minute habe, um den Tubus in ihre Luftröhre zu schieben, bevor sich die Lungen schließen, der Puls aussetzt und das Herz aufhört zu schlagen. Und wenn das bei Asthmatikern geschieht, gibt es kein Zurück.

Ich bin kein bißchen nervös, als ich mich neben sie knie. Ich öffne den Intubationskoffer und bereite den Tubus und den beleuchteten Spatel vor, den ich benutzen werde, um ihre Zunge anzuheben und zu sehen, wohin ich den Tubus schieben muß. Ich konzentriere mich nur auf das, was jetzt zu tun ist. Hierfür muß man wirklich gut sein. Larry kann gut intubieren, aber ich bin besser. Wenn es drauf ankam, habe ich noch nie versagt, bei mehr als hundert Fällen wie diesem, einer Intubation in der letzten Sekunde, denn man darf nicht versagen. Ein achtzehnjähriges Mädchen, das nicht mehr atmet. Es ist einfach nicht erlaubt, dabei zu versagen. Und obwohl ich furchtbar müde und verkatert bin, obwohl Mona und ich uns nur noch streiten und ich nicht mehr der enthusiastische Rettungssanitäter von früher bin, kommt es jetzt auf mich an. Während ich den Spatel zwischen ihre Lippen schiebe, denke ich nur eine Sekunde lang, daß dies hier die Rettung werden könnte, die das Pech des ganzen Jahres umwendet, die mir einen neuen Anfang ermöglicht. Sie beißt zu, ein Reflex, und ich muß ihre Zähne mit dem Spatel auseinanderstemmen und darf sie dabei nicht beschädigen. Ihr Mund ist gerade so weit geöffnet, daß ich den Tubus hineinschieben kann, und ich kann nur wenig sehen. Ich ziehe die Zähne weiter auseinander, jetzt weniger vorsichtig, und einen Moment lang glaube ich, das untere Ende der Stimmbänder zu sehen. Ich warte, bis sie einatmet, und schiebe den Tubus blitzschnell auf das dunkle Loch zu. Dann schließe ich das Beatmungsgerät an und pumpe kräftig. Larry hört die Geräusche in ihrer Lunge und dann ihren Bauch ab.

»Du bist im Magen gelandet«, sagt er.

»Bist du sicher?«

»Klar, du bist im Magen.«

Ich ziehe den Tubus wieder heraus und versuche es noch einmal. Sie beißt noch immer zu, aber schwächer als vorher, und obwohl ich ihren Mund weiter aufmache, kann ich die Stimmbänder nicht sehen. Ich lenke den Tubus unter ihre Zunge, dorthin, wo sie ansteigt, versuche angestrengt, Luft hineinzubekommen, und schaffe es nicht.

»Du bist im Magen«, sagt Larry wieder. »Laß mich mal.«

»Noch einmal.« Ich schiebe den Tubus noch einmal in ihren Mund, sehe immer noch nichts, orientiere mich aber jetzt an den Geräuschen, dem kaum hörbaren Kratzen der Luft. An der lautesten Stelle weiß ich, ich bin nahe dran, und bei ihrem letzten Atemzug schiebe ich den Tubus hinunter.

»Wieder im Magen.«

»Das kann nicht sein.« Ich höre selbst die Lungen ab. Rose hört auf zu atmen. Auf dem Monitor sinkt ihre Pulszahl auf dreißig ab, bald wird sie bei null sein. Ich versage nie, aber ihr Herz hört auf zu schlagen, und ich kann nichts dagegen tun. Larry nimmt mir den Tubus aus der Hand. Roses Herz hat aufgehört zu schlagen. Er schiebt mich auf die Seite, damit ich mit der Herzdruckmassage anfange, und intubiert sie mühelos selbst. Luft strömt in ihre Lungen und wieder heraus, nur ist es jetzt zu spät.

Ich schlug die Augen auf und fand mich schreiend in der Mitte des Raumes wieder. Kanita und ihre Freunde hatten sich in die Ecke zwischen den Aquarien zurückgezogen, und Cy kam den Flur entlanggelaufen, gefolgt vom dicken Sam.

»Frank, beruhige dich. Was ist denn los?«

»Er ist total ausgeflippt«, antwortete Kanita.

Ich beugte mich nach vorn. Ein Schmerz durchfuhr meinen Körper, so als wäre in mir alles zerbrochen. Ich wußte nicht, was ich tun sollte, deshalb schrie ich einfach weiter.

»Frank, sei einfach ganz cool, Mann. Du hast eine paradoxe Reaktion. Passiert bei weniger als einem Prozent, kann aber vorkommen. Bleib ganz cool, denn Cy weiß, was zu tun ist. Ich gehe jetzt für eine Minute in die Küche. Ich möchte, daß du genau hier stehenbleibst. Ich hole etwas, das dir helfen wird.« Er winkte Kanita zu sich und flüsterte ihr zu: »Hab' ich dir nicht gesagt, dieser Typ ist total gestreßt?«

»Gestreßt ist gut. Er ist ein totaler Psycho.«

Ich ging langsam in den Flur und schaffte es mit den Händen an der Wand bis zum Ende. Mary schlief tief und fest. »Frank, wo willst du hin?«

Ich schob einen Arm unter ihren Rücken, den anderen unter ihre Kniekehlen. Dann warf ich sie über die Schulter und trug sie wie ein Feuerwehrmann den Flur entlang. Cy stand mitten im Zimmer, die anderen versammelten sich hinter ihm. »Du machst einen großen Fehler, Frank. Warum läßt du dir nicht von uns helfen? Setz dich hin, und ruh dich einen Moment aus.«

Ich rechnete damit, daß mir einer von ihnen die Tür versperren würde, doch wegen meines Geschreis gingen mir alle aus dem Weg. Also verließ ich die Wohnung und wartete auf den Aufzug. Cy blieb an der Tür stehen. »Sie wird sowieso zurückkommen, Frank. Das weißt du doch genau, oder nicht? Außerdem schuldest du mir zehn Dollar.«

Er knallte die Tür zu. Im Aufzug wachte Mary auf, und unten im Flur boxte sie mir mit dem Ellbogen ins Ohr. Ich beugte mich nach vorn, und sie glitt auf die Füße. »Ich kann gehen«, sagte sie, taumelte in die Sonne hinaus und sackte auf eines der Zementtiere hinunter. Ich setzte mich neben sie und zündete eine Zigarette an. Ich gab sie ihr und zündete noch eine an. Wir rauchten und beobachteten drei Kinder, die mit einem Stock in einem toten Vogel herumstocherten, eine alte Frau, die verloren in der Gegend herumstand, die Männer, die auf der Straße Bier tranken und um ein altes Auto mit offener Motorhaube herumstanden, und die Autos, die vorbeirasten. Als wir fertig waren, stand Mary schwerfällig auf, stolperte auf den Bürgersteig und dann auf die Straße. Ein Taxi, dachte ich, Taxis sind gut. Ich wühlte in meinen Taschen. Meine Brieftasche fand ich zwar, aber alles andere war weg – Geld, Schlüssel, Kaugummis. Kanitas zärtliche Finger fielen mir wieder ein. Ich rannte auf die Straße, hakte mich bei Mary ein und zog sie auf den Gehweg, wo sie wieder mit dem Ellbogen nach meinem Ohr schlug und schrie: »Laß mich los!«

Die Männer, die um das kaputte Auto herumstanden, hatten aufgehört zu trinken und kamen langsam auf uns zu. Doch bevor sie ihre Brechstangen hochheben konnten, rannte Mary schon den Block zur Zehnten hinauf. Ich holte sie an der Ecke ein, wo sie an einem Briefkasten lehnte. »Du hättest nicht raufkommen sollen«, sagte sie. »Ich hab' dir extra gesagt, du sollst es nicht tun. Ich weiß nicht, was du dir dabei gedacht hast. Wolltest uns wohl beide umbringen.« Sie stürzte sich in den dichten Verkehr. Reifen quietschten. Ich stolperte ihr nach, holte sie auf der anderen Seite ein und vergewisserte mich, daß ich mir nichts gebrochen hatte oder blutete.

Sie blickte die Avenue hinauf und hinunter, dann zurück zu mir. »Hast du dich nett mit Cy unterhalten? Hat er dir von seinem Sunrise Enterprise erzählt und wie er den Menschen hilft? Ich habe gesehen, wie er die Menschen verletzt.«

Sie rannte nach Süden weiter, in das Getümmel aus Müttern mit Kinderwagen und Postboten. Dann bog sie links in die Siebenundvierzigste ein, und als der Bürgersteig leerer wurde, holte ich sie ein.

»Warum läufst du mir nach?«

»Weil du kaum laufen kannst«, antwortete ich und nahm ihren Arm, inzwischen allerdings eher, um mich selbst zu stützen. Sie schüttelte mich ab. Als ich sie auf der Mitte des Blocks noch mal einholte, blieb sie stehen. »Soll ich dir von Cy erzählen? Willst du wissen, was er mit Leuten macht, die ihn ärgern? Er tut ihnen weh.« Sie setzte sich auf eine krumme Treppe. Das Haus lehnte sich schief über uns. »Hast du noch eine Zigarette?« Ich zog die Schachtel heraus, gab sie ihr und durchsuchte noch mal meine Taschen. Kein Geld, keine Schlüssel. Wegen Tagen wie diesem bewahrte ich Extraschlüssel auf der Arbeit, im Blarney Moon und in der Dark Bar auf. Doch von hier aus schienen mir diese Orte mindestens eine Tagesreise entfernt zu sein. Mona wohnte nur ein paar Blocks weiter auf der Zehnten und wachte wahrscheinlich gerade auf. Ich überlegte, ob ich noch mal ihre Feuerleiter hinaufklettern sollte. Sicher würde ich darauf ohnmächtig werden. Ein toller Anfang für unser neues Leben. Also setzte ich mich hin, legte den Kopf auf die oberen Stufen und sah Mary Burke beim Rauchen und Reden zu. »Ich werde dir was von Cy erzählen. Erinnerst du dich noch an Noël, den verrückten Typen von vorgestern nacht? Er war nicht immer so. Er war ein guter Kerl und der Freund meines Bruders. Sie spielten zusammen Baseball, stellten eine Liga für die Kids auf und richteten dieses alte Haus als eine Art drogenfreies Gemeinschaftszentrum ein. Er war ein anständiger Junge, sah gut aus und konnte gut mit den Kids reden. Er hing immer an den Basketballplätzen, Schulen oder Passagen herum, sprach über Drogen und warnte vor Cy, dem mächtigsten Dealer in der Gegend. Und eines Tages schoß Cy oder Sam oder einer seiner anderen Handlanger Noël eine Kugel in den Kopf. Er lag drei Monate lang im Koma. Seitdem ist er so abgedreht.« Sie drückte ihre Zigarette aus, stand auf, ging die Treppe hinauf und öffnete die Haustür. »Warte«, sagte ich, griff nach dem rissigen Treppengeländer und zog mich daran hoch.

»Was gibt es denn noch? Du willst mir unbedingt helfen, ist es das? Tu' ich dir leid? Spar dir dein Mitleid lieber für dich selbst auf.«

»Ich muß mich nur für einen Moment hinsetzen.«

»Vielleicht willst du mich auch flachlegen, was? Na ja, hat ja jeder andere auch schon getan.«

Ich erreichte die Treppe im Haus vor ihr und fing an hinaufzusteigen – ich nahm einfach immer an, daß alle Leute oben wohnten. Auf dem langen Weg nach oben redete Mary die ganze Zeit. »Verstehst du nicht? Noël hat mich davon abgehalten, weiter zu Cy zu gehen. Und eine Weile schaffte ich es auch. Doch als mein Bruder starb, ging es mir wirklich schlecht. Ich nahm eine Überdosis und landete im Krankenhaus. Noël blieb rund um die Uhr bei mir. Bald gingen wir zusammen aus. Ich war ja noch ein Kind, einundzwanzig oder zweiundzwanzig. Ich blieb ein Jahr lang clean. Als Noël dann aus seinem Koma aufwachte und wirres Zeug redete, wollte ich ihm helfen. Doch ich konnte es nicht ertragen, ihn so zu sehen, und nach ein paar Monaten... Willst du wissen, was ich gemacht habe?«

Ich wartete am Ende der Treppe, und wir gingen nebeneinander zu ihrer Wohnung. Ich wollte es nicht wissen. Aber ich wußte es bereits, denn allmählich wurde mein Kopf wieder klar. »Ich ging zu Cy zurück.« Sie schloß die Tür auf und drehte sich zu mir um. Ihre Augen sahen aus wie faule Oliven. »Ich wußte, daß es seine Schuld war. Und ich wußte, was ich tat. Was sagst du jetzt?«

Sie wartete auf eine Antwort. Ich wußte keine Antwort. Ich folgte ihr in den schmalen Flur, an dessen Wände kleine Zeichnungen hingen. Dann ins Wohnzimmer, dessen Wände vom Boden bis zur Decke mit ungerahmten Ölgemälden bedeckt waren, viele davon noch nicht fertig. Ich setzte mich auf die Couch, während Mary in der Küche verschwand. »Ich bin jetzt seit zwei Jahren clean. Ich hab' einen Job. Ich male, wenn ich zu Hause bin. Belästige niemanden. Und dann passiert diese Scheiße.«

Ich fand ein Kissen neben meinem Kopf und legte mich darauf. Meine Augen fielen zu, und ein Hund leckte mir das Gesicht. »O nein, das wirst du nicht tun. Du kannst nicht hierbleiben.« Ich merkte noch, wie sie mich schüttelte und sich auf meine Beine setzte. Sie schienen jemand anderem zu gehören. Das letzte, was ich hörte, war ihr Weinen.

In einer Nacht arbeitete ich mal mit Hector zusammen. Wir wurden ins Gefängnis zu einem Mann gerufen, der sich erhängen wollte. Als ich eintrat, zeigten die Cops auf den Patienten, der weinend auf einem Stuhl saß, die eine Hand mit Handschellen an eine Stange an der Wand gekettet, die Augen rot und geschwollen. Einer der Cops stellte sich neben mich. »Dieses Arschloch hat verdammtes Glück gehabt«, sagte er. »Er ist wegen Einbruchsdiebstahl angeklagt, und was macht dieses verdammte Arschloch? Er versucht, sich in seiner Zelle zu erhängen. Wenn ich ihn nicht dabei gehört hätte, wäre er jetzt tot. Aber ich hörte etwas, ich wußte, daß irgend etwas nicht stimmt. Und als ich reingehe, hängt er da und zappelt wild herum. Ich gehe zu ihm und will ihn losschneiden, doch er tritt so um sich, daß ich nicht an ihn rankomme. Und dann tritt mich der Mistkerl auch noch. Also geb' ich ihm die chemische Keule. Kann froh sein, daß ich nicht auf ihn geschossen habe.« Ich nahm einen Infusionsbeutel aus dem Koffer, hielt den Schlauch über die Augen des Patienten und spülte sie aus. »Warum«, schrie der Mann und hielt den Kopf nach oben in das Wasser, »warum muß man einem Mann, der sich erhängt, die chemische Keule geben?«

15

Die Sirene eines Rettungswagens weckte mich auf. Der Fahrer benutzte die hohen und tiefen Töne, die wie die Sirenen in französischen Filmen klangen, wenn Terroristen durch die regennassen Straßen von Paris gejagt werden. Nur ein einziger Rettungswagen in der ganzen Stadt klang so – Franco, der Unverwüstliche. Vor drei Monaten hatte Tom Walls versprochen, Franco ein für allemal zu zerstören. Während er einen verdächtigen Handtaschenräuber verfolgte, räumte er zunächst einen Bürgersteig leer und drückte Francos Schnauze schließlich an einem U-Bahn-Eingang platt. Toms Partner war so traumatisiert, daß er sofort die Stadt verließ, um Jura zu studieren. Und Franco schien derart schrottreif, daß ein Dutzend Sanitäter den Abschleppwagen bejubelten, der ihn zum Rettungswagenfriedhof in Astoria bringen sollte.

Francos unvermeidliche Rückkehr war ein schlechtes Zeichen. Doch seine Sirene war auch die einzige, die in meinem Innern nicht wimmerte und blutete. In ihrer Warnung lag etwas Hoffnung, eine Anspielung auf ein Leben danach, während die übrigen Sirenen alle Atheisten waren. Daher wachte ich mit einem Lächeln auf, und der Duft der frischen Laken und das Gefühl einer weichen Decke unter meinen Armen heiterte mich so weit auf, daß ich mich aufsetzte. Ich durchforstete mein Gedächtnis, bis mir einfiel, daß ich auf Mary Burkes Couch lag. »Hallo«, sagte ich. Ein Hund leckte mir die Wange. Draußen war es dunkel, das einzige Licht kam durch ein Seitenfenster herein. Ich erkannte nur die Zähne des Hundes und die schwarzen Umrisse seines Fells. »Ich bin Marys Freund«, erklärte ich ihm, »ein sehr guter Freund, der Tiere mag.« Ich deckte das Laken auf und stellte mich hin. Die

Bilder an der Wand sahen aus wie Höhlenzeichnungen. Ich wollte Feuer machen. »Hallo«, rief ich in die Küche hinein.

Ich erkundete die zwei Zimmer im Dunkeln, der Hund dicht auf meinen Fersen. Überall stieß ich gegen irgendwelche Gegenstände mit spitzen Ecken in gefährlicher Höhe. Ich stolperte über ein Tablett, auf dem es in verschiedenen Tonlagen metallisch schepperte. Im Badezimmer konnte man mit einem leuchtenden Mickymaus-Schalter tausend blinkende Weihnachtslichter anknipsen. Ich wusch mir das Gesicht in ihrem grünroten Waschbecken mit drei verschiedenen Seifen. Jede duftete nach einer anderen Jahreszeit. Dann ließ ich heißes Wasser in die Badewanne laufen und gab Shampoos, Spülungen und Zahnpasta hinzu. Ein schönes Gefühl, wieder in der Wohnung einer Frau zu sein, vor allem einer Frau, die nicht komatös oder sonstwie ernstlich verletzt war. Ich gab mich einer zufriedenen Benommenheit hin, bis der kleine glänzende Zeiger ihrer Elvis-Uhr auf die Elf zeigte.

Draußen auf der Straße ging ich ohne mein übliches Stolpern und Straucheln. Ich wich nacheinander drei Hundehaufen aus, in die ich vermutlich an jedem anderen Tag hineingetreten wäre. Der Jeep, der vor dem Bankautomat stand, schien nur für mich Hendrix zu spielen, und die Scherben auf der Straße glitzerten unnatürlich. Unter meinen Füßen fühlte sich der Bürgersteig ganz weich an, so als hätte ich vor kurzem Sex gehabt. Ich versuchte, mich zu erinnern, was vor oder nach dem Einschlafen geschehen war, suchte nach irgendwelchen Anhaltspunkten. Schließlich mußte ich diesen Gedanken fallenlassen, denn es fanden sich keinerlei Hinweise darauf – als ich aufwachte, war ich vollständig bekleidet, und nichts klebte. Doch die Vorstellung, daß es vielleicht in naher Zukunft dazu kommen konnte, gefiel mir. Gut gelaunt lief ich bis zur Mitte der Neunten Avenue, beugte mich ein wenig nach vorn und hielt die Arme hoch, erinnerte mich daran, wie ich sie aus diesem Haus getragen hatte, an das Gefühl ihres Körpers an meinem Rücken, meiner Arme um ihre Oberschenkel. Ich entdeckte ihr Bild auf der Seite eines Busses, auf dem Titelblatt einer Zeitschrift. Als ich mich in das Restaurant auf der Fünfundvierzigsten setzte, erschien ihr Gesicht auf der Speisekarte, neben dem Souvlaki.

»Was wünschen Sie?« fragte der dunkelhäutige Ober.

Ich zeigte auf die Karte. »Ich will sie und eine Tasse Kaffee.« Sie war der beste Hamburger, den ich je gegessen hatte. Ich spazierte aus dem Restaurant, streckte den Kopf in die Nachtluft und empfand eine seltsame Ruhe und Ausgeglichenheit darin, weder betrunken noch verkatert zu sein. Ich bog ziellos um irgendwelche Ecken, von einer Straße in die nächste, und dachte, daß auch mein Leben um die Ecke gebogen war, als hätte ich etwas hinter mich gebracht. Als hätte ich jemanden gerettet, obwohl ich mir nicht sicher war, wen. Aber wen kümmerte das schon? Ich befand mich auf dem Weg der Besserung und half anderen auf diesem Weg, das einzige, was ich konnte. Mochten wir auch immer wieder von neuem zum Scheitern verurteilt sein. Das Zurückschlagen zählte. Mary und ich.

Ich bog nach Süden in die Neunte und lief in eine Menschenmenge hinein, die sich an der Ecke zur Dreiundvierzigsten versammelt hatte. Patrick Burkes Ecke, der letzte Ort, an dem ich mich aufhalten wollte. Zwei Cops standen vor einem Polizeiauto. Dahinter drängelten sich Feuerwehrautos, Feuerwehrmänner, Anwohner und Obdachlose vor Burkes Haus. Feuerwehrschläuche führten über die kleine Treppe ins Haus. Da man in den oberen Etagen kein Feuer sehen konnte, schien es, als pumpten die Schläuche den Rauch hinein, der in dicken Wolken aus dem Dach und den oberen Fenstern drang. Ich bemerkte, wie die Feuerwehrleute im obersten Stock herumliefen, als suchten sie etwas, vielleicht die Feuerquelle.

Auch Reverend Scythe war zur Stelle – Brände waren seine Spezialität. Er hatte sich Burkes Treppe vor dem Haus als Kanzel ausgewählt und hüpfte selbst dann noch über die Schläuche, als die Feuerwehrmänner sie schon wieder auf ihre Wagen luden. »Seht, ihr Leute, denkt an den Rauch, der vor dem Feuer kommt, denn wenn uns die Flammen des Jüngsten Tages erreichen, wird kein Platz für Rauch sein.« Scythe wedelte mit den Armen, als wollte er das nicht vorhandene Feuer anfachen, den Rauch, der sich schnell verzog. »Wie Apostel Johannes voraussagte, der Himmel wird Feuer sein, die Sonne, der Mond, die Erde, Feuer der Ozean und die Felder, ewiges Feuer die Luft, die ihr ewig atmen werdet. Seht euch vor, seht die Worte, die im Rauch geschrieben stehen, denn morgen wird es zu spät sein.«

Ich erwischte einen der Feuerwehrmänner, als er gerade die letzten Schläuche auf den Wagen packte. »Was ist denn da oben los?«

»Nur Rauchentwicklung. Wir konnten kein Feuer finden.«

»Muß da nicht auch ein Feuer sein, wo Rauch ist?«

»Eigentlich ja, aber hier in der Gegend merkwürdigerweise nicht.«

»Ist jemand da oben?«

»Niemand. Der Hausmeister hat uns reingelassen. Das ist schon das zweite Mal, daß wir heute abend hierhergerufen wurden.« Der Wagen fuhr los, und er sprang auf. Reverend Scythe brüllte ihnen nach: »Wie oft wart ihr heute schon hier? Und was hat es genützt? Wie oft kommt ihr noch zurück? Wann werdet ihr begreifen, daß eure Feuerwehrautos und Schläuche hier nicht funktionieren? Das Feuer ist schon entfacht, doch eure Augen können es nicht sehen. Die Toten stehen auf, aber ihr könnt ihre Gesichter im Rauch nicht erkennen. Wann werdet ihr erwachen und euch vorbereiten?«

Die Feuerwehrleute winkten Scythe zu, als sie vorbeifuhren. Obwohl er sie als Boten der Hölle denunzierte, betrachteten ihn die Männer der Leiterkompanie 4 als inoffizielles Maskottchen. Kein Feuerwehrmann war je ernstlich bei einem Brand verletzt worden, bei dem Scythe gepredigt hatte. Sie hatten ihm einen schwarzen Feuerwehrmantel und einen viel zu großen Helm geschenkt, der wie eine Kirchenglocke über seinen Kopf schwang. Scythe war überzeugt, daß Feuerwehrmänner Hand in Hand mit dem Teufel arbeiteten, trug aber dennoch seinen Helm mit Stolz. Als alle Feuerwehrautos abgefahren waren, wandte er sich an die sich auflösende Menschenmenge. »Geht heim, ihr Sünder, und ignoriert den letzten Aufruf. Geht zurück zu euren Opiumpfeifen und Whiskyflaschen, zu euren Kinderpornos und Schwulenhochzeiten. Zurück zu euren Spielautomaten, gerippten Kondomen, mexikanischen Scheidungen, euren Sexclubs und Martinis. Zurück zu eurem Öl-Wrestling, eurem Lobbying in Washington und euren Organspenden. Die Liste ist lang, doch es steht alles geschrieben – eure staatlich subventionierten Bordelle, eure Fettabsaugungen, eure orientalische Küche. Zählt alles zusammen, dann wißt ihr, wie es sich buchstabiert: F-e-u-e-r.«

Ich blickte zu den dunklen, inzwischen rauchfreien Zimmern im obersten Stock auf und spürte, wie meine Übelkeit zurückkehrte – ein alter Mann, der auf ein Dampfrohr in meinem Kopf einhämmerte. Irgendwie mußte ich an jedem Tag zwei- oder dreimal aufwachen, damit ich mich an den vorigen Tag erinnern konnte. Ich stellte mir vor, wie Mary und ich ihre Familie besuchten, Gasmasken und einen Defibrillator mitbrachten, die Feuerwehr riefen, einen Einkaufsbummel machten und unser eigenes Vulkanbild erstanden. *Das war's. Ich habe gekündigt.* Ich ging in Richtung Zehnte weiter. Die Stimme des Reverends verstummte hinter mir, doch seine Liste hatte natürlich kein Ende. »Und der Herr sagte, bringt mir einen, der kein Sünder ist, nur einen, und ich werde die Stadt verschonen. Und, Leute, glaubt mir, ich habe es versucht. Ich suchte überall, und überall starrten mich Satan und seine Boten der Hölle an. Zurück zu euren Hormonpräparaten von Frederick of Hollywood, texanischen Gitarren, Aromatherapien, Stützschuhen ...«

Ich fürchtete mich nicht vor der Apokalypse. In gewisser Hinsicht freute ich mich sogar darauf. Ich mußte nur aufpassen, daß ich nicht gerade arbeitete, wenn es passierte. Der Flughafenunfall von 92 war schlimm genug: überall Leichen, Feuer, Stille. In jener Nacht bekam ich die Tapferkeitsmedaille. Allerdings weiß ich nicht mehr, wofür. Und danach mußte ich eine Woche lang krankfeiern. Damals schon hätte ich kündigen sollen.

Ich ging Richtung Norden in die Zehnte, hielt mir mit einer Hand die Stirn fest und streckte die andere zitternd vor mir aus. Wenn ich in jemanden hineinlief, entschuldigte ich mich und ging links an ihm vorbei. Das Zurückschlagen brachte nichts mehr. Man kann nicht gegen etwas kämpfen, was nicht real ist. Man kann den Wahnsinn nicht angreifen, man muß sich von ihm ausruhen, viel Medizin schlucken. Rückzug ist die beste Verteidigung. Erst jetzt fiel mir ein, was am Morgen geschehen war: daß ich Captain Ed gesagt hatte, ich würde gehen; Mona, die von ihrer Couch aufgestanden war und mir gesagt hatte, daß sie mich liebte. Wie konnte ich das nur vergessen? Als ob jeder Tag jeden vorhergehenden verwischte, so als hätte Mona an diesem Morgen wieder nur in meinem Traum gesprochen. Obwohl ich diesmal in ihrem gesprochen hatte, das einzig Wirkliche in meinem Leben.

Ich rannte die Zehnte bis zur Fünfzigsten Straße hinauf, wo ich verschnaufte und eine Zigarette rauchte. Für gewöhnlich verließ Mona das Theater um halb zwölf und war um zwölf zu Hause. Ich dachte daran, wie ich sie vor zwei Monaten am Ende des Blocks hatte stehen sehen. Sie hatte darauf gewartet, daß ich zur Arbeit ging, damit sie in die Wohnung konnte, ohne mich zu treffen. Ebenso benutzte ich den längeren Weg nach Hause, damit ich ihr nicht begegnete. Wir liefen viele Kilometer, um uns aus dem Weg zu gehen, durch zu viele Straßen mit zu wenig Zielen. Wir müssen von hier weg, sagte sie, bevor sie ging, wir ersticken hier. Sie hatte den Job als Intendantin für die Sommerspielzeit ihres Theaters übernommen, und im Juli wollten wir eine Scheune am Waldrand am Fuße eines Hügels an einem Bach mieten. Acht Wochen in den Green Mountains von Vermont – Monas Rezept für die Auferstehung. Die Familie dort fährt den Sommer über weg, erklärte sie, und wir müssen uns um ihre Hühner kümmern und die Ziege melken. Und dann gibt es noch einen Bauern, der das Feld um die Scheune herum gepachtet hat. Er kommt mit einem

Traktor und mäht es. Und wir dürfen ihren Lieferwagen benutzen. Ich habe gehört, die Sterne sind nachts so klar, daß man im Freien auf dem frisch gemähten Gras schlafen möchte und daß man noch nie so gut geschlafen hat.

Damals hatte es für mich wie eine weitere rosafarbene Lüge geklungen, die die Wahrheit noch schmerzhafter machte, wie unser letzter Ausflug zum See. Doch als ich an der Ecke Zehnte Avenue und Fünfzigste Straße meine Zigarette austrat und zu Monas Haustür hinüberschaute, schien mir der Weg zu unserer Scheune am Waldrand gar nicht mehr so weit – zu unserem uneingezäunten Garten hinter dem Haus, wo wir unsere Wäsche zum Trocknen in die Sonne hängen konnten. Wir mußten so schnell wie möglich losfahren und durften nicht erst darauf warten, daß die Geister uns verließen: Rose und die Burkes waren unglaublich hartnäckig. Wir brauchten nur uns beide und ein paar hundert Kilometer Abstand, um vergessen zu können. Und während ich mir ausmalte, wie ich zu der roten Scheune mit Hühnern und Ziege spazierte, sah ich Mona um die Ecke biegen. Ich näherte mich ihr, ohne zu wissen, was ich ihr sagen wollte. Dann bemerkte ich, daß der Mann, der hinter ihr ging, eigentlich mit ihr ging, und er schien genau zu wissen, was er sagen wollte. Ich lief auf die andere Straßenseite, setzte mich auf die Treppe gegenüber ihrem Haus und beobachtete, wie sie beide ihre Treppe hinaufstiegen. Sie wechselten ein paar Worte und schienen sich dann zu verabschieden. Mona steckte den Schlüssel in die Tür und öffnete sie. Wie schön für dich, Mona, dachte ich. Sie ließ die Tür zufallen, ohne hineinzugehen, er legte seinen Arm auf ihren, und sie küßten sich lange. Dann verabschiedeten sie sich ein zweites Mal, er sprang auf den Bürgersteig, drehte sich um und winkte ihr zu wie Errol Flynn in *Robin Hood.* Ein verdammter Schauspieler. Sie schaute ihm nach, und ich beobachtete, wie ihr Schatten die Treppe hinaufstieg.

Ich folgte dem Mann in Richtung Neunte und versuchte, seinen Gang zu imitieren, wie Brando in *Die Faust im Nacken.* Was konnte ich ihr noch geben? Noch mehr Kopfschmerzen. Meine Rolle hatte sich ausgespielt. Ich stellte mir vor, wie ich mit der Ziege und Burkes Geist unter den Sternen Whisky trank und leere Flaschen in der Scheune zerschmiß. Rose lag in der Auffahrt vor dem Briefkasten und atmete nicht mehr. An der Ampel holte ich den Mann ein. Er hatte diesen Blick, wie Marcus sagen würde. Ich stellte mich vor ihn und drehte mich zu ihm um. »Du wirst dich jetzt um die verdammten Hühner kümmern«, sagte ich und ging die Neunte hoch.

»Sie kommen wieder mal zu spät, Pierce, ich weiß, aber ich kann Sie nicht rausschmeißen. Ich hab' sonst keinen, der auf Sechzehn Xray arbeiten kann.« Captain Barney hielt mir Schlüssel und Funkgerät hin. »Sie haben Wagen Nummer sechsundachtzig. Ich werde Sie morgen feuern, Pierce, aber versprechen kann ich nichts.«

»Und wenn es kein Morgen gibt?«

»Hauen Sie ab hier, Pierce, bevor ich Sie an mich drücke. Ich liebe diesen Kerl«, sagte er zu Miss Williams, die nicht aufblickte.

Wagen Nummer sechsundachtzig stand in der hinteren Ecke, ein wenig schief, so als hätte ihn eine riesige Hand zusammengeknüllt und dort hingeworfen. Ein Denkmal für zu viele überfahrene rote Ampeln, zu viele Breitseiten- und Frontalkollisionen, zu viele angeknackste Fahrer. Seiten und Front waren total zerbeult, und rotbrauner Rost breitete sich wie ein Hautausschlag von der Motorhaube bis zu den unteren, pockennarbigen Türfüllungen aus. Die hintere Stoßstange lag in Einzelteilen daneben. Franco, der Unverwüstliche. Im Dunkeln sah er aus wie ein alter Ofen.

Tom Walls sprang vom Fahrersitz und begrüßte mich an der Beifahrerseite. »Father Frank, na, so was!« Er klopfte mir auf den Rücken und die Arme. »Du und ich, wir sind heute nacht das Team, die Rough Riders, und wir heizen wieder über die Straßen wie in alten Zeiten. Hey, wir müssen wohl den Leichenwagen rufen – du siehst aus wie tot. Zuerst brauchen wir einen Kaffee. Zip-a-di-du-da.« Er trat gegen das Vorderrad. »Dieser alte Wagen ist ein Krieger, Frank, genau wie wir. Ich hab' versucht, ihn zu töten, aber er will einfach nicht sterben. Davor hab' ich großen Respekt.« Er sprang wieder auf den Fahrersitz und ließ den Motor aufheulen. Ich kletterte in den Fond.

»Was machst du da hinten, Frank?«

»Ich bin krank, Tom. Ich brauche Medizin.«

Ich öffnete den Arzneikoffer und legte ihn auf die Trage. Dann holte ich einen Infusionsschlauch, einen Beutel und einen Stauschlauch heraus, den ich mir um den linken Oberarm wickelte und festhielt, indem ich den Arm an die Brust drückte. Ich desinfizierte den Arm, nahm eine dünne Braunüle, stach mir mit der Nadel in den Arm und ließ einen Liter Kochsalzlösung hineinlaufen. Währenddessen mischte und spritzte ich einen Vitamin-B-Cocktail, danach eine Ampulle Glukose, einen Tropfen Adrenalin. Nicht so gut wie ein Bier, aber mehr stand mir nicht zur Verfügung. Die Medikamente fühlten sich kalt an, wie Würmer aus Stahl, die über meinen Ellbogen krochen. Ich sah mir die Glasampullen an, die ordentlich aufgereiht im Koffer lagen – Epinephrin, Isuprel, Lidocain. Alles lebenrettende Substanzen, die mich innerhalb von einer Minute umbringen und mein Leben beenden konnten. »Komm schon, Frank«, brüllte Tom von vorn. »Auf den Straßen wird Blut vergossen.« Mein Leben beenden, allerdings nur, bis Tom mich fand und zurückbrachte – oder halbwegs zurückbrachte. Tut mir leid, Pierce, aber Sie haben keine Krankzeit mehr. Ich öffnete die größten Sauerstoffflaschen, legte die Schläuche bis nach vorn ins Fahrerhaus und trug meine Infusion nach vorn zum Beifahrersitz. Als Tom den Rettungswagen auf die baumlose Fahrbahn der Neunten Avenue steuerte, drückte ich mir die Sauerstoffmaske fest aufs Gesicht und konzentrierte mich auf lange, tiefe Atemzüge.

Tom stellte seinen Sitz immer ganz nach vorn, so daß er mit

dem Gesicht direkt vor der Windschutzscheibe hing, die Arme aufs Lenkrad gedrückt, als halte er einen Preßlufthammer in den Händen. »Father Frank, du siehst aus, als hättest du dich zu ausgiebig dem heiligen Weine hingegeben.«

Ich nahm die Maske ab. »Die Zeiten sind hart, Tom.«

»Ja. Ist doch toll, oder?«

»Es ist toll, betrunken zu sein«, antwortete ich. »Aber nüchtern zu sein, das bringt mich um.«

»Sieh mal, Frank, wir haben heute Vollmond. Heute nacht wird Blut fließen. Das spüre ich.« Er schlug auf das Armaturenbrett. »Unsere Mission lautet ›Leben retten‹.«

»Unsere Mission lautet ›Kaffee holen‹. Einen richtigen Kick, den wilden Stier, puertoricanischen Espresso.«

»Zehn-Vier, *El Toro de Oro*. Auf geht's!«

Während Tom in den nächsten fünf Minuten in schwindelerregendem Tempo durch die Kurven fuhr, atmete ich weiter den Sauerstoff ein. Beim Strichverkehr an der Fünfundvierzigsten drosselte er schließlich das Tempo. Auf einmal erkannte ich Mr. Burke, der vor mir die Straße überquerte. Er sah gut aus in seinem schwarzen Mantel und dem Anzug, den ich in seinem Schrank gesehen hatte und von dem ich annahm, daß er ihn auf seiner Beerdigung tragen würde. Ein Wunder, dachte ich. Dann überlegte ich es mir anders. Ich preßte mir die Maske aufs Gesicht, saugte den Sauerstoff ein und beobachtete, wie Burke links in die Zehnte einbog und zwischen den Zuhältern an der Ecke verschwand. Die Ampel sprang auf Grün, und dann wirkten sie alle von weitem wie Gespenster.

»Tom, ich bin krank. Die Medikamente wirken nicht. Vielleicht sollten wir zum Krankenhaus zurückfahren.«

»In Vietnam waren wir alle krank – Malaria, Ruhr, was du willst. Und trotzdem taten wir, was wir tun mußten. Keine Angst, Junge. Tom wird sich schon um dich kümmern. Steck den Kopf aus dem Fenster, und spüre die Frühlingsluft. Hör dir die Musik an. *El Toro de Oro. Andale. Pronto.*«

Tom drehte das Radio lauter. Er hatte es stets auf das Jahr 1968 eingestellt. Doch ich hörte nur die Stimme aus der Leitstelle. Natürlich mußte es heute Dispatcher 801 sein, vor dem sich niemand verstecken kann.

»Okay, Einheiten, die Stunde des Selbstmords ist gekommen. Vierzehn Boy, nach meinem Plan seid ihr seit einer Stunde im Krankenhaus, dabei sitzt ihr im Diner auf der Zweiundfünfzigsten Straße. Legt euren Burger weg. Ich hab' einen Job für euch, gleich um die Ecke, Einundfünfzigste und Zehnte. Ein Mann hat eine Schlinge um den Hals und findet nichts, woran er sie aufhängen kann. Dreizehn Zebra, vergeßt den Schichtwechsel der Go Go World. Zehn Blocks runter, in Nummer 220 West Zweiunddreißigste, Apartment 4C, befindet sich eine vierzigjährige Frau, die unaufhörlich Aspirin schluckt. Sechzehn Xray, aus eurem Kaffee wird nichts, ich hab' einen Job für euch.«

Tom schnappte sich das Funkgerät. »Sechzehn Xterminator hier. Wir mögen unseren Kaffee gern mit Blut drin. Ich hoffe, du hast was schönes Blutiges für uns – mein Partner hier ist schon ganz krank, weil er niemandem helfen kann.«

»Ihr habt Glück, X. Euer Patient erwartet euch mit blutigen Handgelenken vor dem Busbahnhof, Zweiundvierzigste und Achte.«

Tom raste los, als würde seine Mutter zwanzig Blocks weiter um Hilfe schreien. Ich nahm die Sauerstoffmaske ab und zog den Infusionsschlauch heraus. Dann nahm ich ein Papiertaschentuch, hielt es auf die Wunde und suchte zwischen all den Speisekarten im Handschuhfach nach einem Verband. »Tom, wo sind die Binden? Ich dachte, wir sitzen in einem Rettungswagen.«

»Paß auf«, antwortete er. Francos Schnauze fiel nach unten, traf auf irgend etwas Hartes auf der Straße und schoß wieder nach oben. Plötzlich lagen die Binden mitsamt einem Haufen Speisekarten auf meinem Schoß.

Vor dem Busbahnhof lungerte die übliche Meute verlorener Seelen herum: Fünfzig Betrunkene starrten auf die Bürgersteige, als hätten sie in den Ritzen ihre Fahrscheine zu einem besseren Leben verloren. Tom und ich stellten uns vor den Rettungswagen und versuchten zu erraten, welcher von ihnen unser Patient sein konnte. Plötzlich tauchten drei Penner aus der Gruppe auf und schoben einen vierten vor sich her, der schluchzte, als sollte er geopfert werden. Als sie ihn gegen die Tür des Rettungswagens schubsten, fiel er zu Boden.

»Was zum Teufel ist hier los?« wollte Tom wissen.

»Ihr müßt ihn ins Krankenhaus bringen«, antwortete einer der alkoholisierten Samariter. »Er hat versucht, sich umzubringen, und hat sich schwer verletzt. Los, zeig ihm dein Handgelenk. Zeig es ihm.« Die zusammengekauerte Gestalt, mit der er sprach, lehnte sich an den Rettungswagen, richtete sich langsam auf und begann, heftig zu zittern. »Seht ihr, was ich meine? Es geht ihm nicht gut. Das sag' ich euch.« Er machte sich daran, die Tür zu öffnen. Die anderen halfen ihm und stießen dabei den Patienten zu Boden.

»Einen Moment mal.« Tom knallte die Tür wieder zu. »Ich werde niemanden gegen seinen Willen irgendwo hinbringen. Wir sind schließlich in Amerika. Jeder Mensch hat seine Rechte.« Tom blickte zu mir hinüber, und ich nickte patriotisch.

»Aber er wird sterben, wenn ihr ihn nicht mitnehmt.« Der inoffizielle Sprecher packte den Arm des Mannes und drehte das Handgelenk um. »Seht ihr?« Ich entdeckte nur Schmutz und etwas, was aussah wie ein Hautausschlag oder eine unfertige Tätowierung. »Er hat geblutet«, erklärte er, und die anderen pflichteten ihm bei. »Er hat immer wieder sein Bier verschüttet«, meinte einer. »Ich hab' Mund-zu-Mund-Beatmung gemacht«, fügte ein anderer hinzu und lächelte schüchtern.

»Ihr könnt von Glück sagen, daß ihr ihn damit nicht umgebracht habt.« Tom zog den Patienten auf die Knie. »Wir wollen es mal von ihm selbst hören. Sind Sie verrückt? Haben Sie versucht, sich selbst kaltzumachen?« Das Schluchzen des Mannes war bestimmt meilenweit zu hören. Tom schüttelte ihn noch einmal. Der Mann zuckte zusammen, und aus seinen Mundwinkeln kam ein langes, feuchtes »Jaaaa«.

»Warum haben Sie das nicht gleich gesagt?« Wir schleppten ihn in den Rettungswagen, und die drei Saufbrüder stolperten zur übrigen Meute zurück. Tom zog eine der Plastikelektroden aus dem EKG-Monitor heraus. »Sir, ich werde Ihnen ein Medikament geben, das sich noch im Versuchsstadium befindet. Es stammt von der NASA, und obwohl die Astronauten es seit Jahren benutzen, sind wir der erste Rettungsdienst, der es ausprobiert. Ich werde diese Elektrode so auf Ihre Stirn legen, und in ungefähr einer Minute werden Sie sich entspannen. Sie werden all ihre Selbstmordgedanken vergessen. Es ist sehr wichtig, daß Sie sie mindestens vierundzwanzig Stunden lang tragen und immer wieder im Spiegel nachsehen. Wenn die Elektrode grün wird, müssen Sie sofort zum Arzt, die Nebenwirkungen könnten tödlich sein.«

Der Mann nickte, und Tom setzte sich nach vorn, um loszufahren. Nach einer Weile sagte ich zu dem Mann, daß er sich jetzt beruhigt haben müsse, also hörte er auf zu schluchzen und saß ganz still da. Das funktionierte immer. Ich setzte mich neben ihn und schaute mir seine Handgelenke an.

»Sie glauben doch nicht etwa, daß es auf diese Weise klappt, oder?« fragte ich ihn. Er schüttelte den Kopf. »Ich meine, das ist der schlechteste Selbstmordversuch, den ich je gesehen habe. Fühlen Sie den Puls? Hier. Hier müssen Sie reinschneiden, und zwar nicht quer, sondern längs – so.« Ich zog mein Messer heraus. »Hier, nehmen Sie das.«

Ich hielt meinen Finger auf die Pulsader, und die Klinge zitterte in meiner anderen Hand. »Ich kann es nicht«, sagte er, ebenso verwundert über meine Aufgebrachtheit wie ich selbst.

»Bei all den armen Leuten in dieser Stadt, die einfach nur in Frieden leben wollten und böswillig ermordet wurden, haben Sie den Nerv, hier zu sitzen, sterben zu wollen und es nicht zu schaffen. Sie machen mich ganz krank. Jetzt nehmen Sie es endlich.«

Er schaute gleichzeitig die Klinge, mich und seinen Arm an. Dann warf er sich mit voller Wucht gegen den Riegel der Hintertür und fiel nach draußen, rollte auf der Straße weiter und kletterte wieder auf die Füße wie ein Weitspringer. Tom hielt an, kam nach hinten, und zusammen beobachteten wir, wie der Mann um die Ecke bog und dabei die Elektrode gegen die Stirn preßte.

»Wir haben ihn geheilt, Father. Wenn wir beide zusammen arbeiten, gibt es nichts, was wir nicht hinkriegen.«

El Toro de Oro bestand aus weißem Plastik und Chrom, rote Lichterketten schmückten herzförmige Spiegel. Am Tisch in der Mitte spielten vier alte Männer eine Art Mix aus Binokel und Rommé, den sie in jeder Runde neu zu erfinden schienen. Sie tranken aus großen Bierdosen, schüttelten bei ihren Einsätzen die Fäuste, lachten und nickten nach jedem Legen. Der Mann, der den Kaffee zubereitete, stand wie immer hinter der Theke, wischte die Formica-Strände mit einem nassen Tuch ab und schaute durch das Fenster auf die blaue, stürmische See. Ein junger Mann brüllte in der Ecke in ein Telefon. »Lüg mich nicht an, ich weiß, wo du warst, ich hab' angerufen, dein Bruder sagt, du warst den ganzen Tag nicht da, lüg mich nicht an, ich bring' dich um, du Schlampe.« Er schlug gegen die Wand, trat gegen das Telefon und ließ sich neben seinen beiden lachenden Freunden in einen Sessel fallen.

Ich stellte mich neben das Telefon, wußte aber nicht, wen ich anrufen sollte. Ich öffnete meine Brieftasche und zog eine Handvoll Ausweise heraus, dazu ein paar Papierschnipsel mit unleserlichem Gekritzel, Zeitungsausschnitte und einen Coupon für einen Gratis-Hamburger. Ich dachte an Mona an der Tür, meinen Vater in seinem Sessel und meine im Garten betende Mutter. All die kleinen Schnipsel meiner selbst. Nur Tom Walls war geblieben. Es war nur logisch, daß mein erster Partner auch mein letzter sein sollte. Asche zu Asche, Tom zu Tom. Ich warf alles in den Mülleimer und ging nach draußen. Francos Beifahrersitz keuchte, als ich mich darauf setzte.

»Wo ist der Kaffee?« fragte Tom.

»Weiß ich nicht.«

Tom leuchtete mir mit der sechzig Zentimeter langen, mit Blei gefüllten Taschenlampe in die Augen, die er Bronson getauft hatte. »Hallo, hallo«, rief er. »Father Frank, wo bist du? Zeit, nach Hause zu kommen.« Er setzte mir sein Stethoskop auf die Brust, prüfte ein paar Reflexe, klappte meine Augenlider nach unten und erklärte mich für tot. »Vomitus biscuitus. Spirito stinko. Flatulus glorius. Amen.« Er bekreuzigte sich schnell dreimal, seufzte ehrerbietig und ging Kaffee holen.

Das Restaurant befand sich in der Mitte einer Sackgasse zwischen der West End Avenue und dem erhöhten Highway, der am Fluß entlangführte. Zwischen den Stahlpfeilern unter der Fahrbahn hatten die Obdachlosen ein Dorf aus brüchigen Hütten aufgebaut. Ich beobachtete die dunklen Silhouetten von Männern, die im Schutt herumstocherten wie Wanderarbeiter, die Bruchsteine einsammelten. Ich stieg aus dem Rettungswagen. Ich brauchte nur bis zum Ende dieser Straße gehen, um zu verschwinden.

Eine junge Frau, eigentlich eher ein Mädchen, tauchte in der Dunkelheit auf und kam auf mich zu. Sie trug einen gelben Regenmantel, obwohl das Wetter trocken war, und versuchte trotz ihrer hohen Absätze, die sich ständig im Pflaster verfingen, sich wie ein Mannequin zu bewegen. Sie wackelte unbeholfen mit den Hüften, streckte ihre kleine Brust heraus und knöpfte den oberen Teil ihres Mantels auf. Dann schob sie ihre Kapuze nach hinten und lächelte mir von einem halben Block Entfernung aus zu. Meine Rose.

Sie sah erstaunlich gut aus, dachte ich, doch ich wußte genau, daß ihre Atembeschwerden jeden Moment anfangen würden. Sie ließ den Regenmantel von ihren nackten Schultern herabgleiten. Als sie an mir vorbeiging, lächelte sie mich wieder an, und dieselben Augen, die mich vor einem Monat so leer angeschaut hatten, zwinkerten mir zu. Sie drehte den Kopf und warf ihr Haar zurück, so daß ich ein schwarzes Muttermal hinter ihrem Ohr sehen konnte.

Die drei Jungs im Restaurant sahen sie vorbeilaufen. Sie kamen pfeifend und johlend heraus und faßten sich in den Schritt. »*Venga, puta.*«

Hinter ihnen kam Tom heraus, in jeder Hand einen Kaffee. »Das ist nicht sehr nett von euch«, sagte er. »Ihr werdet euch dafür entschuldigen müssen.«

Die Jungen warfen sich Blicke zu und lachten. Tom blieb stehen. »Ihr werdet euch jetzt bei dieser jungen Dame entschuldigen«, wiederholte er. Rose stellte sich hinter ihn und nutzte die seltene Gelegenheit, daß jemand ihre Ehre verteidigte. Ich starrte sie die ganze Zeit an und wartete darauf, daß sich ihr Asthma bemerkbar machte.

»Du bist wohl verrückt, Mann. Sie ist 'ne Nutte.«

»Es reicht jetzt. Ihr reitet euch nur noch tiefer rein. Ich halte es für besser, wenn ihr zu dieser Dame etwas sagt wie ›Tut uns leid‹.«

»Willst du mich anmachen, Alter?«

Tom ließ die Kaffeetassen fallen. Der größte der drei Jungen machte einen Schritt nach vorn, während die anderen beiden sich hinter Tom aufstellten. Er und der Junge schubsten sich zweimal gegenseitig, gingen dann aufeinander los und fielen zusammen um. Schließlich lag der Junge allein auf dem Boden, und Tom stand über ihm.

Ich sah diesem Streit zu, der mich an einen Wirbelsturm erinnerte, der erst langsam begann und dann blitzschnell über die Ebene fegte. Er fasziniert einen allerdings nur so lange, bis man selbst hineingerät und die Luft explodiert. Ich griff ans Armaturenbrett und schaltete das Blaulicht und die Sirene ein. Dann warf ich mich auf den nächsten der beiden Jungen und schlug mit den Fäusten gegen seinen Kopf. Nachdem er mich abgeworfen hatte, sprang ich mit wackeligen Beinen auf den anderen. Tom Walls hielt Bronson über seinen Kopf und schlug damit auf Schultern, Köpfe und Hälse ein. Fäuste landeten in meiner Seite, ohne mich wirklich zu treffen, ein Messer zischte knapp an meinem Hals vorüber, und schließlich war der Kampf vorbei. Tom schlug noch in die Luft hinter ihnen, als sie davonstolperten.

Ich drehte mich um, und Rose stand direkt hinter mir. »Danke«, sagte sie und sah aus, als wollte sie mich umarmen. Ich trat zurück, doch bei der Vorstellung, sie zu berühren, durchlief mich ein Schauder. »Ihr Jungs seid meine Helden.«

»Das ist unser Job, Miss«, verkündete Tom. »Leben zu retten. Gehen Sie jetzt nach Hause. Auf diesen Straßen ist es gefährlich.«

»Ja, mache ich.«

Ich schaute an mir herunter und suchte nach irgendwelchen Wunden. Doch ich fühlte mich so gut, als wäre ich bei dem Kampf umgekommen und neu geboren worden, jünger und stärker. Ich sprang auf den Fahrersitz. Die Sirene heulte noch immer. »Komm schon, Tom«, brüllte ich. »Es ist Vollmond. Die Stadt verbrennt, wenn wir nicht kommen.«

Er stand lachend da und steckte sich das Hemd in die Hose. Keinen Kratzer schien er abbekommen zu haben. »Ich spüre es, Father, aber so kämpferisch kenne ich dich gar nicht.«

»Bist du bereit, Tom?«

»Wenn du es bist, Father.«

»Ich hab' mich in meinem ganzen Leben noch nicht besser gefühlt.« Ich fuhr mit blitzender Sirene und heulendem Blaulicht, rutschte in die Kurven, raste über rote Ampeln, ohne zu blinken – diese Energie hatte ich seit Jahren nicht mehr gespürt. Tom saß neben mir und feuerte mich an.

Während unserer gemeinsamen Jahre kauften Tom und ich ungefähr einmal in der Woche Lebensmittel für eine Familie in East Harlem ein, um die Tom sich kümmerte. Die Kinder der Tochter von Toms Freund, der in Vietnam umgekommen war, oder so ähnlich. Nachdem wir unsere Einkaufstüten abgeliefert hatten, blieben wir immer noch ein paar Minuten da. Tom setzte sich dann eines der Kinder aufs Knie und spielte mit ihm Hoppe-hoppe-Reiter. Die Tochter machte uns jedesmal Kaffee und bat Tom, ihr etwas über ihren Vater zu erzählen. Doch die Mutter, anscheinend die Ehefrau des toten Soldaten, sagte nie etwas und schien sich auch nicht über unser Kommen zu freuen. Ich saß dann neben ihr auf dem abgewetzten Sofa und schaute mir spanische Sendungen im Fernseher an, den Tom gekauft hatte.

16

So weit ich sehen konnte, leuchteten mir die Ampeln auf der Neunten Avenue grün entgegen. Ich benutzte die mittlere Fahrspur und drückte mit dem rechten Fuß das Gaspedal durch. Als ich an der Zweiundvierzigsten Straße vorbeikam, setzte ich den linken Fuß auf die Bremse, hielt sie fest, rutschte in die Kurve, nahm den linken Fuß weg, behielt den rechten unten, und kurz bevor ich mit einem Taxi zusammengeprallt wäre, reagierten die Räder. Ich stieg immer höher und wurde immer leichter, mit jeder Kurve fiel ein weiteres Stück von mir ab. Ich hatte so viel Leid und Schmerz in mich aufgesogen, daß ich mich kaum mehr bewegen konnte, und mein Mitgefühl war so in Kummer aufgeweicht, daß es nutzlos war, etwas Totes in mir. Doch nun ließ ich es aus mir heraus und war befreit. Ich schlingerte die Achte hinauf, rutschte in die Siebenundfünfzigste und verfehlte knapp ein Pärchen mit grünen Schuhen. Als ich auf zwei Rädern in den Broadway einbog, hatte ich das Gefühl zu fliegen, nichts war hinter mir, vor mir, über mir oder unter mir.

Es gibt kein besseres Heilmittel gegen den Blues, als mit einem Rettungswagen ziellos und extrem schnell durch die Gegend zu fahren. Das Blaulicht peitscht gegen die Ladenfronten, die Sirene heult einem den Weg frei. Gas, bremsen, Kurve – Gas, bremsen, Kurve – so jagt man viermal um den Block und schließlich geradeaus die Avenue hinunter. Wenn es einen nicht umbringt, ist man danach garantiert geheilt. Fahr, so schnell du kannst, und dann noch schneller. Reiße erst im letzten Moment willkürlich das Steuer herum. Und wenn du ein Auto anfahren mußt, dann such dir eins aus, das in zweiter Reihe parkt.

»Wo willst du hin?« brüllte Tom. »Hast du was gehört?«

Rettungsdienst- und Polizeifunk waren bereits voll aufgedreht, und jetzt stellte ich auch noch das Radio auf volle Lautstärke, ein Song von den Doors. Zusammen mit dem Jaulen auf dem Dach und den Rufen des Dispatchers bildete alles eine Art hysterische Sinfonie, die genau zu meinem Fahrstil paßte.

»Ich fahre mich frei«, brüllte ich.

»Aber ohne Bremsen.«

»Das habe ich bereits berücksichtigt.«

Tom war der Meinung, der Copilot spiele eine ebenso wichtige Rolle wie der Fahrer. Er mußte die Augen rechts und links haben und die Kreuzungen abchecken. Er lehnte sich nach vorn, das Gesicht dicht an der Windschutzscheibe. »Frei, frei, Müllwagen, Kinderwagen, Taxi, Taxi, Taxi.« Der Copilot mußte immer ruhig und gefaßt bleiben und durfte keine Angst haben. Im Laufe der Jahre, die wir nun schon zusammen arbeiteten, war es jedoch zur Aufgabe des Fahrers geworden, dem Copiloten eine Heidenangst einzujagen.

Die meisten Sanitäter hätten jetzt schon geschrien. Larry hätte auf dem Sitz gestanden, den Rücken gegen das Dach gepreßt und geheult. Tom war taffer. Bei ihm konnte ich es als Sieg betrachten, wenn ein Unfall unvermeidlich schien und er zischend ein wenig Luft zwischen den Zähnen ausstieß und anschließend ein unterdrücktes Knurren von sich gab. Ich hatte es fast aufgegeben. Doch als ich auf der Zweiundfünfzigsten den Spiegel eines in zweiter Reihe geparkten Lieferwagens abriß, sah ich, wie seine Fingerknöchel auf dem Armaturenbrett ganz weiß wurden. Da wußte ich, daß ich nahe dran war. Ich heizte mit Vollgas über die rote Ampel und schrie im Chor mit Jim Morrison »immaculate«.

»Müllwagen«, sagte Tom, dann noch mal lauter: »Müllwagen!« Dann ließ er sein rauhes, tiefes Pfeifen hören, das wie Luft klingt, die aus einem Reifen entweicht. Ich riß das Steuer rechts herum, und der Müllwagen fuhr links an uns vorbei. Gerade als ich dachte, wir würden umkippen, richtete sich der Rettungswagen wieder auf und kam schlingernd vor dem armenischen Delikatessengeschäft zum Stehen.

Tom ging ruhig um die Vorderseite des Wagens herum. Ich verschloß die Tür. »Komm raus«, sagte er. »Steig aus dem Wagen.«

»Ich hab' dich ganz schön erwischt.« Ich ahmte sein Pfeifen nach.

»Ja, das hast du. Du bist ein Psycho. Jetzt komm da raus. Einen Moment lang dachte ich, du hast es auf Selbstmord abgesehen, aber im nächsten sah es auf einmal nach Partnermord aus. Du bist nicht in der Lage, dieses Fahrzeug zu führen.«

»Aber Tom, ich bin geheilt. Der Kampf vorhin hat mich wieder aufgepäppelt. Laß uns ein paar Jobs machen.«

»Du siehst aus wie ein Feuerwehrmann, der gerade einen dreitägigen Löscheinsatz hinter sich hat. Du solltest mal in den Spiegel schauen, Father Frank.«

»Nenn mich nicht Father Frank. Ich bin ein neuer Mensch. Nenn mich Frank Evil. Frank, den Herzlosen.«

»Du bist ein blutendes Herz, Frank. Daran wirst du nichts ändern können. Genau das bist du.«

»Ich bin ausgeblutet, Tom. Und ohne Blut kann man nicht bluten. Dann hört das Herz auf zu schlagen.«

»In Ordnung, Frank Evil. Du bist dran mit Kaffeeholen.«

Als ich zurückkam, saß Tom hinter dem Steuer. Sobald ich eingestiegen war, fuhren wir los, immer auf der linken Seite der Straße mit fünf Stundenkilometern, wie auf Patrouille. »Du achtest auf den Rettungsfunk, ich achte auf den Polizeifunk«, ordnete er an. Notfälle mit Gewalteinwirkung wurden normalerweise zuerst an die Polizei weitergeleitet, und Tom machte es Spaß, eher als sie am Unfallort zu sein. Er meinte, ein Job sei nichts wert, wenn man nicht den Rauch der Pistolen in der Luft riechen könne.

Mit dem Polizeifunkgerät an einem Ohr und dem Rettungsdienstfunkgerät am anderen beobachtete ich die Straße, wartete und wußte, daß nichts ohne mich geschehen würde. Ich wollte eine Explosion, einen Unfall mit mehreren Verletzten, Leichen an vier Straßenecken auf einmal, Erschossene in jedem Zimmer, eingestürzte Häuser, entgleiste Züge. Zwar konnte ich nicht über die Lebenden und die Sterbenden bestimmen – ihre Schicksale waren schon lange vor meiner Ankunft entschieden –, doch ich glaubte, meine Anwesenheit sei notwendig, damit das Ereignis überhaupt stattfinden konnte, so wie jede Handlung einen Schauplatz brauchte. Ich war dieser Schauplatz. Die Stadt und ich waren eins geworden. In den zehn Jahren, die ich fort war, als mein Vater uns aus der Stadt hinausgebracht hatte, fiel ich zurück und verlor den Bezug zu Manhattan und seinen ewigen Kreisläufen von Tod und Erneuerung. Fünf Jahre lang bemühte ich mich beharrlich, die verlorene Zeit aufzuholen, fiel hin und stand immer wieder auf. Jetzt war es schwer zu sagen, ob ich es geschafft hatte oder bei meinen endlosen Bemühungen verrückt geworden war. Und ich fragte mich, ob das nicht sowieso das gleiche war.

Wir fuhren die Achte hinauf. Es wimmelte von Leuten, die zerstreut und schlaff von den neonfarbenen Imbißbuden zu den SM-Shows im Circus Cinema hinüberwanderten. Menschenmengen schauten sich um und lauschten, als warteten sie auf den bestimmten Moment, mit dem die Nacht beginnen würde. Tom fuhr an den Straßenrand, um eine Schlägerei an der Ecke zur Vierzigsten zu beobachten. Zwei Männer, die sich in der Gosse herumwälzten. Auch vor dem Busbahnhof prügelten sich zwei Männer. Der eine trug den Arm in einer Schlinge, und der andere schien einen Schlaganfall oder so etwas erlitten zu haben, denn seine rechte Körperhälfte war gelähmt. Beide schlugen mit ihren gesunden Armen aufeinander ein, bis die Flasche, um die sie sich stritten, leer war.

Als wir an einer roten Ampel warteten, hörten wir plötzlich einen Schrei aus einem Haus auf der anderen Straßenseite. Ein alter Mann kam herausgerannt, der nichts außer einer zerrissenen, stark verschmutzten Unterhose trug. Dann folgte ein zweiter Schrei, und eine Frau lief ihm nach. Sie war klein und dunkel, trug einen roten Bodysuit mit einem langen, roten Cape und schwang ein Fleischermesser über dem Kopf. Im Hauseingang, aus dem beide gekommen waren, erkannte ich Mr. Burke. Sein Mantel und sein Jackett waren verschwunden. Das weiße Hemd war blutbefleckt, und er streckte die weißen Arme gen Himmel.

»Los, mach doch, was du willst«, brüllte ich ihm zu. »Mich kümmert das nicht mehr.«

»Das brauchst du ihr wohl nicht zu sagen«, meinte Tom und bog links in die Einundfünfzigste, dann wieder links in die Neunte. Als wir unseren Kaffee getrunken hatten, brachte er Franco auf dem Bordstein vor der puertoricanischen Bäckerei zum Stehen. Er behielt den Fuß auf dem Gas und brüllte über den Lärm des laufenden Motors hinweg: »Da drinnen ist eine Frau, die alte Kaffeefilter und schwarze Bohnen benutzt. Müßte eigentlich verboten werden, dieser Kaffee. Bist du bereit, Frank?«

»Doppelte Ladung, Tom.«

Er stieg aus, zog hinter seinem Sitz einen zehn Pfund schweren Gewichthebering hervor und plazierte ihn auf dem Gaspedal, bis das Eisen gegen die Motorhaube stieß. »Das ist der Leerlauf«, erklärte er. »Ohne das Gewicht geht er aus. Und ich kann ihn nicht ausgehen lassen. Das würde bedeuten, die Flagge zu streichen.«

Ich bemerkte eine Frau an der Ecke vor mir, die langsam auf mich zukam und sich suchend nach rechts und links umblickte. Als sie nah genug war, erkannte ich Mrs. Burke. Sie sah Jahre älter aus. Ich zog den Kopf ein. Sie klopfte ans Fenster. »Haben Sie meinen Mann gesehen?«

»Nein.« Ich schüttelte den Kopf und schaute in eine andere Richtung.

»Ich kann ihn nicht finden. Ich habe überall nach ihm gesucht. Er ist krank, wissen Sie. Er sollte nicht draußen herumlaufen.«

Sie ging weiter, und Tom brachte die Kaffees. Sobald er saß, fuhren wir auch schon weiter die Achte hinauf, ungefähr im Tempo eines flotten Spaziergangs. »Eigentlich sollten wir die Upper West Side und Harlem abdecken«, meinte Tom. »Dort gibt's die harten Krimis. Aber sie schicken uns immer wieder nach Midtown.«

»Ich komme nicht aus dieser Gegend weg.«

»Sechzehn Xray. Xray.« Die Leitstelle, wie gerufen.

Ich stöpselte das Funkgerät ein. »X.«

»Als erstes möchte ich euch sagen, wie leid mir das hier tut. Ich hab' euch beide immer gemocht. Sechzehn Xray ist eine lebende Legende, eine Einheit wie keine andere. Deshalb schmerzt es mich besonders, das jetzt tun zu müssen, aber mir bleibt keine Wahl. Ihr fahrt zur Ecke Sechsundvierzigste und Zehnte. Vor dem Schnapsladen findet ihr einen vierzigjährigen Mann, der bewußtlos neben seinem Rollstuhl liegt. Muß ich noch mehr sagen?«

»Du hast schon zuviel gesagt«, antwortete ich.

Tom starrte ungläubig auf das Funkgerät. »Mr. Oh.«

»Ein bißchen früh für ihn.«

»Ist schon in Ordnung«, meinte Tom. »Wir werden uns heute nacht nicht um Oh kümmern müssen. Es wird uns etwas anderes dazwischenkommen. Das spüre ich.« Er fuhr im gleichen Tempo Richtung Neunte und nach Süden weiter, dann westlich auf die Fünfundvierzigste. Allmählich bekam ich das gleiche Gefühl wie er und beobachtete hoffnungsvoll die Bürgersteige und Ladenfronten. Ich rechnete damit, daß jeden Moment irgendwo ein Mann auf die Straße rannte, dem Blut aus der Kehle spritzte.

»Bingo!« rief Tom. Er drehte den Polizeifunk lauter. »Rettungsdienst an Zentrale«, sagte er. »Was war das gerade für ein Notfall?«

»Angefahrener Fußgänger, Vierundfünfzigste Straße und Zehnte Avenue.«

»Zehn-Vier, eine Minute entfernt.«

Tom ließ die Bremse los, so daß ich in den Sitz gedrückt wurde und die Sirene in meiner Kehle spürte.

»Ich liebe diese Frau von der Polizeileitstelle«, rief Tom. »Ihre Stimme erinnert mich an Karamelkuchen. Und sie hat riesige Brüste.«

»Sie liebt mich«, erwiderte ich, lehnte mich nach vorn, den Kopf an der Windschutzscheibe, und überflog die Straßen vor uns.

»Sie flüstert mir nachts zu, auf französisch. Taxi frei, Taxi frei.«

»Sie ist Ungarin und heißt Yvonne. Sie kocht für mich oben ohne. Und das Brot, das sie bäckt, schmeckt himmlisch.«

Drei Blocks weiter sahen wir die Lichter der Polizeiautos, und eine Menschenmenge stand um einen Müllwagen herum. »Sie hat sich mir versprochen, als sie vierzehn war«, fügte ich hinzu. »Ich hab' Aktbilder von ihr in Öl gemalt, mit Kreide und auf schwarzem Samt. Sie weint noch immer, wenn sie die Bilder sieht. Der Müllwagen vor uns.«

Noch bevor er anhielt, sprang ich aus dem Rettungswagen. Ein Cop stand vor der Menge, neben den Hinterrädern des Müllwagens. Ein zweiter stand plötzlich neben mir.

»Das ist wirklich mal etwas anderes«, meinte er. »Das Opfer lebt noch, hat aber keinen Kopf mehr. Damit hab' ich echt meine Schwierigkeiten.«

Ich schnappte mir den Beatmungskoffer und bahnte mir einen Weg durch die Menge, größtenteils Müllmänner und Obdachlose, die auch mal Müllmänner waren oder es gern mal sein wollten. Vor dem Müllwagen standen noch drei weitere Trucks, die alle zum berüchtigten Mars-Transportunternehmen gehörten.

»Zur Seite. Macht Platz für die Sanitäter.« Die muskelbepackten Müllmänner bildeten vor mir eine Gasse. Alle dachten das gleiche: Seht ihr diesen Scheiß da? Einfach unglaublich.

Der Cop stand vor ihnen wie ein Auktionator bei einer Viehversteigerung. »Wenn ich es nicht mit eigenen Augen gesehen hätte«, meinte er, »hätte ich es nicht geglaubt.« Er trat zur Seite, um mich zum Opfer durchzulassen.

Der Mann lag auf dem Rücken. Neue, weiße Turnschuhe zeigten nach oben. Sein violetter Trainingsanzug war über dem runden Bauch mit einem Reißverschluß zugezogen, ließ aber die weißbehaarte Brust frei, auf der man drei Goldkettchen sehen konnte. Der Hals endete im schmalen Spalt zwischen den riesigen Hinterrädern. Vom Kopf war nichts zu sehen, nur der Hals und dann der Reifen.

Ich hörte über mir die Stimme des Polizisten. »Anscheinend hat der Fahrer zurückgesetzt und dabei diesen Mann hier angefahren, so daß er umfiel. Die Hinterräder rollten fast vollständig über seinen Kopf hinweg. Ein Fußgänger hat das Ganze gesehen und dem Fahrer zugerufen, er solle anhalten – zum Glück, oder besser: leider, je nachdem, wie man es sehen will.«

Ich beobachtete, wie die Brust sich gleichmäßig und kräftig hob und senkte. Ich hörte die Lungen ab, die bis auf ein paar pfeifende Geräusche im oberen Teil frei waren. Dann fühlte ich den Puls, der langsam und kräftig war, und plötzlich bewegte sich die Hand. Vorsichtig legte sie sich auf meine, faßte mein Handgelenk und drehte es mit erstaunlicher Kraft herum. Ein tauber Schmerz schoß mir bis in die Schulter. Ich schlug ihm auf die Hand, dann in den Magen und mußte ihm halb stehend in die Rippen treten, damit er mich losließ.

»Hat er bei mir auch gemacht«, sagte der Cop. »Hat mir fast das Bein abgerissen. Ich dachte schon, ich müßte auf ihn schießen. Ein zäher Bursche.«

»Davon könnt ihr ausgehen«, mischte sich einer der Muskelprotze ein. »Das ist nämlich Joe Mars. Der ist nicht totzukriegen.«

»Haben Sie einen Abschleppwagen bestellt?«

»Den größten, den's gibt. Soll in zehn Minuten hier sein.«

Tom Walls erschien mit der Rolltrage, auf die er meterhoch Instrumente gepackt hatte: Streckverbände, Saugmaschinen, Schwimmwesten, Bettpfannen. »Bin auf alles vorbereitet«, versicherte er und zog einen Leichensack hervor.

»Er lebt noch.«

»Muß aber einen kleinen Kopf haben.«

»Vorher nicht, jetzt schon. Das ist Joe Mars.«

»Na, das ist ja ein passender Abgang. Läßt sich von seinem eigenen Truck überfahren. Wer war es denn?«

Der Cop brauchte uns den Fahrer nicht zu zeigen. Er sah aus, als würde er nackt in einer Tiefkühltruhe stehen, hatte die Arme um den Körper geschlungen, tappte mit den Füßen und hielt eine Zigarette in der zitternden Hand.

»Den können wir als nächstes behandeln«, sagte ich. »Mars' Söhnen wird das nicht gefallen.«

»Er hat sich angeschlichen«, verteidigte sich der Fahrer. »Ich hab' das Gaspedal nicht mal berührt. Ich hatte den Fuß die ganze Zeit auf der Bremse.« Er blickte den Mann an, der neben ihm stand, klein und mit silbern glänzenden Zähnen. »Du warst doch dabei. Du hast es gesehen. Erzähl es ihnen.«

»Ich weiß nur«, begann der Mann, »daß er die ganze Nacht herumgefahren ist und mich gefragt hat, wo Joe sich rumtreibt. Was interessiert dich Joe, frag' ich ihn immer wieder.«

»Na, das nenne ich einen verläßlichen Partner«, meinte der Cop und machte sich Notizen.

»Hey, Tom«, sagte ich. »Komm, wir lassen die Kiste hochheben.«

»Was lassen wir hochheben?«

»Hier stehen dreißig Muskelpakete rum. Ist doch Müll, oder? Diese Typen wissen, wie man Müll hochhebt.«

»Das klappt nie«, warf der Cop ein, doch Tom stellte die Männer schon um das Heck des Müllwagens auf. »Sag niemals nie«, entgegnete er und nahm seine Position neben Joe Mars ein. »Auf geht's, Männer. Bei »drei« hochheben.«

Außer einem beachtlichen Ächzen folgte nicht viel. Ein Liter farbenfroher Brühe ergoß sich über die Räder, die Joes Kopf unter sich begraben hatten.

»Ich glaub' es einfach nicht«, brüllte Tom. »Ihr wollt Müllmänner sein? Ihr seid weibische Schwächlinge. Wenn wir dreißig Sanitäter hier hätten, könnten wir das Ding schon bewegen. Alle Frauen treten jetzt bitte zur Seite. Wenn dann keine Männer mehr übrig sind, mach' ich es eben selbst.«

»Ich brauche bei diesem Mist nicht mitzumachen«, sagte eine bullige Frau in einer Mars-Uniform. Sie ließ den Wagen los und verzog sich.

»Kommen Sie zurück«, brüllte Tom. »Sie sind Müllmann, vergessen Sie das nicht. Wir sind alle Müllmänner. Die Welt ist unser Müll. Jetzt hoch damit, hoch!«

Ich kniete mich neben Joe Mars und sah zu, wie die Reifen langsam vom Boden abhoben, zwei Zentimeter, vier. Nicht genug, um das Gesicht sehen zu können.

»Halten, halten!« rief ich. Die Männer schnaubten wie paarungsbereite Stiere. Ich klappte mein Messer auseinander, stach damit in den Reifen und drehte es herum. Dann in den anderen. Ich faßte den Cop am Arm. »Ziehen Sie den Reifen hoch, hier am Kopf.« Das machte er auch, aber der Platz reichte noch immer nicht. Den Männern wurde die Luft langsam knapp, die Muskeln versagten allmählich, und sie winselten wie gepeitschte Hunde. Die Reifen aufzuschlitzen war den Versuch wert gewesen. Aber wenn sie den Wagen jetzt fallen ließen ... »Ich brauche noch ein paar Zentimeter«, sagte ich. »Noch zwei.« Schwaches Aufstöhnen.

Ich schloß die Augen und hielt den Atem an. Dann spürte ich, wie sich der Truck hob, und zog an Joes weißen Turnschuhen, so fest ich konnte. Der Kopf rutschte unter den Rädern weg wie ein nasser Schuh von einem Fuß. Dann fiel der Wagen herunter. Die Menge jubelte – inzwischen fast hundert Leute. Dann folgte ein anderes Geräusch und ein übler Geruch. Stille, als alle die Überreste von Joe Mars' Kopf anstarrten.

Das Gesicht war fast vollständig plattgedrückt, so daß Nase, Wangen und Kinn auf einer Ebene lagen. Die Haut hatte sich von der Mitte aus schnurgerade abgelöst und am Rand, wo die ebene Fläche aufhörte, zusammengekräuselt. Kein Metzger hätte sie sauberer abtrennen können. Dazu kamen noch der geplättete Hinterkopf und Joes allseits bekannte flache Stirn. Das Ergebnis war ein fast perfektes Quadrat. Mund, Nase und Augen drängten sich in der schleimigen Mitte dieses Vierecks zusammen. Bei jedem gurgelnden Ausatmen spritzten Blut und Speichel über sein plattes Gesicht.

»Der Schädel muß an Dutzend Stellen gebrochen sein«, stellte ich fest.

»Er wird keine Stunde durchhalten.«

Also klebte ich eine Maske auf Joes Gesicht, allerdings eher, um den blutigen Regen seines Atmens aufzuhalten, als wegen der Sauerstoffzufuhr. Es ging ihm sofort besser, oder zumindest hatte es den Anschein, denn die Maske ließ das Gesicht darunter etwas menschlicher aussehen. Als wir das *Misery* erreichten, atmete er nur noch schwach, und der Puls war auf dreißig heruntergegangen. Uns blieb nicht mehr viel Zeit. Ich nahm die Infusion und sprang aus dem Rettungswagen. Tom zeigte auf Joe. Aus den Öffnungen in seinem Gesicht stieg ein klumpiger, grauer Schaum auf. Er lief auf die blutige Fläche, die den oberen Teil des Kopfes bildete, und rann dann gleichmäßig an den Seiten herunter.

»Sieh mal, Tom, das ist graue Substanz. Er kotzt sein eigenes Gehirn aus.«

»Ein zäher Bursche«, erwiderte Tom. Wir schoben die Trage durch das überfüllte Wartezimmer und mußten wie immer Griss erst überreden, die Tür zu öffnen.

»Griss, mach auf«, rief ihm Tom entgegen. »Wir haben hier eine Berühmtheit. Der bekannte Gangster Joe Mars ist von seinem eigenen Truck überfahren worden.«

»Um so mehr ein Grund, sich Zeit zu lassen und die Gerechtigkeit der Straße anzuerkennen.«

Hazmat wartete am Ende des Sperrbezirks. »Was für einen Alptraum habt ihr mir da wieder gebracht?«

»Müllwagen über dem Kopf«, erklärte ich. »Muß ein heftiger Schädelbasisbruch sein, bei dem Hirngewebe in die Speiseröhre gelaufen ist, denn er hat gerade hinten im Rettungswagen eine Menge graue Substanz erbrochen.«

»Sein Gehirn ist uneins«, meinte Tom.

»Ich glaub' das einfach nicht«, antwortete Hazmat. Und als wollte er ihn überzeugen, stieß Joe noch einen Schwall grauer

Masse hervor. Der Arzt schaute sich das Zeug genau an und blickte dann auf. »Er kann unmöglich leben.«

»Tut er auch nicht«, sagte ich, während ich Joes Handgelenk hielt. »Er ist tot.«

Ich lief halb blind ins Badezimmer und kam mit klarem Blick wieder heraus. Dr. Hazmat stand mit verschränkten Armen vor Nische drei. »Schwester Crupp, wir brauchen hier noch etwas Valium. Er ist schon wieder wach. Fünf Milligramm.«

Hinter dem verblichenen blauen Vorhang kämpfte Patrick Burke weiter gegen die Fesseln an seinen Handgelenken und den Plastiktubus in seiner Kehle an. Da er nicht schreien konnte, kaute er wild auf dem Tubus herum, als wollte er ihn durchbeißen und sich selbst ersticken. Der Alarm des Beatmungsgerätes ging los, und ich beobachtete, wie Burkes Gesicht langsam die Farbe des Vorhangs annahm und seine Zähne sich fest über dem Tubus schlossen. »Helfen Sie mir mal, Frank. Ich muß etwas zwischen seine Zähne schieben.« Ich versuchte, Burke nicht in die Augen zu schauen, und half Hazmat dabei, den Mund weit genug zu öffnen, um einen Beißblock hineinzuschieben. »Schwester Crupp, wo bleibt das Valium?« brüllte er, obwohl sie bereits neben ihm stand und das Valium in einen von Burkes vielen Schläuchen laufen ließ. Nur einige Sekunden später lagen Burkes Arme regungslos auf dem Geländer. Der Alarm hörte auf zu wimmern, und das Beatmungsgerät arbeitete weiter, als ob nichts geschehen wäre, pumpte Luft hinein und heraus.

»Sie glauben nicht, wie sehr sich sein Zustand gebessert hat«, sagte Hazmat.

»Er sieht wirklich gut aus«, antwortete ich. »Wie oft haben Sie ihn heute nacht geschockt?«

»Vierzehnmal. Wir haben ihm sogar endlich ein Bett oben besorgt. In ein paar Stunden kommt er rauf. Eines Tages wird er noch kerngesund hier hinausmarschieren.«

»Und was wollen Sie dann machen? Jemanden engagieren, der ihm mit einem Defibrillator nachläuft?«

Hazmat lachte. »Tolle Idee, Frank. Nein, aber man könnte ihm einen implantieren, der ungefähr so groß ist wie mein Daumen. Er sitzt hier an der Schulter und ist durch zwei Elektroden mit dem Herzen verbunden. Immer wenn er bemerkt, daß die Durchblutung nachläßt, schickt er einen Schock durch die Leitung. Faszinierend, nicht?«

»Ein medizinisches Wunder«, antwortete ich.

Mary Burke stand hinten im Wartezimmer und redete mit einer Gruppe von ungefähr zehn Leuten. Ich ging zu ihr hinüber und starrte ihren Hinterkopf an. Keine Spur mehr von der verlorenen Tochter, dem verängstigten Junkie. Heute nacht trug sie eine Rüstung, ein Zeichen von Stärke – Lederjacke, blaue Jeans, schwere, schwarze Schuhe. Sie drehte sich zu mir, dann wieder zur Gruppe um. »Alle mal herhören, das hier ist der Sanitäter, der meinen Vater hergebracht hat. Frank, das sind ein paar Freunde meines Vaters. Sie sind schon die ganze Nacht hier.«

Eine der Frauen trat nach vorn und schüttelte mir die Hand. »Als wir es erfuhren, sind wir gleich hergekommen«, sagte sie. »Wir leben jetzt draußen auf der Insel, aber früher wohnten wir nur einen Block von Pat entfernt. Er war für uns wie ein Heiliger. Als Ron krank wurde und seinen Job verlor, besorgte mir Patrick eine Stelle als Kassiererin unten im Food City. Und als Ron über den Berg war, überredete Patrick seinen Chef, ihm seinen alten Job zurückzugeben.«

Jeder in der Gruppe konnte eine Geschichte erzählen, die von Burkes Nächstenliebe zeugte. Ich schaute Mary an, die mit geschlossenen Augen zuhörte. Zum ersten Mal bemerkte ich Sommersprossen in ihrem Gesicht, drei auf jeder Wange, perfekt plaziert. Ein deutliches Zeichen einer höheren Macht.

»Ich gehe eine rauchen«, sagte ich zu ihr.

Wir stellten uns auf den Parkplatz. Eine stürmische Brise fegte um die Ecke und blies mein Streichholz aus. Danach stand die Luft plötzlich ganz still. Ich sah Tom an Francos Steuer sitzen. Er schob die Hände vor und zurück, als führe er. Mehr Notfälle, mehr Notfälle.

Mary hustete ausgiebig. »Ich hab' gehört, daß ihr gerade Joe Mars reingebracht habt. Er sah ziemlich übel aus.«

»Er sah nicht nur so aus. Er ist tot.«

»Schön. Er war Cys Partner, ein richtiges Schwein. Weißt du, Cy hat heute bei mir angerufen. Keine Ahnung, woher er meine Nummer kennt, aber er wollte, daß ich zu ihm komme. Ich antwortete, eher ginge ich in eine Leprakolonie, und da meinte er, daß eine neue Gang ihn umbringen und das Geschäft übernehmen wolle, als müßte ich mit ihm Mitleid haben. Ich sagte ihm, ich hoffe, daß er diesmal recht hat. Daß sie ihn umbringen. Genau das hab' ich zu ihm gesagt.«

»Du gehst nicht zurück?«

»Sieh mal, gestern war ich schwach. Das wird nicht wieder vorkommen. Und all der Scheiß, den ich geredet hab' – das war nur, weil ich stoned war. Dummes Zeug. Vergiß es.«

»Klar. Kein Problem. Danke, daß ich bei dir pennen durfte. So gut habe ich seit Monaten nicht mehr geschlafen. Ich habe deine Seife benutzt.«

»Ist schon okay.« Sie trat ihre Zigarette aus und drehte sich zum Eingang der Notaufnahme um. »Ich wünschte, diese Leute würden gehen. Ich will mir nicht noch eine Geschichte anhören müssen. Es ist, als wären wir auf seiner Beerdigung, als wäre er schon tot. Aber er wird nicht sterben. Hast du ihn gesehen?«

»Da bin ich mir nicht sicher.«

»Er antwortet mir, wenn ich mit ihm rede. Er zwinkert einmal für ja und zweimal für nein. Der Arzt sagt, das Gehirn ist wieder in Ordnung, aber sie warten darauf, daß sich das Herz stabilisiert. Er meint, sie müssen ihn noch immer festbinden. Dem Typen muß man jedes Wort einzeln aus der Nase ziehen.«

»Hast du deine Mutter gesehen?«

»Nein. Warum? Ich war die ganze Nacht hier.«

»Nur so.« Ich betrachtete die Konstellation der Sommersprossen auf ihrer Wange und erinnerte mich an den Gewächshausduft in ihrem Badezimmer. »Kann ich dir etwas zu essen mitbringen? Falafel, Pizza?«

»Nein, danke. Wir haben gerade gegessen. Nino hat heute abend drei Pizzen rübergeschickt. Irgend jemand muß es denen erzählt haben. Ich hatte ganz vergessen, wieviel mein Vater diesen Leuten bedeutete. Ich sah immer nur, daß er zu uns so streng war. Aber inzwischen weiß ich, daß er so sein mußte, um uns hart zu machen. Diese Stadt frißt dich auf, wenn du nicht stark genug bist.«

»Nein«, entgegnete ich. »Die Stadt macht da keine Unterschiede. Sie kriegt jeden.« Francos Scheinwerfer erhellten den Parkplatz. »Ich muß gehen. Ein neuer Notfall.« Ich trat näher an sie heran. Das Blut pulsierte in meinen Adern, mein Herz raste. Tom drückte ungeduldig auf die Hupe. »Wir sterben alle, Mary Burke.«

Sie blickte zu mir hoch, fünfzehn Zentimeter entfernt, dann zwölf. »Dies ist keine gute Zeit.«

»Die gibt es nie«, antwortete ich und legte meine Hand in ihren Nacken. Ich küßte sie kurz und fest, und unsere Lippen vereinigten sich einen Moment lang. Dann rannte ich zum Rettungswagen.

Auf dem Broadway nahm Tom den Fuß ganz von der Bremse, und mit dem Overdrive machten wir einen Satz nach vorn, als würden wir von hinten angestoßen. Franco war der letzte der 450er mit einem leichten Fahrgestell, der schnellste in der ganzen Stadt. Tom brachte ihn an seine äußersten Grenzen, bahnte sich selbst in den engsten Löchern einen Weg, schnitt die Kurven, raste über rote Ampeln und wich allen Hindernissen aus. Ich hatte vergessen, was für ein guter Fahrer er war. Er hatte sich immer unter Kontrolle, selbst bei schwindelerregendem Tempo. Ich legte meine Stiefel auf das Armaturenbrett und lehnte den Kopf nach hinten, die Augen halb geschlossen. Die Fensterscheiben wirkten wie Wände aus Licht, verschwommen, hämmernd und blitzend, als säße ich mitten in einem Flipper. Ich spürte den Kuß noch in mir, er flog in die vorbeihuschenden Lichter, und alles andere flog hinterher. Nur die Bewegung zählte. »Wohin fahren wir?«

»Schußopfer«, antwortete Tom. »Mit Quittung. Fünfundvierzigste Straße, zwischen der Neunten und Zehnten.«

In der Mitte des größten Nuttenblocks hielten zwei Polizeiautos den Verkehr an. An der Ecke Fünfundvierzigste und Neunte setzten haufenweise Freier ihre Wagen zurück und flohen panikartig vom Schauplatz. Tom stieß von der Neunten dazu, fuhr auf den Bürgersteig und rutschte bis vor die Füße der Cops und der Nutten, die im Halbkreis vor einer Eingangstreppe standen. Wir schnappten uns den Erste-Hilfe-Koffer, Beatmungsgerät, Sauerstoffflaschen und die Trage. Die Cops schoben die Leute zurück. Der leblose Körper eines Mannes lag auf den untersten Stufen.

»Wo hat ihn die Kugel getroffen?« fragte ich den Cop.

»Er wurde nicht erschossen. Er ist einfach nur tot«, antwortete er.

»Mausetot«, fügte sein Partner hinzu.

Ich suchte vergeblich nach einem Puls. Die Hand war kalt. Er war seit mindestens einer Stunde tot.

»Das ist der Vogelfreie«, meinte eine der Nutten.

»Woher wollen Sie das wissen?«

»Er ist doch schwarz gekleidet, oder?«

Schwarze Stiefel, schwarze Hosen, ein schwarzes, langärmliges Hemd und einen schwarzen, breitrandigen Hut, der sein Gesicht verdeckte. Ich nahm ihn weg und erkannte die krumme Hakennase und die winzige, schräge Tätowierung unter dem rechten Auge, die aussah wie eine Träne. Der Vogelfreie war in Hell's Kitchen wohlbekannt, eine Terrororganisation, die aus einer Person bestand. Immer wenn er in den Knast kam, wurde gefeiert, und wenn er wieder herauskam, wurde die Öffentlichkeit vor ihm gewarnt. Das einzig Überraschende daran, den Vogelfreien tot auf dieser Treppe zu finden, war, daß es keine Einschußlöcher gab. Sein Körper lag in einer merkwürdigen Stellung, so als sei er irgendwie angegriffen worden. Doch ich konnte keinerlei äußere Verletzungen an ihm entdecken. Der Kopf lehnte an der vierten Stufe von oben, der Rücken lag flach auf der dritten, und die Beine baumelten über die unteren beiden, so daß seine Füße den Gehweg erreichten. Die Ellbogen waren gebeugt, und die Hände lagen mit den Handflächen nach oben neben seinem Gesicht, als wollte er etwas Schweres hochstemmen. Auch sein Gesicht sah aus, als kämpfte er gegen ein tödliches Gewicht an.

Ich schaute mir noch einmal Kopf und Rumpf an. »Vielleicht eine Überdosis.«

»Ganz bestimmt nicht«, widersprach eine der Nutten. »Außer Sex und Gewalt hat der Vogelfreie keine Drogen benutzt, und die normalerweise beide zusammen.«

»Und wie ist er dann gestorben?«

»Muß wohl umgebracht worden sein. Jeder weiß doch, daß der Vogelfreie für Cy arbeitet, und es weiß auch jeder, daß Cy nicht mehr viel Zeit bleibt.«

Die übrigen Nutten traten näher heran, um besser sehen zu können. Sie schienen den Tod des Vogelfreien für einen Spaß zu halten. »Sieht aus, als wäre er einfach an Häßlichkeit gestorben«, meinte eine. Eine andere, die fast von ihren hohen Absätzen kippte, weil sie sich so weit nach vorn lehnte, sagte: »Ich glaube, Dorothea hat ihren fetten Wohnwagen auf seinem Gesicht geparkt.«

»Ziege«, gab Dorothea zurück.

»Hat eine der Damen vielleicht gesehen, was passiert ist?« fragte Tom, und eine der Frauen trat vor.

»Ich hatte ihn vor ein paar Stunden als Kunden. Diese Nase werde ich nie vergessen, und ich sag' Ihnen, da war er noch ziemlich lebendig.«

Diejenige neben ihr musterte sie streng. »Verdammt, Mädchen, deine Möse hat ihn umgebracht.«

Alle lachten im Chor.

Ich saß zusammen mit dem Patienten hinten im Rettungswagen. »Mein Bruder starb bei einer Prügelei in einer Bar und fuhr zur Hölle«, erzählte der Patient. »Aber er kann trotzdem noch mit mir reden. Sie glauben gar nicht, wie schlimm es dort unten ist. Er sagt mir die ganze Zeit, daß er nur rauskommen kann, wenn ich jemanden umbringe, anders geht es nicht.« Der Mann sah durch mich hindurch, und ich wich seinem Blick aus. Ich schaute durch das kleine Fenster zu Larry hinüber, der am Steuer saß und einen kalten Hamburger aß. »Mann für Mann. Ich bringe einen um, und er darf raus. Er sagt, es ist egal, wen. Ich will niemanden umbringen, aber ich ertrage es nicht, es ist so schlimm für ihn dort unten. Ich weiß nicht, was ich machen soll.« Der Mann verstummte. Dann drehte er sich zum Rückfenster und schaute angestrengt hinaus, als stünde dort jemand, der mit ihm sprach. »Nein, ich kann es nicht«, schrie er und hielt sich die Ohren zu. »Nein, das können Sie nicht«, pflichtete ich ihm bei und setzte mich nach vorn an die Trage. Er nahm die Hände herunter, drehte sich wieder zum Fenster um und hörte zu. Dann nickte er und formte lautlos die Worte: »Ja, ich weiß.«

17

Tom war auf dem Weg zu unserem nächsten Kaffee, Blaulicht aus, linker Straßenrand, Schneckentempo. Er beachtete alle Verkehrsregeln, um die Leitstelle nicht auf sich aufmerksam zu machen. Dispatcher Nummer 801 war wieder da, und obwohl er im Keller eines Lagerhauses in Queens arbeitete, hatte er seine Augen überall. »Zehn Henry, fahrt zum Busbahnhof zu einem Mann, dem vor drei Jahren in die Hüfte geschossen wurde, er sagt, sein Arm tut weh. Dreizehn Boy, ebenfalls am Busbahnhof, Eingang Neunte Avenue, eine Frau am Fahrkartenschalter, die vergessen hat, wo sie hinfahren will. Vierzehn Adam, vor dem Busbahnhof steht ein Norweger, der sagt, er sei noch nie in einem amerikanischen Krankenhaus gewesen, und er möchte gern mal eins sehen. Keine weiteren Informationen. Einheiten, ich weiß, daß ihr da draußen seid. Fünfzehn Zebra, Vierzehn Young, Sechzehn Xray – melden, melden.«

»Halt dich bloß vom Busbahnhof fern«, sagte ich zu Tom. »Der Kerl versucht, ihn auszumisten.«

»Das schafft er nie. Dazu bräuchte er jede Einheit in der Stadt.«

»Nicht so laut«, flüsterte ich. 801 wurde von allen gehaßt und gefürchtet, die ihn hören konnten.

»Wir tun einfach so, als wären wir noch bei dem Vogelfreien, und warten auf den nächsten richtigen Notfall.« Tom schaltete das Licht aus und parkte in einer dunklen Ecke in der Mitte des Blocks. »Mach dich auf was gefaßt, Frank. Hier in der Gegend wird's viel Mord und Totschlag geben. Freie Stellen für Obergangster und Spitzenspione. Manche Leute gehen bis zum Äußersten, um diese Stellen zu bekommen.«

»Hauptsache, wir fahren«, entgegnete ich. »Ich stehe nicht gern still.« Wir standen vor einem der wenigen von Bäumen gesäumten Blocks in dieser Gegend, der einem bewußt machte, daß es woanders nicht so aussah: vollständig bewohnte und gepflegte Backsteinhäuser, heile Bürgersteige ohne Junkies. Ich drehte den Polizeifunk lauter, aber die Stille blieb. Die Radiomusik über Autos und Mädchen verstärkte sie nur noch. Bilder zogen vor meinem geistigen Auge vorbei. Der gesichtslose Joe Mars. Ich blickte an der Häuserreihe entlang und erinnerte mich an den Notfall im zweiten Stock des Hauses zu meiner Rechten. Ein Mann lag im Bett, eine Schrotflinte auf der Brust, und über seinem Hals kam nichts mehr. Vor uns bogen zwei junge Frauen um die Ecke und liefen auf uns zu. Die eine trug einen gelben Regenmantel. Das mußte ja kommen. Rose holte auf.

»Komm schon, Tom, wir lassen das mit dem Vogelfreien und übernehmen einen neuen Job.«

»Willst du dich mit irgendeinem Penner vom Busbahnhof abgeben? Wir warten auf einen richtigen Job.«

»Wie wär's dann mit 'ner schönen Schlägerei?«

»Mit wem denn?«

»Dafür bist du zuständig.« Rose beugte sich über einen Gartenzaun, ein wenig außer Atem. Ihre Freundin half ihr, sich hinzusetzen. »Laß uns einfach weiterfahren, Tom, nur weiter. Ohne anzuhalten. Wir sind Haie. Wenn wir zu lange anhalten, sterben wir. Tom legte den Gang ein. Er mochte es, wenn ich uns als Haie bezeichnete. Ich beugte mich nach vorn und zog den Kopf ein.

Östlich auf die Achtundvierzigste, an einem Cop vorbei, der einen Penner trat, zwei Nutten, die einen Penner traten, und zwei Pennern, die gegen Blechdosen traten. Auf der Neunten belebten sich die Straßenecken, Laufburschen der Dealer und ihre Käufer, Propheten und Sklaven, die Besiegten und die Verdammten, alle gingen sie über die Straße und wieder zurück. Als wir vorbeifuhren, entdeckte ich Patrick Burke unter ihnen. Er sah aus, als käme er gerade frisch aus der Schlacht. Sein weißes Hemd bestand nun eher aus Löchern als aus Stoff, und die Haut schien ebenfalls an einigen Stellen zerrissen zu sein – Schulter, Hand, Bauch und das linke Bein unter einem langen Riß in seiner Hose. Weiße Hautfetzen leuchteten wie bei einem geschlachteten Wal. Ich schloß die Augen. Die Fenster erdrückten mich von allen Seiten, ich konnte mich nicht mehr bewegen. »Laß uns etwas kaputtmachen, Tom. Laß uns etwas zerschlagen, zersprengen.«

»Was willst du kaputtmachen?«

»Ich weiß nicht – ein paar Fenster vielleicht.«

»Warum?«

»Zerstörung, Zerstreuung. Mir ist einfach danach.«

»Man braucht einen Grund dafür, Frank. Man schlägt nicht einfach so anderer Leute Fenster ein. Das ist Anarchie.«

»Was wäre denn ein Grund? Nenn mir einen Grund, Tom.«

»Laß mich nachdenken«, meinte er, und als wir die Zehnte erreichten, bog er rechts ab, ließ die Bremse los und fuhr an Bussen, Taxis und Diplomatenlimousinen vorbei, bis er neben einem Piratentaxi landete, das sich in wilden Schlenkern fortbewegte. Am Steuer saß ein Mann mit einem weißen Turban, der die Bürgersteige absuchte wie ein Soldat das Schlachtfeld. »Schau dir mal diesen Handtuchkopf hier an. Ich könnte wetten, er hält sich schon ein Jahr in diesem Land auf und kann die Sprache immer noch nicht, spricht vermutlich irgendein Kauderwelsch mit ein paar englischen Brocken. Aber eins ist sicher – er fährt wie ein Verrückter. Kennt die grundlegendsten Verkehrsregeln nicht. Wahrscheinlich haben sie ihn schon vierzigmal wegen Übertreten der Straßenverkehrsordnung drangekriegt, zehn Unfälle, mindestens drei angefahrene Fußgänger, und da bin ich noch großzügig. Sieh mal, typisch Taxi.« Der Fahrer hielt an einer roten Ampel und ragte vorn ungefähr einen Meter in die Kreuzung hinein. Auf diese Weise versperrte er den Fußgängerüberweg, so daß die Leute um ihn herum und durch den kreuzenden Verkehr laufen mußten.

Tom hielt neben ihm und brüllte zu ihm hinüber: »Hey, Meister, das ist ein Fußgängerüberweg. Man hält davor und nicht darauf.«

Der Fahrer neigte seinen Turban in unsere Richtung, eine Geste, aufgrund der in Kaschmir wahrscheinlich jemand umgebracht worden wäre. Tom wandte sich zu mir. »Glaubst du, daß er wegen der Freiheit hier ist, wegen seiner Liebe zu Amerika? Ich glaube, Amerika ist ihm scheißegal. Er will nichts als Geld, und was er nicht für Turbane oder Halal ausgibt, schickt er außer Landes. Der Mann schadet unserem Land und unserer Gesellschaft, und er hätte gar nicht erst reingelassen werden dürfen. Und jetzt, wo er hier ist, muß man sich um ihn kümmern.«

Die Ampel sprang auf Grün. Das Taxi schoß vor uns über die Straße und wechselte auf unsere Fahrspur, weil sich auf seiner eine Baustelle befand. Tom jagte den Motor hoch, nahm den Fuß vom Bremspedal, und schon waren wir neben dem Taxi. Mit beiden Händen auf dem Lenkrad machte Tom einen kaum spürbaren Schwenk nach rechts, in das Taxi hinein, ohne es richtig zu berühren. Das Taxi schlitterte durch Sägeböcke und unter einen Bulldozer, während Tom weitersprach. »Wir müssen uns selbst schützen, Frank. Wir müssen die Fackel hochhalten, die Ideen, die am Anfang dieses Landes standen, die freie Meinungsäußerung, wenn man gegen etwas ist. Wir müssen uns wehren, Frank.«

»Gegen wen denn, Tom? Ich brauche keinen Grund. Sag mir nur, gegen wen.« Und mehr als je zuvor wollte ich in diesem Moment jemanden verprügeln, mehr noch als Wade Dombrowski, der mir in der achten Klasse die Freundin ausgespannt hatte, mehr als meinen Vater, mehr als Dispatcher 801. Ich hatte es satt, das Blut von Leuten aufzuwischen, die von anderen Leuten verletzt worden waren. Ich wollte selbst ein wenig Blut vergießen, diejenigen damit beflecken, die ich auch nur im geringsten für all das Blutvergießen, das ich gesehen hatte, verantwortlich machen konnte. Die Zeit wurde knapp.

Tom bog rechts in die Zweiundfünfzigste und hielt an, zwei Türen von dem Haus entfernt, in dem ich aufgewachsen war. »Ich weiß, wen wir uns vorknöpfen können«, sagte er und zeigte mit dem Finger auf eine Stelle in der Mitte des Blocks. »Ihn.«

Noël stand neben einem weißen Mustang und hielt einen Baseballschläger über der Schulter. Er trug noch immer denselben blutbefleckten Anzug mit den Reifen an Schultern und Ellbogen. Dazu hatte er sich Stahldraht um Brust und Bauch gewickelt, mindestens einen Kilometer. Um den Hals, seine nackten, braunen Arme und die schwarzen Stiefel hingen blaue und schwarze Stoffetzen. Die schwarzen Dreadlocks waren mit bunten Kordeln und noch mehr Draht wirr zusammengebunden. Zerknitterte, weiße Papierstreifen baumelten von beiden Ohren herab. Er trug an jedem Handgelenk zwei Uhren, auf die er in diesem Moment blickte. Dann seufzte er wie Schwester Constance, wenn ihre Kaffeepause endete, hob den Baseballschläger mit beiden Händen hoch und schwang ihn durch das Fenster des Mustangs. Dann ließ er den Schläger sinken und benutzte ihn als Stock, als er zum nächsten Wagen weiterging.

Tom schlug auf den Tacho. »Dieser Typ terrorisiert die Gegend schon wochenlang, seit er aus dem Knast raus ist. Er versetzt die Anwohner in Angst und Schrecken, verwüstet alles, was ihm unter die Nase kommt, und trägt tüchtig zum schlechten Ruf dieser Gegend bei. Der Ausdruck ›Gefahr für die Allgemeinheit‹ paßt auf ihn wie die Faust aufs Auge.«

»Er ist verrückt«, entgegnete ich. »Er kann nichts dafür.«

»Warum stecken sie ihn dann nicht in die Klapse? Die Gefängnisse wollen ihn nicht. Gestern hab' ich ihn ins Krankenhaus gebracht, und jetzt lungert er schon wieder hier herum.«

»Er mußte schon früher viel Prügel einstecken.«

»Anscheinend nicht genug.«

Noël erreichte den nächsten Wagen, einen Bronco, stemmte den Schläger hoch und schmetterte ihn in die Windschutzscheibe.

»Schau dir das an«, fuhr Tom fort, »und dann sag mir noch mal, das ist nur ein Verrückter. Jede Bewegung ist genau kalkuliert. Er weiß ganz genau, was er tut. Wenn du jemanden verprügeln willst, dann nimm ihn. Ich bin schon seit Wochen hinter ihm her. Aber er ist flink und gerissen und rennt schnell wie eine Ratte.

Schwierig für einen allein, ihn zu fangen, aber zu zweit und mit einem guten Plan klappt es vielleicht...«

Ohne Zweifel war Noëls Vorgehen von Gewalt und mutwilliger Zerstörung geprägt, aber wie konnte ich es ihm verübeln? Er hatte eine Kugel in seinem Kopf. Wir trugen alle Schuld daran. »Okay«, antwortete ich. »Was soll ich tun?«

»Wenn er mich sieht, rennt er weg, deshalb werde ich mich verstecken. Du unterhältst dich mit ihm über Baseball oder sonst irgendwas, um ihn abzulenken, während ich mich hinter ihn schleiche und mich auf den Boden hocke. Dann schubst du ihn. Wenn er hinfällt, schnappen wir ihn.«

»Das ist doch albern.«

»Glaub mir, das funktioniert immer. Je simpler, desto besser.«

»Haben sie dir das in Vietnam beigebracht?«

»Nein, in Flatbush.«

Tom stieg aus, bückte sich und schlich hinter den Rettungswagen. Ich kletterte über die Konsole hinter das Steuer und schaltete die Sirene mit dem Fuß ein. Noël reagierte nicht. Er jagte gerade seinen Schläger durch das Heckfenster eines Pintos, als ich neben ihm hielt.

»Du hast 'n klasse Schlag drauf, Noël.« Er stand ungefähr fünf Meter von mir entfernt. »Wie Mattingly in seiner Glanzzeit.«

Er blickte mich einen Moment lang verständnislos an, als wußte er nicht, wer ich war. Dann lächelte er, ging zum Beifahrerfenster des Pintos und antwortete. »Ach, Mattingly hatte so viele Schläge, das wechselte jede Woche. Zehen nach oben, Zehen nach unten, Ellbogen über dem Kopf, Ellbogen auf der Hüfte. Aber in seinem besten Jahr gegen die Boggs hatte er die Ellbogen nach hinten gezogen, Hüften von der Homebase weg, so wie ich jetzt, und los ging's.« Er schlug das Seitenfenster ein und jauchzte begeistert auf. Das Ganze schien Spaß zu machen. Er ging zur Windschutzscheibe hinüber. »Ich schlage wie Reggie, Mr. Oktober.« Er stellte sich auf. »Achte auf die Beinarbeit«, rief er und knallte den Schläger in die Scheibe. »Nummer drei, sechstes Spiel, Weltmeisterschaft 1977.«

Er ließ den Schläger fallen und rannte einmal mit erhobener Faust um den Wagen. Dann hob er den Schläger wieder auf und hielt ihn mir hin. »Hier – versuch's mal.«

»Nein, nein, lieber nicht.«

»Na los, komm schon.«

»Meinst du?«

Ich vergaß unseren Plan, Noël zu verprügeln. Mehr als alles andere wollte ich irgend etwas kaputtmachen. »Okay. Was soll's.« Ich nahm den Schläger, legte ihn wieder hin, spuckte in die Hände, hob ihn wieder auf und blickte rechts aufs Außenfeld. »Im nächsten Jahr«, rief ich, »das entscheidende Spiel in Boston, die Yankees liegen zwei zu null zurück. Bucky Dent tritt an die Homebase.«

»O Mann, Bucky.«

»Einwurf von Torres, sein Markenzeichen, der hohe Heizer. Aber Bucky weiß, was auf ihn zukommt. Er tritt nach vorn und – wusch! Er schlägt über das grüne Monster hinweg. Die Menge ist wie gebannt von dieser Rakete. Die Yankees kommen in die Play-off.« Ich marschierte gemächlich um den Wagen herum und genoß jede Sekunde. Glassplitter hingen in meinem Haar, meinem Gesicht und an meinem Hemd und glitzerten im Licht der Laternen.

»Frank, was zum Teufel machst du da?« Tom stand im Halbschatten vor dem Haus. Noël hob den Schläger auf und rannte zum nächsten Haus, und bevor Tom ihm den Weg abschneiden konnte, war er schon die Treppe hinuntergelaufen und in dem schmalen Durchgang verschwunden.

Tom drehte sich zu mir. »Du nimmst die Treppe da hinten. Wenn du ihn in zehn Minuten nicht gefunden hast, treffen wir uns wieder hier. Ruf mich, wenn du ihn siehst, und denk an unseren Plan, Frank.« Er rannte die Treppe hinunter.

Ich blickte in den finsteren Durchgang, den ich noch so gut aus meiner Kindheit kannte, die Heimat des schwarzen Mannes, wo meine Mutter mir verboten hatte hinzugehen. Und obwohl ich damals grundsätzlich überall hinging, wo ich nicht hindurfte, ging ich niemals nach dort unten, selbst dann nicht, wenn ich dazu herausgefordert wurde. Der einzige Ort in der ganzen Stadt, vor dem ich Angst hatte. Doch das war siebzehn Jahre her, inzwischen war ich älter und hatte mit dem schwarzen Mann Bekanntschaft gemacht. Also tauchte ich kopfüber in die Dunkelheit, kippte Müllsäcke um und trat gegen zusammengerollte Teppiche und aufstöhnende Hügel aus Wolldecken und Ziegeln. Ich stieß gegen ein Rohr, das über meinem linken Auge verlief. Das Rohr gab einen schallenden Ton von sich, und in meinem Kopf dröhnte es. Ich hielt ihn fest und dachte, daß ich mich mit acht Jahren doch cleverer angestellt hatte.

Ich zog meine Minitaschenlampe heraus und leuchtete damit auf die feuchten, bröckeligen Mauern und die verbogenen, zerfressenen Rohre. Die Müllsäcke auf dem Boden, gegen die ich getreten hatte, waren in Wirklichkeit ein Dutzend schlafende Menschen, die sich mit ihren Habseligkeiten bedeckt hatten, um sich zu wärmen. Zwei Augenpaare schauten unter den Decken hervor, kleine, braune Gesichter. Ihre Schultern schienen aneinanderzukleben. Mein Gefühl kehrte zurück, daß alles seltsam und hoffnungslos war.

Ich ging an der Mauer entlang weiter, bis ich an eine kleine Steintreppe kam, die zu einer roten Tür führte. Unter den Stufen entdeckte ich einen zweiten, engeren Durchgang. Dieser führte zuerst links um die Ecke, dann nach rechts, dann wieder nach links und schließlich in einen warmen Flur, der so lang zu sein schien wie ein halber Block. Je weiter ich ging, desto wärmer wurde es. Ich kam an einer Reihe von Metalltüren vorbei, die beinahe glühten vor Hitze, und hinter ihnen meinte ich Flammen knistern zu hören. Die Luft war heiß wie im Sommer, wie die heißeste Julinacht. Bei jedem Schritt wurde der Straßenlärm lauter, bis ich das zitternde Surren von Klimaanlagen erkannte, Babys, die nebenan zu schreien schienen, Müllautos, die genau über mir entlangfuhren und deren Gestank in der Sommerluft hängenblieb.

Vor mir knallte eine Tür zu, und etwas Metallenes prallte gegen die Wand zu meiner Rechten. Dann hörte ich das Stöhnen eines Betrunkenen und eine Frauenstimme: »Raus hier, bevor ich die Polizei rufe!« Ich drehte mich um und wollte zurück. Meine Mutter hatte recht gehabt. Dieser Durchgang war kein angenehmer Ort, schlimmer als die Straße, als nähme man das Schlimme auf der Straße mal zehn. Ich kam an eine Kreuzung und überlegte gerade, welches der kürzeste Weg nach draußen sei, als ich eine Frau im Gang links von mir weinen hörte. Ich hätte einfach schnell und entschlossen den Gang rechts von mir nehmen sollen, aber dafür lief ich schon zu lange immer mitten ins Unglück hinein. Der einzige Weg, den ich kannte. Ich leuchtete mit der Taschenlampe in die Richtung des Geräuschs, den Gang entlang und um eine Ecke. Und da stand sie – am Ende einer Sackgasse, trug ihren gelben Regenmantel und sonst nichts, hielt den einen Arm vor die Brust und den anderen an das Bein. »Warum hast du mich umgebracht, Frank?«

»Ich wollte es nicht.«

»Du hättest mir helfen sollen.«

»Ich hab's versucht. Ich wollte dir helfen.«

Sie streckte die Arme aus. »Liebst du mich denn nicht, Frank?«

»Du weißt doch, daß ich dich liebe«, antwortete ich, ging auf sie zu und streckte die Arme nach ihr aus. Doch sie versank langsam in der Wand, bis sie nur noch aus drei dünnen Linien gelben Lichts bestand, das durch eine alte Tür aus krummen Holzdielen schien. Ich lehnte meinen Kopf dagegen. Plötzlich öffnete sich die Tür gegen mein Ohr, und im blendenden Licht erschienen Noëls Haare. Er zog mich in den Raum hinein.

Das winzige Zimmer hätte das Zuhause aller möglichen herumstreunenden Verrückten sein können: An der abblätternden Decke hing eine nackte Glühbirne, der Fußboden war von alten Zeitungen, Kaffeetassen, schmutziger Wäsche und Bettlaken bedeckt. Außerdem gab es eine schmuddelige Matratze und einen Sessel, der seine besten Tage hinter sich hatte. Eigentlich sah es aus wie mein eigenes Zimmer, bis auf den selbstgemachten Sarg aus Karton und Klebeband in der Ecke und den Knochen darin. Noël kniete daneben auf dem Boden und versuchte, eine Fledermaus aus Holz unter dem ganzen Gerümpel unterzubringen, das so hoch aufgetürmt war, daß es an den Seiten herunterfiel: Baseballzubehör, Trophäen, Fotos, Steine, Krücken und Knochen, zum größten Teil Rinderknochen, nahm ich an, denn für menschliche Knochen waren sie zu groß. Doch der Schädel, der wie eine weiße Krone oben auf dem Haufen lag, sah zweifellos nach *Homo sapiens* aus. Er hatte ein sechzig Millimeter großes Loch über der rechten Augenhöhle und eine Perücke aus zusammengeklebten schwarzen Papierstreifen – Noëls wirrem Kopfschmuck nicht unähnlich. Ich hatte genug gesehen. »Noël, wie komme ich hier wieder raus?«

»Bin gleich fertig, bin gleich fertig.«

»Du brauchst nicht mitzukommen. Sag mir nur die Richtung.« Ich drehte mich zur Tür um und rechnete damit, daß Tom Walls jeden Moment hereinstürzen würde. Daß ich ihm erklären müßte, warum ich ihn nicht gerufen hatte und so ein lausiges Mitglied der Selbstschutzgruppe abgab.

Noël nahm den Totenschädel und schlug mit seiner Stirn gegen die des Schädels, ein hundertjähriger Kopfstoß. »Wie oft bist du gestorben?« fragte er den Schädel. »Und wie oft bist du zurückgekommen?« Er schüttelte den Totenkopf neben seinem Ohr. »Hey, dieser Noël, der kapiert auch nie, daß das, was richtig ist, eigentlich doch nicht so richtig und in Wirklichkeit falsch ist. Was du jetzt bist, wirst du auch in Zukunft sein, und außerdem, für wen hältst du dich eigentlich? Schieß ihm in den Kopf, das wird ihm eine Lehre sein!« Noël nahm mit der anderen Hand den Baseballschläger und bedrohte damit den Totenschädel. »Hey, siehst du nicht die Linie da auf der Straße, um die Ecke, los, wer hat denn den verrückten Nigger hier reingelassen, schlag ihm in die Beine und in den Nacken, und vergiß das Gesicht nicht.« Er warf den Schädel auf den Haufen zurück. Dann zog er ein Foto hervor und rieb sich damit über die Wange. »Oh, du bist so gut,

Noël, du hast ein so großes Herz, ich möchte es nur einen Moment in diesem Sessel liegenlassen, während ich gehe und mir die Nase pudere. Oh, habe ich mich auf dein Herz gesetzt? Oh, jetzt hab' ich es zerdrückt, tut mir leid.«

Ich faßte Noël am Arm und zog ihn hoch. »Komm schon, Noël, ich sehe ja, daß du beschäftigt bist, und ich möchte deine Zeit auch nicht länger in Anspruch nehmen. Wenn du mir nur den Ausgang zeigen würdest.« Ich zerrte ihn gerade zur Tür, als Walls hereinstürmte. Er sah aus, als wäre er gerade aus einem Massaker geflohen, denn er hielt seinen blutenden Kopf fest – auch er war gegen eines der Rohre gestoßen. »Halt ihn fest, Frank, ich bin hier.«

»Hey, mach keinen Scheiß.« Ich ließ Noël los und sah zu, wie Tom sich im Türrahmen aufbaute, die Arme ausstreckte und in seine Richtung winkte. »Komm schon, komm schon.« Noël sprang ein paarmal auf und ab, warf sich gegen die hintere Wand und dann auf Tom Walls. Die beiden fielen zusammen zu Boden. Noël schaffte es aber irgendwie, auf die Beine zu kommen, und verschwand im Durchgang. Tom folgte ihm auf dem Fuße.

Ich hob das Foto auf, das Noël fallen gelassen hatte. Es zeigte Mary Burke, zwar nach ihrem Abschlußball, aber noch immer lächelnd und blond, noch immer eine Herz-Zerdrückerin. Ich legte es auf den Stapel zurück und ging zur Tür. Plötzlich brauchte ich unbedingt etwas zu trinken. In den düsteren Gängen hatte jemand den Thermostat höher gestellt und damit auch die Stimmen hinter den Wänden. Ich bog willkürlich in irgendwelche Gänge ein und merkte, wie ich immer tiefer in dieses Labyrinth vordrang. Fast freute ich mich darauf, aufgeben zu müssen, mich irgendwo hinzulegen und darauf zu warten, daß meine Knochen gefunden und in den Sarg eines Verrückten geworfen wurden. Ich kam an einen Abschnitt, der mich unter die Straße zu führen schien. Über mir hörte ich ein Hupen, dann ein Knallen, Gejubel und Gezeter. Alles wurde lauter, als ich schließlich wieder das Ende einer Sackgasse erreichte. Ich stand vor einer Stahltür, hinter der ich ganz deutlich die grölende Stimme von Ralph Kramden aus der Lieblingssendung meines Vaters erkannte, *The Honeymooners.* Prompt kam die forsche Antwort seiner Frau Alice, dann Gelächter, deutlicher und näher, ein Mann war in diesem Zimmer. »Zeig's ihm, Alice«, sagte der Mann. Seit zehn Jahren hatte ich diese Stimme nicht mehr gehört. »Frank.« Mein Vater rief mich. »Komm her, Frank.« Ein Befehl, ich sollte etwas für ihn erledigen. Ich freute mich so, diese Stimme zu hören, den Mann, den ich so lange gehaßt hatte und der genau wüßte, wie ich hier herauskäme. Ich öffnete die Tür und wollte ihm sagen, daß ich ihn verstanden hatte, noch ein Glas Gin einschenken, den blauen Sessel neben seinen stellen, mit ihm an den Drinks nippen und über das Fernsehen lachen. Enttäuscht stellte ich fest, daß ich auf der Straße stand, der Rettungswagen einen halben Block entfernt. Man läuft und läuft, und wohin kommt man? Nirgendwohin, man läuft nur im Kreis und gelangt nur an schon bekannte Stellen: Rose, mein Vater. Der Kreis hat kein Ende, und bei jeder Runde landet ein neuer Knochen im Sarg, der immer voller wird. Wofür beeilte ich mich so? Je schneller man läuft, desto eher kommt man wieder da an, wo man losgelaufen ist. Kein Wunder, daß Marcus immer so langsam fuhr.

Der Hausverwalter lag unten im Schacht, zwei Etagen unter mir. Die Türen des Aufzugs waren geöffnet, aber der Aufzug nicht zu sehen. »Holen Sie mich hier raus«, rief er. »Schnell.« Ich band ein Seil an einen Balken im Schacht und kletterte hinunter. Fast trat ich auf den Knochen, der direkt unterhalb der Schulter aus dem Arm des Mannes hervorschaute. Er sprach mit einem russischen Akzent. »Ich hatte den Aufzug lange nicht mehr gehört, deshalb kam ich her, um nachzusehen, und der Aufzug war nicht da. Holen Sie mich raus.« Außer dem gebrochenen Arm fand ich keine Verletzungen. Er trug ein verblichenes Hawaiihemd. Als ich begann, den Ärmel aufzuschneiden, um mir die Wunde anzusehen, schaute er mich an. »Was machen Sie da?« fragte er wütend. »Schneiden Sie das nicht kaputt. Das ist mein Glückshemd.« Und dann hörte ich ein Klicken über mir, danach ein Summen, Getriebeäder, die sich drehten. Der Mann und ich blickten nach oben und sahen zu, wie der Aufzug vom obersten Stockwerk hinabzusteigen begann.

18

Ich setzte mich hinters Steuer und wartete darauf, daß Tom mit Noël fertig war. Gelassen lauschte ich den Sirenen, die auf den Avenuen rauf und runter heulten. Weiter weg, viel weiter, wimmerte eine Stimme im Funk, ein verzweifeltes, rauschendes Betteln, das nur von Dispatcher Bailey stammen konnte. Zum ersten Mal am Schaltpult, nach dem er sechs Monate wegen psychischer Probleme krank geschrieben war. Sein typisches Pech, daß er gleich wieder in Hell's Kitchen arbeiten mußte – so kam er genau dorthin zurück, von wo er weggegangen war. »Ich brauche Einheiten. Ich brauche Einheiten. Feuer im Bau, Zweiundvierzigste und Broadway. Schüsse vorm Dynamite Club, Sechsunddreißigste und Zehnte. Gefeuerte Arbeiter schießen aufeinander vorm Postamt, Dreißigste und Neunte. Wo sind meine Einheiten?«

Er klang wie ein General, der in den letzten Stunden des Krieges in seinem Bunker durchgedreht war. Ich nahm das Funkgerät. »Dispatcher 801 hat sie alle wegen Fieberbläschen zum Busbahnhof geschickt.«

»Sechzehn Xray, seid ihr das? Ich brauche euch. Wir werden hier auseinandergenommen. Sie haben sie vergewaltigt, o Gott, sie haben sie, 110 East Zweiundfünfzigste. So hilf ihr doch jemand. Er will springen, er will springen. O Gott, er ist gesprungen. Kann irgendeine Einheit nach 530 West Achtundvierzigste Straße, Apartment 16M, fahren und diesem armen Mann helfen?«

»*La moutard est roulé dans la rue*«, sagte ich, den einzigen französischen Satz aus der High-School, an den ich mich noch erinnerte. Französisch brachte Bailey immer über den Berg.

»Einheiten, Einheiten, wir haben eine Störung. Ihr hört mir ja gar nicht zu. Oh, ich höre sie kommen. Fremde Trägerwellen in der

Peripherie. Höchste Alarmstufe. Ich möchte, daß ihr alle den Funk abstellt, und erst wenn ich es euch sage, stellt ihr ihn wieder an.«

Ich stellte den Funk ab. Tom trat aus einem Durchgang. Er ließ sich auf dem Beifahrersitz nieder und hielt sich die Rippen, damit sein Keuchen nachließ. »Ich hatte ihn fast erwischt. Und als ich ihn packen will, verschwindet er wie eine Ratte in seinem Loch. Aber ich hol' ihn mir schon noch, bevor wir fertig sind.«

»Du solltest erst mal Atem holen.«

»Danke für deine Hilfe, Partner.«

Ich schaltete das Blaulicht ein und machte mich auf den Weg zum Springer, 530 West Achtundvierzigste Straße, 16M – die Wohnung von Cy Coates. Wozu brauchte ich die Leitstelle? Ich kannte mein Ziel. Ich lehnte den Kopf an den Sitz und ließ Franco langsam vorwärts tuckern. Links auf die Zehnte, wieder links auf die Dreiundfünfzigste, dann im Schrittempo die Elfte runter. Jeder Tag ist der Jüngste Tag, dachte ich, das Ende ist immer nah. Ich klang allmählich wie Mr. Burke. E*s gibt kein Morgen. Morgen ist hier und jetzt.* Wie oft bist du gestorben, Frank? Und wie oft bist du zurückgekommen? Ich schaltete die Sirene ein und hielt an einer roten Ampel.

»Haben wir einen Job?« fragte Tom.

»Wir geben uns selbst den Job«, antwortete ich. »Springer auf der Achtundvierzigsten Straße, zwischen der Zehnten und Elften.«

Tom, der noch immer keuchte, schwenkte den linken Arm nach vorn, als würde ich dadurch schneller fahren. »Komm schon. Willst du zu einem Springer oder zu einem Garagenverkauf?«

»Einem Garagenspringer. Es gibt immer ein Morgen, Tom. Man kann gar nicht langsam genug fahren.«

»Ich glaube, du erleidest einen Rückfall, Father. Vielleicht sollte ich mal die Flaschen mit Desinfizieralkohol nachzählen.«

Ich parkte hinter den Polizeiautos und Feuerwehrwagen, die die Achtundvierzigste Straße blockierten. Davor, im Park der

Steintiere, stand der riesige Sonderrettungswagen des Notdienstes. Rettungsteams räumten Beatmungsbeutel, Sauerstoffgeräte, Schrotflinten und Schutzschilder aus den Seitentüren. Auf dem Dach richteten zwei wie Rabbiner gekleidete Männer die großen Scheinwerfer auf den dreizehnten Stock, wo Cy Coates am Balkongeländer zu hängen schien. Sein Rumpf mußte irgendwie daran befestigt sein, denn die Beine baumelten lose herunter.

Tom und ich stellten uns vor unseren Rettungswagen und überlegten, welche Ausrüstung wir mitnehmen sollten. Ein paar Sekunden lang rührte sich Cy nicht, und ich dachte schon, er sei tot. Doch dann rieb er sich mit der linken Hand die Nase und schrie: »Holt mich hier runter, verdammt noch mal!«

»Am besten, wir nehmen alles mit«, schlug Tom vor. Erst unter dem Balkon sahen wir, daß ein Stück des zerbrochenen Geländers durch Coates' Rücken führte und vorn aus seinem Bauch wieder herauskam und er deshalb so aufgespießt über uns hing.

Der Hauseingang war von Polizisten und Ausrüstung verstopft. »Der Aufzug ist kaputt«, meinte ich. »Aber wir würden sowieso nicht alle hineinpassen.« Tom hielt die Tür zum Treppenhaus auf. »Kommt schon, Jungs. Ein Mann stirbt da oben. Auf geht's.«

»Vergiß es«, antworteten sechs Stimmen auf einmal. »Das sind dreizehn Stockwerke.«

»Seht mal.« Tom zeigte zur Tür hinaus. »Die Fernsehteams sind gerade eingetroffen.«

Sofort rafften sich die Polizisten auf. Der Sergeant, der aussah wie Will Rogers, der Schauspieler, brüllte: »Auf die Treppe, Männer!« Eine Minute nachdem alle weg waren, kam der Aufzug. Tom, der Sergeant und ich quetschten uns mit der Ausrüstung hinein. Dann die lange Fahrt nach oben.

»Was ist mit den Rabbinern?« fragte Tom.

»Sie helfen uns bei der Arbeit. Wir haben sie zu Hilfssheriffs ernannt. Haben viel Geld für den neuen Rettungswagen zur Verfügung gestellt.«

»Ist der Typ ein Springer?«

»Wir wurden wegen Schüssen im sechzehnten Stock gerufen. Der Springer kam gleich danach.«

Die Aufzugtüren öffneten sich. Wir klopften an drei Türen am Ende des Ganges, alle verschlossen. Die einzige Reaktion kam von Cy, der brüllte: »Kommt schon rein!« Als die übrigen Polizisten das Ende der Treppe erreichten, zog der Sergeant die ersten zwei zu sich in den Aufzug. »Ich fahre nach oben und sehe mich im sechzehnten Stock um.«

»Ich komme mit«, sagte ich.

Die Tür zu Nummer 16M stand offen. Der Sergeant ging mit gezogener Pistole hinein und watete durch knapp drei Zentimeter hohes Wasser auf dem Boden. »Anscheinend hat sie den Hahn nicht zugedreht«, meinte er und trat über die Frau hinweg, die im Flur lag. Kanita, die Frau vom Morgen davor, ein rundes, kleines Loch über dem Auge, auf dem Nasenflügel Knochensplitter und Blut, die Lippen ausgetrocknet und zurückgezogen. »Hier drüben ist noch einer«, rief einer der Polizisten. Der Tote lag im Sessel und starrte auf ein kaputtes Aquarium. Zwei Löcher in seinem Kopf. Ich blickte zum Vulkan an der Wand hinüber. Paff.

Der andere Polizist kam aus dem Flur zurück. »Das war's. Sonst ist keiner da.«

»Sieht nicht nach gewaltsamem Eindringen aus«, stellte der erste fest.

»Jammerschade.« Der Sergeant bückte sich und drehte mit der Mündung seiner Pistole einen toten Fisch um. »Für diese Kleinen hier bekommt man fünfhundert Dollar das Stück.« Ich nahm die Treppe nach unten.

Die Mieter von 13M, dem Apartment, an dessen Balkon Cy hing, waren entweder nicht in der Stadt oder ausgegangen. Sie würden ihre Wohnung nur mit Mühe wiedererkennen. In weniger als einer Minute hatten Tom und die paar Polizisten jedes einzelne Möbelstück umgedreht. Der Fußboden war mit gasbetriebenen Metallschneidern, Acetylenschweißbrennern, Seilen, Gurten und den wichtig aussehenden großen Kisten übersät, die bei solchen Anlässen immer mitgebracht wurden, obwohl keiner wußte, wofür. Die Scheibe der Balkontür war zerbrochen, und eine Blutspur führte durch den Flur bis zu einer Schlafzimmertür, in der Tom jetzt stand.

»Hör mal, Frank – wir haben zwei Patienten. Nummer eins ist die Vogelscheuche da draußen. Nummer zwei verfehlt das Geländer, bricht sich aber auf dem Balkon beide Beine. Er wirft sich durch diese Glastür, kriecht durch den Flur ins Schlafzimmer, zieht sich die Decke über den Kopf und schläft jetzt wie ein Baby.«

»Dann ist er hier der Schlächter.«

»Ich glaub' nicht, daß man ihm das anhängen kann, nicht mal der Hitzkopf da draußen.«

»Wie geht's ihm?«

»Bin noch nicht dazu gekommen, ihn mir anzusehen. Ich werde mich um die schlafende Schönheit kümmern.«

Tom würde es niemals zugeben, aber er hatte furchtbare Höhenangst. Eher würde er sich selbst in den Kopf schießen, als an einen Abgrund herantreten. Er konnte seine Freude darüber, einen anderen Patienten gefunden zu haben, kaum verbergen. Als ich mich neben Cy stellte, wußte ich auch, warum. Nicht nur, daß er aufgespießt dahing. Dazu kam noch, daß sich durch die Wucht seines Sturzes ein meterlanges Stück Geländer verbogen und abgetrennt hatte, das nun über einen Meter weit auf die Straße hinaushing.

Während sich die Cops die Gurte umschnallten, prüfte ich, ob Cys Vitalfunktionen in Ordnung waren. Er hatte etwas Blut verloren, aber nicht so viel, daß es gefährlich wurde. Die Gefahr bestand eher darin, ihn von seinem Spieß herunterzunehmen. Vermutlich stillte der Spieß die Blutung, deshalb mußte er in seinem Körper bleiben und außen abgeschnitten werden. Ich sah mir die Wunde genauer an. Das Metall hatte sich hinten genau unter der Hüfte in den Rücken gebohrt und kam vorn genau oberhalb der Hüfte wieder heraus. Erstaunlicherweise war die

Hüfte dabei nicht beschädigt worden. Die Stange schien alle tödlichen Stellen verfehlt zu haben. Ich drückte auf Cys Unterleib und fragte mehrmals »Tut das weh?« Er schrie jedesmal auf und antwortete mit Nein.

Ich setzte ihm eine Sauerstoffmaske auf und bereitete mich darauf vor, ihm eine Infusion anzulegen. Das konnte ich nur, wenn ich mich über den Rand des Balkons hinauslehnte, gegen das verbogene, vom Spieß abgetrennte Geländer, den Arm ausstreckte und in die Ader stach. Ich blickte nach oben, hielt den Infusionsbeutel zwischen den Zähnen und wartete auf einen kühlen Luftstoß, der mich halten könnte. Dann lehnte ich mich immer weiter vor, und die Scheinwerfer auf der Straße sahen aus wie zwei Monde an einem Betonhimmel. Ich überlegte, an was ich auf dem Weg nach unten wohl denken würde. Gegrüßet seist du, Maria. Das Lachen meiner Mutter. Monas Bauchnabel. An meinen letzten Kuß, Mary Burke. Die Schlucht wurde immer tiefer, der Bauchnabel verschwand und kehrte zurück, nur ein Maulwurf in einem Loch, alle nur noch Geister. Ich holte die Nadel heraus, schloß sie an und stach zu. Schob den Katheter über die Nadel und in die Ader, Nadel heraus, Schlauch hinein, Kochsalzlösung hindurch. Dann klebte ich alles fest. Währenddessen befestigten die Cops ihre Gurte an den Haken, die sie vorher in die Backsteinwand gehauen hatten. »Bist du drin?« fragte einer. – »Ja.« – »Bist du drin?« – »Ja.« Mich fragte niemand.

Zwei von den Metallschneidern wurden herausgebracht, aber keiner von beiden funktionierte. Also brachte man sie zurück und holte die Schweißbrenner. Funken sprühten über mich. Ich stellte vorsichtshalber den Sauerstoff ab.

»Was ist das denn?« rief Cy. »Gibt's jetzt ein Feuerwerk für mich?«

»Sie schneiden das Geländer durch. Du wirst gleich spüren, daß das Metall heiß wird, sehr heiß.«

»Ich kann den Kopf nicht mehr hochhalten. Ich muß mich anlehnen.«

Ich gab den Infusionsbeutel an einen der Cops an der Tür weiter, und Cy lehnte sich gegen meine Arme.

»Und, Frank, werde ich das hier überleben?«

»Du wirst es überleben.«

»Ich wußte es. Ich bin einfach nicht umzubringen – niemand schafft das. Ich hab' ein wenig nachgedacht. Über meine geschäftliche Zukunft. Ihr Jungs habt mir ja viel Zeit zum Nachdenken gelassen. Was habt ihr denn gemacht, unterwegs noch beim Chinesen angehalten? Ich hätte euch sagen können, daß es in meiner Wohnung genug zu essen gibt.«

»Ich war müde«, antwortete ich. »Ich brauchte einen Kaffee.«

»Was ist mit Kanita?«

»Sie ist tot.«

»Wie schade. Aber so ist es nun mal, das ist der Preis dafür, wenn man eine Vision hat und hart daran arbeitet, sie zu verwirklichen. Hast du etwas Geld und ein hübsches Mädchen an deiner Seite, will jeder daran teilhaben. Ein Junge, den ich nicht mal meinen Mercedes waschen lassen würde, steht in meiner Wohnung und schießt auf mich. Da versucht man, wieder etwas an die Gesellschaft zurückzugeben, und das ist der Dank dafür, Frank. Paß bloß auf, daß dir das nicht passiert. Verdammt, ich dachte, ich würde es auf den Balkon schaffen, so wie Sam. Er ist so dick, deshalb hat's bei ihm geklappt, er fällt schneller. Da achte ich die ganze Zeit auf mein Gewicht, und dann passiert so was. Hey, hab' ich 'nen Schuß abbekommen, Frank? Schießen kann der Typ auch nicht.« Cy streckte sich auf seinem Spieß, fuchtelte mit den Armen herum und versuchte, sich umzudrehen. »Gibt es da drinnen ein Telefon? Ich muß ein paar Anrufe erledigen. Ein paar Leute herholen, die hier aufräumen. Verdammt, ist das heiß.« Die Funken flogen auf uns und über uns hinweg, und der Metallpfahl wurde vor Cys Hüfte ganz rot. Er lehnte sich an meine Hände. »Schon okay. Ich halte das schon aus. Hab' schließlich schon einiges andere ausgehalten. Außerdem hab' ich Geld, und das ist die beste Droge, die es gibt. Sieh dir das mal an.«

Er streckte die Hand aus und hielt sie vor die Skyline im Norden. Tausend Funken fielen auf seinen Handteller und regneten auf die Upper West Side nieder. »Ist das nicht herrlich? Wenn das Feuer fällt, regieren die Stärksten die Welt. Ich liebe diese Stadt. Sieh mal.« Und dann war er weg, über den Rand und nach unten. Ich griff nach seiner Hand und fiel mit hinunter. »Okay«, konnte ich nur noch sagen.

Ich fiel hinunter, aber eigentlich konnte ich nicht fallen, denn ich wurde von einem Gürtel um meiner Taille festgehalten, den ich vorher gar nicht bemerkt hatte. Also blieb ich hängen, in der Mitte gekrümmt, und hielt Cys Handgelenk in meiner Faust. Sein restlicher Körper baumelte darunter. Zum ersten Mal las ich echte Besorgnis in seinen Augen. »Übrigens, Frank, die zehn Dollar, die du mir schuldest – vergiß es.« Ich blickte nach unten, über Cy hinweg. Menschen bewegten sich unter uns, eine Menge von mindestens fünfzig Leuten, die sich neben den Steintieren versammelt hatte. »Laß ihn los«, rief einer. Selbst aus dieser Höhe erkannte ich einige von ihnen, die meisten Junkies mit Überdosen und Schußopfer, ein Mann mit durchgeschnittener Kehle, eine Frau, die von einem Dach gestoßen worden war, der Junge, der vor kurzem auf seinem Fahrrad angeschossen wurde.

»Also, Frank, wirst du mich jetzt hochziehen?«

»Laß ihn los«, riefen jetzt viele Stimmen zugleich, ein Chor aus dem Licht da unten.

»Laß *mich* los«, rief ich zurück.

»Aber Frank, warum sollte ich das tun?« Sein Handgelenk glitt aus meiner Hand. Seine Hand in meiner.

»Laß ihn los.« Er rutschte weg. Ich hielt ihn fest, reichte mit der anderen Hand hinunter und faßte ihn unter dem Arm. Dann wurde ich nach oben gezogen.

»Gut, daß wir dich angeschnallt haben, was?« meinte der Cop und hievte mich über den Rand. Dann Cy.

»Und was ist mit mir? Warum wurde Cy Coates nicht angeschnallt?«

Einer der Cops wandte sich an einen anderen. »Ich dachte, du hättest ihn festgeschnallt.«

»Und ich dachte, du«, gab der andere zurück. Dann legten sie Cy auf eine Trage und banden ihn so fest wie möglich. Ein acht Zentimeter langes Stück Eisen schaute aus seinem Bauch hervor, aus der Seite fünfzehn Zentimeter. Als sie ihn zur Tür hinaustrugen, stieß die Eisenstange an den Rahmen. Cy jaulte auf.

»Paß mit dem Metall auf, John«, sagte der Officer hinter Cys Füßen.

»Tut mir leid, Sir«, antwortete der Officer vor Cys Kopf.

»Passen Sie auf, Mann«, meinte Cy. »Lassen Sie meinen Pfahl in Ruhe.«

Der Mann saß in seinem Sessel in der Küche. Er erzählte mir, er habe Herzklopfen, keine richtigen Schmerzen, sondern nur ein seltsames, unangenehmes Pochen in der Brust. Ich stellte den EKG-Monitor auf den Küchentisch, nahm die Kabel heraus und schloß ihn an. Der Bildschirm zeigte einen AV-Block zweiten Grades mit gelegentlichen Kammerextrasystolen. Ich drückte den Aufzeichnungsknopf, und die Maschine zeichnete den Rhythmus auf das Papier. Während ich auf das Papier schaute und das QRS-Intervall maß, änderte sich der Rhythmus. »Sehen Sie sich das an«, sagte ich. »Das ist jetzt dritter Grad.« – »Was bedeutet das?« fragte der Mann und schaute mit mir auf den Bildschirm. – »Ein kompletter Block«, antwortete ich und drückte noch mal den Aufzeichnungsknopf, da sich der Rhythmus schon wieder änderte, sinoventrikuläre Tachykardie. »Das sieht aus wie ein Wolff-Parkinson-White-Syndrom«, stellte ich fest und ließ wieder aufzeichnen. »Wow, warten Sie einen Moment, jetzt haben wir einen Wenckebach. So einen hab' ich schon seit Jahren nicht mehr gesehen.« Alle paar Sekunden änderten sich die Linien auf dem Bildschirm und zeigten die ganze Skala von Rhythmen: Kammertachykardie, PSVT, A-Fib, enge, niedrige Ausschläge, dann weite, hohe Ausschläge. Auf einmal waren gar keine Ausschläge mehr zu sehen, nur eine ebene, grüne Linie. »Sehen Sie sich das an«, meinte ich. »Asystolie.« Ich drückte wieder auf »Aufzeichnen« und drehte mich zu dem Mann um, der gebannt auf den Bildschirm starrte. Diesen Rhythmus kannte er. Er fiel aus dem Sessel auf den Fußboden und rührte sich nicht mehr.

19

Wir bekamen keine Verstärkung und mußten beide Patienten mitnehmen. Sam schlief auf seiner Trage, die wir hinten auf die Bank legten, und Cys Trage hatte den üblichen Platz. Er redete die ganze Zeit. Sein Blutdruck war ein wenig gesunken, deshalb legte ich ihm am anderen Arm noch eine Infusion an, während er mir seine schöngefärbte Lebensgeschichte erzählte. Seine Stimme schien weit weg zu sein, so daß ich ihn nicht richtig verstehen konnte. Wie die Sirene, deren Heulen immer von weit weg zu kommen schien, obwohl ich genau wußte, daß sie direkt über meinem Kopf heulte. Ich prüfte Sams Vitalfunktionen. Meine Hände arbeiteten ruhig und mechanisch. Dann setzte ich mich auf den Hocker am Kopfende der Trage. Ich merkte gar nicht, daß ich atmete. Das Luftholen war anstrengend, doch ich spürte nicht, daß Luft in meine Lungen gelangte. Ich ballte die Hände zu Fäusten und trommelte mir auf die Beine, war mir aber nicht sicher, ob meine Finger oder meine Beine taub waren oder vielleicht auch der ganze Körper. Außerdem wollten meine Augen nicht offenbleiben. Ich versuchte, sie mit den Fingern aufzuhalten, denn es gab noch viel Schreibarbeit zu erledigen, und ich dachte, wenn sie geschlossen blieben, müßte ich sterben. Mit tauben Händen schrieb ich den Namen Coates, Cy, doch weiter kam ich nicht. Meine Arme fielen schlaff herunter, ich schloß die Augen, und alles wurde dunkel. Wir hielten an. Aus der Ferne hörte ich Toms Stimme, die mir sagte, er suche eine Rolltrage für Sam. Ich versuchte angestrengt, die Stimme zu überhören, schaffte es aber nicht. Kein Licht drang herein, nur eine kleine Flamme brannte noch in mir, ein winziges Leuchtfeuer in meiner Brust. Ich versuchte, es auszublasen, bekam aber nicht genug Luft. Also umschloß ich es mit meinem ganzen Körper, biß die Zähne zusammen, preßte, erstickte es und sank erschöpft auf meinen Stuhl zurück. Fertig, dachte ich, doch dieses schöne Gefühl dauerte nur einen Moment lang an. Tom schüttelte mich. Ob ich tot war oder nicht, ich mußte ihm helfen, die Tragen hinauszuschaffen. »Mensch, Frank«, sagte er, als wir die beiden Patienten in die Notaufnahme schoben, »du siehst wirklich scheiße aus.«

• • •

Im Wartezimmer schien sich außer Griss noch die ganze Stadt aufzuhalten. Er hatte sich mit vor der Brust verschränkten Armen vor der Tür zum Behandlungsbereich aufgebaut und wurde von einer kompletten Schicht noch nicht behandelter Patienten belagert. Sie waren so wütend auf die Aufnahmeschwester, die sich nicht um sie kümmerte, daß sie fast vergaßen, weshalb sie hergekommen waren. Sie standen im Halbkreis um Griss herum, kämpften um Platz und drängelten vor und zurück. Doch niemand kam in Griss' Reichweite, als wäre er von einer Steinmauer umgeben. Schließlich breitete er die Arme aus, schob die Mauer nach hinten und verteidigte seinen Posten noch vehementer. Die Menge wich zurück und teilte sich in der Mitte. Tom bahnte sich von hinten einen Weg, und so hatten wir schließlich genug Platz, um die Tragen hindurchzurollen.

»Hört mir mal zu, Leute«, sagte Griss. »Der Weg zu eurer Erlösung wird nicht über Griss' Leiche führen. Das könnt ihr vergessen, denn in siebenundvierzig Minuten ist Griss verschwunden. Dann geht er nämlich nach Hause und nimmt erst mal ein Bad. Wenn ihr eine Revolution anzetteln wollt, müßt ihr früher aufstehen. Dann müßt ihr mir damit vor Mitternacht kommen. Aber jetzt bin ich wirklich nicht in der Stimmung dazu. Jeder einzelne von euch wird warten, bis sein Name aufgerufen wird«.

Im kleinen Anmeldezimmer hinter der Tür half Mary Burke Mr. Hand vom Boden auf, während Schwester Constance sich auf ihre Illustrierte konzentrierte. »Er wartet schon seit vorgestern«, erklärte Mary, »und gerade ist er draußen zusammengebrochen.« Mr. Hand nahm Marys Hand wie ein Mönch die eines Engels. Schwester Constance zog ein Thermometer hervor und schob es Mr. Hand in den Mund. »Schätzchen, der ist schon zusammengebrochen, als Sie noch nicht auf der Welt waren.«

Die Schwestern im Behandlungsbereich schliefen auf ihren Stühlen, den Kopf auf Röntgen-Bestellungen oder Liebesromanen. Auf dem Fußboden lagen Papiere, unbenutzte Mullbinden und Zellophanfolien herum, als wäre hier gerade ein Festzug vorbeimarschiert. Alles war still, bis auf Sams Schnarchen und das vertraute Surren von Burkes Beatmungsgerät.

Dr. Hazmat trat hinter einem der Vorhänge hervor. Schweigend untersuchte er die beiden neuen Patienten. Ich zeigte ihm die Stellen, wo die Eisenstange in den Körper hinein- und wieder herausführte, Tom wies auf Sams geschiente Unterschenkel.

»Okay, auf geht's«, flüsterte Hazmat, und die Schwestern schoben die Patienten leise in den Operationsraum. Ich stellte mich neben den Arzt und zeigte auf Burkes Nische. »Wie geht's ihm?«

Hazmat schüttelte den Kopf. »Herz und Atmung haben gerade wieder ausgesetzt. Diesmal brauchten wir eine halbe Stunde, um ihn zurückzuholen. Seitdem hat er sich nicht mehr gerührt. Die Blutgaswerte waren grauenhaft. Wer weiß, wieviel noch von seinem Hirn übrig ist. Noch so ein Absturz, und er ist hinüber. Wissen Sie, als er vorher so kämpfte, dachte ich, das sei sein Überlebensinstinkt, daß er kämpft, um zu leben. Inzwischen glaube ich, er kämpft, um zu sterben.«

Ich warf den halbfertigen Papierkram in den Mülleimer. Ich war jetzt zu müde und zu erschöpft, um zu schreiben. Als ich am Anmeldezimmer vorbeilief, kam Mary Burke heraus und trat gegen die Wand. Sie brüllte die Schwester an: »Mein Gott, was ist mit euch allen hier eigentlich los? Warum habt ihr diesen Job hier überhaupt angenommen, wenn ihr alle so hartherzig seid?« Sie blieb im Flur stehen und wußte nicht, wie man die Tür öffnete.

Ich drückte auf den Schalter an der Wand. »Danke«, sagte sie und marschierte mürrisch an Griss vorbei.

Im Wartezimmer war es wieder still geworden. Griss döste an seinem Schreibtisch. Die kleinen nächtlichen Anstürme schienen sich immer wieder zu legen, bevor sie richtig anfingen. Ich folgte Mary zur vordersten Sitzreihe, wo ihre Mutter saß, die Hände auf ihrer Handtasche. »Einer unserer Nachbarn hat sie hergebracht. Sie lief auf der Straße herum und unterhielt sich mit Leuten, die gar nicht da waren. Vorhin hat sie mit meiner Großmutter gesprochen, die seit zehn Jahren tot ist. Und mit mir redet sie, als wäre ich acht Jahre alt.«

»Warum gehst du nicht in dein Zimmer und spielst, Mary?« sagte Mrs. Burke.

»Okay, Mom«, antwortete Mary und wandte sich wieder zu mir. »Ich dachte, das hier ist ein Krankenhaus. Ich meine, irgend jemand müßte ihr doch helfen können. Ihr eine Schlaftablette geben und sie irgendwo schlafen lassen. Aber diese blöde Ziege da drinnen behauptet, sie könne nichts tun, es seien keine Betten frei. Manche von den Leuten hier warten schon tagelang darauf, behandelt zu werden. Tagelang. Ich hab' gerade mit dem Arzt gesprochen. Er sagt, es geht meinem Vater schlechter. Und er glaubt nicht, daß er es schaffen wird. Na ja, kein Wunder. Jedesmal, wenn ich da reingehe, laufen da nur Zombies herum. Und keiner tut etwas.«

Ich sah sie schweigend an, während sie redete. Ich war so müde, daß ich nur versuchte, auf ihre Augen zu schauen. Achtete nicht auf das, was sie sagte, nur darauf, wie sie einatmete. »Meine Güte – du auch«, sagte sie dann. Sie setzte sich und vergrub das Gesicht in den Händen.

• • •

Tom warf die Trage in den Rettungswagen. »Wir haben einen neuen Job«, sagte er. »Herzstillstand.« Der Motor heulte auf. Ich brauchte zwei Anläufe, um auf meinen Sitz zu kommen, dann rasten wir durch die Backsteinarkaden auf der Sechsundfünfzigsten Straße. Der Nachthimmel wurde langsam grau, über dem East River zeichnete sich ein schwacher Lichtblick auf die Zukunft ab. Ich schloß die Augen und spürte, wie die Lichter gegen die Tür peitschten.

»Da ist ja der Mistkerl«, rief Tom, als wir die Fünfundvierzigste erreichten. Und schon war mein Partner weg – der Wagen fuhr weiter, und niemand saß am Steuer. Tom rannte auf die Menschenmenge an der Ecke zu. Ich kletterte über die Konsole und bremste. Dann sah ich das Mädchen im gelben Regenmantel, das auf dem Bürgersteig lag, und auf ihr einen Mann in einem blutigen Tarnanzug, der nur Noël gehören konnte.

Ich holte die Trage mit der Ausrüstung heraus und schob sie auf den Bürgersteig. Tom war bereits dort. Das Mädchen lag regungslos auf dem Boden, und er war damit beschäftigt, Noël neben ihr bewußtlos zu schlagen. Er hämmerte auf sein Gesicht ein, dann auf seine Rippen. Ich versuchte, ihn wegzuziehen, und wußte mir schließlich nicht anders zu helfen, als ihm in die Seite zu treten. »Tom, hilf mir. Schließ den Monitor an.«

»Dieser Verrückte wollte sie umbringen«, sagte er, nahm die EKG-Kabel heraus und befestigte sie auf ihrer Brust. Ich schnappte mir den Beatmungsbeutel und kniete mich hinter ihren Kopf. Dann fühlte ich an ihrem Nacken nach einem Puls und prüfte, ob sich die Brust hob und senkte. Nichts. Nullinie auf dem Bildschirm. Ich setzte die Maske auf ihren Mund, schloß den Beatmungsbeutel an und pumpte. Das Gesicht des Mädchens, das Tom und ich zu Beginn dieser Schicht vor dem Imbiß verteidigt hatten. Das Gesicht des Mädchens, das ich schon so oft hatte sterben sehen. Rose. Sie öffnete die Augen, dunkelbraun, fast schwarz, und glänzend vor Entsetzen.

»Nullinie«, sagte Tom, öffnete den Regenmantel, riß die Knöpfe ihrer weißen Bluse auf und begann, sachte auf die kleine Stelle über ihrem Herzen zu drücken. Ich öffnete ihren Mund mit dem

Laryngoskop und schob vorsichtig den Tubus in ihre Luftröhre. Ganz einfach. Nachher ist es immer einfach. Sie schaute zu mir auf, als wartete sie auf ein Zeichen, daß alles nur ein Traum war. »Alles okay«, sagte ich immer wieder. »Alles in Ordnung.«

Die Menschenmenge hinter uns wurde größer. Die Freundin des Mädchens stand hinter mir. »Was ist passiert?« fragte ich, obwohl ich es bereits wußte. »Wie heißt sie?« fragte ich, obwohl ich auch das wußte.

»Sie heißt Rose«, antwortete die Freundin. »Es ging ihr gut, doch dann setzte sie sich plötzlich hin und sagte, sie bekomme keine Luft mehr.«

»Sie wissen doch, was sie hat.«

»Ich dachte, sie hätte eine ihrer Panikattacken. In letzter Zeit geht es ihr nicht so gut. Wissen Sie, ihr Bruder ist vor drei Wochen erschossen worden.«

»Ich weiß.«

»Ihre Eltern sind die meiste Zeit nicht da, und wenn sie da sind, wünscht man sich, sie wären nicht da, verstehen Sie? Seit ihr Bruder tot ist, wohnt sie bei mir. Sie wird doch wieder gesund, oder?«

»Nein«, entgegnete ich. »Das wird sie nicht.« Tom hatte die Infusion angeschlossen und ihr einen Schuß Epinephrin verabreicht. Zusammen blickten wir auf den Monitor und warteten auf Veränderungen, aber natürlich tat sich nichts. Also hoben wir sie auf die Trage und schoben sie zum Rettungswagen hinüber. An den Türen schaute ich mich nach Roses Freundin und den übrigen Leuten um, die noch immer auf die Stelle starrten, wo Rose gelegen hatte. Neben ihnen rappelte Noël sich langsam wieder auf, und Roses Freundin zeigte mit dem Finger auf ihn. »Er ist schuld. Es ging ihr gut, bis er gekommen ist, und dann überfiel sie eine Panikattacke. Er sprang sie an, als wollte er sie küssen oder erwürgen oder so. Jemand muß die Polizei rufen.« Die übrigen Leute blieben stehen und dachten nach. Dann umzingelten sie den noch immer verwirrten Noël. Ich setzte mich neben Roses Kopf, drückte den Ambubeutel und sah zu, wie Tom die Türen schloß, zu Noël zurückrannte und ihn zu Boden stieß. »Wenn ich zurückkomme, bring' ich dich um. Hast du das verstanden?« Noël verstand genug, um wieder aufzustehen und langsam zurückzuweichen. Als wir um die Ecke bogen, rannte er wie ein Wilder die Straße hinunter.

Als Rose und ich schließlich allein waren, sagte ich zu ihr: »Es tut mir so leid, Rose. Ich kann dir gar nicht sagen, wie leid es mir tut.« Sie schaute noch immer nach oben, doch ihre Augen glänzten nicht mehr. Ich schloß die Lider. Der Monitor zeigte noch immer die Nullinie, deshalb legte ich den Ambubeutel weg, strich ihr über das Haar, beugte mich über sie und küßte sie auf den Mundwinkel. Ich hatte Rose Dutzende Male intubiert, seit es beim ersten Mal schiefgegangen war, und es endet jedesmal gleich: Rose stirbt. Sie stirbt, und man kann nichts dagegen tun. Und das Schlimmste ist, das jedesmal von neuem einsehen zu müssen. Wenn man das einmal verstanden hat, wird man auch alles andere Schreckliche auf der Welt verstehen. Und selbst sterben; denn es zu wissen, bedeutet den eigenen Tod. »Es tut mir leid, Rose. Es tut mir so schrecklich leid.« Ich schob sie ein Stück zur Seite, legte mich zu ihr auf die Trage und drückte mich an sie. Dann legte ich einen Arm um ihre Schultern und den anderen unter ihren Hals, legte die Hand auf ihren Kopf und küßte sie noch einmal.

Als wir am *Misery* hielten, begann ich mit der Herzdruckmassage und fuhr noch im Behandlungszimmer damit fort. Die Ärzte und Schwestern bemühten sich, sie zurückzuholen, obwohl alle wußten, daß keine Hoffnung bestand. Eine von ihnen nahm meinen Platz ein. Also ging ich nach draußen, an den Schwestern und den Pennern im Sperrbezirk vorbei, durch das Wartezimmer. Mary Burke lag zusammengerollt in den Armen ihrer Mutter. Ich stellte mich neben den Rettungswagen. Die Türen standen noch offen, und die Ausrüstung lag in einem Stapel auf dem Teerplatz. Ich packte sie in den Wagen, schloß die Türen und setzte mich neben Tom, der sofort losfuhr. »Ich bring' ihn um«, sagte er immer wieder. »Ich bring' ihn um.«

Ich hielt mich an der Tür fest, als wir in die Neunte schwenkten. Der Wagen neigte sich über die Ladenbesitzer, die Obstkisten und Frühstücksschilder auf die Straße räumten. Wir bogen rechts in die Einundfünfzigste. Lange, morgendliche Schatten huschten über die Straße wie Pfeile, die den Weg nach Westen wiesen. Rechts auf die Zehnte, dann noch mal rechts, und als wir die Reihe zerbrochener Windschutzscheiben erreichten, wo Noël seine Homeruns abgeliefert hatte, zog Tom die Handbremse an. Auf dem Bürgersteig entdeckten wir Noël, der auf den Durchgang zurannte. »Diesmal kommt er mir nicht davon.«

Tom holte ihn auf der Treppe ein und schlug wild mit seiner Taschenlampe Bronson um sich. Noël sprang zur Seite, duckte sich und wollte unter Toms Armen hinweg flüchten. Doch Tom war schneller und schlang die Arme um Noëls Hals. »Hab' ich dich endlich«, rief er. Dann fielen sie um und wälzten sich über den Boden. Tom kämpfte mit Noël wie ein Alligator um seine Beute, einen Arm um Noëls Hals, und mit dem anderen hielt er Noëls Arme an seine Brust. Schließlich rollten sie gegen meine Beine. Ich hielt Tom fest und zerrte an seinem Arm, doch er wollte einfach nicht loslassen. Ich zerrte immer weiter und merkte, daß Noëls Kräfte nachließen. Ich schlug Tom auf den Kopf und zog ihn von Noël weg, schlug und zog immer weiter. Noël fuchtelte wild mit den Armen herum, bis er nicht mehr fuchteln konnte. Als Tom ihn schließlich losließ, lag Noël auf dem Rücken und rührte sich nicht.

Ich kniete mich neben seinen Kopf. Kein Puls. Ich blickte zu Tom auf. »Jetzt hast du's geschafft. Du hast ihn umgebracht.«

Tom machte einen großen Schritt nach hinten und betrachtete sein Werk. »Er ist der Mörder, Frank. Er hat nur bekommen, was er verdient hat.«

»Du hast ihn umgebracht. Du hast ihn umgebracht.« Ich warf mich mit meinem ganzen Gewicht gegen seine Brust, so daß er rückwärts auf den Gehweg fiel, den Blick die ganze Zeit auf Noël gerichtet. Er blieb liegen, während ich zum Rettungswagen lief und das Beatmungsgerät und den Monitor herausholte.

»Tu's nicht, Frank.«

Ich kniete mich hin, schloß das EKG an, lud die Paddles mit Maximalspannung auf und setzte sie auf Noëls Brust. Ein Klick, und der Körper sprang drei Zentimeter vom Boden hoch. Als er herunterfiel, war Noël wieder da und blinzelte verwirrt. Der verrückte Noël. Ich prüfte den Puls. Er pochte unter meinen Fingern.

»Hol die Trage, Tom.«

»Du machst einen Fehler«, sagte er, ging aber zum Wagen und zog die Trage heraus.

Noël atmete immer noch nicht. Ich nahm das Beatmungsgerät und kroch zum Kopf hinüber. Mit einer Handbewegung hatte ich den Kasten auf, Zunge hoch, Tubus rein. Ich pumpte dreimal kräftig und sah, daß sich die Brust von allein hob. Noëls Hände griffen nach oben und wollten den Tubus herausziehen. Rose stirbt immer, dachte ich, und Noël kommt immer zurück.

Wir schnallten ihn fest und rollten ihn in den Wagen. Auf dem Weg ins Krankenhaus bekam er eine Hand frei, und ich mußte ihn immer wieder davon abhalten, den Tubus herauszuziehen. Tom nahm die Kurven mit hundertsechzig Stundenkilometern und brüllte von vorn: »Du wirst das niemals verstehen, nicht wahr, Father?«

»Niemals«, antwortete ich. »Das weiß ich sicher.« Wir fuhren über ein Schlagloch, und ich fiel zu Boden. Dabei ließ ich Noëls Hand los. Er riß den Tubus heraus, schrie und zerrte an den Riemen. Als wir am *Misery* ankamen, stand er auf der Trage, und als ich die Türen öffnete, sprang er auf den Parkplatz und rannte die Auffahrt hinunter, Tom hinterher.

Ich ging ins Wartezimmer. Griss war schon weg. Der Tagesaufseher, dessen Namen ich nicht kannte, prüfte gerade die Ausweise der Angestellten, die zur nächsten Schicht eintrudelten. Putzfrauen, Köche, Schwestern und Pfleger stolperten vorbei und stellten sich an. Sie sahen müde aus. Mary Burke und ihre Mutter saßen in der vordersten Reihe und schauten zu, wie die Mitarbeiter in den Behandlungsbereich gingen. Irgendwie lag etwas Hoffnungsvolles in dieser Prozession, man stellte sich vor, wie diese Angestellten durch das Krankenhaus schreiten, die Kranken und die Toten aufwecken und sie an die Welt zurückgeben würden. Dann würden die Flure gewischt, die Betten gemacht und Kaffee getrunken.

Ich lief an den Liegen im Sperrbezirk vorbei in den Behandlungsraum, wo der Großteil des Personals gerade kam oder ging. Dann trat ich in die schmale Nische, in der Burke lag, zog den Vorhang hinter mir zu und betrachtete die Maschinen, die so unermüdlich Luft in seine Lungen und Medikamente in seine Adern pumpten und das endlose Schlagen seines Herzens aufzeichneten. Nacheinander zog ich alle Kabel und Schläuche heraus und wartete in der plötzlichen Stille darauf, daß sich seine Brust zum letzten Mal hob. Eine Minute blieb ich so stehen. Die Maschinen arbeiteten nicht mehr, doch der Körper kämpfte weiter und zerrte an den Fesseln. Ich nahm Burkes Handgelenk und fühlte, wie der Puls schwächer wurde, dann ganz aufhörte. Seine Arme sanken herunter. Der klingelnde Alarm des EKG-Monitors erfüllte den Raum, dann setzte das tiefe Hupen des Beatmungsgerätes ein, und schließlich kam noch das Pfeifen von zwei Infusions-Regulatoren hinzu. Ich überprüfte, ob die Stecker wirklich herausgezogen waren. Dann schaltete ich die Maschinen aus und suchte an der Rückseite nach dem Netzschalter. Einer der Pfleger aus der Morgenschicht zog den Vorhang auf, sah auf die leeren Bildschirme, dann dahinter und stöpselte alles wieder ein. Er blickte mich an und legte die Hände an Burkes Hals. »Stillstand!« rief er.

Hazmats Nachfolger, Dr. Brunt, trat ein und blieb stehen, wie ein Autofahrer, der zufällig an einem Unfall vorbeikam. »Was ist los?«

»Herz und Atmung haben ausgesetzt«, erklärte der Pfleger und verschränkte die Arme.

Brunt schaute auf die Uhr. »Meine Güte, was für ein Start in den Tag. Wie wär's mit einer Herzdruckmassage?« Er hielt die Hand vor die Augen und zeigte dann auf mich. »Er ist im V-Fib. Schocken Sie ihn.«

Ich nahm die Paddles, lud sie auf und setzte sie auf Burkes Brust. »Alles weg«, rief ich und drückte, so fest ich konnte. Ich legte die Finger über die Knöpfe und tat so, als würde ich sie einschalten. »Schock!« brüllte ich.

»Nichts. Verpassen Sie ihm noch einen.«

Ich vollführte die gleichen Bewegungen noch einmal und rüttelte Burke, als würde ich ihm einen Schock versetzen. »Jetzt!« rief ich.

»Nichts«, meinte Brunt. »Okay, fangen wir mit der Herzdruckmassage an und geben ihm Epinephrin.«

Ich stand neben Burkes leblosem Körper und legte die Hände auf seine Brust. Zwei Schwestern kamen herein und schoben die Instrumente auf einem Wagen vor sich her. Ich folgte den Anweisungen des Arztes und simulierte noch einmal einen Elektroschock. Die Schwestern zogen die Spritzen auf und gaben ihm noch mehr Epinephrin und Lidocain. Ich wandte den Blick von Burkes Augen ab, begann mit der Herzdruckmassage und starrte auf den grauweißen Industrievorhang. Es kam mir vor wie zehn Minuten, dabei lief all das schneller ab, als eine Sternschnuppe vom Himmel fiel. Burkes Gesicht verschwand langsam, und dahinter tauchten andere Gesichter auf, Schatten von Gesichtern, Schatten von Schatten, sie bewegten sich von der Mitte nach außen. Ich erkannte sie alle wieder. Und all die anderen, die ich zwar noch nicht sehen konnte, von denen ich aber wußte, daß es sie trotzdem gab. Wie ein Astronom, der über einen sternlosen Himmel in das Universum schaut. Ich spürte, wie ich durch all die Menschen, denen ich begegnet war, immer größer wurde, und als Sanitäter war ich sehr stolz darauf. Eine Billion Leben für jedes

Leben. Ich sah darin eine unendliche Vollkommenheit, einen Wahnsinn, der an Ekstase grenzte.

»Okay, es reicht«, verkündete Dr. Brunt. »Er ist tot, Schluß, aus. Laßt uns einen Kaffee holen.« Alle Beteiligten gingen der Reihe nach hinaus.

»Seine Familie wartet draußen«, sagte ich. »Das wird sie bestimmt umhauen.«

»Keine Tränen vor dem Kaffee.« Der Arzt stand neben seinem Lieblingssessel und schaute sich die morgendlichen Schlagzeilen an. »Wenn sie erst mal zu weinen anfangen, bin ich völlig hilflos. Aber sie müßten sich inzwischen darauf eingestellt haben. Er liegt schließlich schon seit Tagen hier. Ich meine, das trifft sie doch nicht unvorbereitet, oder?«

»Nein, aber Sie wissen doch, wie sie reagieren können.«

»Sicher, das weiß ich. Bei mir heult sich jeder aus.«

Burkes Angehörige standen im Wartezimmer vor der ersten Sitzreihe wie Statuen, die weggeräumt werden sollten, um für neue Familien Platz zu schaffen. Mary Burke kam als erstes zu mir. »Wie geht's ihm?«

»Warum gehen wir nicht in ein Zimmer hinter der Tür?«

»Du kannst es mir ebensogut hier sagen.«

Tot. Tot. Tot. Ich schüttelte den Kopf. »Sein Herz ist stehengeblieben. Wir gehen besser rein.«

»O mein Gott«, sagte Mrs. Burke. Ihr Gesicht sah aus wie ein Steinbruch, überall Felsbrocken und Werkzeug. Ihre Tochter packte mich am Arm. Sie hätte mich schlagen sollen, verschwendete aber all ihre Kraft auf Worte. »Nein, das kann nicht sein. Es ging ihm schon wieder besser.«

»Laß gut sein, Mary.« Mrs. Burke legte ihrer Tochter die Hände auf die Schultern. »Laß uns hineingehen.«

Ich stellte erleichtert fest, daß die Vorhänge zugezogen waren, als wir an Burkes Leiche vorbeiliefen. Im Schwesternzimmer zog ich die Stühle zurück, räumte die leeren Kaffeetassen vom Tisch und half Mrs. Burke, sich hinzusetzen. »Sein Herz hat sich nicht wieder erholt«, erklärte ich. »Der Körper schaffte es einfach nicht mehr.«

»Unsinn. Wenn man sich vernünftig um ihn gekümmert hätte, würde er noch leben. Das ist eine verdammte Schlachterei hier.«

»Bitte, Mary«, sagte ihre Mutter.

»Er hat aufgehört zu kämpfen«, versuchte ich es noch mal.

»Was ist das nur für ein Krankenhaus hier? Wo ist der zuständige Arzt? Doktor!« rief sie in das Behandlungszimmer. »Doktor!«

Ich spürte, wie die kalte Luft im Zimmer warm und der Fußboden weich wurde, wie die Vase mit den verwelkten Orchideen auf dem Tisch wackelte und umkippte. »Sieh nur«, sagte ich. »Er ist jetzt hier.« Doch sie war zu wütend, um zu merken, daß ihr Vater ins Zimmer gekommen war, daß er am Ellbogen ihrer Mutter stand, auf den sie ihren Kopf gestützt hatte. Er weinte in ihr Haar hinein, selbst dann noch, als sie mit den Fingern hindurchfuhr und ihn fast wegstieß. »Er ist hier«, rief ich, und das war er tatsächlich, und zwar überall, wo ich hinschaute: in den Tränen auf dem Tisch, den Kaffeespuren im Teppich, den Sauerstoffflaschen, die ich alle zusammenraffen wollte, um ihn ihr zu zeigen. Ich stellte die Vase wieder hin und rief: »Sieh nur!« Doch die Vase bewegte sich nicht. Dr. Brunt kam herein und setzte sich.

»Wieso ist mein Vater tot?«

Brunt fuhr sich mit den Händen über das Gesicht, während er sprach. »Er ist es nicht, aber eigentlich doch. Er wird zumindest nicht zurückkommen. Er ist nie richtig weg gewesen. Es tut mir so leid, daß ich es Ihnen nicht richtig erklären kann.« Dann erzählte er, wie sein Bruder gestorben war, eine Geschichte, die keiner von uns so richtig verstand, und schließlich ließ er den Kopf sinken und fuhr noch immer mit den Händen über das Gesicht. Ich starrte auf die Vase und hoffte, sie würde sich noch mal bewegen, aber jetzt befand sich noch etwas anderes im Raum, etwas viel Stärkeres.

»Sie haben ihn umgebracht«, sagte Mary zu Brunt, und als er nicht aufschaute, drehte sie sich zu mir um. »Ihr habt ihn umgebracht.« Was sollte ich ihr nur sagen? Ich konnte darüber nur staunen, wie tief ihr Haß war. Genug Kraft, um Atome zu zerschmettern, wenn sie gewollt hätte, um mich mit einem Fingerschnippen in Staub zu verwandeln. Doch sie ging einfach nur. Das war das eigentliche Wunder.

Ich konnte nichts mehr tun, als nach Hause zurückzukehren und mich im Bett herumzuwerfen. Zum Trinken war ich zu müde. Draußen auf dem Parkplatz sah ich Tom Walls und Franco. Walls stand vor Franco, schleuderte seine Taschenlampe gegen den Kühlergrill und zerschmetterte das Chrom. Dann ging er zur Seite hinüber, zog sein größtes Messer heraus und stach damit in die Reifen. Er merkte, daß ich ihm zusah, und hielt mir das Messer hin. »Hilf mir, Father, hilf mir.«

Ich ging die Auffahrt hinunter und dann auf die Straße. Über mir schwebten all die Geister aus all den Häusern, in denen ich gewesen war. Sie schienen mich nicht mehr zu verfolgen und zu quälen, sondern mir Ruhe gönnen zu wollen. »Schlaf gut, und träum was Schönes, Frank«, kam es aus einem der Fenster. Ich bog um die Ecke Siebenundvierzigste und Elfte und sah Rose auf der Treppe vor meinem Haus sitzen, den gelben Regenmantel in der Sonne aufgeknöpft. Ich zögerte eine Sekunde lang und überlegte, ob ich wieder umkehren sollte, aber ich wußte nicht, wohin und zu wem. Als ich die Treppe erreichte, stand sie auf. Ich öffnete die Tür und hielt sie ihr auf.

Ich hatte Rose zwar nicht retten können, aber dafür dachte ich immer an sie und stand ihr bei ihrem Tode tausendmal bei. Machte mich das nicht zu einem besseren Lebensretter, einem echten Lebensretter? Hatte ich sie nicht alle gerettet, hatten sie nicht alle etwas Platz in meinem Innern? Das ständige Weglaufen und Vergessenwollen hatte mich erschöpft. Ich würde sie nie vergessen, und das konnte man mir vielleicht zugute halten.

Während wir die Treppe hinaufstiegen, berührten sich unsere

Hände fast. Oben öffnete ich die Tür und sah den Kater im leeren Wohnzimmer sitzen. »Hi, willkommen daheim«, begrüßte er mich. Ich ging direkt zum Bett, zog mich schnell aus und zog mir die muffige Bettdecke bis unter das Kinn. Rose zog leise ihren Regenmantel, Pullover und Rock aus und kroch hinter mich. Sie legte sich mit ihrem weichen Bauch an meinen Rücken, die Hände unter meine Brust. Sie fühlte sich überhaupt nicht kalt an, sondern ganz warm, und ihre Wärme durchströmte das ganze Bett. Ich bemerkte nur einen schwachen Geruch, aber nach meinen fünf Jahren als Rettungssanitäter war ich daran gewöhnt und fand diesen harmlos. Ich lauschte ihrem sanften Atem und schien schon zu schlafen, als ich noch wach war. Ihr sanfter Atem. Ich würde jetzt schlafen.